# 수호지 지도

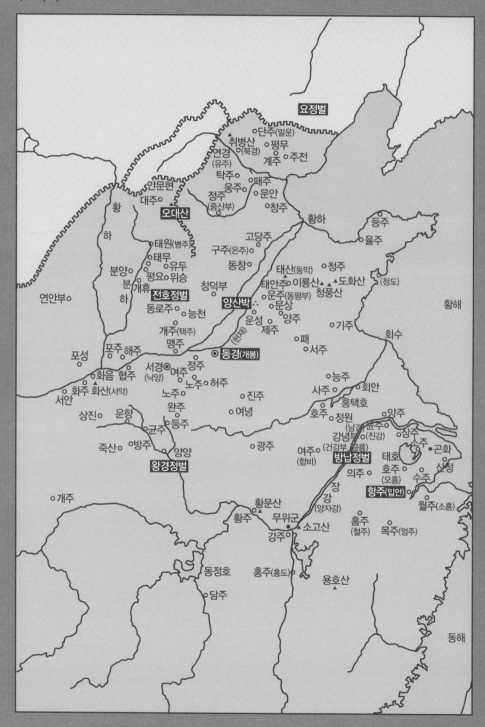

# 수호지 8

금의환향 편

# 수호지 8
## 금의환향 편

**초판**　　1쇄 발행 2021년 10월 15일

**지은이**　　시내암
**평역**　　　김팔봉
**펴낸이**　　한승수
**펴낸곳**　　문예춘추사

**편집**　　　이상실
**디자인**　　이유진, 심지유
**마케팅**　　박건원, 김지윤

**등록번호**　제300-1994-16
**등록일자**　1994년 1월 24일
**주소**　　　서울시 마포구 동교로27길 53 지남빌딩 309호
**전화**　　　02-338-0084
**팩스**　　　02-338-0087
**블로그**　　moonchusa.blog.me
**E-mail**　　moonchusa@naver.com

**ISBN**　　　978-89-7604-484-6　04820
　　　　　　978-89-7604-476-1　(세트)

수호지
**제8권 | 차례**

**일러두기**

1. 이 책은 팔봉 김기진 선생이 『성군(星群)』이라는 제목으로 1955년 12월부터 〈동아
   일보〉에 연재한 작품으로, 1984년 어문각에서 『수호지(水滸誌)』라는 제목으로 바꿔
   출간한 초판본을 38년 만에 재출간한 작품이다.

2. 이 책은 수호지의 판본 중 가장 편수가 많은, 164회(전편 124회, 후편 40회)짜리 『수상 오
   재자 전후합각 수호전서(繡像 五才子 前後合刻 水滸全書)』라는 작품을 판본으로 했다.

3. 가능한 한 원본에 맞게 편집했으나 최신 표준어 맞춤법에 맞게 고쳤고, 지명이나
   인명은 일부 수정하여 독자들이 읽기 편하게 했다.

4. 한자 표기는 정오正誤에 상관없이 원본을 따랐으나 동일 인물이나 지명의 상반된
   표기가 있는 경우에는 올바른 한자를 찾아 표기했다.

5. 이 책의 지도는 내용에 맞게 새로 제작한 것이다.

# 죽어가는 용장들

이때 방천정이 내보낸 장수는 남쪽 산에 있던 오치·조의·조중·원홍·소경 등 다섯 명과 북쪽 산에 있던 온극양·최욱·염명·모적·탕봉사 등 다섯 명으로서 도합 열 명의 대장이 3천 명의 군사를 이끌고 밤중에 앞뒤 성문을 열고 일제히 쳐나온 것이다.

그리고 이때 송강은 제상 위에 술을 드리고 지전(紙錢)을 사르고 있다가 별안간 다리 아래에서 고함 소리가 터지는 것을 들었다. 그와 동시에 왼편으로부터는 번서와 마린이, 바른편으로부터는 석수가 각각 5천 명의 군사를 데리고 매복해 있다가 적이 횃불을 쳐들고 습격해오는 것을 보고 뛰어나와, 남북 두 갈래 길로 나누어오는 적을 요격하는 것이었다.

이렇게 송강의 군사가 미리 방비하고 있는 줄을 모르고 습격하러 나오던 적군은 당황해서 급히 오던 길로 되돌아섰다. 그랬으나 좌우 양쪽에서 달려나온 송강군의 추격은 맹렬했다. 그래서 적장 온극양은 네 사람의 장수와 함께 허둥지둥 강물을 건너 도망치려 했는데, 별안간 보숙탑(保叔塔)의 산 너머로부터 원소이·원소오·맹강이 5천 명의 군사를 이끌고 뛰어나와 퇴로를 끊어버린다. 그러고는 또 눈 깜짝할 사이에 송군은 모적을 사로잡고, 탕봉사를 창으로 찔러 죽여버렸다.

이때 남산에서 습격 나왔던 오치도 네 사람의 장수와 함께 송군의 역습을 피해 달아나다가 뜻밖에 정향교(定香橋)에서 이규·포욱·항충·이곤 등이 5백 명의 군사를 이끌고 튀어나오는 것과 만났는데, 어느 겨를에 항충과 이곤 두 사람의 패수가 비호같이 달려들어 만패를 휘두르며 비도(飛刀)를 던지는 바람에 원흥이 눈 깜짝하는 사이에 거꾸러진다.

그러자 또 포욱은 소경을 베어 죽이고, 흑선풍은 조의를 도끼로 찍어 죽이는데, 이러는 동안에 오치의 군사는 절반 이상이나 상하고 쫓기다가 호수에 빠져 죽고 말았다.

이렇게 되어 패잔병이 성내로 들어간 후, 적의 구원병이 나왔을 때는 이미 송강군은 산속에 들어가 모두들 영은사에 모여 각각 그들의 공적에 해당하는 상을 받고 있었다. 송강군은 이날 밤 싸움에서 전마(戰馬) 5백여 필을 얻었다.

영은사에서 부하 장병들에게 상을 준 후에, 송강은 석수·마린·번서로 하여금 이준을 도와 그와 함께 서호에 있는 진지를 지키면서 성을 공격할 준비를 하도록 명령을 내렸다.

그러고서 그는 대종과 흑선풍만 데리고 고정산에 있는 진지로 돌아갔다.

그는 중군에 좌정하여 부하들의 인사를 받으면서 군사(軍師) 오용을 보고 부탁했다.

"내가 이번에 꾀를 써 적장 네 명의 모가지를 베고 모적이란 놈을 사로잡았으니, 이놈을 장초토님에게 보내드리고, 거기서 목을 베도록 해주십시오."

이렇게 부탁한 후 송강은 혼자 앉았다가 독송관과 덕청 두 곳의 소식만을 모르고 있는 것이 답답해서 대종을 불러 급히 가서 정찰을 하고 돌아와 보고하라고 부탁했다.

그랬더니 대종은 떠난 지 수일 만에 돌아와서 소식을 전하는 것이었다.

"노선봉님이 벌써 독송관을 지나 이리로 오시는 중이니 미구에 도착하실 겝니다."

송강은 노준의가 온다는 소식을 듣고 무척 반가우면서도 한편으로 불안스러운 마음이 일어났다.

"그래, 그곳 장병들의 소식은 어떻습니까?"

송강이 이렇게 묻자, 대종은 품속으로부터 문서를 꺼내면서 말했다.

"네, 자세히 이야기도 들었을 뿐 아니라, 여기 공문서도 가지고 왔습니다."

"문서는 나중에 보겠소. 대관절 그쪽에서는 우리 형제를 몇 명이나 잃어버렸는가, 그것이 걱정돼서 그러는 거요. 어서 숨기지 말고 실정대로 이야기하란 말이오."

송강이 문서를 받아 펴보지 않고 책상에 놓으면서 이렇게 물으니, 대종은 말하기 시작했다.

"노선봉이 독송관을 쳐들어가니까, 양쪽이 높은 산인데, 그 가운데로 한 가닥의 길이 있었습니다. 산 위의 관문 곁에는 높이가 수십 장(丈)이나 되는 커다란 고목이 서 있어 이 나무 위에 올라가면 안 보이는 데가 없게 돼 있더군요. 그리고 그 밑에는 잡송이나무가 빽빽하게 무성해 있구요. 그런데 그 관문을 지키는 적장은 세 명인데, 그중 한 두목은 오승(鳴昇)이고, 둘째가 장인(蔣印)이고, 셋째가 위형(衛亨)이란 사람이었습니다.

처음 며칠 동안은 이놈들이 연일 관문에서 내려와 임충과 싸우다가, 장인이 임충의 창에 상처를 입은 뒤부터는 오승이란 놈이 감히 내려오질 못하고 관문만 지키고 있었는데, 여천윤이가 여천우·장검·장도·요의 등 네 명의 장수를 데리고 독송관으로 구원을 오니, 그때서야 그놈들은 관문에서 내려와 싸움을 걸었습니다. 그래, 여천우가 맨 먼저 달려나와 여방과 맞붙어 5, 60합 잘 싸우다가 필경 여천우가 여방의 창에 찔려 죽었죠. 그리고 적군은 관문으로 올라가서 그담부터는 영영 싸우러 내려오지 않기 때문에 날마다 기다리고 있었는데, 노선봉은 험준한 산을 조사시키기 위해서 구붕·등비·이충·주통 등 네 사람을 산속으로 들여보냈습니다. 그랬는데 누가 알았습니까? 여천윤이 자기 동생 여천우의 원수를 갚으려고 군사를 끌고 불시에 내려와서 주통을 한칼에 베어버렸답니다."

"저런! 그래서 그담엔 또?"

"그래 주통이 전사하고 이충은 부상을 당했는데, 만일 구원병이 조금만 늦게 도착했더라면 어려웠겠지만, 다행히 구원병이 일찍 왔기 때문에 세 장수는 살아서 돌아왔습니다. 그다음 날 쌍창장 동평이 기어코 복수를 하려고 관문 앞까지 가서, 말을 세우고 적장한테 욕을 퍼부어댔는데, 뜻밖에 관문 위에서 화포가 터지더니 탄환이 동평의 왼편 팔을 때렸기 때문에 팔을 못 쓰게 되어 진지로 돌아와 나무때기를 붙이고 팔을 감아맸답니다. 이렇게 부상을 당하고서도 다음날 동평이 또 복수하러 나가겠다는 것을 노선봉이 꼭 붙들고 못 나가게 했지요. 그랬는데, 그다음 날 팔이 좀 나아지니까, 노선봉한테는 알리지 않고 몰래 장청과 둘이서만 의논하고, 말도 안 타고서 관문을 향해 올라갔답니다."

"저런 일이 어디 있나! 그래서?"

"그래 두 사람이 올라가자, 관문 위에서도 여천윤·장도 두 놈이 뛰어나왔죠. 동평은 여천윤을 단박에 죽여버릴 것같이 창을 꼬나쥐고 걸어나가 10여 합이나 싸웠지만, 어디 마음대로 됩니까? 왼편 팔을 못 쓰니 마음만 초조해지고… 결국 동평은 뒤로 내뺐지요. 그러자 여천윤이 쫓아오는 것을 장청이 달려가서 여천윤을 찔렀으나, 그놈이 날쌔게 소나무 뒤로 피했기 때문에 장청의 창이 그만 소나무에 콱 박혀버렸답니다. 장청은 그 창을 빼려고 애를 썼지만, 어디 창이 얼른 빠져야지요. 그런 사이에 여천윤의 창이 먼저 장청의 배를 푹 찔러버렸으니, 어쩝니까? 그만 거꾸러졌죠! 이것을 본 동평이 창을 꼬나잡고 달려들었지만 어느새 장도란 놈이 뒤에서 튀어나와 한칼로 동평의 몸을 두 동강 내버렸습니다. 기가 막히죠!"

송강은 입을 벌린 채 말도 못 하고, 얼이 빠진 것처럼 대종의 입만 바라보고 있다.

대종은 다시 말을 계속했다.

"그래 노선봉이 이 소식을 듣고 급히 구원하러 갔을 때는 그놈들이 벌써 관문 위로 올라간 때였습니다. '이걸 어쩌나, 도리가 없구나!' 이러고 있을 때, 손신·고대수 부부가 피난 가는 사람 모양을 하고 산속으로 들어가, 아주 작은 오솔길을 하나 찾아냈습니다. 그리하여 밤중에 이립·탕융·시천·백승, 이 네 사람이 관문 위로 올라가서 불을 질렀습니다. 그랬더니 적장은 관문에서 불이 나는 것을 보고 송군이 벌써 관문을 점령한 줄 알고 일제히 도망해버렸죠. 노선봉이 관소에 들어가 장병을 점검해보니까 손신과 고대수는 이곳 수장으로 있던 오승을 사로잡았고, 이립과 탕융은 장인을, 시천과 백승은 위형을 각각 사로잡고 있었기 때문에, 이 세 놈을 장초토님한테로 압송하기로 하고, 동평·장청·주통 세 사람의 시체는 그곳에다 장사지내기로 한 다음 노선봉은 적을 추격하기를 4, 5리가량 한 끝에 여천윤을 만나 30여 합 싸워서 그놈을 찔러 죽였습니다만, 장검·장도·요의 등 세 놈의 장수는 놓쳐버리고 말았습니다. 노선봉님이 미구에 여기 도착하시겠지만, 여기 공문서에도 지금 말씀드린 대로 적혀 있으니, 보십시오."

송강이 눈물을 쏟으면서도 문서를 받아 읽어보노라니, 오용이 위로한다.

"너무 상심 마십시오. 이미 노선봉이 승리를 거뒀으니까 속히 군사를 보내어 협공하도록 해야 합니다. 그렇게만 하면 적군은 반드시 패망

할 터이니, 그때엔 다시 호주의 호연작을 도우러 가야 합니다."

송강은 이 말을 듣고 눈물을 씻으면서 흑선풍·포욱·항충·이곤 등으로 하여금 보병 3천 명을 이끌고 산길로 나아가 노선봉을 영접하라고 일렀다. 흑선풍은 신이 나서 군사들과 함께 나갔다.

그런데 송강의 군사는 항주의 동문을 치기로 예정되어 있었기 때문에 정장(正將) 주동 이하 5천 명의 군사로 하여금 탕진로 마을에서 채시문(菜市門)으로 진격하도록 했다.

이때의 동문, 즉 채시문으로 가는 길은 강물의 방죽을 따라 인가와 점포가 즐비해서 비교적 번화했고, 눈앞에 평야가 탁 트여서 전원의 풍치가 매우 좋았다.

그들은 성벽 가까이 가서 먼저 노지심이 성벽 아래로 썩 나서며 철선장으로 땅바닥을 콱 짚고는 냅다 소리를 쳤다.

"이 개새끼들아, 어서 나오너라! 씨를 말려버리겠다!"

이때 성벽 위에서 지키고 있던 적병 가운데 하나가 싸움 돋우는 모양을 보고, 급히 태자궁으로 들어가 이 사실을 보고했다.

이때 태자 방천정 옆에 있던 보광국사 등원각이 그 소리를 듣고 즉시 일어나더니 태자에게 아뢰는 것이다.

"소승이 듣자오니, 양산박엔 노지심이란 중이 있는데, 그는 철선장을 잘 쓴다고 하옵니다. 전하께서는 친히 동문의 성벽 위로 올라가셔서 소승이 그 중놈과 몇 합 싸우는 모양을 구경하시기 바랍니다."

"좋소! 어디 한번 봅시다."

방천정은 보광국사에게 이렇게 말하고, 즉시 여덟 명의 맹장을 데리고 원수(元帥) 석보와 함께 채시문의 성벽 위로 올라가, 자기와 석보는 망루 위에 좌정하고, 여덟 명의 맹장은 그의 좌우에 시립케 했다.

그때 성문이 활짝 열리더니, 보광국사 등원각이 칼 잘 쓰는 도수(刀手) 5백 명을 거느리고 풍우같이 쏟아져 나오는데, 그는 몸에 새빨간

직철(直裰)을 입고, 목에 구슬로 만든 염주를 걸고, 두 손에 철선장을 들었다.

노지심이 그를 보고 호령했다.

"역적 놈의 군중(軍中)에 너 같은 중놈도 있었더냐? 내가 네놈의 대강이를 백 번 두들겨줄 테니, 이리 오너라!"

이같이 호령하고 선장을 휘두르며 쫓아나가니, 보광국사도 선장을 꼬나쥐고 달려든다. 이래서 두 사람이 맞붙어 싸우기를 50여 합 하는데도 승부가 나지 아니하자, 망루 위에 앉아서 내려다보던 방천정이 석보를 보고 감탄하는 것이었다.

"양산박에 노지심이란 중이 있다는 소문은 들었지만, 과연 명불허전이로군! 저렇게 오랫동안 싸우건만, 참으로 훌륭한데!"

"과연 저렇게 훌륭한 적수는 여태껏 저도 처음 보는 솜씨입니다."

두 사람이 이렇게 감탄하고 있을 때 연락 장교가 쫓아올라와 보고를 한다.

"지금 북관문에도 적군의 한 떼가 몰려왔습니다!"

"뭐라고, 북관문에도?"

석보는 급히 일어나 아래로 내려갔다.

그런데 이때까지 성벽 밑에서 보광국사와 싸움을 하고 있는 노지심을 바라보고만 있던 무송은, 노지심이 보광국사를 얼른 넘어뜨리지 못하는 것을 보고 저러다가 혹시 실수나 하지 않을까 마음이 초조해서 두 자루의 계도(戒刀)를 뽑아들고 보광에게로 달려들었다. 그랬더니 보광은 자기한테 두 사람이 덤비는 것을 보고는 선장(禪杖)을 끌면서 그냥 내빼버리는 것이었다.

"이놈아! 그냥 내빼는 놈이 어디 있느냐?"

무송이 소리를 지르며 쫓아가니까, 이때 성안으로부터 장수 하나가 비호같이 달려나온다.

보니, 방천정 수하에 있는 패응기(貝應夔)로서, 창을 꼬나잡고 나오더니 무송을 냅다 찌르는 게 아닌가.

무송은 번개같이 몸을 날려 창끝을 피하면서 한쪽 손의 칼을 놓고 그 손으로 그놈의 창자루를 거머잡아 힘껏 잡아당겼다. 그러니까 창자루와 함께 패응기는 말 위에서 떨어졌다. 무송은 그 순간 날쌔게 달려들어 패응기의 목을 잘랐다. 노지심이 또 달려왔다.

이 모양을 보고 크게 놀란 방천정은 소리를 질러 군사를 불러들인 후 성문을 닫게 했다.

송군의 정장 주동도 이때 10리가량 뒤로 물러나와 진지를 마련하면서 사람을 송선봉에게 보내어 승리를 보고했다.

그런데 이때 송선봉은 군사를 이끌고 북관문을 공격하고 있었는데, 성문이 열리더니 석보가 뛰어나오므로 이쪽에서는 관승이 달려나갔다. 석보는 유성추(流星鎚)와 벽풍도(劈風刀)로 관승과 싸운다.

두 장수가 싸우기를 20여 합 했을 때, 석보가 별안간 말머리를 돌이켜 도망하는 고로, 관승도 얼른 돌아서서 본진으로 돌아왔다.

"왜 쫓아가지 않고, 그놈을 그대로 놓쳐버리시오?"

송강이 그를 바라다보고 이같이 물으니 관승이 대답하기를,

"석보의 칼 쓰는 법이 저만 못지않은데, 그런데도 그놈이 싸우지 않고 도망가는 게 수상하거든요! 아무래도 무슨 꾀가 있는 것 같아 그냥 왔습니다."

라고 하자, 옆에서 오용이 말했다.

"그럴 거요. 언젠가 단개가 말하는데 석보는 유성추를 잘 쓰는 사람이라고 하더군요. 지금 저놈이 패한 체하고 달아난 것은 이쪽을 꾀어 깊숙이 끌어들이려던 계책일까요?"

"그런 줄도 모르고 만일 쫓아갔던들 큰일 날 뻔하지 않았나!"

송강도 이렇게 말하고 즉시 군사를 거두는 한편, 사람을 무송에게 보

내어 그에게 상을 내렸다.

그런데 이때, 흑선풍 등 노선봉을 마중하러 나왔던 일행도, 산속 길로 들어가자 이내 장검 등 적의 패잔병을 만나 한바탕 싸운 끝에 적장요의를 죽여버렸다.

장검과 장도는 혼이 빠져 다시 관소로 돌아가려고 다른 길로 오던 중노선봉과 만나 또 한바탕 싸우다가 견디지 못하고 산속 좁은 길로 달아나는데, 계속하여 뒤에서 송군이 급히 쫓아오므로 말을 버리고 풀덤불을 헤쳐가며 허둥지둥 내뺐다.

그러나 누가 알았으랴. 대나무 수풀 속으로부터 두 사람의 장수가 튀어나오더니, 이쪽에서 대항해볼 겨를도 없이 강차로 때려 쓰러뜨리고는 먹살을 잡아 이끌고 산 아래로 내려갔다. 이 두 사람의 장수는 해진·해보 형제였다.

노선봉은 두 사람이 장검과 장도를 붙들어오는 것을 보고 대단히 기뻐하고, 즉시 흑선풍 등과 군사를 합쳐 여러 장수들과 함께 고정산에 있는 대채로 가서, 송강에게 동평·장청·주통 등 세 사람을 잃어버린 보고를 하고, 그와 함께 눈물을 흘렸다. 그리고 노선봉을 따라갔던 모든 장수들도 송강에게 인사를 드린 후 군사들을 모두어 그곳에 같이 숙영케 했다.

이튿날, 송강은 장검을 소주에 있는 장초토의 군전으로 보내어 목을 베어 매달게 하고, 장도는 진문 앞에서 그 배를 가르고 간을 꺼내어 동평·장청·주통의 영혼을 위로했다.

이같이 일을 처리한 뒤에 송강이 오용을 보고 의논했다.

"어떻게 할까요. 노선봉더러 군사를 이끌고 덕청현으로 가서 호연작을 마중해오도록 하여 일동이 여기에 모여 의논을 한 뒤에 성을 치는게 좋을까요?"

"좋습니다."

오용이 찬성했다.

노준의는 명령을 받고 곧 군사를 거느리고 봉구진(奉口鎭)을 향해 나아갔다.

그랬는데, 군사가 봉구진에 다다랐을 때 사행방의 패잔병들과 우연히 마주치게 되었는지라, 노준의는 노상에서 한바탕 크게 싸워, 사행방을 물에 떨어져 죽게 하고, 나머지 군사들은 뿔뿔이 흩어져버리게 했다.

이렇게 된 후에 노선봉은 호연작을 만나 함께 본진으로 돌아왔다.

송강은 그동안 두 갈래 길로 나뉘었던 군사가 이제 한군데 모인 것을 본 후, 선주·호주·독송관 등 세 군데는 장초토와 종(從)참모로 하여금 통제관을 파견해 수비하도록 했다. 그러고서 송강은 호연작을 따라갔던 장수들 중 뇌횡과 공왕이 보이지 않는 것을 발견하고 놀랐다.

"두 사람이 안 보이니 웬일이오?"

송강이 물으니, 호연작이 대답했다.

"덕청현 남문 밖에서 뇌횡이 적장 사행방과 30여 합 싸우다가 사행방 칼에 맞아 죽고, 공왕은 황애와 싸우면서 둑 위로 쫓아가다가 개울에 떨어졌었는데, 그때 적군이 달려와서 마구 찔러 참혹히 죽었습니다. 그랬으나, 미천이란 놈은 삭초가 도끼로 찍어 죽였고, 황애와 서백이란 놈은 여러 장수가 쫓아가 사로잡아 지금 여기 끌고 왔습니다. 그리고 사행방은 물에 떨어뜨려 죽게 했고, 설두남은 혼전 중에 어디로 내뺐는지 행방을 알 수 없었습니다."

송강은 뇌횡과 공왕이 전사했다는 말을 듣고 또 눈물이 비 오듯 했다.

"일전에 장순이가 꿈에 나타났을 때, 그 곁에 온몸에 피투성이를 한 사나이가 3, 4명 보였는데 그게 바로 동평·장청·주통·뇌횡·공왕 등의 혼백이었던 모양이군! 항주 영해군을 함락시키는 날에는 내가 승려들을 청하여 정성껏 재를 올려야겠소."

송강은 여러 장수들에게 이렇게 말한 다음 황애·서백 두 놈은 장초토에게 보내어 그곳에서 목을 베어 매달도록 했다. 그리고 나서 소와 말을 잡아 군사를 위로하는 큰 잔치를 열었다.

다음날, 송강은 오용과 의논하여 항주를 공략할 부대를 다음과 같이 편성했다.

부선봉 노준의는 정장·편장 열두 명을 데리고 후조문을 공격하는데 그 열두 명은,

임충·호연작·유당·해진·해보·단정규·위정국·진달·양춘·두천·이운·석용이요,

화영 등 정장·편장 열네 명은 간산문(艮山門)을 공격하는데 그 열네 명은,

화영·진명·주무·황신·손립·이충·추연·추윤·이립·백승·탕융·목춘·주귀·주부 등이요,

목홍 등 정장·편장 열한 명은 서산의 진지로 가서 이준 등을 도와 고호문(靠湖門)을 치는데 그 열한 명은,

이준·원소이·원소오·맹강·석수·번서·마린·목홍·양웅·설영·정득손이요,

손신 등 정장·편장 여덟 명은 동문에 있는 진지로 가서 주동을 도와 채시문·천교문(薦橋門)을 치는데 그들은,

주동·사진·노지심·무송·손신·고대수·장청·손이랑이요,

동문에 있는 진영으로부터 편장 여덟 명을 불러들여 이응과 함께 적진의 형세를 염탐해가며 응원하게 하는데 그들은,

이응·공명·양림·두흥·동위·동맹·왕영·호삼랑이요,

정선봉사(正先鋒使) 송강은 정장·편장을 합쳐서 스물한 명을 이끌고 북관문의 큰길로 쳐들어가기로 하는데 그들은,

오용·관승·삭초·대종·이규·여방·곽성·구붕·등비·연순·능진·포욱·항충·이곤·송청·배선·장경·채복·채경·시천·욱보사 등이다.

이렇게 장수들을 나누어 부대를 편성해 사면의 성문을 치기로 한 후, 송강은 먼저 군사를 이끌고 곧장 북관문 성 밑에 가서 싸움을 돋우었다. 그러자 성벽 위에서 북소리, 바라 소리가 요란하게 나면서 성문이 열리더니 석보가 말을 달려 나온다.

　이것을 보고 송강의 진에서는 삭초가 뛰어나가는데 그는 본시 성미가 급한 사람인지라, 아무 말도 하지 않고 큰 도끼를 휘두르며 다짜고짜 석보를 들이쳤다. 이리해서 두 사람이 맹렬히 싸우기를 10여 합 했을 때, 석보가 못 당하는 체하고 말머리를 돌이켜 급히 내빼므로 삭초는 그 뒤를 쫓았다. 이때 관승이 급히 삭초를 불렀다.

　"쫓아가지 말고 빨리 돌아와요!"

　그러나 관승의 이 소리가 채 끝나기도 전에, 어느새 석보의 유성추가 삭초의 이마빡을 때려 그를 말 아래 떨어뜨린다. 이때 등비가 이것을 보고 급히 달려가 그를 구하려 했건만, 또 어느새 석보가 비호같이 달려와 등비를 칼로 두 동강을 내버린다. 또, 성안에서는 보광국사가 맹장 서너 명을 데리고 쏜살같이 튀어나오는 게 아닌가.

　송강의 군사는 대패하여 북쪽으로 정신없이 달아나기 시작했는데, 다행히 간산문 쪽으로부터 화영·진명 등이 달려와 적군의 추격부대를 역습, 격퇴시킨 덕분에 송강은 간신히 고정산의 진지로 돌아와 겨우 한숨을 내쉬었다. 그러나 자리에 좌정하고 나서 생각하니, 잠깐 동안의 싸움에서 또 삭초와 등비 두 장수를 잃어버린 것이 분하고 원통해 견딜 수가 없었다.

　송강이 괴로운 표정을 감추지 못하고 앉았으니, 오용이 곁으로 와서 위로를 한다.

　"저것들한테 그런 맹장이 있는 줄 알고서야 어찌 힘으로만 싸우겠습니까. 아무래도 지혜로써 적을 대해야겠습니다."

　이 말을 듣고 송강이 말했다.

"지금까지 많은 군사가 다쳤고, 장수도 잃었는데 또 무슨 계책을 세워야 하나!"

"다시 한 번 각 성문을 공격하는 장수들과 연락을 취하여, 또 한 번 북관문을 치기로 하십시다. 그러면 성내의 군사가 반드시 우리를 치러 나올 테니까, 그때 우리들은 또 지는 체하고 멀리 성곽 밖으로 적을 끌어낸 후, 포 소리를 신호로 각 성문에서 일제히 성문을 들이친단 말씀입니다. 그래서 어느 쪽에서든지 먼저 성내에 들어간 군사가 불을 질러 그것으로 신호를 합니다. 그렇게 되면 적병들은 틀림없이 혼란을 일으켜 서로 돕지 못할 것이고, 우리는 크게 승리를 얻을 것 같습니다."

"글쎄… 그렇게라도 한번 해볼까요."

송강은 곧 대종을 불러 각 성문으로 가서 명령을 전하도록 했다. 그러고서 다음날 관승으로 하여금 많은 군사를 이끌고 북관문의 성벽 아래로 가 싸움을 돋우게 했다. 그랬더니 성벽 아래에서 북소리가 요란하게 울리며 문이 열리더니 석보가 한 떼의 군사와 함께 달려나와 관승과 대전하는 것이었는데, 두 장수가 10합쯤 싸웠을 때 관승이 말머리를 돌려 달아나니 예상했던 대로 석보가 그 뒤를 추격한다.

이때 능진이 호포를 터뜨렸다. 그와 동시에 각 성문을 맡은 송강군은 함성을 지르면서 일제히 성을 들이쳤다.

이때 부선봉 노준의는 임충 등과 함께 후조문을 들이치려고 성 밑에까지 와서 보니까, 어찌된 일인지 성문이 열린 채 그대로 있으므로 이것을 본 유당은 남 먼저 공을 세우고 싶어 혼자서 칼을 휘두르며 성문 안으로 말을 달려 뛰어들어갔다. 그러자 누가 알았으랴. 유당이 들어가기가 무섭게 성 위에 있던 적병이 도끼로 밧줄을 끊어 문짝을 떨어뜨리니, 유당은 말과 함께 문짝 밑에서 죽고야 말았다. 원래 항주의 성은 옛날 전왕이 도읍을 세운 곳으로 성문을 세 겹으로 만들었던 것이다. 바깥에 문이 한 겹 있고, 가운데에는 두 짝의 철관문이 있고, 안쪽에 또 한

겹의 책문(柵門)이 있는 터였다.

임충과 호연작은 유당이 허무하게 죽음을 당한 것을 보고 급히 진지로 돌아와 노준의에게 보고했다.

노준의는 보고를 듣고 다른 곳 성문도 모두 이와 같아 성내에 들어가지 못하고 퇴각하게 될 것이므로 사람을 송강에게 보내어 이 뜻을 보고했다.

송강은 또 유당이 후조문 아래에서 죽었다는 말을 듣고 통곡했다.

"내가 또 형제를 죽게 했구나! 운성현에서 결의(結義)하여 조천왕을 따라 양산박으로 올라간 이후, 오늘날까지 고생도 많이 했고, 그렇게도 많은 전장에서 언제나 앞장서 용감히 싸우더니, 오늘 이렇게 죽을 줄 누가 알았단 말인고!"

군사 오용도 눈물을 흘리면서 말했다.

"이번엔 내가 계책을 잘못 세웠기 때문에 이렇게 실패를 당한 것 같습니다. 그러니 우선 각 성문마다 일단 퇴각을 했다가 다시 도리를 강구한 다음 쳐들어갈 수밖에 없습니다."

송강은 빨리 원수를 갚고 싶은 생각에 마음을 졸일 뿐, 오용의 말을 듣고도 대답을 못 하고 있는데, 이때 흑선풍이 장담하고 나섰다.

"형님! 너무 걱정 마십쇼. 제가 내일 포욱·항충·이곤과 함께 네 사람이 나가서 어떻게든지 그놈 석보란 놈을 잡아가지고 오렵니다."

이 소리를 듣고 송강이 말했다.

"또, 장담하는구나! 석보란 놈이 그렇게 뛰어난 수단을 가지고 있는데, 그놈의 곁에 가까이 가보기나 하겠나?"

"형님은 나를 그렇게 보시우? 내 말을 못 믿으신다면 내가 맹세를 하죠! 만일 내일 석보란 놈을 못 잡아가지고 오면 제가 다시는 형님 눈앞에 나타나지 않겠습니다."

"오냐, 어디 두고 보자!"

송강이 더 긴말 하지 않고 이같이 허락하자, 흑선풍 이규는 자기 방으로 돌아와 술과 고기를 준비해놓고, 항충·포욱·이곤 등 세 사람을 청했다. 그리고 그들과 함께 술을 마시며 부탁했다.

"우리 네 사람이 내일 석보란 놈을 꼭 잡아온다고 형님한테 장담을 하고 왔단 말이야. 그러니 자네들도 그렇게 알고 단단히 마음을 먹어야 해!"

"암! 물론이지. 송선봉 형님은 그동안 날마다 기병이 제일인 줄 알고 그것들만 쓰지 않았느냔 말이야? 이제는 우리들 보병이 한번 공을 큼직하게 세워봐야지!"

포욱도 이렇게 흑선풍과 함께 맞장구를 쳤다.

이튿날 새벽에 그들 네 사람은 술과 밥을 배부르게 먹은 후 무장을 하고 송강이 있는 곳으로 가서 인사를 드렸다.

"형님! 지금 갑니다. 오늘 저희들이 싸우는 모양을 똑똑히 보세요."

송강이 그들을 바라보니, 네 사람이 모두 반쯤은 취해서는 술 냄새를 풍기는 게 아닌가.

"네 사람이 다 술에 취했구나! 목숨을 장난감으로 여기고 덤벼서는 안 돼!"

송강이 이렇게 주의를 주니 흑선풍이,

"형님, 우리는 어린애가 아니올시다. 제발 염려 마세요!"

하고 또 장담했다.

"알았다. 조심해서 잘 싸워라!"

송강은 이렇게 한마디 이르고 말 위에 올라탄 후, 관승·구붕·여방·곽성 등 네 사람의 장수를 데리고 북관문 아래로 가서, 북을 두들기고 기를 흔들면서 싸움을 돋우었다.

흑선풍은 몸에서 열이 나는 듯 쌍도끼를 흔들면서 송강의 말 앞에 섰다.

포욱도 판도(板刀)를 들고 두 눈을 쟁반같이 뜨고서 쫓아나갈 때를 기다리고, 항충과 이곤 역시 각각 단패 안에다 스물네 개의 비도(飛刀)를 꽂아 팔에다 걸고, 양쪽 가에 엎드려 숨었다.

조금 있으니 성벽 위에서 북소리, 바라 소리가 요란하게 나면서 석보가 누런 말을 타고 오치·염명 두 사람의 장수와 함께 뛰어나오는데, 손에는 벽풍도가 번쩍거린다.

이때, 세상에서 무서운 것이라곤 아무것도 없는 흑선풍 이규가 소리를 벼락같이 지르고 포욱·항충·이곤 등과 함께 일제히 석보 앞으로 달려들었다. 그때 석보는 벽풍도로 그들을 후려치려 했지만, 그들은 벌써 그전에 안쪽으로 들어갔었기 때문에 칼에 맞지 아니하고, 흑선풍은 날쌔게 도끼로 석보가 타고 있는 말의 다리를 찍어버렸다.

이 순간에 석보는 말 위에서 나는 듯이 뛰어내려 저희들의 기병들 틈에 달려가 몸을 숨겼다.

이러는 사이에 포욱이 한칼로 염명을 말 아래 떨어뜨리고, 항충과 이곤 두 사람의 패수는 비도를 연속해서 날쌔게 던지니, 그 광경이 마치 하늘에 은어가 노는 것 같았다.

이때 송강이 기병을 몰고 성벽 가까이 이르자 성벽 위에서는 굵은 통나무와 탄환 같은 돌멩이를 마구 내리 던진다.

송강은 만일을 염려해서 군사를 뒤로 물렸지만, 포욱이 벌써 성문 안으로 들어갔을 줄은 몰랐다.

"아차, 잊었구나. 포욱이를 끌고 올 것을!"

송강이 후회막급 한탄하고 있을 때, 성문 안쪽에 숨어 있던 석보는 포욱이가 문안으로 들어오기가 무섭게 옆에서 뛰어나와, 한칼로 포욱을 썽둥 베어버리는 것이었다.

간담이 서늘해진 항충과 이곤은 급히 흑선풍을 호위하여 진으로 돌아왔다.

송강의 군사는 하릴없이 본진으로 돌아왔다. 이렇게 되고 보니, 이번에도 포욱 한 사람을 또 잃어버리지 아니했는가.

송강은 더욱 가슴이 미어지는 것 같았다. 흑선풍도 엉엉 소리를 내어 울었다.

오용도 한숨을 쉬면서 한탄했다.

"이번 계책도 또 실패하고 말았소! 적장 하나를 죽여 없애기는 했지만, 그 대신 흑선풍의 부수(副手) 하나를 잃어버리지 않았나!"

그들이 이같이 비통해하고 있을 때, 뜻밖에 해진과 해보가 들어와 보고를 한다.

"제가 해보를 데리고 남문 밖 30리도 더 가서 염탐을 했습니다. 그랬더니 그곳의 이름은 범촌(范村)이라는 곳인데, 강가에 수십 척 배가 있기에 우리가 그 배에 들어가 모두들 뭐하는 배냐고 물어봤더니, 이것은 부양현(富陽縣)에 있는 원평사(袁評事)의 해량선(解糧船)이라고 하지 않겠어요. 그래서 제가 그 사람을 베어 죽이려고 했더니, 그 사람이 울면서 호소를 하는군요. '우리들은 모두 송(宋)나라의 백성이올시다. 방납의 명령으로 하는 수 없이 이렇게 양곡을 가져가는 것인데, 만일 그 명령을 어겼다가는 한 집안이 몰살당합니다. 저희들은 이번에 천병(天兵)이 방납을 토벌하러 나오셨다기에 이제야 태평세월을 만났다 싶어 좋아했더니, 또 이렇게 불측한 일을 당할 줄이야 누가 알았겠습니까.' 이렇게 말하기에 저는 그 사람을 죽이지 않고, 왜 이런 데를 왔느냐고 물어봤죠. 그랬더니 그 사람이 말하기를 '이번에 방천정의 명령으로 각 지방에서 쌀 5만 섬을 징발하게 되었는데, 자기가 그 두목이 되어 우선 5천 섬을 거둬서 싣고 가는 도중, 여기에 와서 들으니 조정의 대군이 성을 둘러싸고 싸움을 하고 있다 하기에 더 나아가지도 못하고 이렇게 배를 매두고 있는 중이올시다.' 이렇게 대답하더군요. 그래 이런 사실을 보고하려고 제가 급히 달려온 것입니다."

이 소리를 듣고 오용이 무척 기뻐했다.

"과연 이제야 하늘이 우리한테 기회를 주시는구나! 이 양곡선을 타고서 공을 세워야 한단 말이야. 빨리 선봉님의 명령을 받아서 두 분 형제분이 머리가 되어 두천·이운·석용·추연·추윤·이립·백승·목춘·탕융·왕영·호삼랑·손신·고대수·장청·손이랑 등의 삼대 부처(夫妻)가 뱃사공과 사공의 아내 모양을 차리고서 아무 말도 입 밖에 내지 말고 배 뒤로 올라가, 몰래 성안으로 들어간 다음 연주포를 쏘아 신호를 하면, 이쪽에서 군사를 몰고 들이칠 테니, 그렇게 하시오!"

송강도 오용의 의견에 찬동하고 즉시 그같이 명령하니, 해진과 해보는 즉시 강변으로 달려가 원평사를 불러내어 송강의 명령을 말했다.

"우리 선봉님께서 이렇게 하라 하시니, 당신네들이 진심으로 송나라의 양민인 것을 알리려거든, 선봉님의 명령대로 하시오. 성공하는 날에는 반드시 중상(重賞)이 내릴 거요!"

원평사가 이 말을 듣고 창졸간에 어찌했으면 좋을지 판단이 안 서 망설이고 있을 때, 벌써 해진과 해보를 따라온 장령들은 모두 배 안에 들어가 수부들의 겉옷을 벗기고, 그들을 배 안에서 잡일이나 하게 했다. 그리고 왕영·손신·장청은 뱃사공의 옷을 입고, 호삼랑·고대수·손이랑 등 세 사람의 여장군은 사공의 아내 모양으로 분장하고, 병정들은 모두 수부로 분장한 다음 무기는 모두 선창에다 감췄다. 그리고 원평사도 다시 배 위에 올라타게 했다.

이때 각 성문을 에워싸고 있던 송강군은 이 배에서 이런 일이 벌어진 것을 멀찍이 내려다볼 수 있었다.

원평사가 배에 오른 뒤에 해진과 해보, 그리고 가짜 사공들은 일제히 노를 저어 강을 건너가 언덕에 배를 댄 후 성 밑으로 가서 문을 열어달라고 소리를 쳤다.

성 위에서는 그들의 소리를 듣고, 어디서 왔느냐, 어째서 왔느냐고 자세히 묻더니, 태자궁으로 급히 보고를 했다.

　태자 방천정은 보고를 듣고 즉시 장군 오치로 하여금 물가에 나가 조사해보고 오라 했다. 오치가 나와 선박을 모두 점검해본 후 돌아가 보고하니, 그제야 방천정은 장수 여섯 명으로 하여금 군사를 이끌고 나가 양곡을 반입하는 작업을 감시하라고 명령했다. 그래서 여섯 명의 장수는 군사 1만 명을 이끌고 나가 동북방을 경비하면서 양곡을 성내로 운반하게 되었다.

　이때 송강군의 여러 장수들과 병정들이 뱃사공과 수부들 틈에 끼어서 그들과 함께 양곡을 운반해 성내로 감쪽같이 들어간 것은 말할 것도 없다. 또, 세 사람의 여장군이 그들 속에 낀 것도 물론이다.

　잠깐 동안에 5천 섬의 양곡이 모두 성내로 운반된 까닭에 방천정이 파견했던 여섯 명의 장수도 군사를 이끌고 돌아갔다.

　이때 성 밖에 있던 송강군의 각 부대는 성곽을 에워싸고 성문으로부터 3리쯤 떨어진 곳에 진을 쳤다.

　이날 밤 2경 때쯤 되어서 능진은 자모포(子母砲) 아홉 개를 가지고 오산(嗚山) 위로 올라가서 땅 땅 터뜨리기 시작했다.

　그러자 숨어 있던 송강군의 장수들은 횃불을 들고 나와 아무 데나 닿는 대로 불을 질러댔다.

　이렇게 되어 성내는 잠깐 사이에 불바다가 되었으니, 도대체 얼마나 많은 송군(宋軍)이 성내에 들어와 있는지 알 수가 없었다.

　태자 방천정은 궁중에서 소식을 듣고 급히 말 위에 올라탔지만, 그때는 이미 각 성문에 있던 병정들이 내빼버렸기 때문에 송강군이 서로 앞을 다투어 조수같이 몰려 들어오고 있는 때였다.

　이때 성의 서쪽 산중에 있던 이준 등은 군사를 이끌고 달려내려와 정자항(淨慈港)에 있던 선박을 모조리 압수한 다음, 호수를 건너 용금문 언덕 위로 올라가 서로 손을 나누어 각처의 수문(水門)을 점령했는데, 이운과 석수가 제일 먼저 성벽 위로 올라갔다.

이렇게 되어 성내에서는 밤새도록 혼전이 계속되었는데, 오직 남문만이 포위되지 않고 있기 때문에 도망치려는 적군은 모두 남문으로 달아나는 판이었다.

방천정도 도망을 가려고 말을 집어타기는 했지만, 그의 곁에는 한 사람의 장수도 보이지 않고 다만 보병 몇 놈이 있을 뿐이라, 하는 수 없이 그는 보병들만의 호위를 받으면서 남문으로 빠져나왔다.

그런데 그가 오운산(五雲山) 아래까지 왔을 때, 별안간 언덕 아래 흐르는 강물 속에서 한 명의 사나이가 입에다 칼을 물고 나타나더니, 나는 듯이 언덕 위로 뛰어오르는 게 아닌가.

방천정이 말 위에서 내려다보니 그 사나이의 형상이 너무도 흉한지라 어서 빨리 달아나고 싶어 말을 채찍질했건만 이것이 웬일인가. 아무리 때려도 말은 꼼짝을 않고 마치 누가 뒤에서 고삐를 단단히 쥐고 잡아당기는 것같이 한 발자국도 앞으로 떼놓지를 못한다.

그럴 사이에 그 사나이는 말 앞으로 후다닥 달려들면서 방천정을 잡아낚아 한칼로 목을 성둥 자르더니, 방천정의 말을 집어타고, 한 손엔 방천정의 머리를 들고, 또 한 손엔 칼을 들고, 항주성을 향해 쏜살같이 달려간다.

이때 임충과 호연작은 군사를 몰고 방천정을 추격해서 육화탑(六和塔)까지 왔었는데, 맞은편으로부터 달려오는 이 사나이가 선화아 장횡임을 알아보고 두 사람은 반가워서 소리를 쳤다.

"여보게! 자네 어디서 오나?"

호연작이 이렇게 물었건만, 장횡은 들은 체도 않고 그냥 항주 성내로 달려간다.

이때 송강이 본대의 장병들을 거느리고 입성하여 방천정의 태자궁을 원수부로 정하고서 그곳에 앉아 있고, 다른 장수들은 모두 행궁에 있을 때였는데, 장횡이 혼자 말을 몰고 오는 것을 보고 그들은 모두 놀랐다.

장횡은 송강 앞에 내리더니, 칼과 머리 한 개를 땅바닥에 놓고 절을 두 번 하고 나서는 엉엉 통곡을 하는 게 아닌가.

송강은 황망히 내려가 그를 붙들어 일으켰다.

"동생! 울지 말게. 대관절 어디서 오는 길이며, 원소칠은 어디 갔나?"

"저는 장횡이 아니올시다."

"이 사람아, 자네가 장횡이 아니라면, 그럼 누가 장횡이란 말인가?"

"저는 장순입니다. 용금문 밖에서 화살과 창에 맞아 죽은 후, 다만 일점유혼(一點幽魂)으로 물속에 머물러 있었는데, 이번에 형님이 항주성을 깨뜨릴 때, 방천정이 밤중에 도망치기에 그놈의 몸에 붙어 따라갔습니다. 가다가 강물 속에 친형 장횡이 있기에 형의 육신을 빌려 언덕 위로 뛰어올라와 이놈의 모가지를 베어가지고 지금 형님께 갖다바치러 왔습니다."

이렇게 말하고서 장횡은 땅바닥에 고꾸라졌다.

송강이 놀라 그를 안아 일으키니까, 그는 눈을 멀거니 뜬 채 송강의 얼굴과 여러 장수들의 얼굴을 둘러보고 나서 칼과 창이 수풀처럼 빽빽이 서 있고 군사들이 겹겹이 둘러 있는 모양을 보더니, 혼잣말처럼 중얼거린다.

"내가, 내가 황천에서 형님을 뵙는 겐가? 여기가 어디야…?"

송강이 눈물을 떨구면서 그를 흔들고 다정하게 말했다.

"동생! 지금 자네는 자네 아우 장순에게 몸을 빌려줘서 그의 영혼으로 하여금 역적 방천정을 잡아 죽인 것일세! 죽은 놈은 방천정이지, 자네가 아니란 말이야. 정신을 차려보게. 우리는 모두 이 세상에 살아 있는 사람들이라니까!"

"그렇다면, 저 저, 제 동생 장순이는 죽었단 말씀인가요?"

"장순이는 서호의 물속을 기어가서 수문을 열고 성내에 들어가 불을 지를 계획이었는데, 용금문 밖에까지는 잘 갔었으나 성을 넘어가려다가 뜻밖에 적군한테 발각되어 창과 화살이 빗발처럼 쏟아진 바람에 그만 죽었단 말이야."

송강이 이렇게 말하자 장횡은 동생 장순의 이름을 한 번 크게 부르고는 울음을 터뜨리다가 이내 땅바닥에 뻐드러졌다. 여러 두령들이 놀라서 들여다보니, 그의 사지는 뻣뻣하고 두 눈은 풀어져서 죽은 사람의 눈과 같다. 만일 이대로 죽는다면 이번 싸움에 죽은 장수는 모두 동평·장청·주통·뇌횡·공왕·삭초·등비·유당·포욱 등 아홉 명의 장수를 합쳐 열 명이나 되는 것이다.

그러나 다행히 여러 사람이 팔다리를 주무르고 애쓴 보람이 있어 장횡은 깨어났다.

송강은 우선 그를 방 안으로 옮겨 눕힌 후 치료를 받도록 하고, 그로부터 바다 위에서 지내던 이야기를 들어 배선과 장경으로 하여금 모든 장수의 공로를 기록하게 하였다.

그러고서 이튿날 아침 일찍이 진시(辰時)경에 모든 장수를 본영 앞에 집합시켰다.

그런데 그동안 이준과 석수는 오치를 사로잡고, 세 사람의 여장군은 장도원을 사로잡고, 임충은 창으로 냉공을 죽이고, 해진과 해보는 최욱을 죽였지만, 석보·등원각·왕적·조중·온극양 등 다섯 명의 적장은 놓쳐버리고 말았던 것이다.

송강은 방문을 써붙여 백성들을 안심시키고, 또 삼군을 위로하는 잔치를 차리게 한 후, 오치와 장도원은 장초토의 군전으로 압송하여 처형토록 했다.

그리고 양곡을 헌납한 원평사는 조정에 상주하여 부양현의 현령으로 추천하는 동시에, 그로 하여금 임시로 현령의 사무를 집행케 했다.

이 같은 사무를 집행한 뒤에 여러 장수들은 모두 방천정의 행궁이던 원수부로부터 성내로 물러나왔다.

그럴 때 원소칠이 전당강으로부터 언덕 위로 올라왔다는 소식이 올라왔다.

송강은 곧 그를 불러들였다. 원소칠은 송강 앞에 와서 인사를 드리자마자 급하게 보고를 하는 것이었다.

"제가 장횡·후건·단경주 세 사람과 함께 수부(水夫)를 데리고 해변으로 가서 요행 배를 구해가지고 해염 등지를 돌아 바로 전당강으로 들어가려 했습니다만, 뜻밖에 바람을 만나 한바다로 떠내려갔었습니다. 억지로 배를 돌려 노를 저으려다가 풍랑에 배가 깨어져 그만 모두들 물속에 빠졌죠! 그래서 헤엄도 칠 줄 모르는 후건과 단경주는 물속에서 죽어버리고, 수부들은 모두 각자 간신히 살아나 뿔뿔이 도망하고 말았습니다. 저는 강의 어귀까지 헤엄쳐가서 자산문을 지나 물이 흐르는 대로 그냥 몸을 맡겨 우번산(牛墦山)까지 와서는 거기서 헤엄을 쳐 돌아왔는데, 와서 보니 장횡 형님이 오운산 아래 강물 복판에 있지 않겠어요? 그래 보고 있노라니, 언덕 위로 올라올 눈치였는데, 어떻게 된 셈인지 금시에 안 보이더군요. 그랬는데, 어젯밤에 성내에서 불길이 오르고, 연주포 터지는 소리가 요란하기에 필시 형님이 항주성 안으로 들어와 싸우시는 것이 틀림없다 생각하고서, 부리나케 전당강에서 지금 돌아온 길입니다만, 대관절 장횡이 돌아왔습니까? 아직 안 왔습니까?"

# 오룡령 혼백

송강은 소칠에게 장횡의 이야기를 자세히 들려주고, 소이와 소오 두 형을 만나보게 한 다음, 그전같이 그로 하여금 수군 두령을 데리고 배들을 통솔하게 했다. 그러고서 송강은 명령을 내려, 수군 두령들로 하여금 강으로 가서 배를 수습하여 목주를 공격할 준비를 하도록 했다.

그러고는 장순의 영혼이 영검하게도 나타났던 일을 생각하고서 그는 용금문 밖에 있는 서호(西湖)의 호숫가에 사당을 세워 사당 이름을 '금화태보(金華太保)'라 하고, 친히 사당에 나아가 제사를 지냈다. 이것은 훨씬 뒷날의 이야기지만, 송강이 방납을 토벌한 뒤에 서울에 가서 장순의 일을 보고했더니, 천자는 성지를 내려 장순을 금화장군에 봉하고, 그 신위(神位)를 항주에 모시게 했던 것이다.

그 이야기는 그만두고, 송강은 장강(長江)을 건너온 이래 많은 장수를 잃어버린 뒤 줄곧 마음이 비창하여 견딜 수가 없는지라, 정자사(淨慈寺)에 부탁해서 육지와 물 위에다 도장(道場)을 설비하고 이렛날 이레 밤을 두고 재를 올려, 죽은 여러 장수들의 명복을 빌고, 고인의 위패를 정성껏 모시게 했다.

그러고서 이 법사가 끝난 뒤에 송강은 방천정의 궁중에 있는 금은보화와 비단을 모조리 꺼내어 여러 장수와 장교들에게 나누어준 후, 모든 군사와 성내 백성들이 경축하는 가운데 군사(軍師) 오용과 의논하여 목주를 공격할 준비를 했다.

시절은 어느덧 4월도 다 간 그믐께였다.

송강이 오용과 함께 앉아 목주를 공격할 계책을 의논하고 있으려니 장교가 들어와 지금 부도독 유광세가 서울서 내려온 칙사와 함께 항주성 안으로 들어오고 있다고 보고를 하는 것이다.

송강은 즉시 여러 장수를 거느리고 북관문으로 나가 칙사를 영접하여 원수부로 들어와 성지(聖旨)를 받들어 읽었다.

"선봉사 송강 등에게 내리노라. 방납을 토벌하여 누차 대공을 세우니 기쁘도다. 이제 어주 35병과 금의(錦衣) 35령(領)을 칙사하여 정장에게 내리고, 그 외 편장 등에게는 각각 그 공에 따라 단필(緞疋)을 상사(賞賜)하노라."

조칙의 내용은 이 같은 것이었으니, 원래 조정에서는 공손승만이 방납 토벌에 참가하지 않고 있는 줄 알 뿐이요, 그동안 숱하게 많은 장수들이 전사한 것은 전혀 알지 못하고 있는 터였다.

송강은 35명 분의 금의와 어주를 보자, 불현듯 가슴이 뻐개지는 것 같이 아프면서 눈물이 비 오듯 쏟아졌다.

칙사가 그 모양을 보고 까닭을 묻는 고로 송강은 그동안 윤주 공략에서 송만·초정·도종왕을 잃고, 비릉군 공략에서 한도·팽기·정천수·조정·왕정륙을 잃고, 소주 공략에서 선찬·시은·공량을 잃고, 용금문 싸움에서 학사문·서녕·장순을 잃고, 이번 항주 공략에서 동평·장청·주통·뇌횡·공왕·삭초·등비·유당·포욱 등 이렇게 많은 장수를 잃어버린 사실을 자세히 고했다.

"그런 줄은 전혀 몰랐습니다. 제가 조정에 돌아가서 상세히 주상하겠습니다."

칙사는 송강의 이야기를 듣고 이렇게 말했다.

송강은 즉시 잔치를 열고 칙사를 대접했다. 칙사가 상좌에 앉고 그 밖의 장령들이 석차에 따라 좌정한 뒤에 일동이 어주를 나누어 마시고, 작고한 장수들의 어주와 금의는 다음날 제사를 지낼 때 쓰려고 남겨두었다. 그러나 송강은 어주 한 병과 금의 한 벌을 손수 들고서 장순의 사당으로 내려가 이름을 부르며 곡을 하고 제사를 올렸다.

칙사는 며칠을 더 묵은 다음에 서울로 돌아갔는데, 그가 돌아간 지 10여 일이 되자, 장초토로부터 군사를 내보내라는 독촉이 왔다.

송강은 오용과 노준의를 청하여 상의했다.

"여기서 목주로 나가 강을 끼고 적의 소굴을 들이치는 길이 하나 있고, 여기서 흡주로 나가 욱령관(昱嶺關)의 소로길로 가는 길이 하나 있습니다. 지금 군사를 나눠서 나갈 테니 노선봉은 어느 쪽이든지 한쪽 길을 택하셔야겠는데, 어느 쪽을 택하려오?"

"택하고 말고가 어디 있습니까. 처분대로 하겠습니다."

"그럼 이렇게 합시다. 우리 천명(天命)을 봅시다."

송강은 이렇게 말하고 군사를 두 대로 나눈 제비를 만들어놓고 향을 피워놓은 다음, 먼저 뽑아봤더니 목주가 뽑히었다. 노준의가 흡주를 뽑게 된 것은 물론이다.

제비를 뽑고 나서 송강은 말했다.

"역적 방납의 본거지가 바로 청계현 방원동(帮源洞) 아니오? 아우님은 흡주를 점령하시거든 군사를 그냥 그곳에 주둔시켜 두고 나한테 공문으로 알려만 주시오. 그래서 피차에 날을 약속한 다음 두 사람이 일시에 청계현 방원동을 들이칩시다."

"그렇게 하죠. 그럼 부대 편성이나 빨리 하시죠."

"내가 미리 이렇게 만들었답니다."

송강이 내놓은 종이에는 다음과 같이 적혀 있다.

선봉사 송강은 36명의 정·편장을 거느리고 목주와 오룡령(烏龍嶺)을 공략하는데, 군사 오용·관승·화영·진명·이응·대종·주동·이규·노지심·무송·해진·해보·여방·곽성·번서·마린·연순·송청·항충·이곤·왕영·호삼랑·능진·두흥·채복·채경·배선·장경·욱보사 등이며,

그리고 이 사람들 외에 수군 두령 정·편장 일곱 명은 배를 끌고 군사를 따라 목주로 나가는 것이니, 그들은 이준·원소이·원소오·원소칠·동맹·동위·맹강이다.

그리고 부선봉 노준의는 28명의 정·편장을 이끌고 흡주와 욱령관을 공략하는데, 군사 주무·임충·호연작·사진·양웅·석수·단정규·위정국·손립·황신·구붕·두천·진달·양춘·이충·설영·추연·이립·이운·추윤·탕융·석용·시천·정득손·손신·고대수·장청·손이랑 등이다.

이상과 같이 결정된 뒤에 노준의는 정·편장을 합해서 자기까지 29명의 장수와 군사 3만 명을 거느리고, 택일한 날 유도독과 송강에게 작별 인사를 한 다음 항주의 산길로 해서 임안현(臨安縣)을 지나 흡주를 향해 진격했다.

한편, 송강도 택일한 날 수륙 양로로 출발하는데, 이때 항주성 안에는 온역(瘟疫)이 유행했기 때문에 이 병에 걸린 장횡·목홍·공명·주귀·양림·백승 등 여섯 명은 도저히 움직일 수 없는 형편이라, 목춘과 주부로 하여금 그들을 간호하게 하니, 도합 여덟 명이 항주에 남아 있게 되었다. 이같이 되어 그들을 제하고 37명의 장수들은 강둑의 길을 걸어 부양현을 향해 진군했다.

그런데 전일 수주(秀州)의 취리정에서 송선봉을 작별한 후 중대한 임무를 띠고 출발했던 시진과 연청은 해염현(海鹽縣)으로 가 바닷가에서 배를 한 척 훔쳐 타고 노를 저어 월주를 지나 제기현으로 간 다음 다시 어포(漁浦)를 건너 목주의 경계선까지 갔었는데, 그곳 관소(關所)를 지키고 있던 적장이 앞을 가로막는 것이었다. 그래 시진은 그 적장의 얼굴을 똑바로 쳐다보면서 점잖게 말했다.

"나로 말씀하자면, 나는 중원(中原)에 있는 의젓한 선비요, 천문과 지리에 정통할 뿐 아니라 음양복술(陰陽卜術)에 못하는 게 없고 육갑풍운(六甲風雲)은 물론이요 삼광기색(三光氣色)과 구류삼교(九流三敎)에 모르는 것이 없는 사람이외다. 이번에 강남에서 천자(天子)의 기운이 뻗치는 모양을 보고 일부러 멀리서 찾아온 터인데, 어째서 장군이 선비의 앞길을 막는단 말씀이오?"

여기서 시진이 말하는 삼광이란 일(日)·월(月)·성(星)이요, 구류란 유가(儒家)·도가(道家)·법가(法家)·음양가(陰陽家)·명가(名家)·묵가(墨家)·종횡가(縱橫家)·잡가(雜家)·농가(農家)를 말함이요, 삼교란 유(儒)·불(佛)·도(道) 세 가지를 말하는 것이다.

관소를 지키던 적장이 시진의 이 말을 듣더니, 이 사람이 보통 사람이 아니라고 보았는지, 아래위를 훑어보며 물었다.

"대관절 당신의 성명이 뉘시오?"

"네, 성은 가(柯)요, 이름은 인(引)이올시다. 그리고 이 사람은 내가 데리고 다니는 하인이올시다. 두 사람이 찾아온 것은 귀국에 경의를 표하고 싶어서 온 것이지, 다른 뜻은 없습니다."

"그럼 거기서 기다리시오."

적장은 시진을 기다리게 하고, 사람을 목주로 보내어 우승상(右丞相) 조사원(祖士遠)과 참정(參政) 심수(沈壽), 첨서(僉書) 환일(桓逸), 원수(元帥) 담고(譚高) 등 네 사람에게 보고했다.

얼마 있다가 목주성 안에서 시진을 불러, 시진은 무사히 관소를 통과하여 성내에 들어가 그들과 만나보고 그럴듯하게 그들 네 사람을 추어올렸다. 본래 시진의 인품이 고상하게 보이는 까닭으로 그들 네 사람은 조금도 의심을 일으키지 아니하는 눈치였다. 뿐만 아니라 그 중에서도 우승상 조사원은 기뻐하면서 첨서 환일을 시켜 청계에 있는 대궐로 시진을 데리고 가서 천자께 배알하도록 하는 것이었다. 원래 목주와 흡주에는 방납의 행궁이 있고, 오부(五府)와 육부(六部)의 관청이 있는데, 총본부는 청계현 방원동 안에 있는 것이었다.

시진과 연청은 환일을 따라 천자가 있는 청계제도(淸溪帝都)로 가서, 먼저 좌승상 누민중(婁敏中)을 만나 고담준론을 청산유수처럼 늘어놨더니 누민중은 흘딱 반하여 마침내 시진을 자기 집에 있으라 하고 극진히 대접하는 것이었다. 그도 그럴 것이 시진과 연청이 하는 말이 속되지 아니할 뿐더러 모두 고상한 이야기인 데다가 예의범절이 놀라울 정도였던 까닭이다. 그리고 원래 누민중은 청계현에서 글방을 차리고 글을 가르치던 선생님이었지만, 아는 것이 그다지 많지는 못한 사람인지라 시진의 구변에 넘어간 것도 무리는 아니다.

하룻밤 지난 이튿날 아침, 소위 대궐 안에서는 자칭 천자 방납의 조회가 시작되어 그가 전상(殿上)에 나타나니, 안쪽으로는 내시·비빈(妃嬪)·여관(女官)들이 나와 들어서고, 바깥쪽으론 구경사상(九卿四相)·문무양반·전전무사(殿前武士)·시종근시들이 차례로 열을 지어 늘어섰다.

이때 신하들이 배무의 예를 끝내자 좌승상 누민중이 앞으로 나오더니 아뢰는 것이었다.

"중원 땅은 다른 곳이 아니옵고 바로 공부자(孔夫子)가 탄생하신 곳이옵니다. 그러하온데, 그 중원 땅에서 지금 놀라운 선비 한 사람이 와 있사오니 성은 가요 이름은 인이라 하옵는데, 이 사람이 문무겸전하고 지용(智勇)이 충족한 위에 천문지리에 통달하고, 육갑풍운에 능통할 뿐 아니라, 천지기색·삼교구류·제자백가에 모르는 것이 없는 훌륭한 인물이기에 소신이 지금 조문(朝門) 밖에 데려다놓고 있사옵니다. 그 사람의 말이 이 땅에 천자(天子)의 기운이 서리어 있어 일부러 찾아왔다 하옵니다."

방납이 그 말을 듣고 분부를 내렸다.

"그 같은 선비가 왔다면 그대로 만나보겠으니 백의조현(白衣朝見)시키라."

분부가 떨어지자, 조문에 있던 신하가 시진을 인도하여 들이니, 시진이 배무의 예를 드리고 성수만세를 부르는 것이었다.

방납은 그를 주렴 가까이 앞으로 나오라 하여 그의 외양을 살펴보았다. 어느 모로 보든지 평범한 인물이 아닌지라, 첫눈에 벌써 그는 마음에 들었다.

"현사(賢士)가 천자의 기운을 바라보고 찾아왔다 하니, 그것을 어디서 보았던가?"

"네, 신의 집은 중원이온데, 양친이 일찍이 돌아가시고 저 혼자서 학업을 닦던 중, 선현(先賢)의 비결(祕訣)을 배우고, 또 조사(祖師)의 현문(玄文)을 받았사옵니다. 그리하와 근일 밤중에 천상(天象)을 보오니, 제성(帝星)이 명랑하게 바로 동오(東嗚)의 땅을 비추고 있사옵기에, 천리를 멀다 하지 않고 그 기운이 비친 곳을 찾아서 왔사옵니다. 그리하와 특히 강남에 이르러 보오니 오색찬란한 천자의 기운이 바로 목주에서 올라오지 않겠습니까? 과연 지금 폐하의 용안을 우러러뵈오니, 용봉(龍鳳)의 풍채이시며, 천일(天日)의 기상이시옵니다. 신은 지금 다행하고 기쁜 마음을 어찌할 줄 모르는 바이옵니다."

시진은 이렇게 아뢰고 나서 또 재배(再拜)의 예를 올렸다.

"과인이 지금 동남(東南)의 토지는 가지고 있지만, 근자에 송강 등이 침노하여 과인의 여러 고을을 빼앗아갔으니, 이 일을 어찌하면 좋을지 알겠는가?"

"신이 듣자옵건대, 옛 사람이 말하기를 쉽게 얻은 것은 잃기도 쉽고, 어렵게 얻은 것은 잃기도 어렵다 하옵니다. 지금 폐하께서 영유하고 계옵신 동남 지방은, 국가의 기초를 세우신 후 힘써 싸워 얻으신 고을입니다. 그런 곳을 아무리 송강에게 몇 군데 빼앗겼다 할지라도, 머지않아서 성상 폐하께로 다시 돌아올 운(運)에 있사옵니다. 어찌 강남 땅뿐이겠습니까! 미구에 중원의 사직(社稷)까지 온통 폐하의 것이 될 것으로 믿사옵니다."

방납은 이 말에 너무도 기뻐서, 시진에게 비단으로 누빈 걸상을 주어 그 자리에 앉게 한 후, 잔치를 열어 그를 환대하고, 중서시랑(中書侍郎)의 벼슬을 내렸다.

이렇게 된 후, 시진은 날마다 방납에게 가까이 가서 달콤한 말로 아첨을 하여 홀딱 반하도록 만들었기 때문에 불과 반달이 못 지나서, 방납의 궁중 안팎의 관료들은 한 사람도 시진을 싫어하는 사람이 없게 되었다. 그러고서도 얼마를 지나는 동안, 방납은 시진이 정무(政務)에도 민첩하고 공평한 것을 알았는지라, 더욱 사랑하는 마음이 생겨 좌승상 누민중을 중매로 자기 딸 금지공주(金芝公主)와 결혼하게 하여 부마(駙馬)로 삼고, 봉작의 사무를 맡아보는 주작도위(主爵都尉)에 임명했다. 그리고 연청은 이름을 운벽인(雲璧人)이라 고치게 하고, 운봉위(雲奉尉)라 불렀다.

이렇게 시진이 자칭천자 방납의 부마가 된 후부터 그는 자주 궁중에 드나들게 되어 궁중 안팎의 사정을 모두 알게 되었다. 그리고 방납의 군사상 중대한 사정을 알게 되었다. 또한, 방납은 군사상 중대한 일이 생기기만 하면 언제든지 시진을 궁중으로 불러 그에게 의견을 묻는 것이었는데, 그럴 때마다 시진은 방납을 안심시켰다.

"폐하께선 그저 안심하시기 바랍니다. 폐하께서 진실로 천자님이 되실 기상이건만, 잠시 강성(罡星)이 침범했기 때문에 앞으로도 한 반년 동안 불안한 마음이 계속될 것뿐입니다. 그러니 송강의 부하로 있는 장수를 하나도 남겨놓지 않고 죄다 처치해버리기만 하면 폐하께선 제업(帝業)을 회복하시어 군사를 몰고 나아가 중원의 땅을 장악하실 것입니다."

"그렇지만 내가 아끼고 믿어오던 장수가 그동안 여러 명이나 송강 때문에 죽어버렸으니, 이래서야 어찌 일이 순탄할까?"

"과히 걱정하시지 마옵소서. 제가 밤에 천상(天象)을 보니 폐하의 운수가 비록 장성(將星)이 수십 명 있기는 합니다마는, 이건 정기(正氣)가 아니라 미구에 없어지고, 새로이 이십팔수의 성상(星象)이 폐하를 도와 제업을 부흥시키게 되어 있습니다. 저 송강의 부하 가운데서도 십 수 명이 항복해올 것이고, 이들이 폐하를 돕는 이십팔수 중에 드는 성수(星宿)들인데, 이들이 모두 폐하의 국토를 넓히게 해드릴 개국공신이 될 것입니다."

방납이 듣고 대단히 기뻐했다.

한편, 항주를 떠난 송강의 군사는 부양현을 향해 진군하고 있었는데, 이때 보광국사 등원각과 원수 석보·왕적·조중·온극양 등 다섯 사람은 패잔병을 거느리고 부양현을 지키고 있다가 송강군이 오는 것을 알고 사자를 목주로 보내어 구원을 청하는 고로 우승상 조사원은 백흠(白欽)과 경덕(景德) 두 사람의 친군지휘사(親軍指揮使)에게 군사 1만 명을 주어 응원을 가게 했다. 두 사람이 다 만부부당의 용맹한 장수인데, 두 사람은 부양현에 와서 보광국사 등과 세력을 합치고 산 위에다 진을 쳤다.

이때 송강의 본대는 칠만만(七萬灣)에 들어와 수군이 기병을 인도하면서 전진하고 있었다.

석보는 산 위에서 이것을 내려다보고 즉시 말을 타고서 유성추와 벽풍도를 가지고 송강을 맞이해 싸우려고 산 위에서 내려왔다.

이때 관승이 쫓아나가려고 하니까, 여방이 소리를 질렀다.

"형님! 잠깐만 참으십시오. 내가 저놈하고 싸울 테니 형님은 구경이나 좀 하십쇼!"

송강이 문기(門旗) 밑에서 보니, 여방이 창을 비껴들고 나는 듯이 달려나가 석보를 찌르는 것이다.

석보는 이 순간 벽풍도를 휘두르며 여방을 대적하는데, 두 사람이 싸우기를 50여 합 했을 때 여방의 기운이 약간 딸리는 듯하자 이것을 본 곽성이 창을 꼬나잡고 말을 몰고나와 협공한다.

이렇게 두 사람이 공격하건만 석보는 한 자루의 칼을 가지고 털끝만 한 빈틈도 없이 두 사람의 창을 받아내면서 조금도 피로하지 아니한다.

이렇게 전투가 한창 절정에 달했을 때, 보광국사 등원각은 징을 쳐서 군사를 거두게 했다. 무슨 까닭이냐 하면, 장강(長江)에 있는 전선(戰船) 이 순풍을 타고 여울로 올라와 언덕에 닿는 것을 보았는지라, 만일 양쪽으로부터 협공을 당하면 안 되겠다 싶어 전투 중지의 신호를 내린 것이다. 그러나 여방과 곽성은 석보를 놓아주지 않고 끝까지 싸우려 한다.

그래서 석보도 물러가지 않고 두 사람을 대적해 4, 5합을 더 싸우는데, 송강의 진에서는 또 주동이 창을 꼬나잡고 뛰어나와 협공하는 게 아닌가.

이렇게 되고 보니 세 사람의 적장을 혼자서 당해낼 도리가 없는지라, 석보는 그제야 말머리를 돌이켜 내빼기 시작했다.

송강은 채찍을 번쩍 들어 앞을 가리키며 부양산 꼭대기를 향해 들이쳐 올라갔다.

석보의 군사는 달아나면서 도중에 진을 칠 수도 없으니까, 곧장 동려현(桐廬縣)의 지경 안으로 들어갔다.

송강은 밤을 새워 추격해오다가 백봉령(白峰嶺)을 넘어와서 진을 쳤다. 그러고서 그날 밤 송강은 해진·해보·연순·왕영·일장청에게는 동쪽 길로부터, 흑선풍·항충·이곤·번서·마린에게는 서쪽 길로부터 각각 천 명의 보병을 끌고 가서 동려현의 적진을 돌격하게 하고, 강가에 있는 이준·원가 삼형제·동가 형제·맹강 등을 합쳐 일곱 명에게는 수로(水路)로 군사를 끌고 나가게 했다.

그런데 해진·해보 등이 군사를 끌고 동려현에 몰려왔을 때는 밤도 이미 깊은 자정 때였는데, 이때 보광국사는 석보와 함께 군사에 대한 의논을 하다가 별안간 굉음으로 터지는 포 소리에 깜짝 놀라 말을 잡아 타고 달아날 경황도 없을 지경이었다.

그들이 정신을 차려 바라보니, 세 갈래 길로부터 불길이 타오르고 있는 게 아닌가.

그들은 혼이 빠져서, 석보를 선두로 모두들 내빼기에 정신이 없었다.

세 갈래 길로 쳐들어오는 송강군은 도망가는 석보의 군사를 가로 세로 마구 찔렀다.

온극양은 이때 말을 탈 여유도 없어, 소로 길로 해서 내빼다가 불행하게도 왕영과 일장청을 만나 대번에 그들 부부한테 사로잡히고 말았다.

한편, 동려현 성내에 들어간 흑선풍과 항충·이곤·번서·마린 등은 닥치는 대로 사람을 죽이고 불을 지르면서 돌아다녔다.

송강은 이 같은 보고를 받기가 무섭게 군사를 거느리고 동려현으로 들어와서 왕영 부부가 잡아온 온극양을 항주의 장초토한테로 압송하여 목을 베어 매달도록 했다.

그 뒤의 이야기는 그만해둔다.

다음날, 송강은 수륙 양군을 일시에 행군케 하여 오룡령 아래로 몰려 갔다.

그런데 이 오룡령 재만 넘으면 바로 목주다.

이때 보광국사는 나머지 장수들을 거느리고 모두 산마루에 올라가 관문을 지키면서 군사를 주둔시켰는데, 이 오룡령이야말로 장강을 앞에 두고 산은 험하고 물살은 급할 뿐 아니라, 위에는 관문이 막고 있고, 아래에는 전함(戰艦)이 쭉 놓여 있는 요해지였다.

송강은 군사를 산마루 밑에 주둔시켜놓고, 가장자리에다가는 진책(陣柵)을 세웠다. 그러고는 보병의 군중에서 흑선풍·항충·이곤 세 사람을 불러 그들로 하여금 5백 명의 패수를 거느리고 나가 정찰을 하고 오라고 했다.

그런데 흑선풍 등이 오룡령 아래에 이르기가 무섭게 산꼭대기에서는 통나무와 바위 돌멩이를 마구 굴려 내리는 까닭에 도무지 가까이 나갈 수가 없었다. 하는 수 없이 그들은 되돌아와서 송강에게 사실대로 보고했다. 그랬더니 송강은 다시 원소이·맹강·동맹·동위 등 이렇게 네 사람으로 하여금 전함의 반수만 가지고 수로로 나가 보라고 명령하는 것이었다.

　명령을 받은 소이는 두 사람의 부장(副將)과 수군 1천 명을 이끌어 1백 척의 배에 각기 분승한 후 깃발을 흔들며, 북을 울리며, 노래를 부르면서 오룡령 근처까지 가까이 갔다.

　그런데 원래 이 오룡령 산기슭은 방납의 수채(水寨)였던 까닭에, 수채 안에는 5백 척의 전선이 정박해 있고, 5천여 명의 수군이 있으며, 그 수군을 지휘하는 네 명의 수군총관은 별명을 절강(浙江)의 사룡(四龍)이라 하는 것이었다. 그리고 그 사룡이란,

　　옥조룡 도총관 성귀(玉爪龍 都總管 成貴)

　　금린룡 부총관 적원(錦鱗龍 副總管 翟源)

　　충파룡 좌부관 교정(衝波龍 左副管 喬正)

　　희주룡 우부관 사복(戲珠龍 右副管 謝福)

　이상 네 명으로서, 이 네 사람의 총관은 본시 전당강의 뱃사공이었는데, 지금은 방납에게 붙어서 삼품(三品)의 벼슬자리에 있는 터이다.

　그날 소이와 맹강 등 네 사람은 배를 타고 여울물을 거슬러 상류로 올라갔다.

　이때 역적 방납의 수채에 있는 절강 사룡은 벌써 송군(宋軍)이 오는 줄을 알고 있었기 때문에 50련(連)의 화배(火排)를 준비해놓고 있었다. 화배라는 것은 커다란 소나무와 전나무의 뗏목을 엮어놓은 위에다 짚단을 잔뜩 쌓아놓고 그 짚단 속에다 유황·염초 같은 화약을 감춰놓은 것을 이름이다.

그러나 소이와 맹강 등 네 사람은 적이 지금 그런 것을 준비해놓고 있는 줄도 모르고 올라가기만 했다.

이때 상류에 있던 적의 수군총관 절강 사룡은 그들을 보고 각기 붉은 기 한 개씩을 세운 네 척의 쾌속선을 타고 내려오는 것이었다.

소이는 이들을 보고 즉시 수부들에게 명령을 내려 활을 쏘게 하니, 절강 사룡의 쾌속선은 당황한 듯이 도로 상류로 내빼버린다.

소이는 적들이 내빼는 것을 보고 기운이 나서 고함을 지르며 추격했다.

그러자 네 척의 쾌속선은 겁을 먹었는지 강가에 배를 대고서, 네 명의 총관과 수부들이 모두 언덕 위로 기어올라가 도망해버린다.

소이는 여울목까지 쫓아가 수채 안을 바라보니, 거기엔 배가 수없이 많이 있으므로, 감히 가까이 가지 못하고 망설이고 있었다. 그럴 때 별안간 오룡령 산마루 위에서 깃발이 휘둘리더니, 북소리가 나면서 불길이 활활 타오르는 화배가 순풍을 타고 일제히 하류로 떠내려오는데, 그 뒤에 있는 큰 배에서는 군사들이 고함을 지르면서 장창과 요구창을 손에 들고 화배를 따라 내려오는 것이다.

동위와 동맹은 형세가 어렵게 된 것을 알고 배를 급히 강변에 대고 언덕 위로 올라가 산모퉁이로 돌아 간신히 길을 찾아서 본진으로 돌아가는데, 그러나 소이와 맹강은 그러지를 못하고 배 위에 있다가 형세가 급하게 된 것을 알고, 소이가 먼저 물속으로 뛰어들었더니, 적의 배가 달려와서 요구창으로 걸어당기는 고로, 소이는 당황하여 적에게 붙들려가서 욕을 보느니 차라리 죽자 하고, 허리에 찼던 칼을 뽑아 제 손으로 목을 끊고 죽어버렸다. 그리고 맹강은 이때 물속으로 뛰어들려 했었지만, 그때 적의 화배 위에서 화포가 일시에 터져 그중 한 발이 맹강의 투구 위에 떨어져, 그의 머리는 형적도 없이 사라져버리고 말았다.

적 네 명의 수군총관은 때를 놓치지 않고 화선(火船)을 타고 덮쳐왔다.

이때 이준은 소오, 소칠과 함께 후방에 있는 배 안에 있었는데, 그들은 전방에서 형세가 이같이 불리하게 된 것을 알고, 뱃머리를 돌려 동려현의 강변을 향해 급히 노를 저어 갔다.

이때, 오룡령 산마루에 있던 보광국사와 석보는 수군총관들이 승리하는 것을 보고 급히 군사를 이끌고 달려 내려왔지만, 원체 수심이 깊어 수군총관들도 추격을 못 하고 있는 데다가 그들과 상거가 멀어졌기 때문에 쫓아갈 생각을 못 하고, 다만 송강의 군사가 동려로 후퇴해서 그곳에 주둔하는 것만 바라다보고는 오룡령으로 도로 돌아가버릴 수밖에 없었다.

송강은 동려로 돌아와 진을 치기는 했으나, 이번에도 소이와 맹강 두 사람의 장수를 잃은 것을 생각하고 너무도 분하고 슬퍼서 침식을 잊고 끙끙 앓기만 했다.

오용 이하 여러 장수가 여러 번 간곡하게 위로도 하고 권하기도 했지만 송강은 식음을 전폐하는 게 아닌가.

소오와 소칠은 형이 전사한 까닭에 상복을 입고 비통해하면서도 송강이 그렇게 식음을 전폐하는 것을 보고는 충심으로 위로하는 것이었다.

"저의 형이 이번에 죽은 것은 나라의 큰일을 위해 목숨을 버린 것이니, 양산박에 있다가 그냥 죽어서 이름을 파묻은 것보다는 얼마나 다행한 죽음인지 모릅니다! 선봉님은 전군을 통솔하시는 처지이시니, 국가 대사를 위해 제발 너무 상심 마시고, 군사의 일이나 돌보아주십시오. 죽은 형의 원수는 저희들이 기어코 갚겠습니다."

송강은 두 사람의 이 같은 말에 약간 기운을 회복했다.

다음날, 송강은 기운을 차려 군사를 점검한 다음, 다시 적을 치려고 준비를 했다. 그러나 오용이 들어와 말렸다.

"형님! 너무 급하게 서두르지 마십시오. 좀 더 계책을 생각한 다음, 그다음에 오룡령을 넘어가도 그다지 늦지 않습니다."

오용의 말이 끝나자마자, 해진과 해보가 의견을 내놓는다.

"형님들이 죄다 아시다시피 저희들 형제 두 사람은 본래 사냥꾼 출신입니다. 산을 타고 재를 넘고 하는 데는 아주 익숙합니다. 그래 저희 둘이 사냥꾼 복색을 차린 다음 산마루에 올라가 불을 지르겠습니다. 그러면 적병들이 기급초풍해서 관문을 포기하고 내빼버리지 않겠습니까?"

이 말을 듣고 오용이,

"글쎄, 그 계책이 좋긴 하지만 워낙 저 산이 험준해서 올라가기가 힘들 거요. 자칫 잘못해서 한 발자국만 잘못 디뎠다간 목숨이 달아날 테니!"

하고 난색을 보이는 것이었다.

해진과 해보는 그래도 애원하다시피 간청했다.

"저희 형제가 등주 감옥에서 탈출하여 양산박으로 올라간 뒤부터 오늘날까지 여러 해 동안 형님한테서 은혜만 입었지, 한 번도 보답을 해드리지 못했습니다. 더구나 지금은 국가의 대명(大命)을 받고 역적을 토벌하러 나왔으니 조정을 위해 분골쇄신해서라도 형님의 은혜에 보답하는 것이 저희의 도리입니다."

송강이 이 말을 듣고 타이르듯이 두 사람을 번갈아 보며 말했다.

"왜 그런 불길한 소리를 하는가! 그런 불길한 말은 하지 말고, 속히 대공을 세워 서울로 돌아갈 생각이나 하란 말이야. 그렇게 되면 조정에서도 우리를 끔찍이 대우해줄 테니 진심갈력해야지!"

해진과 해보는 송강의 승낙을 듣고 즉시 자기 처소로 돌아가 호피(虎皮)로 만든 거죽 옷을 입고, 허리에 단도를 차고, 손에 강차(鋼叉)를 들고 나와서,

"그럼, 지금 떠나겠습니다."

송강에게 이같이 인사하고는 바로 오룡령을 향해 소로 길로 걸음을

재촉했다.

이때 밤은 아직 초경 때였다.

해진과 해보가 얼마 동안 가노라니까, 길가 숲속에 엎드려 있던 적병 두 놈이 툭 튀어나오면서,

"꼼짝 마라!"

"누구냐?"

이같이 소리를 치는 것을, 둘이서 한 놈씩 죽여 치웠다. 그러고 나서도 한참 동안 걸어 오룡령 산기슭에 당도하니까, 그때가 2경이라 산마루 위에 있는 적의 진지에서 시각을 알리는 북소리가 들린다. 두 사람은 감히 큰길로 못 가고 칡덩굴, 등덩굴 따위를 휘어잡고 끌어당기면서 한 발자국 한 발자국 산 위로 올라갔다.

이날 밤 달빛은 대낮같이 밝았다.

두 사람이 고개 위 3분의 2쯤 올라갔을 때, 고개 위에서 등불 빛이 환하게 아래를 비추고 있는 것을 보고, 두 사람은 얼른 바위 밑에 몸을 숨겼다. 그러고서 가만히 귀를 기울였더니, 그동안 벌써 그렇게 되었는지 어느새 경고 소리가 4경을 알리는 게 아닌가.

해진이 그 소리를 듣고 아우를 돌아다보며 가만히 말했다.

"얘! 요샌 밤이 짧다. 얼마 안 있으면 날이 밝을 테니, 어서 올라가자."

두 사람은 다시 깎아세운 듯 험한 산을 올라가는데, 올라갈수록 기구하기 짝이 없어서, 까딱 잘못했다가는 천야만야한 낭떠러지에 굴러떨어질 운명이다. 그래 팔과 다리를 조금도 쉬지 않고 바쁘게 놀려야겠는데, 한 손에 강차를 쥐고 있는 게 불편하여 두 사람은 강차를 등에 울러맸다. 그러고서 두 손으로 등덩굴을 잡아당기며 기어 올라가는데, 그들이 버스럭거리며 올라가는 소리가 산마루 위에 안 들릴 까닭이 없다.

이때 위에서 이런 소리를 들은 적병이 소리를 꽥 지르면서 요구창을

내리던진 모양이라, 어느새 해진의 머리털은 요구창에 걸려 켕기고 아프기 시작했다.

해진은 급히 허리에서 칼을 뽑아 요구창의 나무자루를 끊어버리려 했지만, 벌써 그의 몸뚱어리는 위에서 요구창을 잡아당기는 바람에 위로 끌려 올라가는 판이다. 해진은 일이 바쁘게 되었는지라, 급히 요구창의 나무자루를 손에 쥐고 있던 칼로 힘껏 때렸다.

그 순간 칼자루 끝이 딱 부러지더니, 해진의 몸뚱이는 천길만길이나 되어 보이는 절벽 아래로 떨어져버렸다. 절벽 아래는 삐죽삐죽한 돌멩이가 깔린 골짜기였으니, 그의 몸뚱어리야말로 분골쇄신되었을 게 아닌가.

해보는 형이 이같이 굴러떨어지는 것을 보고 급히 서둘러 아래로 도로 내려오고 있는데, 그의 머리 위에서는 그에게 그럴 여유도 주지 않고 돌멩이와 나무토막을 마구 굴러 떨어뜨리고, 또 화살을 쏘는 까닭에 당대에 이름난 사냥꾼 해보도 속절없이 칡덩굴, 등덩굴 밑에서 목숨을 잃었다.

날이 밝았다.

산마루 위에 있는 적병들은 산 아래로 내려와서 해진과 해보의 시체를 떼메어 올려다가, 나뭇가지 위에 걸쳐놓고 까마귀와 솔개미 떼의 밥이 되도록 풍장(風葬)을 해버렸다.

송강군의 탐색병이 이 사실을 알고서 급히 송선봉에게 돌아가 보고했다. 송강은 해진·해보가 죽은 것을 알고 통곡하다가 기절했다.

얼마 후 그는 정신을 회복한 다음 관승과 화영을 부르더니, 군사를 끌고 오룡령에 올라가 적의 관소를 깨트리고, 이번에 잃어버린 네 사람의 원수를 갚아달라는 것이었다.

그러나 곁에 있던 오용이 말했다.

"형님! 이렇게 성급하게 구시면 안 됩니다. 이미 죽은 사람은 모두 그 사람들의 천명(天命)이 아닙니까? 그만 진정하시고, 오룡령을 치러 가더라도 이렇게 무턱대고 가서는 안 됩니다. 교묘한 계책을 세워 지혜로써 적의 관문을 분쇄해야 합니다."

오용의 말을 듣고서 송강은 성난 목소리로 대답하는 것이었다.

"우리가 여기서 골육같이 아끼던 형제를 3분의 1이나 잃어버릴 줄 누가 생각이나 했었소? 저 도적놈들이 우리 형제의 시체를 풍장하는 데도 가만히 보고 있으란 말이오? 오늘밤 안으로 무슨 일이 있든지 시체를 찾다가 관곽(棺槨)을 갖춰 매장해야 하지 않소?"

"그렇긴 하지만, 다시 한 번 생각해보십쇼. 저놈들이 풍장을 하는 이면에는 반드시 무슨 흉계가 있을 게 아닙니까? 그러니까 충분히 계책을 세운 후에 움직여야 합니다."

오용이 또 이렇게 말했건만 송강은 그 말을 들은 체도 않고, 관승·화영·여방·곽성 등 네 사람을 불러 그들과 함께 3천 명의 군사를 거느리고 어둠을 타 출발했다.

오룡령 밑에 도착한 것은 밤 2경 때였다.

그때 앞에서 가던 소교(小校) 한 놈이 송강한테로 달려나오며 보고를 올린다.

"선봉님! 저 앞 나무 위에 시체 두 구가 얹혀 있는데, 혹시나 해진·해보 두 분의 시체가 아닐까요?"

송강이 급히 말을 채쳐 달려가 보니, 두 그루 나무에 대나무를 걸쳐놓고 그 위에다 시체 두 구를 얹어놓았는데, 그 나무둥치의 껍질을 하얗게 벗겨버리고 커다란 글씨로 글을 두 줄 써놓았다. 그러나 달이 구름에 가리어 글자가 잘 보이지 않는다. 송강이 급히 포 쏘는 불씨를 가져오라 하여 그 불빛에 비쳐보았더니,

송강조만야(宋江早晚也)

## 호령재차처(號令在此處)

이렇게 두 줄이 쓰여 있다. '송강, 너도 조만간 여기서 이 모양 될 것'이라는 뜻이다.

이것을 보고 송강은 분통이 터져서 병정을 호령하여 나무 위로 어서 올라가 시체를 메고서 내려오라 했다.

그럴 때 별안간 사방에서 횃불이 일어나고 북소리가 요란하더니, 순식간에 적병이 사방을 철통같이 에워쌌다. 그리고 벌써 고개 위에서는 화살을 빗발처럼 쏘아대는 통에 강에서 배에 타고 있던 수군들은 허겁지겁 모두 다 언덕 위로 올라오는 게 아닌가.

'아뿔싸!'

송강은 깨닫고 급히 군사를 돌리려 했는데, 어느새 적장 석보가 달려와 돌아갈 길을 가로막고 있으므로, 송강은 옆길로 달아날까 했더니, 이쪽에서는 또 보광국사 등원각이 덮쳐오는 게 아닌가. 지금 그는 독 안에 든 쥐같이 올 데 갈 데가 없이 되었다.

"송강 네 이놈, 말에서 내려 당장 항복해라!"

석보가 이렇게 호령한다.

이 소리를 듣고 성이 난 관승은 말을 채쳐 석보한테로 달려들었다.

그러나 두 장수가 채 싸움을 벌이기도 전에 후방에서 또 고함 소리가 요란했다. 이것은 다른 사람들이 아니라, 적의 수군총관 네 명이 일제히 왕적·조중과 합세하여 송강을 치러 고개 위에서 내려오는 것이었다.

# 신의 가호

이것을 본 화영은 급히 뛰어나가 그놈들을 막으려고 왕적과 싸웠다.

그런데 무슨 까닭인지 싸움이 두 합도 못 가서 화영은 말머리를 돌려 내빼기 시작했다.

왕적과 조중은 고함을 지르면서 쫓아가는데 화영의 손이 잠깐 움직이는 듯하더니, 어느새 화살 두 개가 연달아 날아와서 조중과 왕적을 맞히어 말 아래 떨어뜨리는 게 아닌가. 이 순간, 추격하던 군사들은 기가 막혀 소리도 못 지르고 그 자리에 우뚝 섰다가는 돌아서서 내빼버렸다.

수군총관 네 사람도 왕적과 조중이 화살을 맞고 말 아래 떨어져 죽는 것을 보고는 감히 쫓아가지 못했다.

화영이 적장 두 놈을 죽이고 추격하는 적군을 막아버린 것을 유쾌히 생각하고 있을 사이, 별안간 옆길에서 두 무리의 군사가 뛰어나오니, 그 하나는 적장 백흠이 지휘하는 부대요, 또 하나는 경덕이 지휘하는 부대였다.

이 광경을 바라보고 송강의 진에서도 두 장수가 뛰어나와서 여방은 백흠을 맡고, 곽성은 경덕을 상대로 네 장수가 두 덩어리로 격전을 전개했다. 이같이 한창 싸우는 판인데, 별안간 적군의 후방에서 고함치는 소리가 요란하더니 적군이 모두 내빼버리는 게 아닌가.

보니까, 그것은 다름 아니라, 흑선풍이 항충과 이곤 두 사람의 패수를 데리고, 보병 1천 명과 함께 석보의 기병 부대를 배후에서 덮치는 까닭이었다.

이때, 적장 등원각이 군사를 거느리고 나와 석보를 응원하려 했지만, 그의 후방에서 노지심과 무송이 나타나 한 사람은 철선장으로, 한 사람은 계도로 마구 후려대면서 보병 1천 명을 몰아서 오는 것이다. 그리고 그 뒤에서는 진명·이응·주동·연순·마린·번서·일장청·왕영 등이 각각 기병을 휘몰고 와서 들이치는 것이다.

이렇게 되어 사방이 송강의 군사로 에워싸여 석보와 등원각의 군사가 풍비박산되자, 송강의 군사는 무사히 송강을 구원해서 동려현으로 돌아갔다. 그리고 석보는 패잔병을 거둬 산마루 위로 올라갔다.

진중으로 돌아온 송강은 비로소 한숨을 내쉬고 자리에 앉으면서 여러 장수들에게 사례했다.

"정말 여러분이 아니었던들, 나도 해진과 해보처럼 속절없이 목숨을 빼앗길 뻔했소이다! 참으로 감사하오."

"글쎄, 형님이 고집을 쓰시며 기어코 출동하기에 제 맘엔 아무래도 위태한 지경을 당하실 듯싶어서, 그래 여러분더러 나가서 구원해드리라 했었죠."

곁에서 오용이 이렇게 말하는 것을 듣고, 송강은 몇 번이나 감사하다는 말을 되풀이하는 것이다.

한편, 오룡령 마루 위에서는 석보와 등원각 두 원수(元師)가 상의를 했다.

"그런데 지금 송강의 군사가 동려현으로 물러가서 진을 치고 있지만, 만일 저것들이 우리 모르게 가만히 뒷길로 해서 재를 넘어가기만 한다면, 목주는 바로 지척지간이란 말입니다. 위태하기 짝이 없습니다. 그러니까 국사(國師)가 친히 청계 대궐로 들어가서 직접 천자님을 뵙고 사정을 말씀드려, 군사를 증원해주십사 해서 이곳 오룡령을 튼튼히 막아야 하겠습니다. 그렇게 하지 않고서는 이곳을 장구히 보존하기가 힘들 것 같습니다."

석보가 이같이 말하니까, 등원각은 서슴지 않고 그 말에 찬성했다.

"옳은 말씀이오! 내가 곧 목주로 가겠소이다!"

등원각 국사는 즉시 말을 달려 목주로 뛰어가서 우승상 조사원을 보고 송강의 군사가 수효는 많고 사납기가 짝이 없어서 도저히 그대로는 감당할 수가 없기 때문에 아무래도 오룡령을 뺏기기가 쉽고, 그렇게 되는 날이면 이곳 목주가 위태하게 될 것 같아 구원병을 청하러 왔다고 사정을 말했다.

조사원은 그 말을 듣더니 당장 말을 잡아타고 등원각과 함께 청계현 방원동으로 가서 먼저 좌승상 누민중을 만나보고 증원군을 보내도록 상주할 것을 상의했다.

그러고서 다음날 아침 조회 때에 방납이 전상(殿上)에 나오자 좌우 승상 조사원, 누민중은 보광국사 등원각과 함께 천자 앞에서 배무의 예를 올린 다음에, 등원각이 한 발자국 앞으로 나가 만세를 부른 후 아뢰었다.

"신(臣)이 성지(聖旨)를 받자옵고 태자를 모시고서 항주를 지키고 있었사오나, 송강의 군사가 짐작한 것보다 더 흉맹한 데다가 원평사가 그놈들의 앞장을 서서 끌고 들어왔기 때문에 기어코 항주를 뺏기고, 태자께서는 끝까지 용감히 싸우셨습니다만, 결국 전사하셨습니다. 지금 소신은 석보 원수와 함께 후퇴하여 오룡령을 수비하고 있는 중이온데, 그간에 송강군 장수 네 명을 죽이고 크게 형세를 떨치기는 했습니다만, 이미 송강이 동려까지 진출하여 주둔하고 있으면서 진격할 준비를 하는 모양이옵니다. 만일 저것들이 오룡령의 뒷길로 관소를 넘는 날이면 이곳 목주가 위태롭게 되오니 아무쪼록 오룡령을 뺏기지 않도록 좋은 장수와 정예한 군사를 증원해주시옵소서."

이렇게 아뢰었는데도 방납의 대답은 뜻밖에 냉담한 것이었다.

"그간 각지의 군사를 보내주지 않았나? 며칠 전에는 흡주에 있는 욱령의 요해지가 위태하게 됐다 해서 그곳에 수만 명 군사를 보냈단 말이야. 지금 어림군(御林軍)밖에 남지 않았는데, 이건 과인의 궁궐을 지키는데 필요하니 이것을 어떻게 분산시킨단 말인가!"

등원각은 방납에게 다시 아뢰었다.

"폐하께서 증원군을 내주시지 못하시면, 신은 어찌할 도리가 없습니다. 허나 송강의 군사가 재를 넘는 날이면, 이곳 목주를 어떻게 보전하시겠습니까?"

이때 좌승상 누민중이 열(列)에서 나와 아뢰었다.

"아뢰옵니다. 저 오룡령의 요해지는 참으로 중요한 곳입니다. 어림군은 총 병력이 3만 명은 되는 터이오니, 그중 1만 명만 떼어서 보광국사에게 주옵시고 오룡령을 굳게 지키라 하옵시면 좋을까 싶사옵니다. 폐하께서는 깊이 통촉하시옵소서."

그러나 방납은 그의 말도 듣지 않는 것이었다.

"안 하겠어! 어림군을 떼어줄 수는 없지."

결국 그들은 증원군을 얻지 못하고 조회는 파하게 되어 밖으로 나왔다.

밖으로 나온 좌승상 누민중은 각료들과 의논한 끝에, 우승상 조사원이 목주에 데리고 있는 군사 중에서 장수 한 명과 병정 5천 명을 떼어주도록 결정하고, 오룡령을 견수(堅守)하도록 부탁했다.

이렇게 된 까닭에 등원각은 조사원과 함께 목주로 와서 5천 명의 군사와 장수 하후성(夏候成)이라는 사람을 데리고 오룡령으로 돌아가, 석보를 보고 이번에 대궐에 들어가서 실패하고 나온 이야기를 사실대로 했다.

석보는 그 이야기를 듣고 속이 틀어져서 냉담하게 한마디 했다.

"맘대로 하라지! 우리도 관문만 지키고 있고, 나가 싸우지는 않을 테니까! 수군총관 네 사람도 강변에 오는 적이나 물리치라 했지, 나가 싸우라고는 할 수 없구면!"

하여간 보광국사가 증원군을 얻으러 대궐에 갔던 일이 실패였기 때문에 석보 원수뿐 아니라 모두들 비위가 틀어진 것만은 사실이다. 그래서 보광국사 등원각과 원수 석보는 백흠·경덕·하후성을 데리고 다섯 사람이 오룡령 관소를 지키고만 있었다.

한편, 송강은 그동안 여러 장수를 잃어버린 뒤에 동려현의 진지만 지키고 있으면서 벌써 20여 일째 꿈쩍을 않고 싸우러 나갈 생각도 없었다.

그런데 이날 송강이 혼자서 책상에 기대앉아 지난 일을 회상하고 있으려니까, 돌연 탐색병이 달려들어와서 급한 소리로 알리는 것이다.

"조정에서 지금 동추밀님을 이리로 보내시어 항주까지 상사품을 가지고 오셨답니다. 그런데 저희들 군대가 두 갈래로 나뉘어 있는 것을 아시고, 동추밀님은 상사품을 나누어 일부를 왕품(王稟) 장군한테 부탁해서 욱령관에 있는 노선봉님한테로 보내시고, 일부를 동추밀님이 가지고 지금 이리로 오시는 길입니다."

송강은 이 말을 듣고 곧 오용과 여러 장수들을 데리고서 20리 밖에까지 나가서 칙사를 영접했다.

동추밀은 진중으로 들어와서 성지를 읽어드리고, 상사품을 장수들에게 나눠주었다. 송강 등은 칙사에게 참배한 후에 곧 연회를 베풀고 관대했다.

"그런데 송선봉이 원정을 나오신 뒤 장수들을 많이 잃었다는 소식을 들었는데, 몇 사람이나 잃었나요?"

음식을 먹다가 동추밀이 이같이 물으니까, 송강은 눈물을 흘리면서 말했다.

"왕년에 조추밀님을 모시고 북쪽의 요국(遼國)을 징벌하러 갔을 때는 한 사람의 장수도 잃은 일이 없었는데, 이번에 칙명을 받자옵고서 방납을 토벌하러 나온 뒤부터는, 당초에 서울을 떠나기 전에 먼저 공손승이 가버렸고, 그다음엔 어전(御前)에다 두 사람, 그리고 그 밖에 네 사람이나 서울에다 두고 왔는데, 장강(長江)을 건너온 뒤로는 먼저 송만·초정·도종왕 세 사람을 잃고, 비릉군 싸움에서 한도·팽기·정천수·조정·왕정륙 다섯 사람을 잃고, 소주 싸움에서 선찬·시은·공량 세 사람을 잃고, 용금문 싸움에서 학사문·서녕·장순 세 사람을 잃고, 항주 싸움에서 동평·장청·주통·뇌횡·공왕·삭초·등비·유당·포욱 아홉 사람을 잃고, 이번에 오룡령 싸움에서는 또 후건·단경주·원소이·맹강·해진·해보 여섯 사람을 잃었습니다.

서울서 안도전을 불러가신 뒤에 지금 신병으로 항주에 드러누워 있는 사람도 장횡·목홍·공명·주귀·양림·백승·목춘·주부 여덟 명이나 됩니다. 그런데 지금 공격하고 있는 저 오룡령은 그동안 여섯 명이나 희생시켰건만, 산이 험준하고 물살이 세어서, 들이치기가 여간 곤란하지 않습니다. 그래, 이 일을 어찌할까 번민하는 중이었는데, 은상(恩相)께서 마침 잘 오셨습니다."

"폐하께서는 그동안 장군이 큰 공을 세우고 있는 소식을 들으시고 매우 만족해하시다가 나중에 장수들을 많이 잃었다는 소식을 들으시고는, 이번에 나로 하여금 왕품과 조담(趙譚)을 데리고 가서 송선봉을 응원해주라고 분부하셨습니다. 그래서 왕품에게 상사품을 주어 노선봉한테로 가지고 가게 했습니다."

동추밀은 이렇게 말하고 조담을 불러 송강에게 인사하게 한 후, 같이 동려현으로 가서 주둔해 있으라고 명령했다.

이날 연회가 끝난 후 그들은 각각 편히 쉬었는데, 이튿날 동추밀은 군사를 점검하여 오룡령을 들이치자고 주장했다.

그러나 오용은 동추밀에게 간했다.

"추밀님! 잠깐만 참으십시오. 우선 연순과 마린을 골짜구니의 소로 길로 보내, 산을 넘어갈 수 있는 샛길이 있는가 토착민한테 물어봐서 찾아보고 오게 한 연후에 양면협공을 해야 적이 서로 응원할 길이 막혀서 관소를 버리고 달아나지, 그러지 않고서는 지금 들이친대도 어렵습니다."

송강이 그 답을 듣고,

"그게 좋은 계책이군."

하고 오용의 말대로 마린과 연순을 불러 그들로 하여금 수십 명의 병정을 데리고 골짜구니로 들어가서 토착민을 찾아내어 샛길을 알아보고 오도록 했다.

그랬더니 마린과 연순은 하룻밤이 지난 뒤 다음날 저녁, 한 사람의 늙은이를 데리고 돌아와서 송강에게 인사를 하는 것이었다.

"이 노인이 이 골짜기에 사는 토착민이어서 그 근방의 길과 골짜구니와 산마루를 자세히 안다기에 데리고 왔습니다."

송강이 그 노인을 보고 물었다.

"노인장! 오룡령을 넘어가는 샛길이 있을 텐데, 그 길을 가르쳐주시오. 내가 상을 후히 주리라!"

늙은이는 송강을 바라보며 입을 오물오물 움직거리면서 떠듬떠듬 지껄여댄다.

"제가요, 우리 집 조상 때부터 대대로 이 고장에 살아왔죠. 방납이란 놈한테 해마다 백성들이 부대껴왔습니다만, 어디 다른 데로 도망갈 곳이 있어야죠! 그러던 참인데 이번에 천병이 오셨습니다. 이제는 마음놓고 살 것 같습니다. 제가 재를 넘어가는 샛길을 인도해드리죠. 오룡령만 넘어가면 바로 동관(東管)인데, 거기서 목주까지는 바로 지척이죠. 동관의 북문으로 나가서 다시 서문 쪽으로 돌아가면 거기가 바로 오룡령이니까요."

"고맙소!"

송강은 대단히 기뻐하고, 즉시 은(銀)을 가지고 오게 하여 그 노인에게 상을 주고, 또 노인을 진중에 머물러 있게 하고 음식을 대접하도록 했다.

다음날, 송강은 동추밀에게 동려현의 수비를 부탁하고 나서, 그는 친히 열두 명의 정·편장을 데리고 샛길로 나갔다. 열두 명이란 화영·진명·노지심·무송·대종·흑선풍·번서·왕영·호삼랑·항충·이곤·능진 열두 명이다. 그리고 그들이 인솔하는 병력은 1만 명이다.

길을 인도하는 노인이 앞에서 걸어가고, 송강 이하 모든 군사들은 소리 없이 그 뒤를 따랐다.

이렇게 해서 그들이 소우령(小牛嶺)까지 갔을 때 별안간 한 떼의 군사가 나타나면서 길을 막는다.

송강은 즉시 흑선풍·항충·이곤을 시켜 적병을 모조리 없애라고 명령했다. 그러자 세 사람의 장수가 어떻게나 눈부시게 무기를 휘둘러댔던지 3, 4백 명이나 되는 적병의 모가지는 가랑잎 떨어지듯 삽시간에 몰살되고 말았다.

그들은 가로거치는 적병을 치우고서 쉬지 않고 행군하여 밤이 4경쯤 되었을 때 동관에 닿았다.

그런데 동관을 지키고 있던 적장 오응성(吾應星)은 어느새 송강의 군사가 동관까지 침투해 들어왔다는 급보를 받고서 기가 막혔다. 그는 부하에 군사 2천 명밖에 없으니 이것을 가지고 1만 명이나 되는 송군을 당해낼 수가 없다고 단념하고, 급히 군사를 끌고 목주로 향해 도망해 버렸다.

목주로 도망해온 오응성은 우승상 조사원에게 급보를 올렸다.

"지금 송강의 군사가 오룡령을 샛길로 넘어와서 동관 쪽으로 쳐들어옵니다."

이 소리를 듣고 조사원은 놀랐다. 즉시 그는 장수들을 불러서 대책을 토의했다.

"이거 큰일 났구려! 적이 동관까지 쳐들어왔다니, 여기가 이제는 위태하지 않소?"

"야단났습니다!"

이들이 이렇게 대책을 의논하고 있을 때, 벌써 송강은 포수 능진으로 하여금 연주포를 쏘도록 했다.

이때 오룡령 산마루 위에서는 이 포 소리를 듣고 석보가 놀라 백흠더러 군사를 데리고 나가서 알아오라 했다. 백흠이 나와서 보니까 골짜기마다 널린 것이 송강군의 기호(旗號)요, 송강의 군사들인지라, 그는 급히 산채로 돌아가서 석보에게 알렸다.

"하는 수 없지! 조정에서 구원병을 안 내주어서 이 모양이 되었으니까 우리는 가만히 앉아서 이곳만 지키고 있을 수밖에!"

백흠의 이야기를 듣고 석보는 이렇게 말하는 것이었다.

그러나 등원각은 말했다.

"그게 무슨 말씀이오? 아무리 조정에서는 그랬더라도, 우리가 지금 원군(援軍)을 출동시키지 않는다면 목주가 미구에 떨어질 것 아니오? 대궐을 지키지 못한다면 우린들 무사히 생명을 보전하겠소? 원수가 안 가시겠다면 내가 목주로 가겠소!"

보광국사 등원각은 이렇게 말하고, 석보가 말리는 것도 듣지 않고, 5천 명의 군사를 이끌고 선장(禪杖)을 들고 하후성과 함께 오룡령을 내려갔다.

한편, 이때 동관까지 군사를 거느리고 왔던 송강은 목주를 들이치기 전에 먼저 오룡령의 요해지를 함락시키려고 군사를 끌고 올라오다가, 오룡령 관소에서 내려오는 등원각의 군사와 마주쳤다.

양쪽 군사가 서로 싸울 자세를 취하자, 먼저 등원각이 선장을 쳐들고 말을 달려 나왔다.

이 모양을 보고 화영이 송강의 귀에다 대고 소곤거렸다.

"저놈을 여차여차해서 잡아버리는 게 좋겠습니다."

"그래!"

송강이 고개를 끄덕해 보이고는 즉시 진명에게 무어라고 귓속말로 하니까, 진명은 알아듣고 급히 쫓아나가 등원각과 맞붙어 싸운다.

이렇게 등원각과 싸우던 진명은 싸움이 불과 5, 6합에 이르렀을 때 말머리를 돌이켜 내빼기 시작하고, 군사들도 뿔뿔이 흩어져 도망해버린다.

이때 등원각은 진명이 달아나는 것을 쫓아가지 않고, 송강을 잡으려고 달려왔다.

그러나 미리부터 이럴 줄 알고 송강의 곁에 와서 기다리고 있던 화영은 등원각이 가까이 이르자, 힘껏 잡아당기고 있던 활을 탕 쏘았다.

그러자 화살이 별똥같이 날아가 등원각의 얼굴을 정통으로 맞히니까, 등원각은 두 다리를 뻗고 말 아래로 떨어지는 것을 송강의 군사가 와 하고 달려가서 모가지를 썽둥 베어버리는 게 아닌가.

적병은 대패하고, 하후성은 그냥 목주를 향해 내빼버렸다.

송강의 군사는 하후성을 쫓아가지 않고, 오룡령으로 쳐올라갔다. 그러나 산마루에서 나무토막과 바위 돌멩이 따위를 마구 굴려 던지기 때문에 도저히 올라갈 수가 없으므로 송강은 하는 수 없이 목주를 먼저 치기로 작정하고 군사를 돌이켰다.

한편, 목주로 도망해온 하후성은 우승상 조사원을 보고 말했다.

"송강은 벌써 동관을 넘어왔고, 등국사(鄧國師)의 목숨까지 빼앗고, 지금 이리로 쳐들어오고 있습니다."

조사원은 급히 부하로 하여금 하후성과 함께 청계로 가서 누승상(婁

丞相)과 함께 천자님께 말씀을 사뢰라고 일렀다.

그들은 청계에 이르러 대궐에 들어가서 아뢰었다.

"송강의 군사는 오룡령을 샛길로 해서 넘어와 지금 동관에 있는데, 미구에 목주를 들이칠 모양입니다. 폐하께서 구원병을 보내시지 않으면 목주는 떨어지겠사오니, 속히 처분을 내리시옵소서."

방납은 이 말을 듣고 크게 놀라면서 전수태위(殿師太尉) 정표(鄭彪)에게 분부를 내려 어림군 1만 5천 명을 거느리고 목주로 가서 적을 막으라고 했다.

방납의 분부를 듣고 정표가 아뢰었다.

"신이 가겠사옵는데, 이번에 꼭 천사(天師)와 함께 동행해가야지 송강을 막아낼 수 있을 것 같습니다."

"그럭해!"

방납은 쾌히 승낙하고 즉시 영응천사(靈應天師) 포도을(包道乙)에게 정표와 함께 떠나도록 분부를 내리기 위해 불러들였다.

영응천사 포도을이 방납 앞에 와서 예를 드리니까 방납이 분부를 내리는 것이었다.

"지금 송강의 군사가 과인의 영토를 차례차례로 침범해 들어오는 형편이다. 그리고 이제는 목주까지 쳐들어왔으니, 천사는 도술(道術)을 써서 나를 지키고, 백성을 구하고, 강산(江山)과 사직(社稷)을 보전하도록 하오!"

방납의 분부를 듣고 영응천사 포도을이 아뢰었다.

"주상께옵서는 안심하옵기 바라옵니다. 신이 비록 부족하오나 흉중의 학식과 폐하의 홍복(洪福)에 의지해서 송강의 병력을 일소(一掃)해버리고 돌아오겠습니다."

방납은 크게 기뻐하며 즉시 연회를 베풀게 하여 그들을 관대했다. 그리고 연회가 끝난 뒤에 포도을은 대궐로부터 물러나와 정표와 하후성과 함께 협의해서 군사를 일으키게 되었다.

그런데 이 포도을이라는 사나이는 조상 때부터 대대로 금화산(金華山) 속에 살아왔는데 어릴 적 출가해서 사도(邪道)의 요술을 배우고 익히다가, 방납을 만나 그를 따라 송조(宋朝)에 모반을 일으킨 사나이로서, 그는 싸움 마당에 나가기만 하면 반드시 요술을 부려 적을 쓰러뜨려 왔다.

그리고 그는 한 자루의 현천혼천검(玄天混天劍)이라는 보검(寶劍)을 가지고 이 칼을 백 보(步) 밖에서 던져 상대방을 영락없이 맞춰 거꾸러뜨리는 특별한 기술이 있는데, 그는 그런 요술과 또 기술을 가지고 방납을 도와서 못된 짓만 해왔기 때문에 영응천사라는 존칭까지 얻어가진 사나이다.

그리고 또 정표라는 사나이는 원래 무주 난계현(蘭溪縣)의 도두(都頭) 출신으로서 어릴 적부터 창봉 쓰는 법을 배워 일가(一家)를 이룬 사람이기 때문에 방납이 이 사람의 무예를 사랑해서 전수태위로 삼는 사람이다.

그리고 이 사람도 요술을 매우 좋아해서 포도을을 스승으로 섬기고 그로부터 별의별 요술을 다 배워서 전장에만 나가면 으레 제 몸에다 구름을 일으켜 감고서 자유자재로 날뛰는 까닭에 사람들은 정마군(鄭魔君)이라고도 부르는 터이다.

그리고 또 한 사람 하후성은 무주(婺州)의 산속에서 자라나서 사냥꾼으로 이름이 있었는데, 강차(鋼叉)를 잘 쓰는 것으로 유명해서 우승상 조사원의 눈에 들었기 때문에 오늘날까지 조승상을 따라 목주를 지키고 있는 사람이다.

그날, 이 세 사람은 전수부에서 군사를 이끌고 나가 송강군을 칠 의논을 하고 있었는데, 바깥에서 문리(門吏)가 들어오더니,

"사천태감 포문영님이 지금 천사님을 뵙겠다고 찾아오셨습니다."

이같이 보고를 하는 것이었다.

영웅천사 포도을이 무어라고 대답을 하려 할 때, 벌써 사천태감 포문영은 방문 앞까지 들어와 있으므로, 포도을이 그를 바라보고 물었다.

"무슨 일로 찾아왔소?"

포문영이 아주 침착한 어조로 입을 열었다.

"지금 들으니까 천자님께서 이 두 분 태위, 장군님과 함께 모두 세 분이 군사를 거느리고 송강을 치러 가신다 하기에 제가 뵙고서 한 말씀 여쭈러 왔습니다. 요사이 제가 밤중에 천상(天象)을 보니까, 우리 남방의 장성(將星)은 모두 광채가 없어지고, 송강의 장성은 태반이나 광채가 명랑합니다. 그러니까 천자님께서 이번에 나가시는 것이 좋은 듯싶더라도 그만두십시오. 주상께 들어가셔서 말씀을 드려, 속히 항복해버리시는 것이 상책일까 합니다. 이렇게 하시는 것이 이 나라의 액(厄)을 면하는 길이올시다."

"뭣이 어째?"

영웅천사 포도을은 소리를 크게 지르고, 현천혼천검으로 포문영을 그 자리에서 두 동강으로 잘라버렸다.

그리고 급히 공문을 작성하여 방납에게 연유를 상주하게 하고, 정표를 선봉으로, 자기는 중군이 되고, 하후성을 후군이 되게 하여 목주를 향해 출동했다.

한편, 이때 송강은 목주를 공격할 준비를 끝내고 아직 군사 행동만 취하지 않고 있는 중이었는데, 별안간 척후병이 달려와서 보고를 올렸다.

"청계에서 지금 적의 원군(援軍)이 오고 있습니다."

보고를 들은 송강은 즉시 왕영과 일장청 두 사람의 부부더러 먼저 나가서 적을 맞아 싸우라고 명령했다. 그래서 부부 두 사람은 기병 3천 명을 끌고 청계로 가는 길로 나가다가 정표가 끌고 오는 군사와 마주쳤다.

정표는 이쪽을 보기가 무섭게 말을 달려 왕영에게로 덮쳐왔다.

왕영도 달려들어 두 장수가 아무 말도 없이 서로 싸우기를 8, 9합 하려니까, 정표가 입속으로 무슨 소리를 우물우물하더니,

"에익!"

소리를 한마디 지른다.

그러자 그의 투구 위에서 시커먼 기운이 한 가닥 뻗쳐오르더니 그 검은 기운 속으로부터 금갑(金甲)을 입은 천신(天神)이 나타나는데, 손에 강마보저(降魔寶杵)의 절굿공이를 들고 왕영을 쳐오는 게 아닌가.

왕영은 그 꼴을 보고 그만 혼비백산해서 수족이 떨리고, 창을 쓰는 법이 어지러워졌는데, 이때 정표는 대뜸 창으로 그를 찔러 말 아래 떨어뜨렸다.

일장청은 남편이 이같이 창에 찔려 떨어지는 것을 보고, 쌍칼을 춤추며 정표한테로 달려들었다.

정표는 더욱 기운이 나는 듯이 일장청을 상대해서 약 10합쯤 싸우다가 말을 돌이켜 내빼기 시작했다.

일장청은 남편을 죽인 원수를 갚을 생각밖에 아무것도 염두에 없는지라 내빼는 그놈의 뒤만 쫓아갔다.

일장청이 이렇게 한참 추격하는 동안 정표는 뒤도 안 돌아다보고 내빼면서 창을 안장 옆에 꽂고, 한 손으로 전대 속에서 금칠을 한 동전(銅磚)을 꺼내더니, 몸을 휙 돌리면서 일장청의 얼굴을 향해 냅다 던졌다. 그 순간 일장청은 얼굴이 터져 말 아래 떨어져 죽었다.

여기서 쌍방의 전세(戰勢)는 뒤집혀서 이제는 정표가 송군을 역습했다. 사기가 꺾인 송군은 여지없이 대패해서 돌아가 송강에게 왕영과 일장청이 전사한 사실을 고했다.

송강은 두 사람이 또 전사했다는 보고를 듣고 분함을 참을 수 없어서 즉시 군사 5천 명과 흑선풍·항충·이곤 세 사람을 데리고 나가 정표의

군사와 마주 대진하여 송강이 진두로 말을 걸려 나가서 소리를 질렀다.

"이놈, 정표야! 천하게 죽일 놈 같으니! 네놈이 감히 우리의 두 장수를 죽이고 무사할 줄 아느냐?"

정표는 그 말에 대꾸도 안 하고 창을 꼬나쥐고 달려나와 송강에게 덤빈다.

이것을 본 흑선풍은 크게 노해서 쌍도끼를 춤추면서 뛰어나가고, 항충과 이곤은 만패(蠻牌)를 휘두르며 뛰어나가 세 사람이 정표의 가슴팍을 노리고 달려들었다.

이렇게 되자 정표는 사세가 급했던지 말을 돌이켜 내빼버리는 게 아닌가.

"이놈아! 네놈이 도망을 가면 어디까지 갈 줄 아니!"

세 사람은 고함을 지르면서 적의 진중으로 마구 쫓아 들어갔다.

송강은 누구보다도 흑선풍에게 혹시나 실수가 있을까 걱정되어서 5천 명의 군사를 몰고 그 뒤를 쳐들어갔다.

적군은 여지없이 풍비박산되었다. 송강은 북을 울려 일단 군사를 거두었다.

항충과 이곤도 흑선풍을 억지로 진정시켜서 진으로 돌아왔다.

그러자 그때부터 갑자기 사방에서 검은 구름이 일면서 하늘이 캄캄해지더니 동서남북을 가릴 수 없이 대낮이 오밤중같이 새까매져서, 송강의 군사는 한 발자국도 움직일 수 없게 되었다. 그 후에 뇌성벽력이 요란하게 들리더니, 함박으로 퍼붓는 듯 비가 쏟아지고 바람이 무섭게 불어젖힌다.

송강의 군사는 여기서 정표의 요술에 걸린 것이다. 그들은 동서남북을 분별하지 못하고 암흑천지 속에서 허둥지둥 살길을 찾느라, 서로 부딪고 넘어지고 밟고 기막힌 혼란을 일으켰다.

송강은 기가 막혀 캄캄한 하늘을 우러러보며 탄식했다.

'이거 여기서 내가 죽어야 옳습니까!'

사시(巳時)부터 미시(未時)에 이르기까지, 다시 말해서 점심때가 되기 전부터 시작해서 점심때가 훨씬 지나기까지 이 모양으로 천지가 암흑같이 새까매지더니 차차 검은 구름이 걷히면서 한쪽 구석으로부터 한 가닥의 흰 빛이 비치기 시작했다.

송강이 정신을 차리고 바라보니, 금갑을 입은 구척장신(九尺長身)의 거한들이 삥 둘러 서 있는 게 아닌가.

송강은 너무도 놀라서 그 자리에 푹 주저앉으면서 저도 모르는 사이에 부르짖었다.

"그저, 어서 죽여줍소서!"

그는 얼굴도 감히 쳐들지 못하고 푹 수그렸는데, 그의 귀에는 바람소리·빗소리만이 들릴 뿐이다.

그리고 송강의 부하 장병들도 모두 땅바닥에 엎드려서 죽음을 각오한 듯 숨을 죽이고 있다.

이런 가운데서 조금 있노라니까, 바람 소리·빗소리가 멈추더니, 송강의 목에 칼이 떨어지는 대신 어떤 사람 하나가 그의 어깨에다 손을 대면서,

"어서 일어나시지요."

이렇게 말하는 게 아닌가.

송강이 얼굴을 쳐들고 바라보니, 생전 처음 보는, 얼굴이 준수하게 생긴 한 사람의 수재(秀才)가 자기 앞에 서 있는 것이다.

송강이 다시 자세히 보니, 그 사람은 머리에 검은 두건을 썼고, 몸에는 흰 양삼(涼衫)을 입었고, 허리엔 가죽띠를 둘렀고, 발에는 조화(朝靴)를 신었으며, 얼굴은 분을 바른 것처럼 희고, 입술은 주홍을 칠한 것처럼 붉은데, 키는 칠척장신이요, 나이는 13여 세 될 듯 말 듯, 하늘에서 내려온 영관(靈官)이 아니라면, 대궐 안에 있는 진사(進士)인 듯싶은 잘

생긴 사람이다.

송강은 얼른 일어나 예를 하고 물었다.

"뉘댁이신지, 존함을 가르쳐주시기 바랍니다."

그러니까 그 수재가 대답하는 것이었다.

"예, 저는 소준(邵俊)이라는 사람으로 이 고장에 사는 사람입니다. 지금 의사(義士)께 특별히 알려드릴 것이 있어서 왔습니다. 방납의 운수는 다 지나가고, 앞으로 열흘만 있으면 완전히 망해버리겠지요. 사실인즉, 그동안 제가 의사님을 도와서 힘을 보태드렸습니다만, 지금 아주 곤경에 빠지셨습니다. 그러나 벌써 구원병이 왔으니까 안심하십시오. 의사께선 아마 모르실 겁니다만, 염려 마십시오."

"선생! 그런데 방납은 언제나 돼야 제가 잡을 수 있겠습니까?"

송강이 이렇게 물으니까, 소수재(邵秀才)는 무어라고 대답하는 대신, 한 손으로 송강을 왈칵 떠다밀어 젖힌다.

송강이 깜짝 놀라 깨어보니 이것은 꿈이었다. 너무도 이상해서 좌우로 눈을 돌려 살펴보니까, 눈앞에 삥 둘러섰던 굵직굵직한 사나이들이란 그것이 모두 굵은 소나무들이 헛것으로 보였던 모양이다.

이래서 비로소 기운을 얻은 송강은 큰소리로 장병들을 불러 빨리 길을 찾아 나가자고 재촉했다.

이때 구름은 걷히고, 하늘은 말끔히 개기 시작했다.

그런데 별안간 소나무 저쪽에서 고함 소리가 들려왔다.

송강은 군사를 이끌고서 지체하지 않고 뛰어나갔다. 그러자 어느새 노지심과 무송이 쏜살같이 정표한테로 달려들었다.

이럴 때 영웅천사 포도을이 마상에서 무송이가 두 자루의 계도(戒刀)를 춤추면서 정표에게 덤벼드는 것을 보고 급히 현천혼천검을 뽑아내더니 공중으로 휙 던지는 게 아닌가. 그러자 그다음 순간, 포도을이 던진 칼은 무송의 왼편 팔을 쳐서 거꾸러뜨렸다.

이때 노지심은 선장을 휘두르며 치고 들어가 이 모양을 당한 무송을 구원해냈으나, 이때는 이미 무송의 왼쪽 팔이 절반 이상 끊어져서 덜렁덜렁 매달려 있을 때였다.

무송은 이때 노지심의 구원을 받고 정신을 가다듬더니, 이를 악물고서 오른손에 쥐었던 칼로 건드럭거리는 왼쪽 팔을 아주 싹 끊어버리는 게 아닌가.

"아아 저런!"

송강은 깜짝 놀라 장교들로 하여금 무송을 업고 진중으로 돌아가서 치료하도록 명령했다.

이러는 동안 노지심은 적의 후진(後陣)을 마구 치고 짓밟다가 적장 하후성과 만나 싸우게 되었다. 그랬더니 하후성은 겨우 두어 합 싸워보다가 달아나므로 노지심은 선장을 휘두르며 쫓아갔다. 적군은 풍비박산 흩어지고, 하후성은 산림 속으로 달아나므로 노지심은 선장을 휘두르며 그 뒤를 쫓아갔다.

한편, 요술을 부리는 정표가 또 군사를 몰고 이때 공격해왔다.

송강의 진에서는 흑선풍·항충·이곤 세 사람이 정표를 보고서 만패·비도·표창·도끼를 각각 손에 쥐고서 일제히 쳐들어갔다. 이렇게 세 사람이 무섭게 달려드니까, 정표는 그만 기가 꺾였던지 고개를 넘고 개울을 건너서 달아나버렸는데, 흑선풍 등 세 사람은 길도 알지 못하면서 공을 세울 생각만 하고 죽을힘을 써가며 정표를 추격하는 것이었다.

이렇게 세 사람이 한참 동안 정표를 추격하는데 개울 건너 서편 골짜구니로부터 3천 명이나 되는 적군의 한 떼가 몰려나오는 게 아닌가. 이 때문에 송군의 추격부대는 중간이 끊어지고 말았다.

항충이 놀라 급히 되돌아서려니까, 어느새 적의 장수 두 명이 그의 앞길을 막고 딱 버티고 있는 것이다.

항충은 큰소리로 흑선풍과 이곤을 불러봤으나 이때 두 사람은 벌써 정표를 쫓아서 개울을 건너가고 있는 중이었다.

그런데 개울로 먼저 뛰어들어간 이곤은 물이 의외로 깊어서 빨리 건너가지를 못하고 개천 한복판에서 쩔쩔매는 판인데, 이때 적군은 그에게 활을 쏘아 물 가운데서 그를 죽여버리는 게 아닌가.

항충은 이 광경을 보고 급히 언덕 위로 뛰어올라가다가 새끼줄에 발목이 걸려서 고꾸라졌다. 다시 일어나려고 그가 발버둥칠 때 적군들이 우르르 달려오더니, 여러 놈이 칼로 난도질해버린다. 이래서 항충과 이곤은 가련하게도 죽어버렸다.

두 사람이 이렇게 죽었건만, 흑선풍은 산속으로 정표를 추격해 깊이 들어갔는데, 개울가에 있던 적군이 그의 뒤를 또 추격했다. 이렇게 쫓고 또 쫓기면서 반리(半里)가량 가노라니까, 뒤에서 별안간 함성이 들끓는다. 이것은 화영·진명·번서 등 세 명의 장수가 군사를 몰고 구원을 오는 것이어서 그들은 적군을 닥치는 대로 짓밟아버리고 산속까지 쫓아들어가 기어코 흑선풍을 구원해 돌아왔다. 그러나 노지심의 모양은 어디로 갔는지 보이지 아니했다.

모든 장수가 돌아와서 송강을 만나보고, 요술쟁이 정표를 추격해서 개울을 건너가 싸우던 끝에 항충과 이곤은 전사하고 간신히 흑선풍만을 구원해 돌아왔다고 보고했다.

송강은 또 통곡을 했다.

그러고서 군사를 점검해보니까 없어진 군사가 십분의 일이나 되고, 또 노지심이 안 보이고, 무송은 한쪽 팔이 아주 없어졌다.

너무나 슬프고 분해서 송강이 울음을 그치지 못하고 있는데, 연락병 하나가 급히 쫓아 들어오더니, 보고를 하는 것이었다.

"군사(軍師) 오용님이 관승·이응·주동·연순·마린 등 여러 장군님과 함께 군사 1만 명을 이끌고 지금 수로(水路)로 오셨습니다."

조금 있다가 송강은 눈물을 거두고, 그들을 맞아들여서 인사를 나눈 후 물어봤다.

"어떻게 이렇게들 오셨소?"

그러니까 오용이 대답했다.

"동추밀님이 자기를 따라온 군사와 대장 왕품과 조담을 데리고서, 또 도독 유광세도 따로 군사를 거느리고 벌써 오룡령 밑에까지 와 있습니다. 뒤에는 여방·곽성·배선·장경·채복·채경·두흥·욱보사, 그리고 수군 두령 이준·원소오·원소칠·동위·동맹 등 열세 명만 남겨놓고, 그 밖의 사람들은 전부 나를 따라 여기까지 응원하러 왔습니다."

"그동안 나는 장령들을 많이 잃은 데다가 이번엔 무송이 폐인이 되고, 노지심은 행방을 알 수 없게 되고, 참말 죽고 싶은 생각뿐이오!"

"형님! 마음을 크게 잡수셔야 합니다. 지금은 방납을 잡아버릴 가장 좋은 기회입니다. 국가 대사를 중히 아시면서 왜 그런 말씀을 하십니까. 부디 자중자애하셔야죠."

송강은 진지(陣地) 앞에 늘어서 있는 소나무를 가리키면서 자기가 꿈에서 본 이야기를 오용에게 자세히 했다.

그러니까 오용이 말하는 것이었다.

"아마 이 근처 사당에 영검한 신령님이 있어서, 그 신령님이 형님을 도우셨는지 모르겠습니다."

송강은 그제야 깨달은 듯, 기운 있는 소리로 말했다.

"옳지, 그런 것 같군! 우리 함께 산속으로 들어가 찾아볼까요?"

오용은 두말 하지 않고 송강과 함께 산속으로 들어갔다. 그랬더니 두 사람이 불과 5백 보도 못 가서 소나무 숲속에 묵은 사당 하나가 보이는데, 가까이 가서 보니까, '오룡신묘(鳥龍神廟)'라고, 금자(金字)로 쓴 현판이 문 위에 걸려 있다.

두 사람이 사당 안으로 들어가서 사당에 모신 화상(畵像)을 보았을 때 송강은 깜짝 놀랐다. 어제 그가 꿈에서 보던 그 수재와 너무도 꼭 같은 화상인 까닭이었다.

송강은 얼른 그 화상 앞에 절을 두 번 하고 감사했다.

"제가 신령님의 은혜를 입고 살아나고서도 아직 은혜를 보답하지 못했습니다만, 바라옵건대, 신령님이시어! 계속해서 저를 도와주십시오. 방납을 평정한 뒤에 제가 조정에 보고해서 여기 사당을 중건(重建)하고 성호(聖號)를 가봉(加封)토록 힘쓰겠습니다."

오용도 송강을 따라서 같이 예배를 드리고 나서 전상(殿上)으로부터 내려와 뜰아래 있는 비석을 보니까, 이 사당에 모신 귀신은 당(唐)나라 때의 진사(進士)로서 성은 소(邵)씨요, 이름은 준(俊)인데, 과거를 보다가 떨어져 장강에 몸을 던져 자살했던 사람이고, 그리고 이 사람의 성질이 충직했기 때문에 천제(天帝)가 측은히 생각하고서 이 사람을 용신(龍神)으로 만들었더니, 이 지방 백성들이 용신한테 비를 빌면 비가 오고 바람을 빌면 바람이 불고 하였던 까닭에 백성들은 이곳에 사당을 세우고 사시(巳時)에 제사를 지내는 터이라고 기록되어 있다.

비문을 읽어본 송강은 즉시 새카만 돼지와 흰 양을 잡아오게 하여 신전에 제사를 드리고 나서 사당을 나오다가 또 한 번 자세히 둘러보니, 주위엔 굵은 소나무가 삥 둘러 있어서 대단히 성스러운 기분이 감돌고 있었다. 지금도 엄주(嚴州)의 북문 밖에 이 오룡대왕(烏龍大王)의 사당이 있고, 만송림(萬松林)이라는 소나무 수풀이 고적으로 남아 있는 터이다.

그런데 오룡묘에서 중군(中軍)의 진지로 돌아온 송강은 즉시 목주를 칠 계책을 오용과 상의한 후 홀로 자리에 앉았다가, 밤도 깊은 때고 몸도 피곤해서 엎드려 졸고 있었다.

그랬는데 갑자기 군사 한 사람이 들어오더니,

"밖에 소수재(邵秀才)가 뵈러 찾아왔습니다."

이같이 고하는 게 아닌가.

송강이 얼른 일어나서 막사 밖으로 나와 영접하니까, 소수재는 두 손을 쳐들고 공손히 인사를 하더니 입을 열었다.

"어제 내가 의사(義士)를 구해내지 아니했다면, 저 포도을의 요술로 인해서 소나무가 죄다 사람으로 변해 의사를 잡아 쓰러뜨렸을 겁니다. 조금 전에는 의사가 일부러 나를 찾아와서 제사까지 지내주어 대단히 고마웠습니다. 그래, 나도 예를 드리러 찾아온 것입니다만, 목주는 내일 떨어질 것이고, 방납은 앞으로 열흘 안으로 잡히게 될 겝니다."

"감사합니다. 잠깐만이라도 제 방에 들어오셨다가 가시기 바랍니다."

송강이 이렇게 소수재를 막사 안으로 청해 들이려고 하는데, 갑자기 또 바람 소리가 요란하면서, 눈이 번쩍 뜨였다.

또 한 장면의 꿈을 본 것이다.

송강은 급히 오용을 청해서 꿈 이야기를 했다. 그랬더니 오용이 탄복했다.

"과연 소수재가 영검하시군요! 이미 이렇게까지 소수재가 일부러 와서 가르쳐주신 일이니, 내일 곧 군사를 일으켜 목주를 치십시다!"

"나도 그럴 생각이오!"

두 사람은 날이 밝기를 기다려 군사를 동원시키는데, 송강은 우선 연순과 마린으로 하여금 오룡령의 큰길을 지키고 있도록 명령해놓고, 관승·화영·진명·주동 등 네 명의 장수는 선봉이 되어 목주의 북문(北門)을 향해 진격하고, 능진은 구상(九廂)과 자모(子母) 등의 화포를 성내에 대고 마구 쏘아대도록 명령했다.

그랬더니 조금 있다가 쾅 하고 천둥 치는 듯한 소리를 내면서 화포가 터지니까, 땅바닥이 온통 흔들린다. 그리고 성내에 있던 적군은 한번 싸워보기도 전에 벌써 혼비백산해서 일대 혼란을 일으켰다.

한편, 영응천사 포도을과 정마군 정표의 후군은 이보다 먼저 노지심에게 쫓겨서 뿔뿔이 흩어지고, 노지심은 하후성을 쫓아서 어디로 갔는지 행방을 알 수 없게 되고, 포도을과 정표만은 성내로 들어가서 패잔병을 수습한 후, 즉시 우승상 조사원·참정(參政) 심수(沈壽)·첨서(僉書) 환일(桓逸)·원수(元帥) 담고(譚高)·수장 오응성 등과 함께 긴급 군사회의를 하는 터였다.

"송(宋)나라 군사가 벌써 성 밑에 왔으니, 이를 어쩌면 좋을까요?"

오응성이 이렇게 말하니까, 우승상 조사원이 단호한 태도로 말하는 것이었다.

"자고로 옛날부터 적군의 병사가 성 밑에 와 있고, 적장이 호변(濠邊)에 와 있을 땐, 죽기를 한하고 싸우지 않고서는 가히 면하지 못한다 했소! 그러지 않고서는 성이 깨지고 모두 사로잡히는 것뿐이오. 사세가 위급하게 되었으니, 모두 힘을 다하여 싸우는 길밖에 도리가 없소!"

조사원의 말이 떨어지자 일동은 죽기를 한하고 싸울 작정을 하고서 먼저 정표가 오응성과 담고와 그리고 아장(牙將) 십여 명과 1만 명을 거느리고 성문을 열고 나가 송강과 대적했다.

송강은 이때 군사를 5백 보(步)가량 후퇴시켜 상대편 군사가 성 밖에 나와서 진을 치기에 여유가 있도록 양보했었다. 이때 영웅천사 포도을은 의자를 가지고 성벽 위에 나와 앉았고, 조승상·심참정·환첨서 등은 모두 망루 위에서 내려다보고 있었다.

정표는 이때 창을 꼬나들고 말을 채쳐 뛰어나왔다.

송강의 진에서도 대도 관승이 칼을 휘저으며 정표를 향해 달려나왔다.

이렇게 두 장수가 서로 싸우기를 두어 합 하는데 정표는 관승을 도저히 당해낼 수가 없어서 쩔쩔매기만 하니까, 성벽 위에서 이것을 본 영웅천사 포도을은 요술을 쓰려고 입속으로 무어라고 우물우물 주문을 외우더니,

"빨리!"

이렇게 소리를 꽥 질렀다.

그러자 정표의 머리 위에 한 줄기 검은 기운이 엉키더니, 그 속에서 금갑을 입은 신장(神將) 한 명이 손에 도깨비의 절굿공이를 들고 공중으로부터 관승을 쳐오는 게 아닌가. 그리고 이와 동시에 정표의 진중에서도 검은 구름이 뭉게뭉게 피어오르는 것이었다.

송강은 이 광경을 보고서 곧 혼세마왕 번서를 불러 이 광경을 보이고 급히 법술을 쓰라 명령하고, 자기도 친히 천서(天書)에 기록되어 있는 '바람을 돌리고 어둠을 깨뜨리는 주문'을 입속으로 외웠다. 그랬더니 관승의 머리 위에서 한 가닥 흰 구름이 피어오르면서 그 흰 구름 속으로부터 한 사람의 신장이 나타나는데 머리털은 붉고, 눈은 파랗고, 이빨을 기다랗게 내놓고, 새까만 용을 타고 앉아, 손에 든 철추로 적장 정표의 두상(頭上)에 있는 그 금갑을 입은 신장을 때리러 가는 것이었다.

이때, 땅 위에서는 양쪽 군사가 서로 고함을 지르고, 정표와 관승은 각기 힘을 다해 승부를 다투는데, 머리 위에 있는 검은 용을 탄 신장이 금갑을 입은 신장을 때렸을 때, 땅 위에서는 관승의 칼에 정표가 맞아서 땅바닥에 떨어졌다.

이때, 영웅천사 포도을은 송강군의 진중에서 바람이 일어나고 우렛소리가 들리는 것을 보고 놀라 일어서려고 했는데, 때마침 능진이 쏜 굉천포 포탄이 그곳에 떨어졌기 때문에 그의 몸뚱이는 가루가 되어 없어졌다. 이렇게 되어 역적 방납의 군사는 여지없이 참패했다.

송강의 군사는 기운이 뻗쳐 물밀듯이 목주성 안으로 치고 들어가, 주동은 적의 원수(元師)인 담고를 창으로 찔러 말 아래 거꾸러뜨리고, 이응은 비도를 던져 수장 오응성을 죽여버렸다. 그리고 적의 조승상·심참정·환첨서 등을 사로잡고, 그 밖의 아장들도 누구누구 할 것 없이 모조리 잡아버렸다.

이렇게 목주성을 함락시키고서 입성한 송강 등은 맨 먼저 방납의 행궁에다 불을 질러 태워버리고, 금은과 비단은 전부 꺼내어 장병들에게 상으로 나누어준 후, 거리거리에다 방문을 써붙이고 백성들을 안심시켰다.

그런데 아직 전체 군사의 점검도 못 하고 있는 때인데, 멀리 나가 있던 탐색병 한 명이 달려와서 보고를 올렸다.

"서문(西門)에서 오룡령으로 올라가는 길에서 마린 장군이 적장 백흠이가 던진 투창(投鎗)에 맞아 쓰러지는 것을 적장 석보가 달려와서 목을 베어버렸고, 연순 장군이 그것을 보고 쫓아와서 구원하려다가 또 석보가 던진 유성추에 맞아 죽었습니다. 그래서 지금 석보는 기운이 뻗쳐 이리로 쳐들어오고 있는 중입니다."

송강은 또 연순과 마린을 잃었다는 말을 듣고 소리를 내어 울었다. 목주성을 함락시키고 입성한 기쁨도 송강의 가슴속에서는 사라졌다. 그는 조금 있다가 울음을 그치고 관승·화영·진명·주동 등 네 명의 장수를 불러 급히 쫓아나가 석보와 백흠을 맞아 싸워 그놈들을 죽여버린 후 오룡령을 점검하고서 돌아오라고 명령했다.

명령을 받은 관승과 화영 등 네 명의 장수는 군사를 거느리고 말을 달려 오룡령을 향해 오다가 마침 석보의 군사와 만나게 되었다.

"이놈, 역적 놈아! 네놈이 어찌 감히 우리 형제를 죽였느냐?"

관승이 마상에서 이렇게 호령하니까, 석보는 관승의 모양을 바라보고 기가 죽어 싸울 생각이 없어졌다. 그래서 그는 고개 위의 관문을 향해 달아나버리고, 그 대신 백흠이 내려와서 대들었다.

이렇게 되어서 관승이 백흠과 맞붙어 싸우기를 10합가량 하였을 때, 오룡령 관소에서는 징을 울려 백흠을 돌아오라고 재촉하는 것이었다.

관승은 백흠이 도로 올라가는 것을 쫓아가지는 아니했으나, 관소 위에 있는 적병들은 벌써 저희들끼리 소동을 일으키고 있었으니 그것은 다름이 아니라, 원래 석보가 오룡령 동쪽 싸움에만 정신을 쏟고 서쪽에 대해서는 정신을 쓰지 아니했었는데, 동추밀이 그때 대군을 몰고 서쪽으로부터 관소를 공격해 올라왔기 때문이다.

그래서 동추밀과 함께 온 송군의 대장 왕품은 적의 지휘사 경덕과 맞붙어 싸웠는데, 두 장수가 싸우기를 10합쯤 하였을 때 왕품은 경덕을 말 아래에 베어 던져버렸다.

이럴 때에 여방과 곽성이 맨 앞에 서서 고개 위로 올라가 관문을 점령하려다가 미처 꼭대기까지 올라가기 전에 위에서 굴러떨어지는 커다란 바윗돌에 맞아서 곽성은 그의 말과 함께 치어 죽었다.

이때, 동쪽에 있는 관승은 오룡령 관소 위가 대단히 소란한 것을 보고, 아군이 서쪽으로부터 치고 올라간 것임을 알고서, 급히 장수들을 모아 일제히 위로 돌격했다.

이같이 동서 양면에서 협공을 하게 된 까닭으로 관소 위에서는 일대 혼전이 벌어졌다.

# 방납의 마지막 길

이때 여방은 백흠을 만나 싸우는데, 불과 3합도 못 가서 적장 백흠은 맹렬한 공세로 여방의 가슴을 찔렀으나, 여방이 날쌔게 몸을 틀었던 까닭에 백흠의 창은 여방의 겨드랑 밑을 헛찌르고 떨어졌다. 동시에 여방의 창도 백흠의 창에 튕겨서 땅바닥에 떨어졌다.

이렇게 되고 보니 두 사람이 다 손에 무기가 없는지라, 이제는 서로 힘으로 싸울 수밖에 없어서 두 사람은 말 위에 앉은 채 서로 붙들고 잡아당기었는데, 원래 산꼭대기가 험준해서 발붙일 자리가 만만치 않은 데다가 두 장수가 힘을 쓰는 바람에 말 위에 앉은 채 그들은 벼랑 아래 떨어져 죽어버렸다.

이럴 때 이편 쪽에서는 관승 등 여러 장수가 일제히 도보로 산꼭대기를 향해 쳐올라갔으니, 오룡령의 관소는 양쪽으로 공격을 당하게 되어 도망을 하려고 해도 달아날 길이 없어지고 말았다.

석보는 양쪽으로 쳐올라오는 송강군을 보고 있다가, 아무래도 사로잡혀 욕을 당하느니보다는 죽어버리는 것이 좋겠다 생각하고서, 벽풍도로 자기의 목을 끊고 죽어버렸다. 송군은 마침내 오룡령의 관문을 점령하고서, 관승은 급히 사람을 송강에게 보내어 사실을 보고하게 했다.

그런데 강 가운데 수채(水寨)에 있던 적의 수군총관 네 사람은 오룡령이 송군의 수중에 떨어지고, 목주도 이미 함락된 것을 알고서 모두들 배를 버리고 육지로 올라와서 도망하려다가 성귀와 사복은 근처 주민들의 손에 붙들려 목주로 끌려가고, 적원과 교정은 어디로 내뺐는지 그만 놓쳐버리고 말았다. 송군의 주력 부대는 목주로 돌아갔다.

이때 군사로부터 소식을 들은 송강은 급히 성 밖에까지 나가서 동추밀과 유도독을 영접하여 성내로 들어와서 숙소를 마련해 올리고, 또 방을 써붙이게 하여 백성들로 하여금 안심하고서 생업에 종사하도록 했다. 그런데 역적 방납의 군사로서 항복해온 사람은 그 수효를 헤일 수 없을 만큼 많았다.

송강은 다시 여러 군데 창고에 들어 있는 양곡을 모조리 꺼내어 백성들에게 나누어주고, 강제로 징발되어 왔던 장정들은 모조리 고향으로 돌아가서 다시 양민이 되라고 타이른 후에, 사로잡아온 적의 수군총관 성귀와 사복은 죽여서 배를 가른 후 간을 꺼내어, 원소이와 맹강과 또 오룡령 작전에서 전몰한 모든 장병들의 영혼 앞에 제사를 드렸다. 그러고서 수군 두령 이준 등을 불러 그들의 배와 함께 사로잡은 적의 벼슬아치들을 모조리 장초토의 군전(軍前)으로 압송해가라고 명령했다.

송강은 이같이 사무적인 일들을 지시하고 나서 바쁜 일이 없어지자 새삼스럽게 여방과 곽성이 오룡령에서 죽은 것을 생각하고 슬퍼하기를 마지않으며 군사를 그대로 주둔시킨 채 움직이지를 아니했다. 부선봉 노준의가 도착한 다음에 청계동을 칠 생각이었다.

이렇게 송강이 목주에 주둔하고 있는 동안, 부선봉 노준의는 항주에서 군사를 나눈 뒤로부터 3만 명의 군사와 28명의 정·편장을 거느리고 항주를 출발해서 산길로 걸어 임안진의 전왕(錢王)의 고도(古都)를 지나 욱령관 관소 앞에 이르렀었다.

그런데 이 관소를 지키고 있는 사람은 방납의 수하에 있는 대장으로 '소양유기(小養由基)'라는 별명을 가진 방만춘(龐萬春)이라는 장수인데,

이 사람은 강남 방납의 나라 안에서는 첫째가는 활의 명수로서, 옛날 춘추시대 때 활쏘기로 천하 제일가던 양유기를 닮은 사람이었다.

그리고 이 방만춘은 두 사람의 부장(副將)을 데리고 있는데, 한 사람은 뇌형(雷炯)이고, 한 사람은 계직(計稷)이라는 사람으로서, 두 사람이 다 같이 무게가 7백 근이나 되는 경노(勁弩)를 사용하며, 한 자루의 질려골타(蒺藜骨朶)라는 곤봉을 잘 쓰기로 유명한 사람이었다. 그리고 그들의 수하에는 5천 명의 군사가 있는 것이다.

이 세 사람이 욱령의 관소를 지키고 있는 중인데, 하루는 송군의 부선봉 노준의가 군사를 거느리고 욱령 가까이 진격해왔다는 정보를 듣고서 그들은 온갖 무기를 준비하고 송군과 접전할 태세를 갖추었다.

한편, 노준의는 욱령관 가까이 이르러 먼저 사진·석수·진달·양춘·이충·설영 등 여섯 명의 장수로 하여금 3천 명의 보병을 거느리고 나가서 정찰을 하고 돌아오라 했다. 그래서 이들 여섯 명은 말을 타고, 병정들은 모두 도보로 갔는데, 그들이 관소 바로 앞에까지 올라가면서 정찰을 하건만, 적의 군사는 한 놈도 보이지 않는 터였다.

사진은 말을 타고 올라가면서도 이상스럽게 느끼고, 다른 동료들과 의논을 해가면서 가는 중이었는데, 어느덧 의논이 끝나기 전에 관소 앞에 도착하고 말았다. 그래서 그들이 관문을 바라보니 관문 위에는 수를 놓은 백기(白旗)가 하나 꽂혀 있고, 그 기 밑에 바로 '소양유기'라는 방만춘이 서 있는 게 아닌가.

그런데 방만춘은 그들을 보더니만, 한바탕 허허허 하고 웃음을 터뜨리고 나서 금시 성낸 얼굴로 욕을 퍼붓는 것이다.

"이놈들! 도둑놈의 새끼들! 양산박에 그대로 엎드려 있을 게지, 어쩌려고 네깟 놈들이 송조(宋朝)의 초안(招安)을 받고서 우리나라 영토를 감히 침범하는 거냐! 네놈들이 내가 소양유기라는 사람인 것은 들어서 알겠구나? 그런데 소문에 들으니까, 네놈들 중에 소이광(小李廣)이라고 하는 화영이란 놈이 있다더구나? 그놈을 내보내서 나하고 겨뤄보자! 아니다, 그보다 먼저 신전(神箭)의 맛을 한번 봐라!"

그의 말이 끝나기도 전에 씽 하는 소리와 함께 화살이 한 개 날아오더니 사진의 가슴팍에 정통으로 꽂히면서, 사진은 말 아래 굴러떨어졌다.

다섯 사람의 장수는 일제히 달려들어 사진을 말 위에 태워 산 아래로 내려오는데, 갑자기 산꼭대기에서 꽝 하고 징소리가 한 번 크게 울리더니 좌우의 송림 속에서 화살이 빗발처럼 날아온다.

다섯 명의 장수는 사진을 돌아볼 여유가 없어서 각자 뿔뿔이 도망하기 시작하여 한쪽 산모퉁이를 돌아가는데, 맞은편 언덕 위에서 한쪽엔 뇌형이, 한쪽엔 계직이 기다리고 있다가 화살을 빗발처럼 쏘아댄다. 이제는 앞으로 나가지도 못하고 뒤로 달아나지도 못하게 되었으니 이 노릇을 어떻게 하나.

양산박의 호걸 사진·석수 등 여섯 명이 필경 여기서 죽고야 말았다. 그리고 그들이 거느리고 왔던 3천 명의 군사도 모두 화살에 맞아 죽고, 겨우 백여 명이 도망하여 노선봉한테 가서 사실을 보고했다.

노준의는 보고를 듣더니 너무도 놀라 눈만 크게 뜨고 입을 벌린 채, 바보가 된 것같이, 술에 취한 것같이, 넋이 빠져 멍하니 앉아 있다.

그러나 소화산에서부터 진달과 양춘과는 골육같이 지내온 신기군사 주무는 두 형제의 이름을 부르며 통곡하다가 문득 정신을 차리고서 노준의에게 간했다.

"선봉님! 너무 번뇌하지 마십시오. 이러다가는 대사를 그르치기 쉽겠습니다. 한시바삐 계교를 내서 저놈들의 관소를 빼앗고, 장수 놈들을 죽여버리고, 원수를 갚아야겠습니다."

주무의 말을 듣고 그제야 노준의도 정신을 차려서 말했다.

"송공명 형님이 내게다 특별히 많은 장령들을 나눠주셨는데, 나는 제대로 옳게 싸움도 해보지 못하고 장수를 여섯 명이나 잃어버리고, 군사도 3천 명 중에서 겨우 백여 명 남겼으니, 내가 흡주로 간다 한들 무슨 면목으로 형님을 대면하겠소!"

"옛 사람의 말에 천시(天時)가 지리(地利)만 못하고, 지리가 인화(人和)만 같지 못하다는 말이 있지 않습니까? 우리는 모두가 중원(中原)의 산동과 하북 사람들이기 때문에 산속 험한 땅에 익숙지 못하여 지리를 잃은 겝니다. 그러니까 지금이라도 이곳 토박이 사람을 한 사람 구해다가 길잡이로 삼아 살길을 자세히 살피고 알아둘 필요가 있습니다."

"그러는 게 좋겠군요. 그럼 누구를 시켜 길을 알아보게 할까요?"

"내 생각 같아서는 고상조 시천이가 제일 적임자일 것 같습니다. 그 사람은 이 집 저 집을 처마끝에서 날아다니고, 바람벽 위로 걸어다닌다는 사람이 아닙니까. 이런 사람이 제일이죠."

노준의는 곧 시천이를 불러 요령을 말한 다음에 건량(乾糧)과 요도(腰刀)를 가지고 떠나도록 부탁했다.

시천은 명령을 받고 진지를 출발해서 산속으로 들어가 반나절 동안이나 찾아다니다가 날이 저물녘에 한 곳에 이르니, 멀리서 불빛이 하나 반짝반짝 비치는 게 보였다.

'불빛이 있는 걸 보니까 인가가 있나 보다!'

시천은 속으로 혼잣말하고, 어둠길을 더듬어 그곳까지 가서 보니, 그 집은 조그마한 절집인데 문틈으로 불빛이 새어나오는 것이었다. 가만히 문틈으로 엿보다가 살그머니 문을 열고 안으로 들어갔다. 뒷방에서 늙은 중이 혼자 앉아 경(經)을 읽는 모양이다.

시천은 그 방문을 똑똑 두드렸다.

늙은 중의 목소리가 들리더니 금시에 나이 어린 상재가 문을 열어준다. 시천은 방으로 들어가서 늙은 중에게 절을 했다.

그랬더니 그 늙은 중은 꼿꼿이 앉아서 시천을 건너다보며 말하는 것이었다.

"절은 무슨… 절까지 할 건 없소. 지금 천군만마의 싸움에 겨를이 없을 터인데, 어떻게 여기까지 오셨소?"

시천이가 무릎을 꿇고 공손히 말했다.

"사부(師父)님께 숨김없이 사뢰겠습니다. 저는 양산박 송강의 부하로 있는 편장으로 이름은 시천이라 합니다. 이번에 성지(聖旨)를 받들고서 방납을 토벌하러 왔습니다만, 어젯밤에 육령관을 지키고 있는 적장들한테 저희들의 장수 여섯 사람이 한꺼번에 화살을 맞고 죽을 줄이야 누가 알았겠습니까. 이렇게 되고 보니 관소를 무사히 넘어갈 계책이 없어서 노선봉님이 특히 저더러 관소를 넘을 수 있는 샛길을 알아오라고 부탁하십니다. 그러니 사부님께서는 저한테 관소를 넘을 수 있는 샛길을 가르쳐주시면 감사하겠습니다. 사례는 제가 후하게 드리겠습니다."

"감사할 것도 없소. 백성들은 모두 방납의 등살에 쪼들려왔기 때문에 방납을 미워하지 않는 사람은 한 사람도 없지! 나도 이 근방 백성들한테서 시주를 받아 겨우 입에 풀칠이나 하고 지냈는데, 지금은 이 근처 백성들이 모두 피난 가서 한 사람도 없고, 나는 갈 데도 없어서 이렇게 혼자 있는 거라오. 다행히 이젠 천병(天兵)이 왔으니까 만백성이 살아날 듯하외다만, 여기서는 관소를 넘어가는 샛길이 없소이다."

"그러면 다른 데서 넘어가는 길은 없을까요?"

"여기서 곧장 서쪽으로 가면, 거기엔 관소를 넘어가는 샛길이 하나 있소이다. 그렇지만 요새 어떻게 됐는지, 저것들이 그 샛길을 돌로 쌓아서 아주 막아버렸는지도 모르지."

"그렇다면 그 샛길이 적의 진지(陣地)로 통하는 길은 아닙니까?"

"그 샛길이 방만춘의 진지 바로 뒤까지 통하는 길이고, 또 관소를 넘는 길이기도 한데, 아마 지금쯤은 저놈들이 큰 돌멩이로 길을 막아버렸을 거니까, 넘어갈 수가 없을 거요."

"뭘요! 길만 있으면 그까짓 담을 쌓아놓은 것쯤은 문제없습니다. 그럼 저는 돌아가서 주장(主將)님께 보고를 해야겠습니다. 나중에 다시 사례하러 오겠습니다."

"그런데 내가 부탁할 게 하나 있소이다. 장군한테 누가 묻든지, 그 길을 내가 가르쳐주더라고는 아예 말하지 마시오."

"그건 염려 마십시오. 저도 여간 자상한 편이 아니니까, 쓸데없는 소리는 절대로 안 합니다."

시천은 늙은 중과 작별하고 급히 진중으로 돌아와서 노준의에게 알아온 사실을 고했다.

노준의는 듣고서 대단히 기뻐하고 즉시 군사(軍師) 주무를 청해서 적의 관소를 뺏을 계책을 의논했다.

"길은 알았으니, 이제는 먼저 무엇에 착수할까요?"

"그런 길이 있다면, 욱령관은 쉽게 우리 손에 떨어지죠! 누구든지 한 사람만 더 시천이에게 딸려 보내서 두 가지 큰 임무만 결행시켜 보십시오."

"두 가지 큰 임무란 무엇을 말하는 것입니까?"

옆에서 시천이 이렇게 물으니까, 주무가 대답했다.

"두 가지 큰 임무란, 불을 지르는 일하고, 포(砲)를 쏘는 일이지! 화포·화도(火刀)·화석(火石)을 가지고 적의 진지의 배후로 가서, 포를 쏘아 신호를 하고, 그리고 동시에 불을 질러야 한단 말이야."

"불을 지르고 포를 쏘는 일이라면, 나 혼자 가서도 넉넉히 합니다. 괜스레 사람을 하나 데리고 갔다간, 내가 되레 날쌔게 행동을 못 할 뿐입니다. 그런데 내가 가서 그 임무를 완수하면, 그담엔 어떻게 해서 모두들 관소로 올라오시겠어요? 복병이 있을 텐데!"

"그건 염려 없어! 저놈들의 복병 때문에 우리가 한 번 경은 쳤지만, 지금 와서는 걱정 안 되는 것이, 놈들의 복병이 있거나 없거나 간에 수

풀만 닥치면 그때마다 모조리 불을 질러 태우면서 갈 테니까!"

"그럼 참 괜찮겠습니다."

시천은 즉시 화포·화석·화도를 보자기에 싸가지고 등에 울러맨 후, 노준의에게 인사를 하고 나오려 하니까 노준의가,

"잠깐만 기다려!"

하고 그를 부르더니,

"이걸 가지고 가다가 그 절간에 들러서 대사(大師)한테 주라구!"

하고 돈 20냥과 쌀 한 전대를 주는 것이었다.

시천은 병정 한 사람을 불러 그에게 쌀 전대를 짊어지워 그날 오후 절간으로 와서 그 늙은 중을 보고 먼저 노선봉의 뜻을 전했다.

"저의 주장(主將) 되시는 노선봉님이 대사님께 진심으로 감사하면서 이것은 약소하지만 갖다드리라 하시기에 가져왔으니 받아주십시오."

이렇게 말하고서 시천은 쌀과 돈을 그 노승(老僧) 앞에 내려놓았다.

그러고서 그는 데리고 왔던 병정을 도로 돌려보내고, 자기는 다시 노승 앞에 가까이 와서 앉으며 간청했다.

"사부님! 미안합니다만 그 샛길로 좀 인도해주셔야겠는데, 이 상좌 승에게 부탁을 좀 해주십시오."

이 말을 듣고 그 노승은 난처하다는 듯이 잠깐 주저하더니, 곧 아주 쾌히 승낙했다.

"잠깐만 기다리시오그려. 밤이 깊은 뒤라야 마음이 좀 놓이지, 잘못하다간 관소에 있는 놈들한테 들키기 쉬우니까!"

이렇게 되어 시천은 그날 저녁밥을 노승한테서 얻어먹고 바깥이 어둡기를 기다렸다.

밤이 깊어지니까 노승은 상좌를 데리고 시천과 함께 절 밖으로 나오더니, 부탁하는 것이었다.

"이 아이를 데리고 그 근처까지 가시거든 아이는 빨리 돌려보내 주

셔야 합니다. 그리고 사람의 눈에 띄지 않도록 부디 조심해 가셔야 합니다."

"네, 안심하십쇼. 감사합니다."

시천은 노승한테 예를 하고, 어린 상좌중을 따라서 절간을 떠나 산길을 더듬어가며, 수풀을 헤치고 칡덩굴 등덩굴을 잡아당기며, 가파른 고개 위를 향해서 올라가기를 수 리(里)가량 하니까, 그제야 달빛이 조금 밝아지면서 험준하게 생긴 산마루가 보이는데, 양 옆은 깎아세운 듯한 바위요, 그 사이로 오솔길이 있고, 산마루 위에는 큰 바윗돌로 담을 쌓아놓았다.

여기서 상좌중은 발을 멈추더니 손으로 가리키면서,

"장군님! 관소가 보입니다. 돌로 담을 쌓아놓은 저것이 관소인데, 저 석벽(石壁)만 넘어가면 넓은 큰길이 있습니다."

하고 자세히 일러준다.

"그럼, 넌 돌아가거라. 내가 이제 길을 알았다."

시천은 이렇게 상좌중 소년을 돌려보낸 뒤에, 담을 뛰어넘고 벽을 기어올라가는 독특한 기술을 발휘하여, 석벽에 손바닥을 대기가 무섭게 팔랑개비처럼 몸을 날려 석벽을 넘어갔다. 그러고서 그가 동쪽을 향해 한참 동안 가노라니까, 갑자기 하늘이 새빨개지고 있다.

이것은 노선봉과 주무가 진을 치고 있던 자리에서 떠나, 관소를 향해 올라오면서 닥치는 대로 불을 지르는 까닭인데, 그들은 4, 5백 명이 선두에서 올라오다가 엊그제 전사한 사진과 석수 등의 시체를 거두고, 적이 복병을 해둘 만한 수풀엔 곧 불을 질러서 길을 열면서 진격하는 것이었다.

욱령관 위에 있는 '소양유기' 방만춘은 노준의 군사가 숲에 불을 질러가며 올라오고 있다는 보고를 듣고도 조금도 겁내지 아니했다.

"홍! 우리들의 복병이 있을까봐 저놈들이 무서워서 그러는 모양이다만, 우리가 여기를 지키고 있는 이상, 적을 한 놈인들 이 안에 들여놓겠느냐!"

방만춘은 이렇게 장담하고 노준의의 군사가 관소 밑에까지 가까이 왔을 때 뇌형과 계직을 데리고 관소 앞에 나가 딱 버티고 서서, 동정을 살피고 있었다.

한편, 관소 위에까지 한 발자국 한 발자국 살금살금 올라온 시천은 그곳에 있는 아름드리 노목나무 꼭대기로 올라가 나뭇가지가 무성한 틈바구니에 몸을 숨기고서 가만히 엿보니까, 방만춘과 뇌형과 계직 등이 각기 손에 활을 들고 발로는 노(弩)를 밟고 서서, 노준의의 군사가 가까이 오기만 기다리고 있다.

그런데 이쪽 송군(宋軍)을 보니까, 그들은 한일자로 늘어서서 불을 질러가며 올라오더니 관소 밑에 이르러서, 한가운데 있던 임충과 호연작이 말을 세우고 큰소리로 호령을 하는 것이었다.

"역적 놈의 장수야! 네 어찌 감히 천병(天兵)에 항거하느냐?"

이때 방만춘 등 적장들은 일제히 활을 쏠 생각이었다. 그러나 그들은 시천이가 나무 위에 올라가 숨어 있는 줄은 모르고 있었다. 시천은 그때 가만히 나무 밑으로 내려가서 관소의 뒤켠으로 돌아갔다.

시천이 그곳에 가보니까, 재수 좋게 마른 풀을 두 무더기나 커다랗게 쌓아놓고 있는 것이 보이므로, 그는 먼저 유황과 염초를 뿌리고서 품속으로부터 부싯돌을 꺼내 불을 일으켜서 두 무더기의 풀더미에다 불을 붙였다. 그러고 나서 즉각 화포에 불을 당겨놓고, 그다음엔 팔랑개비처럼 관소의 지붕 위로 올라가서 지붕에다 불을 질렀다. 그랬더니 두 무더기의 풀더미가 불꽃을 날리며 훌훌 타오르면서 화포가 하늘을 쪼개는 소리를 내고 터지는 게 아닌가.

관소 위에 있던 적장들은 뜻밖에 화포 터지는 소리에 눈알이 빠질 만큼 놀라 정신을 못 차리는데, 병정 놈들은 제각기 달아나느라고 야단법석이다.

그러나 방만춘은 부장(副將) 두 사람과 함께 관소 뒤쪽의 불을 끄려고 달려갔는데, 이때 지붕 위에서 기회를 엿보고 있던 시천은 또 화포한 방을 터뜨렸다. 그랬더니, 하늘을 쪼개는 듯한 소리와 함께 관소 건물이 지동에 흔들리는 것처럼 흔들렸다.

이 모양을 당한 적군은 칼이며 창이며 활이며 갑옷이며 가리지 않고 모조리 내버린 채 관소 뒤쪽으로 도망질쳤다.

이때 시천은 지붕 위에서 큰소리로 외쳤다.

"이놈들아! 도망가야 소용없다! 관소는 벌써 우리 군사가 1만 명이나 통과했다. 네놈들이 살아날 길은 빨리 항복하는 것밖에 없다."

방만춘은 이 소리를 듣고 그만 혼이 빠져버린 것처럼 쩔쩔매고, 뇌형과 계직은 온몸을 사시나무 떨듯이 떨고 있다.

이때 임충과 호연작이 맨 먼저 관소로 뛰어들어왔고, 잇달아서 여러 장수들이 고함을 치면서 뛰어들어 일제히 들이치고, 도망가는 적을 30리가량이나 추격하는 중에, 손립은 뇌형을 사로잡고, 위정국은 계직을 사로잡았는데, 방만춘 하나만은 그만 놓쳐버리고, 놈들의 사졸들은 절반 이상이나 포로로 잡았다.

송군의 대부대는 벌써 관소에 올라와 그곳에 주둔했다.

이렇게 해서 욱령관을 점령한 노선봉은 시천이 공을 세운 데 대해서 후히 상을 준 다음에, 뇌형과 계직 두 놈의 적장은 그 자리에서 배를 갈라 간을 꺼내서는 이번에 전사한 사진과 석수 등 여섯 사람의 영혼을 위하여 제사를 지내고, 그 여섯 형제의 시체는 관소 위에다 장사지냈다.

그리고 그 밖의 시체는 모두 화장을 지낸 후, 그다음 날은 문서를 작성하여 장초토에게 욱령관을 점령했다는 보고를 올리는 동시에, 군사를 거느리고 그곳을 출발하여 곧장 흡주의 성벽 가까이까지 가서 그곳에다 진을 쳤다.

그런데 이곳 흡주를 지키는 사람은 다른 사람이 아니라, 황숙대왕(皇叔大王)이라고 부르는 방후(方垕)니, 이는 곧 방납의 숙부가 되는 사람이다. 그리고 이 사람은 문관(文官)으로 임명되어 있는 두 사람의 대장과 함께 이곳을 지키고 있는 것이니, 한 사람은 상서(尙書) 왕인(王寅)이요, 한 사람은 시랑(侍郞) 고옥(高玉)인데 두 사람은 십 수 명의 장수와 2만 명의 군사를 거느리고 흡주의 성곽을 지키고 있는 것이었다.

그런데 이 왕상서(王尙書)란 위인은 이 고을 산중에서 석수 노릇을 하던 사람으로 강창(鋼鎗)을 잘 쓰기로 유명할 뿐 아니라, 전산비(轉山飛)라고 부르는 좋은 말을 한 필 가지고 있어서, 이 말은 글자 그대로 산이거나 강이거나 평지처럼 달리는 말이었다. 그리고 또 고시랑(高侍郞)이란 위인은 이 고을에서는 이름 있는 집안의 후손으로서 편창(鞭鎗)을 잘 쓰기로 유명한 인물인데, 이 두 사람이 다 글을 잘하고 글씨도 잘 쓰기 때문에 방납은 문관의 직을 내린 위에 병권(兵權)까지 주었던 것이다.

그런데 이때 '소양유기' 방만춘은 욱령관에서 도망해 흡주로 가서 행궁에 있는 황숙한테 들어가 싸움에 지고 쫓겨온 사실을 고했다.

"욱령관 아래 살고 있는 백성 중 어떤 놈이 샛길이 있는 것을 몰래 일러줬기 때문에 송군이 그리로 넘어서 관소를 돌파했답니다. 우리 군사가 뜻밖에 적군이 넘어온 까닭에 그만 감당을 못 했던 것입니다."

황숙 방후는 그 말을 듣고 크게 성을 내면서 방만춘을 단단히 꾸짖었다.

"욱령관은 우리 흡주를 지키는 제일 중요한 요새란 말이야! 송나라 군사가 벌써 관소를 넘었다면, 조만간 이리로 몰려올 게 아니냐? 대관절 어떡할 작정이냐? 네가 나가서 막겠느냐?"

방만춘이 기가 질려서 말을 못 하고 있으니까 옆에서 왕상서가 아뢰었다.

"주상(主上)께서는 잠시 고정하시기 바라옵니다. 자고로 승패는 병가 상사(兵家常事)라 하지 않습니까? 방장군이 싸우지 아니한 것이 아니옵고, 싸웠건만 그렇게 된 것을 어찌하겠습니까. 지금 주상께서는 방장군을 용서해주시고, 군령(軍令)으로써 필승(必勝)의 서약을 받으신 다음에, 방장군으로 하여금 군사를 이끌고 선봉으로 나가서 송군을 격퇴하도록 하시기 바랍니다. 만일 방장군이 송군을 격퇴시키지 못하거든 두 가지 죄를 합쳐서 처단하셔도 좋을까 생각되옵니다."

황숙 방후는 왕상서의 말을 좇아서 방만춘에게 군사 5천 명을 주고, 빨리 성 밖으로 나가서 송군을 격퇴시키라고 명령했다.

한편, 노준의는 이때 욱령관을 넘어 흡주의 성 밑으로 조수같이 밀고 들어와서 여러 장수들과 함께 성을 공격할 의논을 하고 있었는데, 마침 이때 성문이 열리면서 방만춘이 군사를 이끌고 나오는 것이었다.

양쪽 군사가 각각 진세를 벌이자, 방만춘이 앞으로 나와 아무 말 없이 싸움을 돋우므로 송군의 진에서 구붕이 철장을 꼬나잡고 말을 달려 나갔다.

이리해서 두 사람이 서로 싸우기를 4, 5합 하였을 때, 방만춘은 기운이 모자라는 듯 달아나버리므로 구붕은 공을 세울 욕심으로 그 뒤를 급히 추격했다.

달아나던 방만춘이 이때 말 위에서 몸을 휙 돌리더니, 구붕을 향해서 활을 탕 쏘았다.

하지만 구붕의 수단도 놀라워서, 날아오는 화살을 한 손으로 척 받아 쥐었다.

허나 구붕은 방만춘이 화살을 연속해서 쏘아대는 연주전(連珠箭)의 명수인 것은 모르고, 화살 한 개 잡은 것만 안심하고 쫓아가다가 두 번째 날아오는 화살에 맞아 그만 말 아래 떨어졌다.

성벽 위에서 이 모양을 내려다보던 왕상서와 고시랑은 성내에 있던 군사를 이끌고 쫓아나와 송군을 들이쳤다.

이렇게 되어 송군은 크게 패해 30리를 후퇴하여 진을 칠 수밖에 없었는데, 이같이 패전한 뒤에 군사를 점검해보니까, 퇴각할 때 혼전 중에 채원자 장청이 없어진 게 아닌가.

손이랑은 자기 남편이 전사한 것을 알고 즉시 부하 병졸들로 하여금 시체를 찾아오게 한 후 화장을 해버린 다음에 땅을 치고 통곡했다.

노준의는 눈물을 흘리면서 이 모양을 보다가 마음이 괴로워서 무슨 좋은 도리가 없을까 하고 주무를 청했다.

"오늘 전투에서 또 장수를 두 사람이나 잃었으니, 이 일을 어찌하면 좋소?"

"이겼다 졌다 하는 것이야 흔히 있는 일 아닙니까. 오늘 우리가 싸움에 졌으니까, 적은 아주 저희들이 강해서 그런 줄만 알고, 밤중에 우리를 몰래 들이치러 올 겝니다. 그러니까 우리는 미리 이에 대비해서 군사를 여러 곳에 나누어 사방에 복병을 해놓고, 중군(中軍)에다는 몇 마리의 양(羊)을 매어두고서, 여차여차하면 됩니다."

노준의는 그 말을 듣고 즉시 호연작으로 하여금 군사를 데리고 왼쪽에 매복하고, 임충으로 하여금 오른쪽에 매복하고, 단정규와 위정국은 후방에, 그 밖의 편장들은 사방 소로 길에 매복하게 한 후 밤중에 적이 왔을 때, 중군에서 불길이 오르거든 그것을 신호로 사방에서 일제히 덮쳐 적을 잡아버리라 했다.

그런데 적군의 왕상서와 고시랑도 제법 전략을 쓸 줄 아는 사람이라, 그들은 서로 의논한 뒤에 황숙 방후한테 나아가서 아뢰었다.

"송나라 군사가 오늘 참패당해서 30리나 퇴각하고 있는 중입니다만, 저것들의 진에는 아무 준비가 없을 것이고, 군사들도 피곤해서 지쳐 자빠져 있을 것이니까, 이런 때를 타서 저것들을 들이치면 우리가 반드시 이길 것입니다."

"그렇다면 그대들이 의논해서 잘 해보오."

방후가 이렇게 승낙하니까, 고시랑이 또 아뢰었다.

"저도 방장군과 함께 적을 치러 나가겠으니, 전하께서는 왕상서와 함께 성을 단단히 지키시고 계시면 좋겠습니다."

"그렇게 하오."

그날 밤 두 장수는 단단히 무장을 하고서 군사를 이끌고 나가는데, 말은 방울을 떼고, 병졸들은 입에다 수건을 물고, 소리 없이 노준의의 진지까지 달려왔다.

영문 앞에 가서 보니 문이 닫혀 있는 고로 그들은 감히 마구 들어가지 못하고 주저하고 있노라니까, 마침 이때 시각을 알리는 시고(時鼓) 소리가 안에서 울리는데, 처음에는 분명하게 울리더니 나중에는 북을 치는 소리가 어지럽게 울리는 것이었다.

이때 고시랑은 말을 꽉 붙들고,

"들어가면 안 돼요!"

하고 방만춘을 붙들었다.

"왜 못 들어간다는 겁니까?"

방만춘이 고시랑을 바라보고 물으니까 고시랑이 대답한다.

"저것 봐요. 영내에서 울리는 시고 소리가 불분명하게 들리지 않아요? 저것은 필연코 무슨 계교가 있는 징조거든요."

"아니! 잘 모르셨습니다. 놈들이 오늘 싸움에 참패당해 심신이 피로해져, 지금 눈을 바로 뜨지 못하고 졸면서 시고를 치자니까 그럴 거 아닙니까? 그래서 시고 소리가 분명치 못한 거예요! 너무 지나치게 의심하지 마시고, 어서 치고 들어가십시다."

"글쎄, 그렇다면 그런 것 같기도 하고…."

고시랑도 방만춘의 의견에 찬동하고서 두 사람은 마침내 군사를 몰아 영문을 뻐개고 중군 안까지 들어가 보았으나, 어떻게 된 셈인지, 장수고 병정이고 한 사람 안 보이고, 버드나무 위에 양이 너덧 마리 매달려 있는데, 그 양의 발끝에다 북채를 한 개씩 매어놓은 것이 보일 뿐이다.

'그러니까 이 양들이 발짓을 할 때마다 북소리가 들렸으니, 시고 소리가 불분명했을 수밖에!'

그제야 노준의의 계책에 빠진 것을 깨닫고 두 사람은 대단히 당황해서 급히 영문 쪽으로 나가려고 했는데, 이때 중군에서 불길이 치솟고, 산마루 위에서는 포 터지는 소리가 들리더니, 사방에서 불빛이 비치며 복병들이 일제히 쏟아져 나온다.

고시랑과 방만춘이 허둥지둥 영문을 빠져나왔을 때, 호연작이 뛰어오면서,

"이놈아! 빨리 내려서 항복하면 목숨은 살려준다!"

이같이 호령하는 게 아닌가.

고시랑은 정신이 착란해서 싸울 생각도 없이 달아났다. 그러나 금시에 호연작이 쫓아오더니, 쌍편으로 냅다 후려치는 바람에 그의 머리는 쪼개지고, 골은 사방으로 튀어 죽어버렸다.

이럴 때 방만춘은 송군의 포위망을 벗어나와 살길을 찾아서 달아나는 터이었는데, 어찌 알았으랴! 길옆에 숨어 있던 탕융이 겸창(鎌鎗)으로 걸어당기는 바람에 그의 말이 다리를 얽혀 자빠지자, 그는 꿈지럭거릴 사이도 없이 송군의 손에 사로잡히고 말았다.

노준의의 군사는 계속해서 적을 추격하여 완전히 섬멸시킨 후 날이 밝을 무렵에 모두 진영으로 돌아갔다.

이때 노선봉은 이미 중군에 돌아와 기다리고 있던 터이라, 즉시 휘하 장령들을 점검해보라고 명령을 내렸는데, 그 결과 정득손 장군이 산길의 풀숲에서 독사한테 다리를 물려 뼛속에까지 독이 들어가 그만 죽어버린 사실을 알았다.

장령들의 점검을 끝낸 후에 노선봉은 사로잡아온 적장 방만춘의 배를 가르고 간을 꺼내어 구붕과 사진 등에게 제사를 올리고, 방만춘의

머리는 장초토의 군전으로 보냈다.

이튿날,

노선봉은 여러 장수들과 함께 군사를 거느리고 흡주의 성 밑에까지 갔다.

그런데 뜻밖에도 성문이 안 걸려 있고, 성벽 위에는 한 개의 깃발도 안 꽂혀 있고, 망루에도 병정이라곤 그림자도 안 보이는 게 아닌가.

단정규와 위정국은 남보다 먼저 공을 세우려고 군사를 성문 안으로 질풍같이 몰고 들어갔다.

이때 후방에서 노선봉이 이 모양을 보고, 큰소리로 들어가지 말라고 고함을 질렀건만, 두 사람은 벌써 문안으로 들어간 뒤였다.

그런데 이곳을 지키고 있던 왕상서는 고시랑과 방만춘이 노준의의 진을 치러 갔다가 섬멸당한 것을 알고, 일부러 성을 버리고 도망친 것 같이 가장해놓고, 성문 안쪽에다 함정을 파놓고 있었던 것인데, 이런 줄도 모르고 단정규와 위정국은 뛰어들어가다가 보기 좋게 함정 속에 떨어져버렸다. 그때 함정 속의 양쪽으로는 화살과 창을 가진 군사가 숨어 있다가 두 사람이 떨어지기가 무섭게 와아 달려들어 죽여버렸다.

노준의는 두 사람이 이같이 변을 당한 것을 알고 분해하면서 급히 명령을 내려 군사를 시켜 함정을 메워버린 후, 대군을 휘몰고 성중으로 들어가다가 소위 황숙이라는 방후를 만나, 크게 소리 지르며 한칼로 냅다 후려쳐 그를 두 동강 내어 말 아래 떨어뜨렸다.

성내의 적군이 이때 혼비백산해서 서문(西門)을 열고 내빼는 것을 송군은 쫓아가면서 무찔렀다.

이럴 때 왕상서는 칼을 휘두르며 도보(徒步)로 달려오는 이운을 만나서 마상에서 창으로 내리찔러 거꾸러뜨리므로, 이것을 본 석용은 이운을 구하려고 급히 달려들었다. 그랬으나, 왕상서의 신출귀몰한 창법을 도저히 당해낼 수가 없어 석용이 쩔쩔매면서 두어 합 싸우던 중, 마침

내 왕상서의 창끝이 석용의 목을 찔러버렸다.

이때 성내에서 손립·황신·추연·추윤 등 네 명의 장수가 달려나와 그를 에워쌌다.

왕상서는 조금도 당황하지 않으면서 네 장수를 상대로 싸우는데, 또 임충이 달려와서 들이치니, 왕상서의 머리가 세 개가 있은들, 팔이 여섯 개가 있은들 어찌 대항할 수 있으랴. 필경엔 다섯 명 장수의 손에 몸뚱어리가 여러 토막 나고 말았다.

다섯 명의 장수들은 왕상서 왕인의 머리를 베어다가 노선봉에게 바쳤다.

노준의는 이미 흡주성 안의 행궁에 좌정하고 있었는지라, 군사를 모두 성내에 주둔시킨 후 방문을 써붙여 백성을 안심시키고, 장초토에게 승리를 보고시키는 일방, 군사를 이끌고 그리로 가겠노라는 통지를 송강에게로 보냈다.

한편, 이때 송강은 장병과 함께 목주에 주둔해 있으면서 노준의의 부대와 합세하여 방납의 소굴 청계동을 들이칠 생각만 하고 있는 중이었는데, 이때에 노준의로부터 흡주를 점령했고, 또 청계동을 치러 이리로 오겠다는 통지를 받은 것이다.

송강은 노준의로부터 그와 같은 통지를 받는 동시에, 또 사진·석수·진달·양춘·이충·설영·구붕·장청·정득손·단정규·위정국·이운·석용 등 열세 명이나 형제를 잃은 것을 알고 그만 목을 놓고 엉엉 울었다.

곁에 있던 오용이 송강의 어깨를 흔들면서 위로했다.

"형님! 사람의 생사는 다 하늘에서 정한 겁니다. 너무 상심 마세요. 몸을 조심하고, 그리고 국가의 대사를 요리하셔야 하지 않습니까?"

"아무리 그렇더라도 이거야 어디 견딜 수 있소? 당초에 석갈천문(石碣天文)에 기록되었던 1백 8명의 형제가 하나씩 하나씩 이렇게 떨어질 줄이야 누가 생각이나 했었나요? 이렇게 수족(手足)을 잘리운대서야…."

"그래도 참으셔야 합니다."

오용은 송강을 위로한 다음 노선봉에게 회답을 보내어, 아무 날 꼭 청계현 방원동을 들이치라고 통지했다.

한편, 이때 방납은 방원동 대궐 안에서 회의를 열고, 문무백관과 더불어 송강의 군사를 격퇴시킬 의논을 하고 있었는데, 돌연 서주로부터 도망해온 군사의 보고가 올라왔다.

"흡주는 이미 함락되었고, 황숙·상서·시랑 등은 전몰하셨고, 송군은 지금 두 갈래 길로 청계를 뺏으러 오는 길이올시다."

방납은 이 보고를 받고 깜짝 놀라 손을 부들부들 떨면서 자기 앞에 모여 있는 양반(兩班)의 대신들을 보고 물었다.

"경들과 함께 부귀영화를 누렸더니, 벌써 고을이 죄다 송군의 손에 들어가고 오직 이곳 대궐만 남은 모양인데, 저것들이 지금 두 갈래 길로 쳐들어온다 하니 이 노릇을 어찌하면 좋소?"

좌승상 누민중이 앞으로 나와 아뢰었다.

"벌써 송강의 군사가 신주(神州)에 육박해서 내원(內苑)과 궁정이 풍전등화같이 되었사오나, 군사는 적고 장수도 미약하옵니다. 만일 폐하께서 친히 진두에서 적을 치시지 않으시면 군사들이 충심을 다해 싸우지 아니할까 두렵사옵니다."

"경의 말이 옳다!"

방납은 곧 성지를 내려, 삼성본부(三省本部)의 어사대관(御史臺官)을 비롯해서 추밀원·도독부·호가이영(護駕二營)의 금오(金吾)와 용호(龍虎) 등 모든 관료들에게 자기를 따라서 결전에 참가하라고 엄명했다.

이 같은 엄명이 내리자 좌승상 누민중이 또 아뢰었다.

"어느 장수를 선봉으로 세우시겠습니까?"

"음! 전전(殿前)의 금오상장군(金吾上將軍)이요, 또 내부제영(內府諸營)

의 도초토(都招討)로 있는 황질(皇姪) 방걸(方杰)을 정선봉으로 하고, 마보친군(馬步親軍)의 도태위(都太尉)로 있는 표기상장군(驃騎上將軍) 두미(杜微)를 부선봉으로 해서, 방원동 궁궐을 지키는 어림군 1만 5천 명과 장수 30여 명을 끌고 나가라 해라!"

방납은 이같이 분부를 내렸다. 그런데 그가 정선봉으로 지명한 방걸이라는 사나이는 그의 친조카로서 흡주에 있던 황숙 방후의 장손인데, 그는 저의 할아버지가 노선봉한테 죽은 것을 알고 원수를 갚겠다고 자원해서 나왔던 것이다. 그리고 이 방걸은 방천화극을 잘 쓰는 명수로서 장정 만 명을 당해낼 만한 용기가 있다는 인물이고, 두미는 본시 흡주의 성내에서 무기를 만들고 있던 대장장이로서, 특히 칼날이 여섯 개달린 비도(飛刀)를 잘 쓰는 장기가 있기 때문에 방납의 눈에 들어 아주 심복이 된 인물이다.

방납은 또 어림군의 호가도교사(護駕都敎師)로 있는 하종룡(賀從龍)에게 1만 명을 떼어주고서, 그 군사를 거느리고 흡주에서 오는 노준의와 싸우라고 명령했다.

이때, 송강의 본부 군사는 수륙 두 길로 목주를 떠나 청계현을 향해 진군하느라고 수군 두령 이준은 배를 끌고 올라갔는데, 송강과 오용은 말 위에 앉아서 육로를 행진하고 있었다.

오용이 송강과 나란히 가면서 먼저 의논을 했다.

"우리가 지금 청계 방원을 치러 가지만, 만일 저놈 방납이란 놈이 미리 알고서 심산 광야로 달아나버린다면 잡기가 어렵죠. 어떻게든지 저놈을 산채로 잡아서 서울로 압송해야 할 텐데, 그러자면 저놈의 얼굴을 알아둬야 하지 않겠어요? 그리고 저놈이 도망갈 듯싶은 곳도 미리 알고 있어야 저놈을 놓치지 않고 잡을 수 있을 거 아녜요?"

"그렇지요! 그러자면 우리 쪽에서 누가 저놈한테 거짓 항복하고 들어가는 게 좋겠는데, 요전에 적의 소굴로 정탐을 들어간 시진과 연청은 아직도 소식이 없으니, 이젠 누구를 파견하면 좋을까요?"

"제 생각 같아서는 수군 두령 이준에게 양곡 실은 배를 끌고 가서 방납에게 바치고 항복하러 왔다고 한다면, 저놈이 속아넘어갈 것 같습니다. 방납이란 놈이 본래 산골 소인(小人)이기 때문에 엄청난 양의 양곡과 배를 보기만 하면 홀딱 넘어갈 거니까요."

"그렇겠군!"

송강은 오용의 의견에 찬성하고 즉시 대종을 불러 이준에게로 가서 이렇게 하라고 계교를 일러줬다.

명령을 받은 대종은 종군으로 돌아와서 원소오·원소칠은 뱃사공으로 분장시키고, 동위·동맹은 그 밑에서 심부름 드는 수부처럼 분장시켜 그들을 데리고 양곡선을 탔다.

60척의 양곡선은 배마다 '헌량(獻糧)'이라 쓴 깃발을 꽂고, 줄을 지어 강을 거슬러 올라갔다.

그들이 이같이 올라가다가 청계현 지경에 이르니까, 상류로부터 적의 전선(戰船)이 이쪽으로 내려오면서 화살을 일제히 쏘아댄다.

이때 이준은 배 위에서 큰소리로 적을 향해 외쳤다.

"활을 쏘지 마시오! 할 말이 있어요! 우리는 항복하러 온 사람이오! 양곡을 바치러 왔어요. 그리고 병졸들까지 바치러 왔으니까, 우리를 꼭 받아주세요."

적의 뱃머리에 서 있던 두목은 이 소리를 듣더니 즉시 활 쏘는 것을 중지시키고 사람을 보내어 이준의 배를 조사시켰다.

적군은 이준의 배에 올라와서 양곡만 가득 싣고 무기는 하나도 없고, 뱃사공과 수부만 있는 것을 보고, 돌아가서 그대로 보고했다. 두목은 즉시 이 사실을 좌승상 누민중에게 보고했다.

송강군의 장수 이준이 양곡을 가지고 항복하러 왔다는 보고를 받은 누민중은 그 사나이를 육지로 올라오게 하라고 명령했다.

이준은 언덕 위로 올라와서 병졸들의 인도를 받아 누민중 앞에 나가 인사를 드렸다.

그가 절을 하고 나니까 누민중이 묻는 것이었다.

"송강의 배하에서 너는 무슨 소임을 맡아보던 사람이냐? 그리고 이 번에는 무슨 뜻으로 양곡을 가지고 와서 항복을 하는 거냐? 바른대로 말해라!"

"예, 말씀드리겠습니다. 소인의 성은 이(李)가고, 이름은 준(俊)이옵 고, 원래는 심양강에서 소일하고 지내던 사람이온데, 강주에 갔다가 우 연히 그곳에서 죄를 짓고 죽게 된 송강의 목숨을 건져줬더니 그것이 인 연이 되어 그 후부터 같이 지냈습니다만, 송강이 조정으로부터 초안을 받아 선봉장군이 된 후부터는 옛날 저를 살려준 은혜 같은 건 눈곱만큼 도 생각지 않고, 언제나 소인을 깔보고 욕을 뵙니다. 지금 저놈이 귀국 의 영토, 여러 곳을 점령하기는 했습니다만, 저놈의 배하에 있던 쓸 만 한 장수들은 모두 죽어버렸고 이제는 무능한 장수들만 남아서 어쩔 도 리가 없으니까 자꾸만 저희들 수군(水軍)더러 앞장서서 귀국을 공격하 라고 야단을 칩니다. 그냥 사지(死地)에다 몰아넣는 셈이죠. 그래 저희 들이 참고 견딜 수 없어서 몰래 양곡선을 끌고 도망해나온 거랍니다. 아무쪼록 불쌍히 보시고 거두어주십시오."

좌승상 누민중은 이 말을 그대로 곧이듣고 즉시 그를 데리고 대궐로 들어가서 방납을 보고, 이준이 양곡선 60척을 이끌고 항복했다는 사실 을 아뢰었다. 그러고 나서 이준이 방납에게 두 번 절을 하고 똑같은 사 실을 아뢰었더니, 방납도 아주 기뻐하면서 이준에게 소오·소칠·동위· 동맹을 데리고 이곳 청계에서 수채(水寨)를 관리하고 배를 지키라고 명 령하는 것이었다.

"과인이 송강의 군사를 무찔러버린 후 환궁하여 다시 상을 내릴 터 이니 그리 알아라!"

방납이 이같이 분부를 내리므로, 이준 등은 인사를 드리고 대궐로부터 물러나와 배에서 양곡을 끌어내다 전부 창고 속으로 운반해 들이기 시작했는데, 이럴 때 송강은 오용과 함께 군사를 나눠서 관승·화영·진명·주동 등 네 명의 정장(正將)을 앞세운 후 군사를 이끌고 청계현으로 곧장 나아갔다.

그랬는데, 그들은 도중에서 황질 방걸을 만났다.

양쪽 군사가 각각 진을 벌이고 나서 방걸이 먼저 창을 비껴들고 말을 달려 나오고, 그 뒤에는 두미가 도보로 따라오는데, 그는 갑옷을 입고, 등에다 다섯 개의 비도를 감추고, 손에는 한 자루 칠성검(七星劍)을 들었다.

이 두 사람이 진문 앞에 나서는 것을 보고, 송강의 진에서는 진명이 앞장서서 낭아곤을 휘두르며 뛰어나와 대뜸 방걸을 들이쳤다.

방걸은 나이가 젊은 데다가 정신이 강하며, 또 창 쓰는 법이 비범해서, 두 사람이 서로 싸우기를 30여 합 하였건만 승부가 나지 아니했다. 방걸은 진명의 수단이 높은 것을 보고 자기가 평생 배운 기술을 다해가며 싸우는데, 이때 두미가 저의 대장이 진명을 얼른 거꾸러뜨리지 못하는 것을 보고 말 뒤에서 진명의 얼굴을 향해 비도를 던졌다.

진명이 날아오는 비도를 막으려고 낭아곤을 쳐들었을 때 방걸의 창은 그의 옆구리를 찔러 말 아래 떨어뜨리니, 당대에 이름 높던 벽력화 진명이 무참히 여기서 죽는 게 아닌가.

송군의 군사 몇 명이 급히 달려나와 요구창(撓鉤鎗)으로 진명의 시체를 끌어갔다.

이때, 송강의 군사는 평소에 귀신같이 생각하던 진명 장군이 죽는 것을 보고 모두 실심 낙담했다. 그리고 송강은 급히 관을 만들어 시체를 관 속에 편안히 모셔두게 한 후 다시 군사를 교대시켜 싸움에 나가도록 명령했다.

한편, 방걸은 첫번 싸움에 이겼는지라, 기고만장해서 진두에 나와 소리를 쳤다.

"송나라 군사야! 또 나올 놈이 있거든 빨리 나와서 나한테 대들어봐라!"

송강은 중군에 앉아서 진명의 죽음을 슬퍼하고 있다가, 방걸이 싸움을 돋우고 있다는 소리를 듣고 급히 진두로 나와 보니, 방걸의 배후에 방납의 어가(御駕)가 보이는데, 기치창검이 삼엄하게 늘어선 가운데 구곡황라산(九曲黃羅傘) 아래 충천전각 명금복두(沖天轉角明金幞頭)를 머리에 쓰고, 일월운견구룡수포(日月雲肩九龍繡袍)를 몸에 걸치고, 허리엔 금으로 장식한 옥대를 띠고, 발엔 쌍금현봉운근조화(雙金顯縫雲根朝靴)를 신고, 은빛 나는 백마를 타고 앉은 방납의 모양이 보인다. 그리고 그의 좌우로는 문관과 무장들이 기라성같이 늘어섰으니, 역적은 역적이지만 제법 일국의 천자 같다.

이때 송강이 진두에 나오는 것을 본 방납은 저의 조카 방걸을 보고,

"저놈, 송강이란 놈을 빨리 잡아라!"

하고 소리쳤다.

이럴 때 송군의 진에서도 방걸을 대적하려고 장수들이 준비를 하고, 방걸도 저의 진에서 나오는 판인데, 갑자기 적의 진중으로 뛰어들어온 연락병은 놀라운 소식을 방납에게 보고했다.

"어림군도교사 하종룡이 군사를 거느리고 흡주로 구원을 갔었습니다만 송군의 노선봉한테 사로잡혀 적진으로 끌려갔습니다. 그래서 우리 군사는 모두 흩어지고, 송군은 지금 산 뒤에까지 쳐들어왔습니다."

방납은 이 소리를 듣고 정신이 아찔해졌다. 그래서 그는 급히 군사를 거둬 대궐을 방비하도록 하라고 명령을 했다.

방걸은 분부를 듣고 두미더러 송군이 나오는 것을 막고 있으라고 부탁하고서, 자기는 방납의 어가를 먼저 궁궐로 돌려보낸 후, 그 뒤를 따라서 두미와 함께 궁궐로 향했다.

그런데 방납의 어가가 청계의 주계(州界)에 이르자 별안간 성중 대궐 쪽에서 함성이 끓어오르고, 사방에서 불길이 치솟으며, 군사들이 대혼란을 일으키는 게 아닌가.

이것은 이준과 소오·소칠·동위·동맹 등이 성내에 숨어 있다가 불을 질렀기 때문이었다.

방납은 대궐 쪽에서 불길이 오르고 있는 것을 보고 눈이 뒤집혀 어림군을 재촉해 성내로 들어갔다.

이때 송강은 방납의 군사가 퇴각하는 것을 보고 즉시 그 뒤를 추격해서 쫓아가다가 청계에 이르러 바라보니, 성내에서 화광이 충천하는 게 아닌가. 이것은 분명 이준 등이 성내에서 불 지른 것임을 짐작하고서, 송강은 더욱 군사를 급히 몰고 쳐들어갔다.

이때 마침 노선봉의 군사도 산을 넘어왔기 때문에 송강의 군사와 합세하여 대궐을 양쪽에서 협공하고, 송강 등 장수들은 사면팔방으로 쳐들어갔다.

이때 방납은 방걸의 호위를 받으면서 간신히 도망해 방원동으로 들어갔다.

한편, 청계현에 입성한 송강의 군사는 방납의 궁궐에 들어가서 금은보물과 창고 속에 있는 것을 모조리 끌어낸 후에 여기저기다 불을 질렀다. 이래서 궁전이란 궁전은 죄다 타버리고 창고란 창고는 죄다 텅텅 비어져버렸다.

송강은 노준의의 군사와 합쳐서 전군을 청계현에 주둔시키고 난 뒤에 장병을 점검해보았다. 그랬더니, 키다리 욱보사와 여장군 손이랑이 함께 두미란 놈의 비도에 맞아 죽어버렸고, 추연과 두천이 기병들의 틈바구니에 끼여 밟혀 죽었고, 이립·탕융·채복은 중상을 입고서 치료할 사이도 없이 목숨이 끊어졌고, 원소오도 어느 틈에 누민중의 창에 찔려 죽어버린 것이 모두 판명되었다. 그리고 살아남아 있는 모든 장수들은 역적 놈의 괴뢰 관원 92명을 잡아온 공으로 모두 상을 탔는데, 누민중과 두미 두 놈만은 어디로 내뺐는지 잡아오지 못했다.

송강은 성내 요소요소에 방문을 써붙여 백성을 안심시키게 하는 한편, 잡아온 괴뢰 관원들을 모두 장초토에게로 압송하여, 그곳에서 목을 베어 여러 사람 앞에 보이게 했다.

그러고 나자 어떤 백성 한 사람이 찾아와서 어디로 내뺐는지 행방을 알지 못해 궁금해하던 누민중의 소식을 알려주는 것이었다.

누승상은 원소오를 죽인 뒤에 벌써 송군이 청계현을 점령했음을 알고, 송림 속에 들어가 목을 매달고 죽어버렸다는 것이다.

이래서 송강은 누민중이 자살한 것을 알았는데, 두미란 놈은 그전부터 정을 두고 지내던 옥교교(玉嬌嬌)라는 기생집에 가서 피신하고 있는 것을 그 기생집 포주가 붙들어가지고 왔다. 그래서 송강은 포주에게 상을 줘서 돌려보낸 다음에 먼저 누민중의 목을 베어오게 하고, 채경으로 하여금 두미의 배를 가르고 간을 꺼내어 그 피를 가지고 진명·원소오·손이랑과 그 외 청계현에서 전몰한 장수들의 원혼을 제사지냈다. 이같이 친히 제사를 올린 다음날, 송강은 노준의와 함께 군사를 거느리고 가서 방원동을 포위했다.

그랬으나, 방원동의 궁궐로 도망해 들어간 방납은 군사를 동구(洞口)에 이중 삼중으로 배치하여 수비하기만 하고 나와서 싸우려고는 아니하는 까닭으로 송강과 노준의는 완전히 포위만 했을 뿐, 도저히 뚫고 들어갈 길이 없었다.

그런데도 방납은 바늘방석에 앉아 있는 것 같았다. 빠져나갈 길은 없고 이대로 포위당해서 오래 끌기만 한다면 죽는 길밖에는 남아 있지 않은 터라 며칠 동안 번민하고 지냈는데, 하루는 금관조복을 입은 대신 한 사람이 방납이 앉아 있는 궁전 뜰아래 엎드리더니 아뢰는 것이었다.

"신이 아뢰옵니다. 광대무변하신 상감의 성은을 입사옵고 일찍이 보답하온 일이 없사옵니다. 신이 비록 아는 것은 없고 재주도 부족하옵니다만, 평소에 무공(武功)을 익혔사옵고, 육도삼략(六韜三略)도 알고, 칠종칠금(七縱七擒)도 배웠습니다. 원하옵건대, 일지군마(一枝軍馬)를 신에게 주옵시면, 신이 곧 송군을 물리치고 국운(國運)을 다시 중흥시키겠사오니 통촉하시옵소서."

방납이 들으니 과연 반갑고도 고마운 말일 뿐 아니라, 이렇게 말한 이 사람이 바로 자기의 사위, 즉 동상부마(東牀駙馬)인 주작도위(主爵都尉) 가인(柯引)이란 인물인 까닭에 더욱 기뻐했다. 그리하여 그는 곧 금갑·금포를 하사하고, 또 명마(名馬) 한 필을 주고서 황질 되는 방걸과 함께 방원동 안에서 어가(御駕)를 호위하고 있는 군사 1만 명과 장수 20명을 거느리고 동구로 나가서 진을 치게 했다.

한편, 송강의 군사는 그동안 별로 신통한 계책도 없어서 장수들이 손을 나눠서 동구만 지키고 있었다. 더구나 송강은 이미 진중에서 3분의 2나 형제들을 잃어버린 뒤였기 때문에 기운이 떨어진 데다가 방납을 사로잡을 기회는 오지 않고, 역적 놈의 그림자도 안 비치고 하기 때문에, 얼굴에 근심하는 빛이 점점 두터워지는 중이었는데, 하루는 전군(前軍)에서 급한 보고가 올라왔다.

"동구 안에서 군사들이 싸움하러 나왔습니다."

송강과 노준의는 즉시 긴장하여 여러 장수들로 하여금 나아가 역적들의 군사를 전멸시키라고 명령했다.

그래서 송군이 진형을 벌이고 나서 적진을 바라보니까, 맨 앞에서 나오는 장수는 가부마(柯駙馬)인데, 이 사람이 요전에 일부러 방납에게 항복하고 들어간 시진인 줄은 아직 아무도 알지 못했다.

송강은 우선 화영을 보고 쫓아나가서 가부마와 싸우라고 명령했다.

화영은 명령을 받고서 창을 비껴들고 말을 채쳐 진두에 나가서 큰소리로 명령을 했다.

"대관절 너는 어떤 놈인데 감히 역적 놈에게 붙어서 우리 대군한테 항거하려 드느냐? 지금 당장 말에서 내려 순순히 항복을 한다면 목숨만은 살려주겠다만, 그러지 않는다면 네놈을 천 조각 만 조각 썰어 곤죽을 만들어주겠다!"

호령을 듣더니 가부마도 호령을 하는 것이었다.

"이놈아! 나는 산동 출신의 가인이라는 사람이다. 내 이름을 모르는 사람이 없는데 네놈들은 못 들었느냐? 네놈들 양산박 도둑놈들과는 다른 양반이시다! 내가 당장 네놈들을 잡아 죽이고, 잃어버렸던 고을을 모조리 수복시킬 테니 그런 줄 알아라!"

이때 마상에 앉아서 이 소리를 들은 송강과 노준의는 이상하게 생각했다.

"형님! 지금 저 사람의 음성이 이상하잖아요?"

"글쎄, 정말 이상한데!"

"산동 출신의 '가인'이라는 게 의미가 있는 이름 아닙니까? '섶'이라는 '시(柴)'를 '나뭇가지'라는 '가(柯)'로 바꾸고, '나아간다'는 '진(進)'자를 '끈다'는 '인(引)'자로 바꿔놓은 게 아니겠어요?"

노준의가 이렇게 말하니까 곁에서 오용이 말했다.

"그렇게 말씀하니 그럴듯싶습니다만, 하여간 화영과 두 사람이 싸우는 걸 보면 확실히 알겠죠!"

이때 화영은 벌써 창을 휘저으면서 뛰어나가 '가인'이라는 적장과 싸우는데, 두 장수가 서로 밀고 밀리고 하면서 한창 백열전으로 싸우는 모양이더니, 그럴 때 시진이 화영에게 가만히 속삭이는 것이었다.

"형님! 일은 내일 결판내기로 하고, 오늘일랑 형님이 일부러 지는 체해주시오!"

화영은 그 소리를 듣고 속으로는 반가웠지만, 거죽으로는 티도 내지 않고, 두세 합가량 더 싸우는 체하다가 아무래도 못 당하는 것같이 말머리를 돌이켜 내빼버렸다.

이럴 때 가인이 큰소리로 호령한다.

"못생긴 패장(敗將) 놈아! 내가 네깟 놈의 뒤를 추격하지 않을 테니까, 다른 놈이 나와서 나하고 싸우도록 해라!"

화영은 본진으로 돌아와서 송강과 노준의에게 사실을 보고했다.

"그럼, 관승 장군더러 나가서 싸우라 하죠."

그래서 관승은 청룡언월도를 들고 춤추면서 뛰어나갔다.

"산동에서 온 조그마한 장수야! 네가 감히 나를 상대하겠느냐?"

관승이 이같이 호령하니까, 가인이 창을 꼬나잡고 달려든다.

두 장수가 또 한 덩어리가 되어 5, 6합 싸우더니 이번에도 관승이 지는 체하고 본진(本陣)으로 도로 내빼오는 게 아닌가.

가인은 이번에도 추격해오지 않고, 진전(陣前)에서 호통만 치는 것이었다.

"송나라 군대에 좀 더 센 놈이 없느냐?"

송강은 또 주동을 보고 나가서 싸우라고 했다. 그래서 주동은 시진과 더불어 백열전을 하는 것처럼 적의 군사를 속이면서 5, 6합 싸우다가 역시 지는 체하고 내빼오니까, 시진은 쫓아오면서 허공을 창으로 한 번 찌르는 게 아닌가.

이 순간, 주동은 혼비백산한 것처럼 말을 내버리고 도보로 도망을 치니까, 역적 방납의 군사들은 그 말을 노획해가지고 갔을 뿐 아니라, 시진의 명령으로 그들은 송군을 총공격했기 때문에 송강은 쫓기는 체하고 10리 밖으로 후퇴하여 진을 쳤다.

이때, 가부마 시진은 송군을 얼마쯤 추격하다가 군사를 거둬서 방원동으로 들어갔다.

그런데 이보다 먼저 방원동에 돌아와서 방납에게 이 소식을 전하는 자가 있었다.

"가부마가 그런 영웅인 줄은 몰랐습니다! 어쨌거나 연속해서 적장을 세 놈이나 싸워서 이긴 다음에 송강 등을 10리나 멀리 쫓아냈습니다."

이 같은 소식을 듣고 방납은 대단히 기뻐서 즉시 잔치를 차리라고 분부를 내리고서 기다리다가, 부마가 돌아왔다는 말을 듣고는 무장을 한 채 그대로 후궁으로 들어오게 하여 교의에 앉히고서, 친히 금잔에다 술을 가득 부어 한잔 권했다.

"부마가 그토록 문무쌍전(文武雙全)한 줄은 내 미처 몰랐다! 그저 글이나 잘하는 줄 알았지, 만일 그토록 영웅호걸인 줄 알았던들 진작 많은 고을을 떼어주고서 맘껏 수완을 발휘하도록 했을 것을! 하여간 지금 우리 강토에 침입한 적장을 속히 무찔러버리고 국가의 기업(基業)을 중흥시켜, 나와 함께 무궁무진한 부귀를 누리도록 하자!"

방납의 말이 떨어지자 가인이 아뢰었다.

"상감께서는 안심하시옵소서. 제가 충성을 다하여 마땅히 나라의 기업을 일으키겠습니다. 내일 폐하를 모시고 산 위에 올라가서, 제가 송강 등 도둑놈의 일당을 죽이는 것을 보여드리겠습니다."

"하하하. 그래, 그거 참 좋은 말이다!"

이날 밤 궁중에서는 연회를 열고 밤이 깊도록 즐기다가 각각 궁중으로 돌아갔다.

다음날 아침 일찍이 방납은 소와 말을 잡아 군사들을 배불리 먹인 다음 방원동 동구로 나와서 기를 흔들고, 고함을 지르고, 북을 울리면서 싸움을 돋우도록 시키고서, 자기는 내시근신(內侍近臣)들을 이끌고 방원동의 뒷산으로 올라가서 가부마의 싸우는 광경을 보기로 했다.

그런데 이날 송강은 부하 여러 장수들을 불러놓고 명령을 내렸다.

"오늘의 싸움은 그전 어느 때 싸움과도 비교가 안 되는 중대한 싸움이란 말이오! 귀관들은 각기 힘을 다해서 역적 놈의 괴수 방납을 잡는데, 그놈을 산 채로 잡아야 해요! 그리고 적진에서 시진이가 말머리를 돌려서 동구 안으로 내빼거든, 그때 조금도 지체하지 말고 뒤를 쫓아들어가 방납의 행방을 추격하란 말이오! 털끝만큼도 착오가 없도록 조심해야 하오."

송강은 이같이 명령을 내린 뒤에 장수들과 함께 동구 앞으로 나가서 군사를 벌이고 진을 폈다.

이때 적군의 진에서는 가부마가 문기(門旗) 밑에서 막 뛰어나오려고 하는 판이었는데, 때마침 황질 방걸이 창을 비껴들고서 말을 세우며 한 마디 하는 것이었다.

"도위님! 잠깐만 쉬시고, 제가 송군의 장수 한 놈을 베어 거꾸러뜨리는 광경을 구경하신 다음에, 그 후에 도위님이 달려나가 싸우시도록 해주십시오."

이때 송군의 진에서는 여러 장수들이 모두 적장 가부마의 등 뒤에 연청이 서 있는 것을 보고, 오늘 싸움에서는 일이 꼭 성취될 것이라고 기대하는데, 이때 적진에서는 황질 방걸이 맨 앞에 서서 말을 달려 나오므로, 이쪽에서도 관승 장군이 청룡도를 춤추며 뛰어나갔다.

두 장수가 서로 일진일퇴(一進一退)하면서 10여 합을 싸울 때 송강은 또 화영을 내보내어 관승과 함께 방걸을 공격하도록 했다.

이같이 두 사람이 공격하건만 방걸은 조금도 두려워하지 않고 두 장수를 막아내므로 송강의 진에서는 또 이응과 주동이 방걸을 공격하려고 뛰어나갔다.

이렇게 한꺼번에 네 사람의 장수가 달려들자, 방걸은 도저히 혼자서 감당할 수가 없음을 깨닫고, 말머리를 돌려 자기 본진으로 향해 도망쳤다.

그런데 천만뜻밖에도, 문기 밑에 섰던 가부마가 이때 한 손을 높이 쳐들고 송군의 관승·화영·이응·주동을 향해 손짓을 하더니, 말을 채쳐 달려나오면서 창으로 방걸을 찌르려고 덮치는 게 아닌가.

"이놈! 네가 죽을 때가 온 줄 모르느냐?"

방걸은 가부마가 이같이 돌변한 것을 보고 사태가 위급한지라, 급히 말에서 뛰어내려 달음박질치려 했지만, 그럴 새도 없이 시진의 창에 찔려 거꾸러졌다. 그러자 운봉위 연청이 번개같이 달려들어 한칼로 그의 목을 선뜻 베어버린다. 이때 적군들은 너무도 의외의 일이어서 혼비백산하여 다 각각 목숨을 살리고자 뿔뿔이 흩어져 도망치는 것을, 가부마는 그들을 향해 큰소리로 외쳤다.

"나는 가인이 아니다. 나는 시진이다! 송선봉 휘하에 있는 정장(正將) 소선풍이란 사람이다! 그리고 내 뒤에 있는 운봉위란 사람은 낭자 연청이다! 우리 두 사람이 방원동 안팎의 사정을 속속들이 알고 있으니, 방납이란 놈을 산 채로 잡아올 사람이 없느냐? 잡아오기만 하면 높은 벼슬을 주고 좋은 말을 태워줄 테다! 그리고 똑똑히 들어라! 너희들이 지금 당장 항복하면 모두 살려줄 것이고, 만일 항거하면 네놈들의 전 가족을 모조리 잡아 죽이겠다!"

이렇게 외치고는 시진은 관승·화영 등 네 장수와 함께 대군을 이끌고 동구 안으로 쳐들어갔다.

이럴 때 방납은 내시근신들과 함께 방원동 뒷산 위에서 방걸이가 전사하고, 수하 군사가 전부 흩어지는 것을 보자 걸터앉았던 의자를 발길로 차 던져버리고는 산속을 향해서 도망질쳤다.

이때 송강은 대부대의 군마를 거느리고 다섯 갈래로 길을 나누어 방원동 안으로 쳐들어가면서 모두들 방납을 사로잡으려고 경쟁했지만, 방납은 이미 달아나버린 뒤였기 때문에 궁궐 안에 시종으로 있던 관원들만 겨우 붙잡아냈다.

연청은 동구 안으로 들어가기가 무섭게 심복 부하 몇 명을 시켜서 창고 문을 열고, 그 안에 있는 금은보화를 꺼내놓은 다음에 내궁(內宮)과 금원(禁苑)에다 불을 질러버렸다.

그럴 때 시진은 동궁으로 쳐들어갔다. 그가 들어가 보니까, 자기 아내가 되어 있는 방납의 딸 금지공주는 벌써 목을 매달고 죽어버렸다.

시진은 그것을 보고 측은히 생각하고서도 궁전에다 불을 지르고, 그곳에 있는 궁녀들을 뿔뿔이 달아나도록 내버려두었다.

이때 다른 장병들은 일제히 정궁(正宮)으로 들어가서 비빈·궁녀·친위군·시종·황족들을 모조리 죽이고, 방납의 내궁에 쌓아두었던 금은과 비단을 모조리 꺼냈다.

송강은 장병들을 여러 방면으로 놓아서 방납을 찾아보라 했다.

그런데 원소칠은 이때 내원의 심궁(深宮)으로 쳐들어갔다가 굉장히 잘 만든 상자가 한 개 있는 것을 발견하고 그것을 열어보았더니, 상자 속에는 다른 것이 있는 것이 아니라, 자칭 천자 방납이 사용하는 평천관(平天冠)·곤룡포(袞龍袍)·백옥규(白玉珪)·무우리(無憂履) 같은 것이 들어 있다. 모두가 만승천자(萬乘天子)가 사용하는 것들이다.

원소칠은 이 같은 금·은·구슬과 용과 봉의 그림으로 장식된 의복과 신발을 처음 보았는지라, 눈이 부시게 휘황한 그 색채에 황홀하여, 정신없이 그것을 들여다보다가 중얼거렸다.

'이게 모두 방납이 입던 것인데… 나도 한번 입어보면 어때?'

그는 이렇게 중얼거리고서 곤룡포를 꺼내 입고, 벽옥대(碧玉帶)를 띠고, 무우리를 신고, 평천관을 머리 위에 쓰고, 백옥규를 품에 품고 나서 말 위에 뛰어올라 앉은 후, 한 손에 채찍을 높이 들고 궁전 앞으로 달려갔다.

송군의 장수들은 이것이 방납인 줄 알고 소리를 지르면서 와아 몰려왔다가, 뜻밖에도 그가 원소칠인 것을 보고는 모두들 하하하 웃어댔다.

"왜들 웃는 거요? 나도 이렇게 차리니까 근사하지?"

소칠은 어린애 모양으로 좋아서 벙글벙글 웃으면서 이리 뛰고 저리 달리며 군사들이 잡으러 오는 것을 보고 즐거워했다.

이렇게 궁전 마당이 한창 시끌덤벙했을 때, 동추밀이 데리고 온 왕품과 조담이 이번 싸움에 응원을 왔다가 내원에서 군사들이 소동하는 소리를 듣고, 필시 방납을 잡고 있는 것인 줄로 알고서, 공이나 세워볼까 하고 달려왔다. 그러나 와서 보니까 소칠이가 곤룡포를 입고 평천관을 쓰고서 장난을 치고 있는 게 아닌가.

왕품과 조담은 속은 것이 분해서 소리를 꽥 질렀다.

"이게 뭐하는 거야? 네가 방납의 모양을 흉내 내기가 소원이냐?"

원소칠은 이 소리에 성이 발칵 났다.

"뭣이 어째? 이놈들이 눈깔이 빠졌나? 이놈들아! 우리 송강 형님이 없었더라면, 네놈들 두 놈의 모가지는 벌써 방납의 손에 떨어지고 말았을 게다! 지금 우리 형제들이 힘써서 공을 세워놓은 뒤인데, 뒤늦게 네놈들이 또 무엇을 얼렁뚱땅하려고 찾아온 거냐? 조정에서 자세한 사정은 모를 테니까, 그걸 이용해서 네놈이 이번에 공을 세운 거라고 속여볼 작정이냐? 거지같은 자식들!"

왕품과 조담은 성을 벌컥 내면서 원소칠을 칼로 치려고 덤비는 것을, 원소칠은 옆에 있는 군사의 창을 뺏어서는 왕품의 칼을 막으면서 그를 찌르려고 했다.

이때 이 모양을 본 호연작이 달려와서 두 사람 사이에 뛰어들어가 양쪽을 막았다.

그러자 또 송강이 이 소식을 듣고 이리로 달려와서 보니 소칠이가 천자의 곤룡포를 입고 있는 게 아닌가.

송강과 오용은 원소칠을 단단히 꾸짖고, 말에서 내려오게 하여 곤룡포를 벗어서 들고 가게 한 후, 소칠이를 대신해서 왕품과 조담에게 정중하게 사과를 했다. 그리하여 두 사람은 송강이 이같이 간곡하게 권하는 까닭에 화해한 듯했지만, 속으로는 이날의 분함을 깊이 새겨두었다.

하여간 이날 방원동 전투에서 송군한테 죽은 방납의 군사가 어찌나 많던지, 시체는 땅바닥을 아주 덮어버렸고, 피는 흘러서 내를 이룬 형편이었으니, 그러기에 송나라 '송감(宋鑑)'의 기록에도 '방납의 만병(蠻兵) 2만 명을 죽였다'고 기록된 것이 아닌가.

송강은 다시 명령을 내려 사방에다 불을 지르게 하여 궁전·용루(龍樓)·봉각(鳳閣)·내원·심궁·주헌(珠軒)·취옥(翠屋) 등을 모조리 불살라 완전히 재가 되는 것을 친히 감시했다. 그런 뒤에 군사를 이끌고 동구로 나와서 그곳에 숙영(宿營)을 차리고 사로잡은 인원을 점검해보니까, 도적의 괴수 방납을 제하고서는 모두 체포한 셈이다. 그래서 송강은 즉시 휘하 장병들로 하여금 산속을 뒤져보도록 명령하는 동시에 방원동 주민들에게 현상고시(縣賞告示)를 냈다. 즉, 방납을 사로잡아 오면 조정에 보고해서 그 사람에게 높은 벼슬자리를 주겠고, 잡아오지는 못하더라도 그놈이 숨어 있는 곳을 알고서 밀고하는 사람에게는 상을 후하게 주겠다는 것이다.

그런데 이때 자칭 천자 방납은 방원동 뒷산을 넘어 도망쳐 숲속에 들어가 곤룡포와 복두(幞頭)와 조화(朝靴)를 벗어던지고서, 감발로 산을 타고 고개를 다섯 개나 넘어서, 날이 샐 무렵에 한 고개를 넘어오다가 보니까, 저쪽에 산이 움푹 파인 곳에 초가집 한 채가 보이므로 그는 그 집을 향하여 걸음을 재촉했다. 밤새도록 도망치느라고 목이 마르고 배가 고파서 견딜 수 없었던 까닭이다.

그러나 그 집을 향해서 산비탈을 내려가자, 뜻밖에도 소나무 뒤에서 몸집이 큰 중이 한 사람 튀어나오더니, 다짜고짜로 선장(禪杖)으로 후려때려 넘어뜨린 후 불문곡직하고 밧줄로 수족을 묶어버리는 게 아닌가.

이 중이 바로 화화상 노지심이었던 것이다.

노지심은 이같이 방납을 잡아서 초가집으로 끌고 와 밥을 먹여주고, 다시 끌고 산을 내려갔다.

이때 방납을 잡으려고 찾아다니는 수색대와 만나서 진영으로 돌아

오니까, 송강은 너무도 기뻐서 노지심의 손을 붙들고,

"대관절 어떻게 이 역적을 잡았소? 그동안 소식을 몰라서 걱정을 했었는데, 대관절 어떻게 된 일이오?"

하고 묻는다.

노지심은 오랫동안 산속에서 혼자 지내느라 수염도 못 깎은 텁수룩한 얼굴에 웃음을 머금고서 이야기했다.

"그거 참 이상하고도 재미있습니다. 지난번 오룡령 싸움 때, 제가 만송림(萬松林)에서 하후성을 잡고, 그러고서 적병을 죽이면서 자꾸만 산속으로 추격해 들어갔었는데, 숲이 무성한 골짜기에서 그만 길을 잃고 헤매다가 그곳에서 한 늙은 중을 만났더니, 그 중이 나를 데리고 어떤 초가집으로 인도해주더군요. 그리고 날더러 하는 말이 여기 시량(柴糧)과 채소가 충분히 있으니까 여기서 이걸 먹고 기다리다가, 키가 큰 사내가 송림 속에서 나오거든 즉시 잡으라는 거예요. 그래 어젯밤엔 산의 전방에서 불길이 오르기에 밤새도록 불길만 바라보고 있었습니다. 그래도 난 이 산길이 어떻게 어디로 통하는 길인지 모르고 있었죠. 그런데 오늘 아침에 이 도적놈이 산에서 내려오기에 그 중이 가르쳐준 대로 선장으로 때려잡아 묶어버렸던 것인데, 이놈이 방납인 줄은 꿈에도 몰랐습니다."

"그 늙은 화상은 지금 어디 있소?"

"예, 그 노승은 그때 나를 초가집으로 데리고 와서 쌀과 나무를 주고는 그냥 나가버렸는데, 어디로 갔는지 모르죠."

"그럼 그 화상은 틀림없이 성승 나한(聖僧羅漢)으로서 놀랍게도 영험을 나타내어 우리 스님한테 큰 공을 세우도록 지시한 걸세! 서울로 돌아가거든 조정에 자세히 보고를 할 테니까, 그땐 스님도 환속해서 벼슬을 하고, 처자와 영화를 누리고, 부모님의 은혜를 갚도록 하오."

송강의 이 말에 노지심은 빙그레 웃으면서 대답하는 것이었다.

"벌써부터 제 마음은 재가 된 지 오랩니다! 벼슬길에 오른다는 건 그만두고, 그 밖에도 아무런 욕망이 없습니다. 어디든지 깨끗한 땅을 찾아가서 그곳에서 편안히 목숨을 마치기만 하면 그만입니다!"

"허허. 스님이 환속을 원하지 않는다면 서울로 가서 어디 명산대찰의 주지(住持)가 되어 중들의 우두머리가 되구려. 그래서 한 종풍(宗風)의 이름을 빛나게 한다면 그것도 부모님의 은혜를 갚는 길이 되는 거니까!"

노지심은 그 말을 듣더니 고개를 좌우로 절레절레 흔들었다.

"필요 없습니다. 아무것도 싫습니다. 그저 별 탈 없이 지내다가 죽어버리면 그만이죠!"

송강은 더 권할 말이 없었다.

조금 있다가 송강은 휘하 장령들을 점검해보았다. 전원 무사했다. 그는 곧 방납을 함거에 실어 압송해 보내고, 전군을 이끌고서 청계현 방원동을 뒤로 두고 일제히 목주로 향했다.

한편, 장초토는 이때 유도독과 동추밀과 종(縱) · 경(耿) 두 참모를 불러들여 군사를 합쳐 목주에다 주둔시키고 있었는데, 마침 송강이 큰 공을 세우고서 방납을 잡아왔기 때문에 그들은 모두 기뻐했다.

송강이 여러 장수들과 함께 인사를 드리고 나니까, 장초토가 말했다.

"장군이 변경 지방에 나와서 수고가 많으셨고, 또 여러 형제들을 많이 잃어버렸다는 소식은 들었습니다마는, 이제는 이미 완전히 공을 세우셨으니 무엇보다도 다행한 일입니다."

송강은 두 번 절하고 나서 눈물을 흘리면서 말을 했다.

"저희들이 당초에 1백 8명이 요국을 정벌하고 돌아왔을 적엔 한 사람도 축난 사람이 없었는데, 이번에는 뜻밖에 먼저 공손승이 떠나버리고, 서울에 또 몇 사람이 처져 있게 되더니만, 양주를 수복하고 장강을 건너온 이후 열 사람 가운데 일곱 사람은 없어졌으니, 오늘날 저는 이렇게 살아 있습니다만 무슨 면목으로 제가 산동의 부로(父老)들과 고향의 친척을 다시 만나겠습니까!"

"송선봉은 그렇게 말씀하지 마시오. 사람의 빈부귀천과 수명장단은 하늘이 정한 일이라고 옛날부터 그러지 않습니까? 복을 타고난 사람이 복이 없는 사람을 먼저 보내주는 것이니까, 명이 짧아 일찍 죽은 사람을 놓고 송선봉이 부끄러워할 까닭은 없습니다. 지금 장군이 공을 세운 일을 조정에서 듣기만 하면 반드시 중용하여 관작(官爵)을 내릴 것이요, 따라서 송선봉은 금의환향할 것이니 세상에 누가 부러워하지 않겠습니까? 다른 생각은 마시고 이제는 속히 회군(回軍)할 일이나 생각하십시오."

송강은 장초토에게 사례를 드리고 물러나와 여러 장수들에게 회군할 준비를 하라고 일렀다.

이때 장초토는 군령을 내려 사로잡은 적의 관원과 장수들 중에서 방납만은 따로 서울로 호송하기로 하고, 그 밖의 무리들은 목주의 시중에서 목을 베어 처치해버리도록 했다.

그런데 이때까지 송군이 아직도 수복시키지 못한 구주(衢州)와 무주(婺州) 등 여러 고을의 탐관오리들은 방납이 이미 체포된 것을 알고, 그 중 절반은 도망쳐버리고 절반은 자수해왔다. 장초토는 자수해온 사람들을 모두 용서해주고서 양민이 되라 이른 후 방문을 써붙여 백성들을 안심시켰다. 그리고 적의 수하에서 심부름 들던 많은 사람들도 그다지 큰 허물이 없는 자에 한해서 자수하고 귀순하는 것을 받아들이고, 그들이 가지고 있던 토지 가옥을 돌려주게 하여 다시 선량한 백성이 되도록 길을 열어주었다. 이렇게 해서 여러 해 동안 방납에게 빼앗겼던 여러 고을의 치안은 회복되었다.

하루는 장초토가 모든 관원을 목주로 불러서 크게 태평연(太平宴)을 열고서 전쟁이 끝난 것을 축하하는 동시에 군사들을 위로하고, 삼군의 장교들에게 상을 주었다. 그러고서 속히 서울로 회군할 준비를 하라고 명령을 내렸다.

# 금의환향

    송강은 이때 선발부대를 먼저 출발시키면서도 이번 강남에 와서 전몰한 형제들을 생각하고 눈물이 마를 날이 없었는데, 그 전날 신병 때문에 항주에 남아 있던 여덟 명의 형제들 중에서도 다른 사람들은 죄다 죽고 겨우 양림과 목춘 두 사람이 살아 돌아와서 함께 회군하는 대오에 참가하는 것을 보고 더욱 마음이 언짢았다. 전날 항주에는 장횡·목춘까지 합하면 모두 여덟 명이 있었는데, 지금 겨우 두 사람이 살아왔으니 이것이 얼마나 서글픈 일이냐.

    송강은 모든 형제들의 영혼을 위로하기 위해서 목주의 정결한 절간 하나를 택해서 크게 재를 올렸다. 그러고서 다음날은 소와 말을 잡아 군사(軍師) 오용과 그 외 모든 장수와 함께 오룡신묘(烏龍神廟)로 가서 오룡대왕한테 제사를 드리고 용왕이 돌보아주신 은혜에 대해서 감사의 기도를 올렸다.

    그런 뒤에 송강은 진영으로 돌아와서 휘하에 있는 정장·편장들 가운데서 그 시체가 보관되어 있는 사람에게는 각각 정식으로 안장(安葬)을 하게 한 후, 노준의와 함께 장령들과 군사를 이끌고 장초토를 따라서 항주로 돌아가 성지(聖旨)가 내리는 대로 서울로 개선해 돌아가기로 했다. 그리고 휘하 장령들의 공적은 자세히 기록해서 책을 만들어 그것을 천자에게 바치기로 한 후, 먼저 표문(表文)만 올리고서 차례대로 출발하는데, 이제 여기서 살아남아 개선하는 사람은 정·편장 합해서 겨우 36명밖에 없다. 그 36명은,

호보의 송강·옥기린 노준의·지다성 오용·대도 관승·표자두 임충·쌍편 호연작·소이광 화영·소선풍 시진·박천조 이응·미염공 주동·화화상 노지심·행자 무송·신행태보 대종·흑선풍 이규·병관삭 양웅·혼강룡 이준·활염라 원소칠·낭자 연청·신기군사 주무·진삼산 황신·병울지 손립·혼세마왕 번서·굉천뢰 능진·철면공목 배선·신산자 장경·귀검아 두흥·철선자 송청·독각룡 추윤·일지화 채경·금표자 양림·소차란 목춘·출동교 동위·번강신 동맹·고상조 시천·소울지 손신·모대충 고대수,

이상과 같은데, 지금 송강은 이 사람들과 함께 군사를 거느리고 항주를 향해 돌아가는 길이라, 개선군의 행렬은 10리에 뻗쳤고, 북소리·피리 소리·꽹과리 소리는 천지를 진동시키는 것이었다.

이윽고 항주에 도착하니, 성내에는 장초토의 군사가 들어가 있으므로 송강은 자기 군사를 육화탑(六和塔)에 주둔시키고, 여러 장수들은 모두 육화사(六和寺)에서 쉬기로 했다. 그러고서 송강과 노준의는 날마다 아침저녁으로 성내에 들어가 명령을 받아 나오기로 했다.

그런데 노지심은 무송과 함께 그 절간의 한 방 안에 쉬면서 명령을 기다리고 있는 중이었는데, 이날 밤 달은 밝고 바람은 맑아서 강산의 경치가 어찌나 아름답던지 한동안 탄식을 하다가 무송과 함께 두 사람이 다 잠이 들었었다.

그랬는데, 한밤중에 별안간 전당강(錢塘江)에서 조수 소리가 우레 소리처럼 크게 울려왔다.

잠결에 이 소리를 들은 노지심은 본시 그가 함곡관의 서쪽 관서(關西) 출신이기 때문에 이곳 절강 지방의 조신(潮信)을 알지 못하는 터라,

도적떼가 쳐들어오는 것인 줄만 알고 벌떡 일어나 선장을 찾아 쥐고, 큰소리를 치면서 바깥으로 뛰어나갔다.

자리에 누웠다가 놀라서 일어난 모든 중들이 노지심한테로 달려왔다.

"스님! 주무시다 말고 왜 이러십니까? 지금 어디로 가시겠다고 이렇게 뛰어나오셨습니까?"

"내가 지금 전고(戰鼓) 소리를 들었단 말이야! 쫓아나가서 도적을 무찔러버려야 해!"

이 소리를 듣고 절의 중들은 모두들 웃음을 터뜨렸다.

"하하하! 원 스님도, 그건 전고 소리가 아녜요! 전당강의 조신 소리예요!"

노지심은 이게 무슨 소린지 영문을 몰라서 중들을 바라보며 물었다.

"조신이라는 게 뭐요? 난 처음 듣는 소린데?"

그러자 한 승려가 노지심을 전당강이 내려다보이는 언덕으로 끌고 와서 물결을 가리키며 말하는 것이었다.

"저걸 보십시오. 전당강의 조신은 하루에 두 차례 낮과 밤에 밀려오는데 시각을 어기는 일이 없습니다. 오늘이 8월 보름날이니까 꼭 삼경 자시(三更子時)에 조수가 들어옵니다. 이렇게 신(信)을 어기는 일이 없는 조수래서 조신(潮信)이라는 거죠."

노지심은 그 소리를 듣고 한참 보다가 그제야 깨달았다는 듯이 손뼉을 치며 깔깔 웃었다.

"그래, 우리 사부님 지진장로께서 전날 내게다 게언(偈言)을 네 구 적어주셨는데, 그게 꼭 맞았다! '하(夏)를 만나서 사로잡는다'더니, 내가 만송림에서 하후성을 사로잡았고, '납(臘)을 만나서 사로잡는다'더니만, 내가 그래 방납을 잡지 않았나? 그런데 오늘 또 맞았거든! '조(潮)를 듣고서 원(圓)하고, 신(信)을 보고 적(寂)한다' 했으니, '원'하고 '적'한다면 '원적'인데… 그런데 여러분 대사님들, 대관절 '원적'이란 무슨 말입니까?"

노지심이 이렇게 물으니까, 먼저 '조신'을 가르쳐주던 승려가 대답하는 것이었다.

"원, 당신도 출가한 사람으로서 아직까지 그런 것쯤 모른단 말씀이오? 불문(佛門)에서 원적(圓寂)이라는 것은 '죽는다'는 말입니다!"

노지심은 이 소리를 듣더니 유쾌한 듯이 깔깔깔 웃었다.

"옳거니! 죽는 것이 원적이라… 그럼 나는 지금 틀림없이 원적됩니다! 수고스럽지만 물을 한 통만 데워다주시구려. 내가 몸을 좀 정하게 해야겠소."

절의 승려들은 그가 농담을 하는 것으로 여겼지만, 그렇다고 해서 만일 물을 안 갖다주었다가 또 그 성미에 무슨 일이 일어날지 알 수 없으니까, 하릴없이 심부름 드는 사나이를 시켜 물을 데워서 한 통 가져오게 했다.

노지심은 목욕을 하고 나서 은사(恩賜)로 받은 승의(僧衣)를 갈아입고, 엄숙한 표정으로 부하 병정을 불러 이르는 것이었다.

"너는 지금 송선봉 공명 형님한테 가서, 이리로 오셔서 내 인사를 받으시라 여쭈어라!"

그는 이렇게 말하고 나서 또 절의 승려들에게 종이와 붓을 갖다가 송자(頌子) 한 편을 적어달라고 부탁한 다음, 법당으로 들어가서 선의(禪椅)를 한가운데 내놓고, 향로에다 향을 피우고, 그 송자를 적은 종이를 선상(禪床) 위에 놓고, 선의 위에 올라가서 책상다리를 하고 앉는데, 왼편 다리를 바른편 다리 위에 포개 앉더니, 그냥 그대로 고요히 승천해버린다.

이때 연락을 받은 송강이 급히 다른 형제들을 데리고 달려와서 보니, 벌써 노지심은 의자 위에 앉은 채 몸이 돌같이 굳어져 있고, 상 위에 종이 한 장이 펼쳐 있다.

한평생 착한 일을 못 하고, 살인과 방화만 했구나.

땅 위에 얽혔던 쇠사슬 끊어지고, 한 가닥 남은 줄 끊어버리니,

아아! 전당강 조신이 올 때 홀연 나는 깨달았도다.


송강과 노준의는 그 종이 위에 적힌 이 같은 게어(偈語)를 읽어보고 나서 탄식하기를 마지아니하는데, 그때 모든 형제들이 이곳으로 노지심을 보러 왔다가 벌써 그가 입적(入寂)한 것을 보고는 그 앞에 모두들 향을 피우고 배례(拜禮)를 했다. 그러자 조금 있다가 성내에서도 이 소식을 알고 장초토와 동추밀 등 여러 관원들도 나와서 향을 올리고 배례를 했다.

송강은 친히 돈과 비단을 가지고 나와서 승려들에게 나눠주었다. 그러고서 송강은 그날부터 사흘 밤, 사흘 낮 동안 추선공양(追善供養)을 하기로 하고, 유해를 붉은 곽에다 안치하고서 경산(徑山)의 주지 대혜선사(大惠禪師)를 청했다. 그리하여 오산십찰(五山十刹)의 선사(禪師)들이 모두 와서 경을 읽고, 유해를 모셔내다가 육화탑 뒤에서 화장을 하는데, 대혜선사가 횃불을 들고 붉은 곽 앞으로 와서 손으로 노지심의 유해를 가리키며 법어(法語)를 몇 마디 외우는 것이었다.

"노지심, 노지심이여. 녹림(錄林)에서 몸을 일으켜 불을 뿜는 두 개의 눈과 사람을 죽이는 마음 한쪽뿐이더니, 홀연히 조수를 따라 돌아가매 과연 흔적이 없도다. 허허 잘도 하늘에 백옥(白玉)을 날리고, 대지(大地)를 황금으로 만드는구려."

대혜선사가 이같이 법어를 마치고 승려들이 경을 외우는 가운데 곽을 불사른 후, 그 속에서 유골을 거둬 탑원(塔院)에 간직했다.

그리고 노지심이 가지고 있던 의발과 조정에서 내린 금과 은을 모두 육화사에 기증하여 공용(公用)으로 쓰도록 하고, 혼철선장(渾鐵禪杖)과 검정 직철(直裰)도 절에 두고서 부처님 앞에 드리게 했다.

이러고 나서 송강이 무송을 보니까, 그는 비록 죽지는 아니했으되 벌써 폐인처럼 돼버렸다.

그는 멍하니 송강을 바라보더니 떠듬떠듬 말한다.

"저, 저는 지금 병이 나서 아무래도 서울로 가서 대궐 안에까지 들어가지 못하겠습니다. 제가 가지고 있는 금과 상사품을 죄다 육화사에 맡기고 몸이나 의탁해보고 싶습니다. 형님께서 공적부를 만드실 땐 부디제가 서울로 돌아갈 것처럼은 쓰지 말도록 하시기 바랍니다."

"그래, 자네 말대로 하세."

무송은 이렇게 되어서 이때부터 육화사에 있으면서 속세를 버리고 80세까지 천수(天壽)를 마치었지만 그건 나중 이야기다.

그런데 송강은 노지심의 장사를 마친 후, 매일 지령을 받기 위하여성내에 들어가 있다가, 얼마 지나지 아니해서 장초토의 중군(中軍)이 출발했기 때문에 군사를 성내로 이동시켰다. 그러고 나서 반 개월쯤 지나니까 조정으로부터, '선봉 송강 등은 곧 회경(回京)하라'는 성지(聖旨)를 가지고 칙사가 내려왔다. 그런데 이보다 먼저 장초토·동추밀·유도독, 그리고 종(從)·경(耿) 두 참모와 대장 왕품·조담 등 중군의 군사는 잇대어서 먼저 서울로 돌아갔다.

송강도 그 뒤를 따라서 군사를 거느리고 서울로 돌아가게 되었었는데, 뜻밖에도 임충이 중풍에 걸려서 전신을 못 쓰게 되고, 양웅은 등창이 나서 죽고, 시천은 토사곽란으로 죽어버렸다.

그래서 송강은 마음이 상해서 못 견디겠는 판인데, 또 단도현으로부터는 양지가 죽었기 때문에 그 고을 묘지에다 장사를 지냈다는 소식이왔다.

중풍에 걸린 임충의 병은 좀처럼 낫지 않을 것 같으므로 송강은 그를육화사에 맡겨두고 무송으로 하여금 간호를 하라 했다. 그리고 이것은나중의 이야기지만, 반년 뒤에 임충은 죽고야 말았다.

송강은 마침내 항주를 떠나 서울로 행군하려 하는데, 이때 낭자 연청이 저의 주인 노준의한테 찾아와서 가만히 말을 하는 것이었다.

"저는 어려서부터 주인님을 모시고 지내오면서 은혜도 많이 입었습니다만 이번에 큰일도 끝났으니까, 저는 주인님과 함께 나라에서 받은 관직을 도로 반환하고, 어디 정결한 곳을 찾아가 그곳에 숨어서 살다가 천명을 마칠까 생각하는데요, 주인님 생각은 어떠신지요?"

노준의는 이 말을 듣고 놀라는 표정이었다.

"왜 그런 말을 하니? 양산박에서 우리가 송조(宋朝)에 귀순한 이후, 나라를 위해 싸우다가 죽은 사람도 많고, 고생도 많이 했지만 다행히 너와 나는 살아남아 있으니, 이제는 금의환향(錦衣還鄕)해서 집안을 다스려야 할 것 아니냐? 그런데 왜 그런 결과 없는 길을 가겠다는 거냐?"

연청은 웃었다.

"결과 없는 길이라구요? 제가 가겠다는 길에는 결과가 있고, 주인님이 가시는 길이야말로 결과가 없을 겝니다! 제가 말씀드리는 것은 진퇴존망의 기틀을 가리켜 말씀드리는 것입니다."

"연청아! 내가 추호도 딴 맘을 먹지 않고 있는데, 조정에선들 나를 물리칠 까닭이 있느냐?"

"주인님! 그렇지 않습니다. 왜 모르세요? 한신(韓信)은 큰 공을 열 가지나 세웠는데도 마침내 미앙궁(未央宮)에서 모가지가 떨어졌고, 팽월(彭越)은 죽음을 당해 소금에 절여져서 육장(肉醬)이 되었고, 영포(英布)는 궁현독주(弓弦毒酒)의 화를 당하지 않았습니까? 불덩어리가 머리 위에 떨어진 뒤에는 피신할 여가가 없는 거예요! 그러니까 주인님은 잘 생각하십시오."

"그건 다 까닭이 있어서 그렇게 됐지! 한신은 삼제(三齊)에서 스스로 제가 왕이라고 자칭하고 진희(陳豨)를 시켜 반기를 들었단 말이야! 팽월이 망한 것은 제가 대량(大梁)에서 한고조(漢高祖)를 배반했기 때문이었고, 영포는 구강(九江) 지방을 맡고 있으면서 한고조의 강토를 넘겨다보고 모반하려고 했지! 그랬기 때문에 고조(高祖)가 일부러 운몽(雲夢)에 놀이를 가고, 여후(呂后)를 시켜서 한신을 죽인 것이거든! 나는 그들처럼 중작(重爵)을 받지도 않았고, 또 그들과 같은 죄를 범한 일도 없단 말이야."

"그렇게만 생각하실 게 아닙니다. 주인님께서 제 말씀을 안 들으시다가는 나중에 후회하실 날이 있을 겁니다. 저는 처음에는 송선봉님께 가서 말씀을 드릴까 생각했었습니다만, 그 양반은 의리를 무겁게 지키시는 분이기 때문에 아무래도 허락해주시지 않을 것 같아서 주인님께 말씀드린 것입니다."

"그래, 내가 허락한다면 대체 너는 어디를 가겠단 말이냐?"

"주인님이 계신 근처로 가죠."

노준의는 허허허 웃었다.

"그럼 이대로 그냥 있는 거 아니냐?"

연청은 그 자리에서 벌떡 일어나 노준의에게 절을 여덟 번 했다. 그러고서 그는 자기 처소로 돌아와 금은주보(金銀珠寶)를 한 보퉁이 꾸려가지고 그날 밤으로 아무도 모르게 떠나버리고 말았다.

이튿날 아침, 병정 하나가 연청의 방문 앞에서 종이 한 장을 주워다가 송강에게 주는 고로 송강이 그것을 펴보니 이런 글이 적혀 있다.

선봉님께 아룁니다. 그동안 저를 거둬주신 은혜는 백골난망이옵니다만, 본시 미천한 몸에 배운 것도 없어 국가의 부르심에 응할 재목이 못 되므로, 산야(山野)에 물러가 있고자 합니다. 허락을 받아야 할 일인 줄 아오나 의기심충한 형님께서 놓아주지 아니하실 것 같아서 밤중에 몰래 떠나는 바입니다. 지금 구호(口號) 네 구를 남겨두고 떠나오니 용서하시기를 바랍니다.

형제가 흩어지니 쓸쓸하여
부르심 싫소 영화도 싫소.
스스로 용서받은 양하고
먼지를 털고 숨어서 살리.
雁序分飛自可驚
納還官誥不求榮
身邊自有君王赦
灑脫風塵過此生

송강은 연청의 글을 읽고 마음이 대단히 언짢았다. 더구나 글 끝에
적힌 구호라는 것이 그의 마음을 답답하게 했다.

그는 더 지체할 수가 없어서 전몰한 장령들의 관고(官誥)와 패면(牌
面)을 모두 모아서 서울로 올려보내 조정에 반납하도록 지시한 뒤에 군
사를 거느리고 항주를 떠났다.

관고란 천자의 사령장 같은 것이요, 패면이란 이름을 적는 나무 조각
이다.

송강의 군사가 소주성 밖에 당도했을 때, 돌연히 수군 두령 혼강룡
이준이 중풍증이 생겨 기동할 수 없기 때문에 주막집에 드러누웠다고,
그의 부하 병정이 와서 보고를 하는 것이었다.

송강은 보고를 듣고 곧 의원을 데리고 가서 위문했다.

"갑자기 이게 웬일이오?"

"형님! 행군이 늦으면 조정의 꾸지람이 있을 거니까 제 걱정은 마시
고 어서 떠나십시오. 장초토님이 먼저 돌아가셔서 기다리실 겝니다. 그
리고 한 가지 특청이 있습니다. 동위와 동맹을 제 곁에서 병구완을 해주
도록 남겨두고 떠나주십쇼. 그럼 병이 낫는 대로 곧 돌아가겠습니다."

송강은 의심할 것도 없고, 또 장초토한테서 빨리 오라는 기별도 왔기

때문에 이준·동위·동맹 세 사람을 남겨둔 채 그대로 말을 타고 여러 장수들과 함께 떠났다.

이준은 송강을 이렇게 떠나보낸 뒤에 동위·동맹과 함께 그 전날 약속대로 유류장에 있는 비보(費保) 등 네 사람을 찾아가서 그들과 상의한 끝에, 각기 가지고 있는 재산을 몽땅 팔아서 배를 한 척 만든 다음, 태창항(太倉港)에서 그 배를 타고 바다로 나와 멀리 외국으로 갔는데, 나중에 이준은 섬라국(暹羅國)의 임금이 되었다. 그리고 동위와 동맹·비보 등도 모두 이 나라에서 벼슬에 올라 여생을 즐겁게 살았지만, 이것은 이준의 후일담에 속하는 이야기다.

하여간 송강 등 일행은 군사를 거느리고 상주·윤주 등 전일의 격전지를 지나오면서 여러 가지 추억에 마음이 상했다.

이윽고 군사는 장강(長江)을 건넜지만, 108 영웅 중에 살아서 지금 강을 건너가는 사람은 겨우 10분의 2, 3밖에 안 된다.

송강은 영을 내려 장수들로 하여금 각각 천자께 나아가 뵈올 준비를 하게 했다.

마침내 9월 20일이 지나서 그들은 서울에 도착했다.

이때 장초토의 중군은 이미 성내에 들어가 있으므로 송강은 전날 요국을 정벌하고 돌아왔을 때와 같이 성 밖의 진교역에 군사를 주둔시키고서 성지(聖旨)를 기다렸다.

그런데 하루는 소주에서 떠나올 때 이준에게 두고 왔던 병정 한 명이 소주로부터 돌아와서 보고를 했다.

"이준은 서울로 돌아와서 벼슬을 하는 것이 싫어서 일부러 꾀병을 했었답니다. 그래, 바로 동위·동맹과 함께 어디로 내뺐는지 종적을 감추고 없어졌답니다."

송강은 이 보고를 받고는 한숨을 짓고 탄식했다.

얼마 후 그는 배선을 불러 지금 서울에 돌아와 있는 27명의 장군과 또한 나라를 위해 전몰(戰歿)한 형제들의 명부를 작성해서 천자께 바치는 상주문을 쓰도록 했다. 그리고 천자께 배알하기 위해서 정장이거나 편장이거나 모두 복두(幞頭)와 공복(公服)을 준비하라고 부탁했다.

그런 지 사흘 후에 대궐에서 천자는 조회를 열었는데, 근신이 송강 등의 일을 아뢰니까, 천자는 그들의 배알을 받겠노라는 성지를 내렸다.

이날 송강·노준의 등 27명은 천자의 성지를 받들고서 날이 훤히 밝을 무렵에 말을 타고 일제히 성내로 들어갔다.

서울 주민들이 보기에는 이것이 송강 등의 세 번째 황제 배알이다. 맨 처음은 송강 등이 초안(招安)을 받고 올라왔을 때인데, 그때는 성지의 분부대로 붉고 푸른 도포를 입고, 금은으로 만든 패면을 차고서 입성했었고, 두 번째는 요국을 정벌하고 개선했을 때인데, 그때도 천자의 분부대로 모두들 전투복을 입은 채 대궐 안에까지 들어갔었다. 그런데 이번에 역적을 소탕하고 돌아옴에 있어서는 특명에 의해서 문관(文官) 모양으로 복두와 공복을 입고서 참내(參內)하는 것이다.

그런데 서울 주민들은 이번에 이 사람들이 겨우 몇몇 사람들만 돌아오는 것을 보고 모두 탄식하는 것이었다.

송강 등 27명은 정양문(正陽門) 앞에서 말을 내려 대궐 안으로 들어갔다.

시어사(侍御史)가 나와서 그들을 옥계(玉階) 아래까지 인도했다. 노준의는 선두에 서서 앞으로 나아가 팔 배를 하고, 뒤로 물러나와서 팔 배를 하고, 또 중간쯤 나아가 팔 배를 해서, 모두 24배의 절을 드리는 배무(拜舞)의 예를 마친 다음 성수만세를 불렀다.

휘종 황제는 송강 등의 그 많던 인원이 다 없어지고 겨우 20여 명밖에 안 남은 것을 보고 마음이 언짢아서 모두들 전상(殿上)으로 올라오라 했다.

송강과 노준의는 여러 장수들을 데리고 금계를 올라가서 주렴 밑에 꿇어앉았다. 황제는 그 모양을 보고 몸을 펴고 일어서 있으라고 분부를 내렸다.

그러고서 좌우의 근신이 주렴을 걷어올리니까, 천자는 용안에 측은한 빛을 띠고서 입을 열었다.

"경(卿)들이 강남에 가서 토벌하느라고 많이 고생한 것을 알고 있소. 더구나 경들의 형제가 태반이나 없어졌다는 말을 듣고 짐(朕)은 마음이 아프오."

송강은 눈물이 주르르 흐르는 것을 어쩌지 못하면서 아뢰었다.

"신같이 미련하고 재주 없는 위인이야 몸을 나라에 바쳐 백골이 진토가 되온들 어찌 국가의 대은(大恩)에 보답하겠습니까마는, 지난날 저희들, 의(義)로써 모인 1백 8명이 오대산에 올라가 동생공사(同生共死)를 맹세하고서도 불행히 형제들 가운데 십 중 팔은 없어지고 말았사옵니다. 그래서 이것을 이루 다 아뢰올 수 없어서 상세히 기록하였사오니, 하감(下鑑)해주시옵기 바라옵니다."

"경들의 부하 장수로 국가를 위하여 전몰한 사람에게는 각각 그 분묘에 가봉(加封)할 것이요, 그 밖의 장병들의 공로에도 상을 내릴 터이니 염려 마오."

송강은 다시 두 번 절을 하고서, 소매 속으로부터 가지고 왔던 표문(表文)을 꺼내어 천자 앞에 바쳤다.

평남도총관(平南都總管) 정선봉사(正先鋒使) 신(臣) 송강은 아뢰옵나이다. 용렬한 인간이 대죄를 범하고서도 다행히 천은을 입었사오니 분골쇄신하온들 어찌 보답하겠나이까. 수박(水泊)에서 떠나올 때, 불의(不義)를 제거하고자 형제가 한마음으로 오대산에 올라가 발원하옵기는 충의(忠義)를 지키어 호국보민(護國保民)하고자 함이었나이다. 그리하와 유주에서 요병(遼兵)을 오살(鏖殺)하고, 청계동에서 방납을 사로잡은 터이오나, 이로 말미암아 장수들을 많이 잃었으므로 비창하기 이를 바 없사옵나이다. 황송하오나 이미 죽은 자에게도 은택을 베푸시고, 생존자에게도 복을 내리시옵고, 신은 전야(田野)에 돌아가 농민이 되도록 허락하시오면, 천은에 더욱 감복하겠습니다. 이제 전몰한 장수와 생존자의 명단을 기록하오면 다음과 같사옵니다.

전쟁 중에 전몰한 정·편장 59명 중에서 정장(正將) 14명은,

진명·서녕·동평·장청·유당·사진·삭초·장순·원소이·원소오·뇌횡·석수·해진·해보

편장(偏將) 45명은,

송만·초정·도종왕·한도·팽기·정천수·조정·왕정륙·선찬·공량·시은·학사문·등비·주통·공왕·포욱·단경주·후건·맹강·왕영·호삼랑·항충·이곤·연순·마린·단정규·위정국·여방·곽성·구붕·진달·양춘·욱보사·이충·설영·이운·석용·두천·정득손·추연·이립·탕융·채복·장청·손이랑

도중에서 병으로 말미암아 작고한 열 명의 장령 중에서 정장 5명은,

임충·양지·장횡·목홍·양웅

편장 5명은,

공명·주귀·주부·백승·시천

항주의 육화사에서 좌화(坐化)한 정장 한 사람은,

노지심

팔뚝이 끊어졌으면서도 은사(恩賜)를 원하지 않고 육화사에 출가(出家)한 정장 한 사람은,

무송

서울에서 계주로 돌아가 출가한 정장 한 사람은,

공손승

은사를 원치 않고 노상에서 자취를 감춘 정·편장 4명 가운데서 정장 2명은,

연청·이준

편장 2명은,

동위·동맹

그전부터 서울에 남아 있던 사람과 소환된 의원으로서 현재 서울에 남아 있는 편장 다섯 사람은,

안도전·황보단·김대견·소양·악화

방금 궁중에 참내한 정·장령 27명 중 정장 12명은,

송강·노준의·오용·관승·호연작·화영·시진·이응·주동·대종·이규·원소칠

편장 15명은.

주무·황신·손립·번서·능진·배선·장경·두흥·송청·추윤·채경·양림·양춘·손신·고대수


선화(宣和) 오년 구월 일 선봉사(先鋒使) 신(臣) 송강, 부선봉사(副先鋒使) 신 노준의 등 근상표(謹上表)


황제는 표문을 자세히 읽어보고 나서 길게 한숨을 쉬더니,

"경들 1백 8인이 하늘의 성신(星辰)을 타고났다면서, 오늘날에 이르러는 겨우 27인밖에 안 남았으니, 한심하도다!"

하고, 이내 그 자리에서 성지를 내려 전장에서 싸우다 죽은 정장과 편장에 대해서는 각각 작위를 주되 정장은 충무랑(忠武郞)에, 편장은 절의랑(節義郞)에 봉하고, 자손이 있으면 곧 서울로 올라와서 습작(襲爵)을 하도록 하고, 자손이 없으면 칙명에 의해서 사당을 세우게 하여 그 지방 사람들로 하여금 제사를 받들게 하도록 했다. 그리고 그들 중에서도

특히 장순은 영험을 나타내어 공을 세웠으니 금화장군(金華將軍)에 봉하고, 노지심은 역적 괴수를 사로잡았으며 큰 절간에서 깨끗하게 종천(終天)했으니 의열조기선사(義烈照暨禪師)의 칭호를 가증(加贈)하게 했다.

그리고 또 무송은 적과 싸우다 팔을 하나 잃었으면서도 육화사에서 출가했다 하니 청충조사(淸忠祖師)에 봉하고 돈 10만 냥을 하사하여 여생을 편안히 보내도록 하고, 호삼랑에게는 화양군부인(花陽郡夫人), 손이랑에게는 정덕군군(旌德郡君)의 위를 각각 추증(追贈)하게 했다.

또, 지금 궁중에 참내한 사람들 중에서 정·부 선봉사는 따로 봉하기로 하고, 그 밖의 정장 열 명에게는 각각 무절장군(武節將軍)의 칭호와 여러 고을의 통제(統制)에 임명하고, 편장 열다섯 명에게는 각각 무혁랑(武奕郎)의 칭호와 여러 지방의 도통령(都統領)에 임명하여 백성을 다스리는 데 성원(省院)의 감독을 받도록 했으며, 여장군 고대수는 동원현군(東源縣君)에 봉했다.

그리고 선봉사 송강에게는 무덕대부(武德大夫)에 초주 안무사(楚州安撫使)에 병마도총관(兵馬都總管)을 겸임케 한다.

부선봉 노준의에게는 무공대부(武功大夫)에 여주 안무사(廬州安撫使)에 병마부총관(兵馬副總管)을 겸임케 한다.

군사(軍師) 오용에게는 무승군 승선사(武勝軍承宣使)를 주고,

관승에게는 대명부 정병마 총관(大名府正兵馬總管)을 주고,

호연작에게는 어영 병마 지휘사(御營兵馬指揮使)를 주고,

화영에게는 응천부 병마 도통제(應天府兵馬都統制)를 주고,

시진에게는 횡해군 창주 도통제(橫海軍滄州都統制)를 주고,

이응에게는 중산부 운주 도통제(中山府鄆州都統制)를 주고,

주동에게는 보정부 도통제(保定府都統制)를 주고,

대종에게는 연주부 도통제(兗州府都統制)를 주고,

이규에게는 진강 윤주 도통제(鎭江潤州都統制)를 주고,

원소칠에게는 개천군 도통제(蓋天軍都統制)를 준다.

황제는 송강 이하 여러 사람에게 칙령으로써 이상과 같이 각각 관작을 내린 다음 상사품을 내렸다.

즉, 편장 열다섯 명에게는 각각 금은 3백 냥과 채단(採緞) 다섯 필을 주고, 정장 열 명에게는 각각 금은 5백 냥과 채단 여덟 필을 주고, 선봉사 송강과 노준의에게는 각각 금은 1천 냥과 채단 열 필과 어화포(御花袍) 한 벌과 명마(名馬) 한 필을 하사한 것이었다.

송강은 성은에 사례하고 나서, 목주의 오룡대왕이 두 번이나 영험을 나타내어 나라를 지키고, 백성을 보호하고, 국군을 구호하여 완전히 싸움에 이기게 했었다는 말씀을 사뢰었다.

황제는 그의 말을 듣고 즉시 칙지(勅旨)를 내려 오룡대왕에게 충정영덕 보우부 혜룡왕(忠靖靈德普祐孚慧龍王)의 칭호를 내리는 동시에, 친필로 목주(睦州)를 엄주(嚴州)라 고치고, 흡주(歙州)를 휘주(徽州)라 고쳤다.

이것은 방납이 모반한 곳이기 때문에 각각 반대 의미의 자체(字體)로 이름을 지은 것이다.

그리고 청계현(淸溪縣)은 순안현(淳安縣)이라 고치고, 방원동(幫源洞)은 개간해서 산도(山島)를 만들고, 칙명으로 그 고을의 예산을 가지고서 오룡대왕의 사당을 세우게 한 후 패액(牌額)까지 하사하여 그 고적은 지금도 남아 있는데, 그때 조정에서는 방납 때문에 파괴된 강남 지방의 피해를 입은 백성들에 대해서는 모두 3년간의 부역을 면제해주었던 것이다.

하여간 황제는 그날 송강 등 개선장군을 위해서 크게 태평연을 열어 공신들과 문무백관 구경사상(九卿四相)들이 마음껏 즐기도록 했다.

연회가 끝날 무렵 송강은 천자에게 사례를 드리고서 아뢰었다.

"신의 부하로서 양산박에서 초안을 받았던 군사는 이미 태반 전몰하고 말았습니다만, 살아남아서 고향으로 돌아가기를 원하는 사람들도 있사옵니다. 폐하께옵서 그들한테도 성은이 미치도록 처분을 내리시옵기 바라옵니다."

"그리하오."

황제는 그의 말을 받아들여 앞으로도 군사가 되기를 원하는 사람에게는 돈 1백 관(貫)과 명주 열 필씩을 주고 용맹(勇猛)·호위(虎威)의 두 영(營)에 편입시켜 봉급을 지불하게 하는 동시에 군사 되기를 원하지 않는 사람에게는 돈 2백 관과 명주 열 필을 주어 각각 고향으로 돌려보내도록 하라는 분부를 내렸다.

송강은 또 아뢰었다.

"신이 또 아뢰올 말씀이 있습니다."

"무슨 말이오? 어서 말하오."

"신이 본시 운성현 태생으로 그곳에 살다가 죄를 짓고 떠나온 뒤로는 감히 고향엘 못 가봤사옵니다. 폐하께옵서 특히 신에게 말미를 주시오면, 이번에 고향에 돌아가 석산에 성묘도 하고, 친척들도 만나보고, 그러고 나서 초주(楚州)로 부임할까 싶사온데 황송하오나 통촉해주시옵소서!"

"그럭하오!"

황제는 대단히 기뻐하면서 다시 돈 10만 관을 주고, 고향에 돌아가는 비용에 쓰라고 했다.

다음날 중서성(中書省)에서도 태평연을 열어 장수들을 대접하고, 사흘째 되는 날엔 추밀원에서도 잔치를 열고 천하태평을 축하했다. 그리고 장초토·유도독·동추밀·종(從)·경(耿) 두 참모와 조담·왕품 두 장수에게는 조정에서 각각 관작을 높였지만 그 이야기는 할 필요가 없고, 나라의 형벌을 주관하는 태을원(太乙院)에서는 상주문을 올려 성지(聖旨)를 받들어 방납을 서울 시내의 십자로에서 능지처참을 한 후 사흘 동안 현장을 주민들에게 구경시켰다.

이때 송강은 우선 임지로 부임하는 장령들을 돌보아주고, 계속해서 군사로 있겠다는 병정들은 용맹·호위 두 영문에 편입시키고, 백성이 되겠다는 병정들은 모두 고향으로 돌려보낸 뒤에, 그는 동생 송청과 수행하는 군졸 2백 명만 데리고 산동을 향해 길을 떠났다. 황제로부터 하사받은 의복과 비단 같은 것을 고리짝에 담은 짐바리를 뒤에 딸리고서 지금 송강은 동생 송청을 데리고 금의환향하는 것이다.

도중에 아무 연고 없이 송강 형제는 운성현 송가촌(宋家村)에 도착했다.

송가촌에서는 전무후무한 경사가 났대서, 옛 친구와 노인들과 친척들이 모두 나와서 맞아들였다.

송강은 바쁜 걸음으로 자기 집엘 들어가 봤다.

송태공은 벌써 작고한 지 오래서 그의 자손이 안장하기를 기다리느라고 영구가 그대로 안치되어 있었다.

송강과 송청은 영구 앞에 엎드려 목을 놓고 통곡했다.

한동안 통곡을 하고 나서 송강과 송청은 딴 방으로 나와서 일가친척들과 하인들의 인사를 받았다. 그리고 그는 자기 집과 세간살이와 전답 등 재물이 아버님이 살아 있는 동안 정리를 잘 해두었기 때문에 전날이나 다름이 없는 것을 알고 더욱이 부친의 별세를 애통해했다.

다음날 송강은 승려와 도사(道士)를 청해다가 재를 올리고 돌아간 부모님의 명복을 빌었다.

이렇게 수일 동안 지내는 사이에 고을의 관원들과 일가들이 연락부절 찾아와서 인사를 드렸는데, 송강은 택일해서 친히 영구를 모시고 선산에 올라가서 장례를 지냈다. 고을의 관원들과 일가친척들이 회장한 것은 물론이다.

부친의 장례를 모시고 난 뒤에 송강은 그 옛날 자기한테 천서(天書)를 준 현녀 낭랑에 대한 생각이 나서, 돈 5만 관을 들여서 구천현녀낭랑묘(九天玄女娘娘廟)를 중건하고, 산문(山門)을 짓고, 장식을 새로이 하고, 성상(聖像)의 채색도 새로이 했다.

이런 일을 하느라고 여러 날을 보낸 뒤에 송강은 비로소 자기가 너무도 지체했음을 깨달았다. 그는 택일을 해서 상복을 벗고, 그러고 나서 또 며칠 동안 재를 올린 다음 잔치를 크게 차리고서 마을 사람들과 작별하는 술을 나누었다.

그리고 그다음 날은 또 마을 사람들과 일가들이 주최하는 송별연에 참석했다.

송강은 고향 집을 떠나기 전에 그 집을 송청에게 넘겨주었다. 송청도 이번에 나라에서 받은 관작이 있기는 하지만, 그는 그대로 고향에 머물러 농사나 짓고, 조상에게 제사나 드리고, 남아 있는 재물로 가난한 백성들을 구제하기로 했다.

약 두어 달 동안 고향에 머물러 있다가 고향의 옛 친구들과 노인들과 작별하고서 다시 서울로 돌아온 송강은 그동안 적조했던 형제들과 만났다.

그들 중에는 벌써 가족들을 서울로 데려다가 살고 있는 사람도 있고, 임지(任地)에 부임해 떠난 사람도 있고, 또 남편과 형제를 잃은 유가족들은 조정에서 내린 돈과 비단을 받아가지고 고향으로 돌아간 사람도 있었다.

송강은 금의환향한 뒤에 서울로 다시 왔다가 이러한 모든 형제들의 일을 보살펴주고 나서, 성원(省院)의 고위층 관리들한테 인사드린 뒤에 임지로 부임해가려고 하는 판인데, 뜻밖에 신행태보 대종이 그를 찾아왔다.

송강은 그를 맞아들여 두 사람만이 앉아서 이야기를 했다. 그랬는데, 대종은 이런 이야기 저런 이야기를 하다가 문득 일어서면서,

"형님이 아시다시피 저는 이번에 연주(兗州)의 도통제로 임명되었습

니다만, 저는 그 사령을 반납하고, 태안주(泰安州)로 가서 그곳 악묘 뒤에 있는 배당(陪堂)에서 여생을 보내려 합니다. 아무래도 그럭해야 여생이 편안할까 봅니다."

"아우님이 별안간 그게 무슨 말이오? 왜 그런 생각을 하셨소?"

"제가 꿈에 최판관(崔判官)을 봤지요! 그래, 마음이 변했답니다."

최판관이란 저승에 있는 염라대왕 사자를 가리키는 말이다.

"아우님은 살아 있으면서도 이름이 신행태보(神行太保)니까, 아무 때고 악부(嶽府)의 신령이 될 거요!"

이런 이야기를 하다가 돌아간 뒤에, 대종은 조정에서 내린 사령장을 도로 반납하고, 태안주의 악묘로 출가해서 매일 동악성제(東嶽聖帝) 앞에 향불을 피우고 꿇어앉아 정성껏 기도만 올리고 지냈다.

또, 원소칠은 조정으로부터 사령장을 받은 뒤에 송강에게 인사를 드리고 개천(蓋天) 고을로 부임하여 도통제 직위에 앉아 있었는데, 대장 왕품과 조담이 전날 방원동에서 그들이 욕을 먹은 감정을 가지고 동추밀한테 번번이 원소칠을 중상하고 헐뜯었다.

"방납의 황포(黃袍)와 용의(龍衣)와 옥대를 제 몸에 걸치었다는 것이 그것이 비록 일시적 장난이었다 할지라도 그놈이 불량한 마음을 먹고 있기 때문입니다. 그런데 그놈이 지금 가 있는 개천군이란 곳은 아주 구석진 곳인 데다가 백성들도 무식한 것들이어서 역적 일을 꾸미기에는 아주 용이한 곳이니, 이놈을 이대로 두어둘 수는 없는 일입니다."

왕품과 조담의 이 같은 모략은 쉽게 이루어졌다.

이 말을 들은 동추밀은 이 뜻을 채태사에게 말하고, 채태사는 이 뜻을 천자에게 아뢰어 성지를 받아 공문을 현지로 띄워, 마침내 원소칠을 현직에서 파면시킨 후 서민으로 만들어버렸다.

# 송강의 죽음

원소칠은 파면을 당하고서,

"허허허…."

하고 유쾌하게 너털웃음을 웃었다. 추호도 관직에 대한 애착이 없고, 도리어 자유의 몸이 된 것이 기쁘기만 했다.

그는 즉시 늙은 어머님을 모시고 양산박 석계촌으로 돌아가서 그전 같이 물고기를 잡아 팔아 생계를 유지했다.

이때 소선풍 시진은 서울에 있다가 대종이 먼저 조정에 사령장을 반납한 후 한적한 곳으로 자취를 감추는 것을 보았는데, 이번엔 또 원소칠이 방원동에서 방납의 평천관과 용의(龍衣)를 몸에 걸쳤던 일을 가지고 역적질을 할 마음이 있는 놈이라고 관직에서 추방하여 서민으로 만드는 것을 보고서 혼자 탄식하기를 마지아니했다.

그러다가 그는 자신을 한번 돌이켜 생각해봤다.

'나도 일부러 방납을 찾아가서 귀순한다 하고 그놈의 부마 노릇을 한 일이 있지 않은가. 만일 간신 놈들이 아무 때고 이 일을 알고서 천자께 참소를 한다면, 나 역시 소칠이처럼 삭탈관직을 당하고 말 것이 아닌가. 이왕 그렇게 될 바에야 차라리 욕을 당하기 전에, 내가 먼저 그만두고 몸을 피해야지!'

이렇게 생각한 그는 마침내 결심을 굳히고, '그전부터 몸에 풍질(風疾)이 있어 자주 발작을 하는 까닭으로 도저히 벼슬자리에 앉아 있을 수 없습니다.' 하고 핑계를 대고 조정에 사령장을 반납한 후 대관들을 찾아가 고별인사를 드린 후, 고향인 창주 횡해군으로 돌아가 평민이 되어 아무 근심 없이 세월을 보냈다.

이응은 중산부 도통제가 되어 그곳에 부임한 지 반년 뒤에 비로소 시진이가 벼슬살이를 그만둔 후 자유로운 생활을 즐기고 있다는 소식을 듣고, 자기도 그같이 하는 것이 좋겠다 생각하고, 중풍(中風)으로 도저히 공무를 감당할 수 없다는 이유로 성원(省院)에 신청해서 사령장을 반납하고 고향인 독룡강 마을로 돌아가 살면서 나중엔 두흥과 함께 크게 치부까지 했다.

관승은 북경 대명부에서 병마(兵馬)를 총관하고 있었는데, 워낙 그의 인품이 훌륭했기 때문에 군사들로부터 존경을 받아오더니, 어느 날 군사 훈련을 마치고 돌아오던 길에 술에 대취해서 발을 잘못 디딘 까닭으로 말 위에서 떨어져 낙상(落傷)한 것이 원인이 되어 병을 치유하기에 이른다.

호연작은 어영지휘사가 되었던 까닭으로 날마다 어가(御駕)를 모시고 경호하다가 뒷날 대군을 이끌고서 금(金)나라의 올출 사태자(兀朮 四太子)를 격파하고 군사를 회서(淮西)로 몰고 가서 싸우다가 전사하고 말았다.

주동은 보정부(保定府)에서 군사를 통솔하고 있으면서 공을 세웠는데, 그는 뒷날 유광세를 따라서 금(金)나라를 격파한 공으로 태평군 절도사까지 되었다.

화영은 가족과 누이동생을 데리고 응천부(應天府)에 도임했다.

오용은 본래 독신이었기 때문에 심부름 드는 소년 몇 사람만 데리고 무승군(武勝軍)에 부임했다.

흑선풍 이규도 역시 독신이어서 하인 두 사람만 데리고 윤주에 부임했다.

그런데 여기서 이 세 사람에 대해서 부임한 것까지만 이야기하고, 다른 사람들에 대해서는 왜 그 뒤의 결과까지 이야기했는가 하면, 그 일곱 명의 정장(正將)은 뒷날 서로 만날 기회가 없어졌기 때문이고, 화영·오용·이규 이상 세 사람은 송강·노준의와 다시 만나게 될 기회가 있는 까닭에 그들이 부임한 데까지만 기록한 것이다.

이때 송강과 노준의는 아직도 서울에 있으면서 여러 장령들에게 상사품을 나눠주고 그들이 임지로 부임하는 것을 도와주는 한편, 전몰한 장병들의 유가족한테는 은상(恩賞)으로 내린 금은과 옷감을 나눠주고 각각 고향으로 돌아가서 자기들이 편할 대로 살아가게 해주느라고 매우 바빴다.

그런데 현재 서울에 남아 있는 편장 15명 중에서 송강의 아우 송청은 고향 송가촌으로 돌아가 농사를 짓는 농민이 되었고, 두흥은 이미 이응을 따라서 고향으로 내려갔고, 황신은 청주로 부임해갔고, 손립은 자기 아우 손신과 그의 아내 고대수와 그에 딸린 식구들을 데리고 그전처럼 등주에 임용되어 갔고, 추윤은 벼슬아치 되기가 싫다고 등운산(登雲山)으로 달아나버렸고, 채경은 관승을 따라서 북경으로 돌아가 서민이 돼버리고, 배선은 양림과 상의한 끝에 음마천으로 돌아가서 관작을 받기는 했지만 한가히 지내려고 집에 들어앉아버렸고, 장경은 고향이 그리워서 담주로 돌아가 서민이 되었다.

그리고 또 주무는 번서를 따라가서 도법(道法)을 배워 나중엔 공손승을 찾아갔고, 목춘은 게양진 마을로 돌아가서 양민이 되었고, 능진은 포수(砲手)로 뛰어난 실력을 가졌기 때문에 화약국 어영(火藥局御營)에 임용되었다.

그리고 그전부터 서울에 떨어져 있던 편장 다섯 사람 중에서 안도전은 대궐 안 태의원(太醫院)의 금자의관(金紫醫官)이 되었고, 황보단은 천자가 타는 말을 관리하는 어마감대사(御馬監大使)가 되었고, 김대견은 내부(內府)에서 천자의 인감을 맡아보는 어보감(御寶監) 벼슬을 했고, 소양은 채태사의 공관에 있는 가정교사 비슷한 문관선생(門館先生)이 되었고, 악화는 부마 왕도위의 공관에서 편히 지내는 신세가 되었다.

한편, 송강과 노준의는 이 사람들이 이렇게 된 뒤에 임지로 떠나는데, 먼저 노준의는 이고(李固)가 가씨부인을 꾀어낸 이래 처자가 없는 몸인지라, 하인 몇 사람만 데리고서 여주로 부임해가고, 송강은 대궐에 들어가 천자한테 하직을 고하고, 성원에 들어가 대관들한테도 작별 인사를 드린 후 초주로 부임의 길을 떠났다.

그런데 송조(宋朝)는 원래 태종(太宗)이 태조(太祖)로부터 제위를 계승할 때 문관(文官)을 중용하겠다는 서원을 했기 때문에, 역대로 문관들이 국정을 잡고 농간하는 일이 끊일 사이가 없었다. 그래서 지금의 휘종 황제만 하더라도 비교적 총명한 인물이었지만, 간신들이 천자의 귀를 틀어막고 눈을 가리다시피 요망스러운 재주를 부리는 통에 황제는 불쌍한 허수아비에 불과했고, 송나라를 다스리는 실력자는 채경·동관·고구·양전 등 네 사람의 간신들이었다.

그때, 송강과 노준의가 각각 임지로 부임한 뒤에, 전수부 태위 고구와 양전은 이번에 황제가 송강 등의 일당을 중용하는 것이 마음에 대단히 불쾌했다. 그래서 두 사람은 서로 의논했다.

"대감! 송강과 노준의는 두 놈이 다 우리의 원수가 아니오? 그런데 지금은 저놈들이 공신이 되어서 나라의 은상을 받고, 그야말로 출장입상(出將入相)하는 격이니, 우리들 성원(省院)의 관리들은 뭣들이냐고 세상 사람들이 웃을 거란 말이오. 옛말에 '원한이 적은 사람은 군자가 아니요, 답이 없으면 장부가 아니라'는 말이 있지 않소?"

고구가 의미심장하게 이렇게 말하니까, 양전이 알아듣고서 얼른 대

136

답했다.

"내게 한 가지 계책이 있죠!"

"어떤 계책이오? 이야기 좀 하시오."

"먼저 노준의를 없애버리는 거죠! 그렇게 해서 송강의 한쪽 팔을 끊어놓아야 우선 안심이 됩니다. 왜 그러냐 하면 노준의는 영특하고 용맹한 놈이기 때문에 만일 송강을 먼저 처치해버렸다가 그 사실을 이놈이 안다면 반드시 큰 변을 일으켜 도리어 일을 잡칠 염려가 있으니까 말입니다."

"근사한 말씀이오! 그렇다면 우선 노준의를 없애버릴 묘계가 어떤 것인지 말씀해보시구려."

"현재 노준의가 가 있는 여주의 병졸 몇 명을 매수해서는 그놈들을 시켜 성원에다 밀고를 하도록 합니다. '지금 노안무(盧安撫)가 군사를 조련하고, 말을 사들이고, 군량을 준비하면서 반란을 일으킬 음모를 하고 있습니다.' 하고 밀고시킨다는 말씀예요."

"그렇게 하고서, 그담엔?"

"그담엔 태사부에 가서도 이 사실을 밀고하도록 합니다. 그래서 채태사까지도 속아넘어가도록 하고, 채태사가 천자께 아뢰어 성지를 받아 노준의를 서울로 불러올리면, 폐하께서 그놈에게 술과 음식을 주실 것 아닙니까. 그러면 그때 술에다 수은(水銀)을 조금 떨어뜨려뒀다가 줍니다. 이 술을 먹고 노준의란 놈은 허리와 다리를 맘대로 못 쓰게 됩니다. 그러면 제가 어떻게 큰일을 저지를 생각이나 할 수 있겠어요? 그렇게 된 다음에 송강에게는 어주(御酒)를 가지고 칙사가 내려가게 하는데, 그 술에다가는 미리 만약(慢藥)을 타둡니다. 이 약은 약효가 더디기 때문에 반 달가량 지나서야 목숨이 없어지죠."

"그거 참 좋은 계책이오!"

고구는 저도 모르는 사이에 무릎을 탁 치고 좋아했다.

두 놈의 간신은 이렇게 의논을 정하고, 그날로 심복 하인을 여주로 보내어 그곳 두 놈을 매수해놓게 한 후, 미리 만들어두었던 고발장을 써주고서 그것을 가지고 곧 추밀원에 고발하도록 했다. '노안무는 여주 임지에서 현재 반란을 일으킬 준비를 하고 있는 한편, 사람을 초주로 빈번히 보내면서 송강과 긴밀한 연락을 취하고 있습니다.' 하는 고발장 이었다.

이 고발장을 받은 추밀원은 바로 동관이 있는 곳으로, 그는 본래부터 송강을 미워하던 인물인지라, 고발장을 받기가 무섭게 즉시 접수하고 는 이것을 태사부에 올리고서 천자께 상주하기를 청했다.

채경은 상신서(上申書)를 보고 즉시 각료들을 모았다.

그래서 채경은 동관·고구·양전 등과 의논한 뒤에 원고인을 데리고 궁중에 참내하여 천자한테 아뢰었다.

그랬더니 휘종 황제는 그들의 말을 듣고 나서는 조금도 동요됨이 없 이 냉정하게 말하는 것이었다.

"짐이 생각하기엔, 송강과 노준의는 사방의 적을 토벌하느라고 10 만의 병력을 쥐고 있었으면서도 딴 맘을 안 가졌었단 말이야. 말하자 면 이젠 완전히 사(邪)를 버리고 정(正)으로 돌아온 사람들이지! 더구나 과인이 저들을 일찍이 저버린 일이 없는데, 저들이 무엇 때문에 조정을 배반할 이치가 있나? 아마 누가 중간에서 거짓 일을 꾸민 것이 아닌가? 곧이듣지 못하겠는데!"

황제의 태도가 이러하자 고구와 양전은 당황했다.

"폐하의 말씀 지당하옵니다만, 그러하오나 사람의 마음이란 측량하 기 실로 어렵사옵니다. 소신(小臣)들이 생각하옵건대, 노준의는 관직이 낮은 것이 마음에 부족해서 반역할 생각을 품었다가, 아마 눈 있는 사 람한테 들켰나 싶사옵니다."

이 같은 고구와 양전의 말을 듣고 황제는 짜증을 냈다.

"가만히들 있소. 내가 친히 불러 물어볼 테니까!"

황제가 이렇게 말하자, 구렁이가 다 된 채태사가 나와서 아뢰었다.

"신이 아뢰옵니다. 저 노준의는 맹수 같은 사나이여서 그 사람의 진정한 마음을 알 수 없사옵니다. 지금 폐하께서 친히 부르셔서 물어보신다 하오나, 만약 그가 일이 탄로난 것으로 알고 멀리 달아나버린다면, 일이 대단히 어렵게 됩니다. 그런 까닭으로 평탄한 마음으로 상경하도록 그를 속여서 불러올린 후, 폐하께서 어주를 내리시어 좋은 말씀으로 위로해주시면서 허실(虛實)을 알아보심이 좋겠사옵니다. 단도직입으로 물어보시지 아니하시는 것이 또 공신을 대우하옵시는 방법일까 생각하옵니다."

황제는 채태사의 말을 듣고 옳게 여겼다. 그래서 즉시 사자를 여주로 보내어 노준의를 불러오게 했다.

이래서 노준의는 칙사를 따라 상경하여 황성사(皇城司)에서 그날 밤을 쉬고, 이튿날 아침 동화문 밖에서 문안을 드렸더니, 태사 채경·추밀 동관·태위 고구와 양전이 일찍 나와 있다가 그를 인도하여 황제 앞으로 데리고 갔다.

노준의가 배무의 예를 드리고 나니까, 황제는 그를 전상(殿上)으로 불러올린 후 묻는 것이었다.

"과인이 경을 보고 싶었소. 그래, 여주가 가히 사람이 살 만하던가?"

노준의는 두 번 절하고 아뢰었다.

"예, 폐하의 홍복(洪福)으로 그곳 군민이 모두 편안하옵니다."

황제는 노준의에게 시골의 풍토와 인정, 풍속 등에 대해서 여러 가지 한가한 이야기를 시켰는데, 어느덧 점심때가 되었는지라, 상선주관(尚膳廚官)이 나와서 아뢰었다.

"음식상 준비가 다 되었사온데, 어찌하올는지요?"

이때 벌써 고구와 양전은 술 속에 수은을 타놓은 뒤였다.

"들여오너라."

이래서 음식상이 들어갔다. 그 상을 노준의 앞에 놓게 하고, 술과 음식을 먹으라고 분부했다.

노준의는 절을 하고서 술과 음식을 들었다.

황제는 잠시 침묵하다가 노준의를 바라보고서 이렇게 말했다.

"경은 여주에 돌아가거든 딴 마음을 먹지 말고, 오직 군민을 편안히 기르도록 힘쓰기 바라오."

"지당하신 분부, 황공하옵니다."

노준의는 머리를 조아리고 어전을 물러나와 그길로 바로 여주로 돌아갔지만, 이 네 놈의 간신이 자기를 죽이려고 음모했던 사실은 전혀 알지 못했다. 그 대신 그가 대궐 밖으로 나간 뒤에 고구와 양전은 서로 얼굴을 바라보며, 이제는 볼일 다 보았다고 씽긋 웃었다.

그런데 노준의는 밤을 새워 쉬지 않고 여주로 돌아오는데, 이상한 일도 다 있지, 갑자기 옆구리와 아랫배가 켕기고 아파서 꼼짝을 못 하겠으므로, 그는 부득이 말을 타지 않고 배를 타고서 돌아가기로 했다. 그래서 그는 사주(泗州)의 회하(淮河)까지 배를 타고 무사히 갔었는데, 천명(天命)이 다해 그랬던지 술에 잔뜩 취해 앉아 있다가 바람이나 쐬려고 뱃머리로 나왔는데 이때 수은 독은 엉덩이뼈와 등골뼈 속까지 퍼져서 허리를 쓰지 못하게 됐다.

아까부터 취했던 노준의는 다시 뱃간으로 들어가려고 몸을 돌이키다가 발을 헛디디어 그만 강물 속으로 떨어져버렸다. 하북(河北)의 옥기린(玉麒麟)이라고 일컫던 그가 이같이 수중고혼이 될 줄이야 누가 알았으랴.

노준의를 모시고 오던 수행원들은 사람을 사서 그의 시체를 건져내서 관에 넣어 사주의 산 위에다 안장을 하고, 사주의 관인들은 공문을 만들어 이 참사를 성원에 보고했다.

서울서 이 보고를 받은 채경·동관·고구·양전 네 명의 간신은 서로 의논한 다음, 사주에서 올라온 공문을 가지고 조회 때 황제 앞으로 나가서 아뢰었다.

"사주에서 보고가 올라왔사온대, 노안무가 이번에 여주로 돌아가는 길에 일행이 회하에 이르렀을 때, 노안무는 그만 술에 취해 실족하여 강물에 떨어져 죽었다 하옵니다. 그런데 노안무는 이미 죽었사오나 한 가지 걱정되는 일은 다름이 아니오라, 송강이 심중에 의심을 품고 엉뚱한 일을 일으키지나 아니할까 걱정이옵니다. 바라옵건대 폐하께서는 칙사에게 어주를 주어 초주로 내려보내시어 송강의 마음을 편안하게 해주시옵소서."

황제는 입을 꾹 다물고 얼른 말을 못 했다. 속셈을 가지고 사대신(四大臣)이 이런 말을 하는 것인지 알 수가 없다. 그러나 그들의 주장을 물리치자니 안심이 안 되고, 그들의 주장을 들어준다면 또 불길한 일이 생겨날 것만 같은 예감이 드는 까닭이었다.

황제는 어찌하면 좋을지 판단을 내리지 못하고 한참 동안 묵묵히 있었지만, 필경엔 간신들의 주장에 넘어가고 말았다. 교묘한 말솜씨와 능청스런 태도는 간신들의 재주였기 때문이다. 그래서 황제는 어주 두 통을 내리기로 하고, 칙사로 하여금 그것을 가지고 곧 초주에 있는 송강에게 가라고 분부를 내렸는데, 이 칙사라는 것이 고구와 양전의 심복 부하임은 물론이거니와, 가지고 가는 어주에다 미리 만약(慢藥)을 풀었다는 것도 말할 필요조차 없다.

그런데 송강은 이곳 초주에 부임해온 후 정사를 잘했기 때문에, 군대의 기강은 확립되었고, 백성들은 평화롭게 생업에 종사하면서 모두들 그를 부모처럼 존경했다.

그러고 보니, 군관민(軍官民)이 저절로 혼연일체가 되어 정사에 힘이 들지 아니했다. 그래서 송강은 공무를 마치고 틈만 나면 교외로 나가 산책하기를 즐겼다.

그런데 원래 초주의 남문 밖에는 요아와(蓼兒洼)라고 부르는 경치 좋은 곳이 있었으니, 사면에서 강물이 모여드는 한 중간에 산이 하나 있고, 그 산에는 소나무, 측백나무가 무성해서 경치가 아름답기도 하거니와, 풍수(風水)의 지리로도 매우 좋은 곳이었다. 그리고 전체 면적은 그다지 넓지 못하지만, 주봉(主峰)을 중심에 두고 산봉우리들이 호위병처럼 둘러 있어 청룡(青龍)·백호(白虎)가 분명한데, 사면을 에워싼 강물은 호호탕탕해서 영락없이 양산박 수호채를 옮겨다놓은 것 같은 곳이었다.

송강은 이 산을 바라다볼 때마다 기분이 상쾌해서, 혼자서 속으로 이렇게 생각했다.

'내가 만일 이곳에서 죽거들랑 여기다 내 산소를 쓰게 해야겠다. 조용하고 깨끗하고 아름다운 경치 속에 영혼이나마 거닐도록 해야지!'

이렇게 생각한 적이 한두 번이 아니었는데, 그가 이곳에 부임해온 지도 그럭저럭 반년이 가까워질 무렵, 그러니까 선화(宣化) 6년 4월 초순에, 하루는 그가 청사에 나와서 집무를 하고 앉았노라니까, 조정으로부터 칙사가 어주를 가지고 내려왔다는 통보가 들어왔다.

송강은 관원들을 데리고 급히 교외로 나가서 칙사를 맞이해 들어왔다.

칙사는 공청에 들어오더니, 조서(詔書)를 펴들고서 칙어(勅語)를 낭독하고는 어주를 술잔에 가득 부어 송강에게 주고, 그것을 마시라고 권했다.

송강이 잔을 받아 마시고, 그 잔에다 자기도 어주를 부어 칙사에게 권하니까, 칙사는 본래부터 술은 입에 대보지도 못한다면서 굳이 사양하는 것이었다.

어주의 연회가 끝난 후 칙사는 바로 떠나겠다 하므로, 송강은 예물을 갖추어 칙사에게 주었으나 칙사는 끝까지 사양하고 그것을 받지 않고서 그대로 떠나갔다.

칙사가 떠난 뒤에 송강은 배가 아프기 시작했다. 그는 마음속에 의심하는 생각이 들었다. 혹시 술에다 약을 탄 것이 아닐까?

"여봐라! 너 지금 떠나가신 칙사님을 쫓아가서, 그 양반의 거동을 살펴보고 오너라. 아무래도 좀 이상하다!"

송강은 통인을 불러 이같이 이르고 하회를 기다렸다.

조금 있다가 통인이 돌아와서 보고하는 소리를 듣고, 그는 비로소 자기가 간신들의 흉계에 떨어진 것을 깨달았다. 다름이 아니라 술은 입에다 대지도 못한다던 그 칙사가 역관에 앉아서 혼자 술을 마시고 있더라는 이야기다.

'속았구나!'

송강은 탄식을 했다. 저절로 한숨이 나왔다.

'저는 술을 먹을 줄 모른다고 입에다 대지도 않고, 역관에 앉아서 혼자 술을 먹는다니, 그렇다면 내게만 먹인 어주라는 게 어주가 아니고 독주가 분명하다! 이제는 내 명이 다한 게 아닌가?'

그는 눈을 감고 생각했다. 지나온 일이 주마등처럼 눈앞에 어른거렸다.

'내가 어렸을 때부터 글을 배워 벼슬을 했다가 뜻밖에 죄를 저지르고 햇빛을 못 보는 신세가 되기는 했었지만, 그러나 한 번도 국가를 배반하려는 마음을 먹어본 일은 없었다. 그랬건만, 천자는 나라를 망치는 간신들의 참소를 곧이듣고 내게 독주를 보내시다니, 이럴 수가 있나! 내가 무슨 죄가 있기에 나를 죽인다는 것일까?'

그는 이같이 생각하다가 한숨을 길게 쉬었다. 아무리 생각해봐도 황제가 자기를 죽이려고 생각했을 리는 없는데, 이미 독이 몸속에 들어간 이상 죽음을 피할 도리는 없다고 생각하니, 뒷일이 걱정된다.

'나야 지금 죽어도 아까울 것이 없다! 그러나 흑선풍이 지금 윤주에서 도통제로 있으니, 만일 그가 조정에서 나한테 이런 흉악한 짓을 했다는 것을 안다면 반드시 또 산속으로 들어가 도당을 묶어가지고 나와서, 우리가 오늘날까지 이루어놓은 맑은 이름과 충의(忠義)의 공적을 허물어뜨릴 게 아닌가? 그래서는 안 되니까 내버려둘 수는 없다!'

그는 이같이 생각하고 즉시 사람을 윤주로 보내어 급히 의논할 일이 있다고 흑선풍을 초주로 불러오게 했다.

그런데 이때 윤주로 가서 벼슬을 하고 있는 흑선풍 이규는 공연히 가슴속이 찌뿌등해서 날이면 날마다 여러 사람들을 불러 술이나 마시면서 지내고 있었는데, 하루는 뜻밖에 송강이 자기를 부르러 사람을 보내왔다는 말을 듣고 공연히 가슴이 울렁거렸다.

'웬일인가… 형님에게 무슨 일이 생겼나?'

그는 속으로 중얼거리면서 급히 부하 몇 사람을 데리고 배를 타고서 초주로 향해 떠났다.

초주에 도착하여 바로 관청으로 들어가서 송강에게 절을 하고 바라보니, 송강의 얼굴빛이 핼쑥한 게 아닌가.

"형님! 무슨 일이 생겼습니까?"

흑선풍이 울렁거리는 가슴을 진정하면서 이렇게 물으니까, 송강이 천천히 말하는 것이었다.

"거기 앉아서 찬찬히 내 이야기를 듣게! 우리가 모두 각각 헤어진 뒤, 나는 날마다 여러 형제들 생각밖에 없네. 오용 군사는 무승군에 가 있으니까 여기서 거리가 멀고, 화영 지채(知寨)는 응천부에 있지만 요새는 소식이 없고, 오직 자네만이 그중 여기서 가까운 윤주에 있기 때문에 특별히 중대한 의논을 하나 하려고 일부러 불러온 걸세."

"형님! 특별히 중대한 의논이라니, 그게 뭔데요?"

흑선풍은 송강에게로 다가앉으면서 이같이 물었다.

"자네와 우선 한잔 해야겠네. 우리 술이나 들면서 천천히 이야기하세."

송강은 이렇게 말하고 흑선풍을 데리고 후당(後堂)으로 들어갔다. 방

안에는 벌써 술상이 준비되어 있다.

　두 사람은 서로 권하면서 술을 마시기 시작하여 각기 거나하게 취했는데, 그때까지 송강은 중대한 의논이라는 것을 이야기하지 않고 딴 이야기만 하는 고로 흑선풍은 술잔을 상 위에 놓고 송강을 바라봤다.

　"형님! 그래, 중대한 의논이란 무엇입니까?"

　그러니까 송강이 이야기했다.

　"자네는 모를 테지만 일전에 들으니까 조정에서 칙사를 시켜 나한테 독주를 보내어 그 술을 먹인다는 말이 있네. 천자께서 내리시는 어주니까 안 마시겠다 할 수도 없고, 마셨다가는 죽을 것이고, 이 노릇을 어찌하면 좋겠나?"

　흑선풍은 흥분해서 주먹으로 탁자를 쾅 치면서,

　"그깟 놈의 것! 들고 일어나야지 그걸 내버려둬요?"

　하고 숨을 씨근벌떡거리는 것이었다.

　"동생! 지금 내 수하에 그전에 있던 군사들이 어디 있나? 그리고 우리 형제들이 모두 산지사방 흩어져 있는데, 어떻게 들고 일어난단 말인가?"

　"제가 있는 진강(鎭江)에 3천 명의 군사가 있습니다. 형님이 계시는 이곳 초주에도 군사가 얼마간 있죠? 그걸 모두 합치고, 또 이곳 장정들을 모조리 뽑아내다 쓰면, 안 될 게 어디 있어요? 양산박엘 한 번 더 갈 생각만 하면 뭣이 안 됩니까? 되레 그게 맘이 편하고 쾌합니다. 괜스레 간신 놈들 입에서 속 썩이고 있는 거보다는 그게 더 좋다니까요!"

　"그렇지만 너무 급하게 서둘러서는 안 될 걸세. 우리 좀 더 의논한 후에 작정하세."

　송강은 더 이야기하지 않고, 둘이서 술만 마시다가 그날 밤 흑선풍과 함께 한방에서 잤다. 그런데 이날 밤 먹은 술에다 송강이 미리 만약(慢藥)을 넣은 줄은 흑선풍이 알지 못했다.

　이튿날 아침 흑선풍이 떠나면서 송강더러 또 다짐하는 게 아닌가.

"형님! 언제쯤 기병(起兵)하시겠습니까? 저도 그때 군사를 끌고 와서 함께 일어날 테니까요!"

송강은 이 소리를 듣고 눈에 눈물이 핑 돌았다.

"동생! 자네가 나를 나무라지 말기 바라네. 바른대로 말하네마는, 일전에 조정에서 칙사를 보내어 나한테 독주를 마시게 했단 말이야! 내 목숨은 이제 오늘 저녁 아니면 내일 아침까지밖에 없어! 난 오늘날까지 충의(忠義) 두 글자만 지켰지, 추호도 딴 맘은 없었네. 그런데 이번에 조정에서는 아무 죄도 없는 나한테 죽음을 내렸지만, 그렇지만 나는 조정을 배반하지 않네! 동생! 내가 죽은 뒤에 동생이 나라에 반기를 들고, 우리가 양산박에서 하늘을 대신해 도(道)를 행한다던 그 '충의'의 이름을 더럽힐까 봐서, 그래서 내가 일부러 자네를 좀 만나보고 싶어서 불렀던 걸세.

그런데 놀라지 말게! 어젯밤 자네한테 먹인 그 술엔 만약이 들었단 말이야. 자네가 윤주에 돌아가면 바로 그때쯤 자네 목숨은 없어지게 될 테니, 자네가 운명할 땐 유언을 해서 이곳 초주로 와주게. 이곳 남문 밖에 요아와란 곳이 있는데, 경치가 좋을 뿐만 아니라, 양산박과 아주 흡사하게 생긴 곳이란 말이야. 죽어서라도 동생의 영혼과 그곳에서 만나고 싶어서 그러네. 나도 오늘 내일 간 죽을 때 나를 반드시 그곳에 묻어달라고 유언을 할 테니까 말일세. 묏자리도 미리 내가 다 보아두었네!"

송강의 두 눈에서는 눈물이 비오듯 쏟아지는 것이었다.

흑선풍도 그만 송강의 어깨를 얼싸안고 울었다.

"형님! 고마워요, 고맙습니다! 제가 살아 있을 적에도 형님 밑에 있었으니까, 죽어서도 형님 밑에 있어야 하잖아요!"

느껴가며 울다가 흑선풍은 몸을 돌이키면서 주먹으로 눈물을 닦고, 송강에게 다시 절을 하고 나서, 배를 타고 윤주로 돌아갔는데, 과연 그는 약 기운이 전신에 퍼져서 드러누워 앓을 사이도 없이 죽어버렸던 것이다.

그런데 그가 운명할 때 그는 송강의 말을 생각하고 통인을 불러 부탁했다.

"내가 죽거든 누가 뭐라고 하든지, 나를 초주 남문 밖 요아와로 데려가, 송공명 형님과 한자리에 묻어다오!"

그는 이렇게 말하고서 숨이 끊어졌던 것이다.

윤주의 관원들은 흑선풍의 유언대로 그의 유해를 모시고 초주로 갔다.

한편, 송강은 흑선풍을 떠나보낸 후 마음이 아프기만 해서 오용과 화영의 생각만 했다.

그랬는데, 그날 밤 약 기운이 마침내 전신에 퍼져서 이제는 도저히 더 목숨을 부지하지 못할 것 같으므로, 송강은 자기를 가까이 모시는 관원들을 불러서 일렀다.

"아무래도 내 목숨이 다한 것 같다! 내가 죽거든 내 관을 저 남문 밖 요아와 언덕 위에다 묻어다오! 그래주면 내가 죽어서도 자네들의 은덕을 잊지 않겠다!"

그는 이같이 말을 하더니, 자는 듯이 아주 눈을 감아버렸다.

초주의 관원들은 슬퍼하면서 그의 유언대로 상여를 모시고 남문 밖으로 나갔는데, 고을의 관원 전부와 주민 다수가 영구를 모시고 요아와까지 나와서 안장했다. 그리고 며칠 후엔 또 윤주로부터 흑선풍의 영구가 도착했기 때문에 초주의 관원들은 그것을 송강의 무덤 옆에다 안장했다.

그런데 송강의 아우 송청은 그동안 고향 송가촌에서 병으로 앓아 드러누워 있었는데, 어느 날 초주에서 사람이 와서 형 송강이 별세했다는 기별을 전하는 것이었다.

그러나 송청은 몸이 무거워 병석에서 일어나지 못해 초주엘 못 갔었다. 그랬더니 며칠 후엔 또 사람이 와서 초주 남문 밖에 있는 요아와에다 장사를 지내기로 했다는 기별을 전하는 것이었지만, 송청은 도저히 기동할 수가 없어서 하인들만 보내어 제사를 받들도록 하고, 그리고 분영(墳塋)을 수축한 뒤에 돌아오게 했다.

그런데 이때 무승군에 승선사(承宣使)로 가 있는 오용은 이곳에 부임해온 이후 하루도 마음이 즐거운 날이 없어서, 전일 정답게 지내던 송공명의 생각만 하고 있었는데, 하루는 마음이 공연히 뒤숭숭하고 가슴이 울렁거려 좌불안석하다가 밤중에야 잠이 들었는데, 꿈에 송강과 흑선풍이 나타나더니 자기 옷자락을 잡아당기면서,

"군사(軍師)! 우리는 충의(忠義) 두 글자만 생각하고, 하늘을 대신해서 도(道)를 행했을 뿐, 이때껏 천자를 배반할 생각은 해본 일이 없었는데, 이번에 조정에서는 독을 탄 술을 보내시고 나더러 먹으라 해서, 필경 나는 아무 죄도 없이 죽었다오. 지금 나는 초주의 남문 밖에 있는 요아와라는 땅속에 누워 있으니, 군사가 전일 나하고 정답게 지내던 옛정을 생각하여 부디 한번 내 무덤을 와서 보아주면 참 좋겠소."

이렇게 말하는 게 아닌가.

이 소리를 듣고 오용은 더 자세한 일을 물어보려 했으나, 입을 떼려다 문득 깨고 보니 꿈이었다. 그는 이내 잠을 못 자고 일어나 앉아서 밤새도록 눈물만 흘리다가 날이 밝기를 기다려 여행 도구를 챙겨 초주로 향해 길을 떠났다.

오용은 데리고 가는 수행원 하나도 없이 혼자서 며칠 만에 초주에 당도했는데, 과연 송강은 죽고 없었다.

'꿈에 나타나 보이시더니, 기어이 가셨구나!'

그는 기가 막혔다. 만나는 사람마다 눈물을 짓고 탄식하지 않는 사람이 없다. 그는 가슴이 빠개지는 듯한 아픔을 참으면서 제물을 장만해가지고 남문 밖의 요아와로 나가, 송공명과 흑선풍의 무덤에 제물을 벌여놓은 다음에, 무릎 꿇고 엎드려서 손으로 분상을 치며 통곡했다.

"형님! 영혼이 계시거든 제 말씀 좀 들어주십시오. 저는 본시 촌구석에 파묻혀 있던 일개 학구(學究)에 불과하던 것이, 어쩌다가 처음에 조개 선생을 따르게 되었었는데, 그 후에 형님을 알게 되고, 그리고 형님한테서 목숨의 구원을 받기까지 했습니다. 그 후 오늘날까지 십 수 년을 형님 덕분에 가만히 앉아서 영화를 누리고 살아왔습니다. 이번에 형님은 국가를 위해서 충성을 다하시다가 돌아가시고서도 저한테 꿈에 나타나시어 두터운 정을 보여주었지만, 저는 여태까지 한 번도 형님한테 은혜를 갚지 못해왔습니다. 형님! 형님! 저를 데려가주십시오. 저는 지금이라도 저승에 가서 형님하고 같이 있겠어요!"

창자를 쥐어짜는 듯 느껴가며 이같이 목 메인 소리로 하소연하고 나서 오용은 허리에 띠고 왔던 끈을 풀어가지고 그것으로 자기의 목을 매고 자살하려고 했다.

그런데 이때 배를 타고 산 밑에 왔던 화영이 멀리서 이 모양을 보았던지, 배에서 뛰어내려 무덤 앞으로 달려와서 보니까, 이는 다른 사람이 아니라 오용이었다. 두 사람은 서로 얼굴을 바라보고 깜짝 놀랐다.

먼저 오용이 입을 열었다.

"아니, 자네는 응천부에서 공사(公事)에 바쁠 텐데, 송공명 선생이 작고하신 것을 어떻게 알았나?"

"이렇게 되고 보니, 참말 신기합니다! 제가 응천부에 도임한 이후 하루도 심신이 편할 날이 없었고, 항상 송공명 형님의 은정만 생각나더니, 어느 날 밤에 이상한 꿈을 꾸지 않았겠어요? 꿈에 송공명 형님과 흑선풍 형님이 나타나서 나를 붙들고 하는 말이, '조정에서 독약을 탄 어주로 나를 독살했기 때문에 지금 초주 남문 밖에 있는 요아와라는 곳에 묻혀 있다. 전일에 지내던 정의를 생각하거든 내 무덤이라도 한번 찾아와다오!' 이렇게 말씀하고서 사라졌단 말예요. 그래서 저는 집안일을 죄다 팽개쳐버리고 밤을 새워가며 달려온 것이랍니다."

"역시 나하고 똑같은 꿈을 꾸었네그려. 나도 그런 꿈을 꾸고서 여기 온 것인데, 하여간 이렇게 만나기를 잘했네. 나는 송공명 형님한테서 받은 은혜를 도저히 저버릴 수가 없어서, 지금 막 목을 매고 죽어버린 후, 혼백이나마 형님 계신 곳으로 가서 형님을 모시고 있으려던 참일세. 그럼 나 죽은 뒷일은 자네한테 부탁하니, 좀 맡아주게!"

화영은 기가 막힌다는 듯 하늘을 쳐다보고 한번 탄식하더니 오용의 두 손을 붙들고 부르르 떠는 게 아닌가.

"형님! 형님이 그러시겠다는 바에야 전들 어찌 가만히 있겠습니까! 형님하고 같이 동행해서 송공명 형님한테로 저도 가겠습니다."

오용의 눈에서는 눈물이 주르르 흘렀다.

"동생! 나는 내가 죽은 뒤의 일을 동생한테 부탁하려고 했는데, 나를 여기다 묻어주지 않고 동생마저 가겠다면 어쩌자는 겐가?"

"형님… 제 말씀도 들어주세요. 형님이 송공명 형님의 은정을 못 잊어버리시는 거나 마찬가지로 저 역시 송공명 형님의 은정을 저버릴 수 없습니다. 우리가 양산박에 있을 적엔 분명히 큰 죄인이었습니다. 그런데도 다행히 죽지 않고 살아 있다가 어찌어찌 돼서 황제 폐하의 초안을 받은 후 남정북벌(南征北伐)해서 나라의 큰 공을 세웠기 때문에, 이제는 우리의 이름을 세상이 다 알아주지 않습니까. 그런데 어느새 조정에서는 우리에게 의심을 품기 시작했으니, 이렇게 되고서는 우리들한테 털끝만한 흠집이라도 있기만 하면, 그걸 가지고 트집을 잡아서 죄를 만들어버릴 겝니다. 그래서 간신 놈들의 모략에 걸려 형벌을 받고 죽게 된다면 그땐 후회를 해도 소용없습니다. 그러니까 지금 형님을 따라서 황천으로 떠나는 것이 깨끗한 이름을 세상에 남기는 길이겠고, 또 형장에서 사지를 찢기어 죽는 것보다는 육신을 고스란히 가지고 무덤 속에 들어갈 수 있으니까 좋단 말입니다."

"동생! 그렇게 생각하더라도 내 말을 한마디 들어주게. 난 혼자 몸일

세. 내게 딸린 식구라곤 아무도 없네. 그러니까 죽어도 아무 일 없지만, 자네는 어린 자식이 있으니 아무래도 나하고는 처지가 다르지 않는가?"

"그건 걱정 없어요. 집안에 먹고 지낼 만큼 저축해둔 것이 있고, 또 처갓집에서 돌봐줄 사람도 있답니다."

오용은 더 할 말이 없었다. 그는 화영을 얼싸안고 주저앉아 땅을 치며 울었다. 이렇게 한참 울고 나서 오용과 화영은 각각 나뭇가지에 목을 매달아 죽어버렸다.

이때 화영이 타고 왔던 배에 앉아서 기다리고 있던 응천부의 수행원들은, 아무리 화영이 돌아오기를 기다려도 소식이 없으므로 산 위로 올라와봤더니, 오용과 화영이 양쪽 나뭇가지에 쌍쌍이 목을 매달고 죽어 있는 것이 아닌가. 수행원들은 당황해서는 사건을 응천부에다 보고하는 동시에, 관곽을 장만해가지고 두 사람의 유해를 송강의 무덤 옆에다 장사지냈다.

이렇게 되어 초주 남문 밖 요아와의 언덕 위에는 요 며칠 사이에 네 개의 무덤이 나란히 서버렸다. 그리고 초주의 백성들은 송강의 이 같은 인덕(仁德)과 충의(忠義)에 감동해 그를 추모하는 마음으로 그곳에 사당을 짓고서 사시에 제사를 받들기로 했다.

그리고 또 이것은 나중 이야기지만, 마을 사람들이 송강의 무덤 앞에 와서 빌기만 하면 송강의 영혼이 그들의 소원을 이루어주었대서 그것이 오랫동안 전설로 내려왔다.

그건 그렇다 하고, 서울 대궐 안에서 세상과는 담을 쌓고 있는 휘종 황제는 송강에게 어주를 하사한 뒤, 마음속에서 여러 번 의심이 불쑥불쑥 솟는 것을 느꼈을 뿐 아니라, 송강으로부터는 소식이 전혀 없고, 고구와 양전 등의 간신들은 전보다 더 심하게 어질고 충성스런 사람들을 모해하는 태도가 눈에 띄기 때문에 마음이 몹시 괴로웠다.

이렇게 지내던 중 어느 날 황제는 불현듯 사랑하는 이사사(李師師)가 생각이 나서, 두 사람의 나이 어린 환관을 데리고 지하도로 해서 이사사의 집을 찾아갔다.

지하도가 끝나는 곳에서 천장에 매달린 노끈을 잡아당기니까, 방울 소리가 딸랑딸랑 울렸다.

안에서 방울 소리를 듣고 이사사가 달려나와 휘종 황제를 맞이해 침실로 인도해 들이니까, 황제는 자리에 좌정하면서 이내 앞뒤의 문을 잠그라고 분부하는 것이었다.

이사사는 앞뒤의 문을 잠근 후 거울 앞에 앉아서 화장을 다시하고 나와서 황제에게 인사를 드렸다.

황제는 이사사의 얼굴을 물끄러미 바라보면서 기운 없는 목소리로 말하는 것이었다.

"내가 요사이 좀 몸이 좋지 않아서 신의(神醫) 안도전에게 병을 치료하는 중이야. 그동안 수십 일 동안 그래서 한 번도 못 왔었다. 오래간만에 오늘 네 얼굴을 보니 기쁘구나."

"황공하옵니다. 폐하께서 그처럼 천첩을 생각해주시오니!"

이사사는 얼른 일어나서 술상을 내다가 황제 앞에 놓고 술을 권해 올렸다.

황제는 몇 잔을 받아 맛있게 마시더니, 불과 다섯 잔도 못 마시고 술잔을 멀찌감치 놓는다.

이사사는 황제의 신색이 좋지 않음을 보고 말했다.

"몹시 불편하시오니까?"

"아니다. 대단치는 않으나 갑자기 기운이 탁 풀리는 것 같구나."

"그러시면 와상(臥床)에 누우시지요."

"조금 기다려보다가 눕겠다."

이럴 때, 방 안의 촛불은 대낮같이 휘황한데, 별안간 싸늘한 바람이 획 불면서 누런 장삼(長衫)을 입은 사나이 하나가 나타나는 게 아닌가.

황제는 놀라 물었다.

"너는 누군데, 함부로 이렇게 들어오느냐?"

그러니까 장삼을 입은 사나이가 꼿꼿이 서서 대답하는 것이었다.

"저는 양산박 송강의 배하에 있는 신행태보 대종이올시다."

"무슨 일로 이곳에 왔느냐?"

"저의 형님 되는 송강이 폐하를 꼭 모시고 오라 해서, 그래서 제가 왔습니다."

황제는 억지로 정신을 가다듬으며 위엄을 돋우어 말했다.

"네 어찌 감히 그런 말을 하는고? 과인을 데리고 어디로 가자는 것이냐?"

"아무 염려 마십시오. 깨끗하고 아름다운 곳으로 모시고 갈 테니까, 가보십시오. 폐하께서 대단히 만족하실 그런 곳입니다. 지금 곧 일어나시기 바랍니다."

황제는 더 버티고 말고 할 여지도 없이 무엇에 홀린 것처럼 벌떡 일어나서 대종의 뒤를 따라 후원으로 나왔다.

후원에는 벌써 말이 대령하고 있다.

"말을 타십시오."

대종이 곁으로 와서 황제를 번쩍 들어 말 위에 태우니까, 말은 걸어가기 시작했다.

이때부터 눈에 보이는 것은 구름 같고 안개 같은 것뿐이요, 귀에 들리는 것은 바람 소리, 빗소리 같은 것뿐이다.

얼마 후, 한곳에 당도하니 물은 망망해 끝이 없고, 해도 없고, 달도 없건만, 눈앞에 보이는 것이 모두 갈대와 여뀌꽃뿐인데, 하늘에서는 짝을 지어 날아가는 기러기의 울음소리가 들린다.

황제는 이 같은 경치를 한참 보다가 대종을 보고 물었다.

"여기가 어딘데, 어찌해 나를 데리고 여기 왔느냐?"

대종은 산 위의 관소(關所)로 올라가는 길을 가리키면서 대답했다.

"폐하! 좀 더 가십시오. 저기 가시면 아십니다!"

황제는 말을 걸려 산 위에 있는 세 개의 관문 길로 올라가 세 개 관문 앞에 도착하니까, 그 관소 앞 넓은 마당에 백 명쯤 되어 보이는 장정들이 땅바닥에 엎드려 있는 모양이 보였다. 가만히 보니, 그들은 모두 전포와 갑옷을 입고, 혁대를 띠고, 투구를 쓴 장수들이 아닌가.

황제는 너무도 놀라워서 큰소리로 물었다.

"아니, 이 사람들이 모두 뭐하는 사람들이냐?"

그러나 대종이 말할 사이도 없이 땅에 엎드렸던 장수들 가운데서 금포·금갑에 금투구를 쓴 장수 하나가 황제 앞으로 나와서 아뢰었다.

"신은 양산박 송강이옵니다."

"내가 이미 그대를 초주의 안무사로 임명했거늘 어찌해서 이런 곳에 와 있는가?"

"저희들이 감히 폐하를 이곳 충의당(忠義堂)에 모셔다놓고, 저희들이 죄 지은 것 없이 억울하게 죽은 원한을 말씀드리겠으니, 그 점을 용서해주시옵소서."

황제는 더 말하지 않고 그를 따라 충의당 앞까지 가서 말에서 내려 당상(堂上)에 올라가 자리에 좌정했다. 당상에 앉아서 아래를 내려다보니, 마당에는 엷은 안개가 덮이어 있는데, 그 속에도 많은 사람들이 엎드려 있는 모양이 보였다.

황제는 이것이 모두 어찌된 현상인지 알지 못해서 주저하고 있노라니까, 이때 송강이 뜰 위로 올라와 무릎을 꿇고 앉더니 얼굴을 쳐들고 바라보는데, 그의 눈에서 눈물이 줄줄 흘러내리고 있는 고로, 황제는 우선 그 까닭을 물어보았다.

"무슨 일로 경이 그다지 눈물을 흘리는가?"

송강이 머리를 숙이고 아뢰었다.

"신 등이 일찍이 천병(天兵)에 항거해 싸운 일도 있었습니다만, 실상을 말씀하오면 그것도 충의(忠義)를 지키자는 생각에서였지, 추호도 이심(異心)이 있어서 그런 것은 아니었습니다. 그 후 폐하의 칙명으로 초안을 받은 뒤, 맨 처음 요국을 정벌하고, 다음으론 세 번이나 역적의 무리를 소탕하기에 수족 같은 형제를 십 중 칠팔 잃고야 말았습니다. 그러나 신은 폐하의 명령을 받자옵고서 초주를 지키게 되어 도임한 이래 군민(軍民) 간에 추호도 알력이 없이 지내온 것은 천하가 다 알고 있는 사실이옵니다.

그런데도 불구하고 이번에 폐하께서는 신에게 독주를 하사하시와 신이 그것을 마시고 죽도록 하셨는데, 신은 죽어도 원한이 없사오나, 흑선풍 이규가 원한을 품고 이심(異心)을 일으킬까 두려웁기에 신이 사람을 윤주로 보내어 흑선풍을 불러다가 제 손으로 독주를 먹여서 죽였사옵니다. 그 후에 오용과 화영도 역시 충의를 생각하고 찾아와서 신의 무덤 옆에서 손수 목을 매고서 자결했사옵니다. 그리하와 신 등 네 사람은 다 함께 초주 남문 밖의 요아와에 묻혀 있사온데, 그곳 주민들은 신 등을 측은히 생각하고 무덤 옆에다 사당을 세워주었습니다. 지금 신 등의 혼백이 없어지지 않고 모두 이곳에 모여 폐하께 억울한 사정을 말씀드리고 자초지종과 함께 신 등의 마음에 변함이 없음을 아뢰고자 하는 바이옵니다. 폐하께서는 널리 굽어살피소서."

황제는 송강의 이야기를 듣고 크게 놀랐다.

"과인이 칙사를 보낼 때, 황봉어주(黃封御酒)를 친히 주어 보냈는데, 어느 놈이 그것을 독주로 바꾸어 그대에게 주었단 말인가!"

"폐하! 그때 보내신 사자(使者)에게 하문(下問)하시오면, 간악한 자가 과연 누구인 것을 자연 아시게 될 것이옵니다."

황제는 고개를 끄덕이고 눈을 들어 전면을 바라보다가 세 군데 관소의 채책(寨柵)이 대단히 규모가 웅장한 것을 보고, 송강에게 물었다.

"여기가 어딘데, 경들이 모두 모여 있는가?"

"여기가 바로 저희들이 그 전날 의(義)로써 같이 모였던 양산박(梁山泊)이옵니다."

"경들이 이미 죽었다면 다시 목숨을 받아가지고 이생(生)에 태어나러 가야 할 것인데, 어째서 이곳에 모여 있단 말인가?"

"천제(天帝)께서 저희들 충의의 마음을 가긍히 생각하시고 옥제(玉帝)의 칙명을 받들어 저희들을 양산박 토지신(土地神)의 우두머리 도토지(都土地)로 제수해주셨사옵니다. 그래서 장수들은 모두 이곳에 모이게 되었사오나 저희들의 억울한 심정은 풀리지 않기에, 이번에 대종을 파견하여 만승(萬乘)의 주(主)이신 폐하를 이곳 수박(水泊)까지 오시게 한 것입니다. 평소에 가슴 속에 맺혔던 충정을 사뢰고자 했을 뿐이옵니다."

"그렇다면, 왜 일찍이 그대들이 궁중으로 나를 찾아와서 그런 말을 안 했던가?"

"저희들은 어둠 속에 있는 혼백들이오니, 어찌 만승천자가 계시옵는 궁궐엘 들어갈 수 있겠습니까. 이번에도 마침 폐하께서 궁중으로부터 나오신 걸음이 계셨기로 그 기회에 여기까지 모셔온 것이옵니다."

"음, 알겠다. 내가 이 근처를 구경해도 좋겠지?"

"황공하옵니다."

송강은 두 번 절하고 감사를 드렸다.

황제는 당상으로부터 뜰아래로 내려오다가 고개를 돌이켜보았다. 정면 처마 밑에 커다란 글씨로,

'충의당(忠義堂)'

이라 쓰인 패액(牌額)이 걸려 있다.

황제는 입속으로 '충의당'을 읽어보고 고개를 끄덕이고서 층계를 다 내려왔다.

이때 송강의 등 뒤에서 별안간 흑선풍 이규가 두 손에 한 자루씩 쌍

도끼를 들고 뛰어나오면서,

"황제야! 준제야! 넌 어째서 나라를 망치는 네 놈의 간신 놈들 말만 듣고 우리들의 목숨을 뺏어갔느냐! 충신을 몰라보고 간신 놈들 말만 곧이듣고 그래가지고 나라를 다스린다는 것이 되는 말이냐? 오늘 잘 만났다! 이럴 때 원수를 못 갚고 또 어느 때 원수를 갚겠니!"

이렇게 고함을 지르면서 달려드는 게 아닌가. 황제는 기급초풍해서 소리를 버럭 지르고 눈을 떴다. 깨고 보니 지금까지 본 것이 꿈인데, 몸에는 식은땀이 촉촉하고, 방 안의 촛불은 휘황하고, 이사사는 그때까지 자지 않고 한옆에 앉아 있다.

황제는 수건으로 이마를 닦았다.

이때 근심스런 얼굴로 앉아 있던 이사사가 황제 앞으로 와서 말씀드린다.

"폐하! 무엇에 놀라시었사옵니까?"

"내가 조금 전에 어디 갔다 왔지?"

"아니올습니다. 조금도 기동하신 일이 없습니다."

"아니야. 내가 분명히 나갔다가 왔지. 그렇지 않고서야 이렇게 기억이 선명할 수 있나?"

"폐하께서는 아까 술잔을 놓으신 후 잠깐 계시다가, 이내 와상에 편히 누우셨는데요."

"그랬던가?"

황제는 자기가 꿈속에서 겪은 이야기를 자세히 하기 시작했다.

이사사는 이야기를 다 듣고서 놀라운 표정을 지었다.

"폐하! 옛날부터 마음이 정직한 사람은 죽어도 반드시 영혼이 남아 있다고 하지 않습니까. 그러니까, 꿈이 그러시다면 정말 송강은 죽었는가 봅니다. 그래서 그 사람의 영혼이 폐하의 꿈에 나타나 움직였나 봅니다."

"내가 내일 조회 때에는 기어코 이 일을 알아봐야겠다. 그래서 만일 죽은 것이 사실이라면, 그를 위해서 사당을 세우고, 또 벼슬을 추증(追贈)해야겠다."

"폐하께서 그렇게 가봉(加封)을 내리신다면, 공신들의 공훈을 잊으시지 않는다는 은덕이 널리 세상에 알려질 것입니다."

황제는 말을 멈추고 한숨만 쉬었다.

다음날 아침 일찍이 조회가 열렸을 때, 휘종 황제는 특별히 분부를 내려 모든 신하들은 문덕전으로 오지 말고 편전(便殿)으로 모이도록 일렀다.

그러나 이때 흉물스럽고 약삭빠른 채경·동관·고구·양전 네 명의 간신들은 황제가 송강에 대한 일을 물을까봐 미리 겁을 집어먹고 궁중에서 물러가버리고, 오직 숙태위 등 몇몇 신하가 편전으로 나아갔었다.

휘종 황제는 숙태위를 보고 물었다.

"경은 초주 안무사 송강의 소식을 들었는가?"

숙태위는 공손히 아뢰었다.

"송안무(宋安撫)가 떠나간 뒤로 신은 그의 소식을 못 들었사옵니다. 그러하온데 어젯밤에 신은 참으로 이상한 꿈을 꾸었사옵니다."

"이상한 꿈이라니, 어떤 꿈인데… 이야기를 해야 과인이 알지 않겠소?"

"신이 어젯밤 꿈에 송강을 보았사온데, 그는 평상시와 같이 군복을 입고, 혁대를 띠고, 투구를 쓰고서 신의 집에 찾아와서 하는 말이, 폐하께서 독주를 하사하시와 자기를 죽이신 까닭으로 초주의 주민들이 불쌍히 생각하고 충의를 사모해서, 남문 밖에 있는 요아와에다 묻어주고 사당을 세우고서 제사까지 지내주기로 되었다고 이야기하는 것이었사옵니다."

황제는 머리를 절레절레 흔들면서 혼잣말처럼,

'참말 이상하다! 내 꿈과 꼭 같지 않은가?'

이같이 입속으로 말하다가 숙태위를 보고 분부했다.

"짐이 궁금히 생각하는 바이니, 경은 심복 부하 한 사람을 초주로 보내서, 그런 일이 있는가 없는가 속히 알아보고 오도록 하오!"

"예, 그리하옵겠습니다."

숙태위는 황제 앞을 물러나와 즉시 자기 집으로 돌아와서 심복 부하 한 사람을 초주로 보냈다.

다음날,

황제는 문덕전에 나와서 정사를 살피다가, 곁에 있는 고구와 양전을 보고 물었다.

"그대들 성원(省院)에서는 요즈음 초주에 있는 송강의 소식을 들은 일이 없는가?"

고구와 양전은 감히 무어라 아뢸 말이 없어서 얼굴을 들지 못하고,

"예, 들은 바 없사옵니다."

이렇게 아뢰는 것이었다.

황제는 이들의 대답을 듣고도 의심이 풀리지 아니해서 미간을 찌푸렸다.

그런데 숙태위가 초주에 파견한 심복 부하는 그동안 초주에 갔다 돌아와서 숙태위에게 자기가 보고 들은 대로 보고했다.

송강은 황제 폐하께서 하사하신 독주를 마시고 죽었다는 사실과, 초주 백성들은 송강의 충의에 감심하여 그의 유언대로 남문 밖에 있는 요아와의 산 위에다 장사를 지내주었다는 일과, 그 뒤에 흑선풍 이규와 화지채 화영과 군사 오용이 전후해서 이곳에 묻혀 있다는 사실과, 초주 백성들이 그들의 일을 불쌍히 생각해서 무덤 앞에다 사당을 짓고 춘추로 제사를 지내기로 했다는 사실과, 사람들이 그 사당에 가서 소원성취를 빌면 지극히 영검스럽게 효과가 나타난다는 이야기였다.

숙태위는 즉시 그 부하를 데리고 궁중에 들어가서 황제에게 조사 결과를 자세히 보고했다.

황제는 그들 보고를 듣고서 마음이 아팠다. 우유부단한 그의 성격으로도 분한 생각에 그날 밤 잠을 이루지 못했다.

다음날 아침,

휘종 황제는 신하들의 조회가 끝나자 그들이 보는 눈앞에서 고구와 양전을 큰소리로 꾸짖었다.

"이 나라를 망치는 간신 놈들아! 어째서 너희들이 짐의 천하를 파괴하려는 거냐!"

고구와 양전은 땅바닥에 엎드려서 황제의 성난 음성에 기가 질려 감히 입을 벌리지도 못하고 머리만 땅에 조아리면서 사죄를 했다.

황제는 그 꼴을 내려다보고 또 호령을 했다.

"어찌해서 말이 없느냐? 황봉어주가 어찌해서 송강을 해쳤는가? 곡절을 바른대로 대지 않겠느냐?"

그러자 채경과 동관이 곁에서 나와서 아뢰는 것이었다.

"삼가 아뢰옵니다. 자고로 사람의 목숨이란 생사가 하늘에 달린 것이옵니다. 천명이 길면 장수하는 터이옵고, 그와는 반대로 천명을 짧게 타고나온 사람은 일찍이 떠나는 것이오니 그것을 사람의 지혜로 어찌 알겠습니까? 성원에서는 아직 공문으로 보고를 받지 못한 까닭에 경망히 상주함이 불가한 줄로 알고 있었사온데, 어젯밤에야 초주로부터 상신문(上申文)이 올라온 고로 그렇잖아도 오늘은 신 등이 사실을 말씀 올리려 하던 중이옵니다."

황제는 더 추궁했으나 네 명의 간신이 교묘하게 꾸며대는 말에 어떻게 하는 수가 없어서 죄를 주지는 못하고, 고구와 양전을 사무에 불충실하다는 이유로 꾸짖기만 하고 내보냈다. 그러고서 그때 어주를 가지고 초주에 갔던 사신을 불러다가 사건의 진상을 규명하려 했더니, 일이 간신 놈들한테 잘되느라고 그때의 칙사는 초주에서 돌아오다가 도중에 병으로 죽어 없어진 것이었다.

그 이튿날 황제가 편전에 있는데, 숙태위가 들어와서 또 송강의 충성과 의리를 칭찬하고, 그 영혼이 또한 영검하다는 이야기를 하는 고로 황제는 송강의 생각이 간절해서 그의 아우 송청에게 형의 관작을 계승토록 분부를 내렸다.

그랬으나 송청은 벌써부터 중풍으로 몸이 불구가 되어 벼슬을 못 하겠고, 시골서 농사나 짓겠다는 의향이어서 황제는 돈 10만 관과 밭 3천 무(畝)를 하사해 그로 하여금 풍족하게 살도록 해주는 동시에, 장래 그에게 자식이 생기면 조정에서 그를 채용하기로 했다. 그래서 이것은 나중 이야기지만 뒷날 송청의 아들 송안평(宋安平)은 과거에 급제하여 벼슬이 비서학사(秘書學士)에까지 올랐다.

그런데 휘종 황제는 그때 송청에게 그 형의 관작을 계승토록 하라는 칙명을 내리던 날 숙태위의 진언(進言)을 받아들여 성지를 내려 송강을 '충렬의제 영응후(忠烈義濟靈應候)'에 봉하는 동시에 거액의 돈을 하사하여 양산박에다 굉장히 큰 사당을 세우고, 송강 등 나라에 충성을 다한 여러 장군들의 신상(神像)을 만들도록 하고, 또 친필로 쓴 '정충지묘(靖忠之廟)'라는 패액을 하사했다.

그래서 이것도 나중 이야기지만, 양산박에 사당이 세워진 후 그 지방에 송강의 영혼이 이따금 나타난대서 주민들은 사시에 제사를 지내면서 비를 빌기도 하고 바람을 빌기도 했는데, 그럴 때마다 신통하게도 소원을 이루었다는 것이다. 그리고 초주의 요아와에서도 영험(靈驗)이 자주 나타났기 때문에 그 지방 주민들도 송강의 사당을 다시 크게 짓고, 황제의 사액(賜額)을 걸고 신상(神像) 36위는 정전(正殿)에 앉히고, 72위는 양쪽 장랑(長廊)에다 앉히고서 해마다 제사를 지냈는데, 지금도 초주에 이 고적이 남아 있다고 한다.

# 원소칠의 분노

세월이 흘렀다.

그동안 원소칠은 개천 고을의 도통제 자리에서 파면당한 후 양산박 석계촌에 돌아와서 날마다 어부들과 함께 호수에 나가 고기를 잡아다가 파는 것으로 넉넉히 생계를 유지해가며 늙은 어머님을 봉양해왔다. 초가집일망정 그동안 그는 새로 십여 간 집을 짓고, 토담도 새로 쌓고서, 대나무로 엮은 사립짝문을 반듯하게 걸어놓고 지내는 터라, 도무지 부러운 것이 없는 신세였다.

4월도 다 간 어느 날, 그는 방 안에서 녹음이 우거진 호숫가의 경치를 내다보고 있다가 불현듯 바깥에 나가서 술을 마시고 싶은 생각이 났다. 그래서 그는 부하 어부 두 사람을 데리고, 술 한 항아리와 안주를 가지고 호숫가의 버드나무 그늘 밑으로 가서 멍석을 깔았다. 그는 머리털이 텁수룩한 채 아무것도 안 쓰고 맨발로 책상다리를 하고 앉아 천천히 술을 마셨다. 이렇게 십여 사발 마시면서 경치를 보고 있으려니까, 자연히 지나간 일이 모조리 생각나면서 가슴속이 부글부글 끓어올랐다. 그는 자기도 모르게 한숨이 저절로 길게 나왔다.

따라온 어부가 이 모양을 보고,

"왜 그러시죠? 이렇게 경치가 좋은 날, 무슨 속상한 일이라도 있습니까?"

하고 물었다. 원소칠은 술사발을 땅바닥에 놓고 입을 열었다.

"자네는 모를 걸세! 내가 본래 삼형제였는데, 위로 형님 두 분은 없어지고, 나 홀로 남았다네. 삼형제가 고기잡이해가면서 그럭저럭 잘 살았는데, 동계촌에 살던 오학구 선생이 찾아와 우리를 조천왕 댁까지 데리고 가서는 채태사한테 올려가는 생진강을 훔쳐냈더란 말이야. 그래서 얼마 동안은 잘 지냈는데, 그만 백일서 백승이가 붙들려가지고 자백해버렸기 때문에 조천왕과 함께 양산박으로 피난을 갔었다네. 그 후에 송공명이 산에 들어왔기 때문에 우리들 형제의 수효는 많아졌고, 흔천동지(掀天動地)하는 사업도 많이 했는데, 송공명 형님은 그저 날마다 초안을 받기만 고대했거든.

나중에 천자님께서 조서를 세 번이나 내리시고, 숙태위가 천자께 여쭈어서, 우리는 서울로 들어가 조정의 군사가 되어 요국을 정벌하고, 방납을 토벌하고, 충심보국(忠心報國), 혈전십년(血戰十年)하다가 친형님 두 분은 전장에서 죽었기 때문에 해골조차도 고향엘 돌아오지 못했단 말일세! 나는 황은(皇恩)을 입어 개천군 도통제의 벼슬을 했었건만, 청계동에 방납을 치러 들어갔을 때 내가 장난삼아 방납이가 입던 황제의 복색을 했는데 그것을 왕품이란 놈하고 조담이란 놈이 모함해 삭탈관직(削奪官職)해서 나를 내쫓았단 말이야! 그까짓 것, 난 눈곱만큼도 서운하지 않아. 생선 몇 마리 잡으면 그날그날 지내가거든! 흉악무쌍한 간신 놈들한테 걸려 목숨을 뺏기느니, 차라리 육신을 성하게 갖고 있다가 죽는 게 낫지 않은가?

송공명 형님과 노원외 형님은 간신 놈들 때문에 독주를 잡숫고 돌아가셨고, 오학구 형님과 화지채 형님은 초주에 가서 목을 매고 자결해버리셨으니, 세상에 이렇게 통분할 일이 또 어디 있느냔 말이야! 그저 양산박에서 초안을 받지 말고 형제들이 합심해서 일제히 서울을 들이쳐

깨친 후에 간신 놈들을 잡아 죽였다면 백성들의 원한도 풀어지고 속이 시원했을 걸! 이젠 되레 간신 놈들 손에 죽었거나 쫓겨났거나 해서 형제가 모두들 서로 헤어졌으니, 나 혼자 이 일을 어쩌노? 고장난명(孤掌難鳴)이라, 구악일소(舊惡一掃)의 방책이 안 생긴단 말일세."

원소칠은 잠시 말을 멈추고 한숨을 한번 길게 쉬더니, 말을 계속했다.

"그런데 말이야. 소문을 들으니까 전일 우리가 살고 있던 양산박 산 위에다 나라에서는 사당을 세워놓고 죽은 사람들을 위해 제사를 지내게 했다는데, 그게 정말인지 아닌지 모르겠단 말이야. 내가 내일은 술과 안주를 장만해가지고 산 위에 올라가 한 바퀴 돌아보고, 구정(舊情)을 풀고 돌아올 작정인데, 자네들 나하고 같이 안 가겠나?"

"가죠. 가고말고요!"

"그럼 좋아. 술이나 더 먹세!"

원소칠은 이런 이야기 저런 이야기 하면서 술 한 항아리를 죄다 마셔버린 후 저녁때가 다 되어서 어부들과 함께 집으로 돌아와 그냥 제 방에 들어가 쓰러져 잤다.

이튿날, 원소칠은 아침밥을 먹은 뒤에 데리고 있는 어부 두 사람을 시켜 돼지와 양을 한 마리씩 잡고, 향촉 지전과 술항아리를 하인한테 지워서는, 석게호로 나가서 배를 타고 양산박으로 들어가 금사탄 언덕에서 배를 내려 그길로 걸어서 충의당 옛터로 올라왔다. 올라와 보니, 그전과는 딴판으로 충의당은 쓰러졌고, 행황기는 갈가리 찢어진 채 소나무 가지에 걸려 있고, 삼관(三關)은 무너져 있고, 사채(四寨)는 텅 빈 공지가 되어버렸는데, 단금정(斷金亭)마저 퇴락해서, 눈앞에 보이는 것이 모두 다 처량한 풍경뿐이다.

그는 산 앞쪽으로부터 뒤쪽으로 걸음을 옮겨가며 한 바퀴 돌아보다가 마음이 상했다.

'우리가 이곳을 떠난 뒤로 그동안 이렇게도 변했나!'

그는 탄식하다가 한 곳을 쳐다보니 그곳에는 집 지을 목재와 벽돌이 높다랗게 쌓여 있다.

'저게 아마 사당을 지으려고 갖다놓은 물건들인가 보다.'

그는 이렇게 생각하니 조금 마음이 가라앉았다.

"이거 봐! 그 제물을 이리로 가져와!"

충의당 공지로 가서 그는 하인들을 시켜 제물을 모두 벌여놓고 향촉을 켜놓은 다음, 70개의 사발에다 술을 가득 부어놓고서 큰 절을 네 번이나 하고 꿇어앉았다.

"조천왕·송공명 두 분 형님이시여! 그리고 돌아가신 모든 형님들의 영혼이시여! 저 소칠이가 지금 형님들과 전날 같이 지내던 산채에 와서 형님들 영전에 술을 부어놓고 아룁니다. 형님들은 저 흉악한 간신 놈들 때문에 목숨을 뺏기셨지만 세상에서 우리를 알아주는 사람들은 우리가 하늘을 대신해서 도를 행하고 진충보국한 호걸인 것을 알아줍니다. 이 다음에 저도 죽으면 형님들 영혼을 모시고 같이 있을 테니 그런 줄 알아주십쇼!"

그는 이렇게 호소하는 듯이 지껄이고 나서 한바탕 엉엉 울고는 머리를 땅바닥에다 몇 번 부딪고 나서 지전을 불사른 뒤에 하인을 불렀다.

"여봐라! 그 양고기·돼지고길 썰어 더운 술과 같이 가져오너라!"

그가 이르니까 하인은 머리를 긁으면서,

"칼을 안 갖고 왔는데요. 이걸 어쩌나요?"

하고 당황해했다.

"괜찮다. 내 허리띠에 차고 온 단도가 있으니까, 이걸로 썰어 먹자!"

그리고 그는 한 손으로 자기 옷자락을 추켜올리고 한 손으로 허리를 만져보더니, 껄껄 웃어버리는 게 아닌가.

"이런 제기랄, 허리띠를 잊어버리고 그대로 왔구나! 별수 있니? 손으로 찢어먹을 수밖에!"

그는 두 손으로 고기를 찢어놓고, 어부와 하인들과 함께 삥 둘러앉아서 큰 사발로 술을 마시기 시작했다.

이렇게 손으로 고기를 찢어가며 술을 몇 사발 먹고 나니 원소칠은 보기 좋을 만큼 취기가 돌았다.

그는 팔뚝을 걷어올리고 지나간 일을 또 이야기하기 시작했다.

"자네들은 모를 테지만 여기 이 자리가 바로 충의당이란 말일세. 바로 이 앞에다 높다랗게 '체천행도(替天行道)'라 쓴 행황기를 세웠었는데, 옳지! 저기 쓰러진 저 돌기둥이 바로 그때 행황기를 세웠던 기둥이거든. 널따란 대청 한복판에다 조천왕의 위패를 모셔놓고, 왼편 교의에 송공명 형님이 좌정하고, 그러고서 모두들 하늘에 치성을 올렸더니, 하늘이 쪼개지는 듯이 큰소리를 내면서 공중에서 비석이 떨어졌는데, 그 비석엔 우리 형제들 중에서 천강성(天罡星) 36명과 지살성(地煞星) 72명의 성명이 적혀 있고, 또 우리들의 석차까지 뚜렷하게 적혀 있기 때문에 거기 적힌 대로 차례를 정해서 앉았었는데, 나는 천패성(天敗星)으로 서른한 번째 순서였기 때문에 그대로 자리를 지켰단 말이야.

그리고 사건이 생겨서 상의할 때면 큰 북을 쳤거든. 북소리를 듣고 모두들 대청으로 모여서 결정을 지은 후 질서정연하게 행동했단 말이지. 저 양쪽으로는 기다랗게 줄행랑같이 방이 있었고 그 밖에 한채(旱寨)·수채·창고·감방 등 숱하게 많았는데, 이런 제기랄! 조정의 초안을 받은 뒤에 이렇게 모두 없어지고, 이제는 온통 잡초만 우거졌으니, 그래 지금 내 속이 어떻겠나, 자네들 생각 좀 해보게!"

원소칠은 이같이 한바탕 지껄이고 술 한 사발을 들이마셨다. 그리고 이렇게 몇 차례 거듭하는 동안에 그는 어느덧 아주 취했다.

조금 있다가 그는,

"어어 취해! 이제 그만 돌아가자!"

하고 일어섰다. 데리고 왔던 하인들과 어부들도 따라 일어나서, 가지고 왔던 물건들을 모두 챙겨서 산 위에서 내려오는데, 그들이 한창 걸어 내려오노라니까, 앞에 보이는 큰길 위에 호위병을 거느리고, 집사(執事)를 딸리고서, 청라산(靑羅傘)을 뻗친 마상에 높이 앉아 이쪽으로 향해 오는 한 사람의 관원이 보이는 게 아닌가.

"쳇 괴상한 일이로군! 궁벽한 산속에 무슨 놈의 관원이 내왕하는 거야?"

원소칠이 입속으로 중얼거렸을 때, 벌써 그 관원의 행렬은 충의당 앞에까지 가까이 이르렀다. 말 위에 앉아 있는 관원의 상판을 한번 바라보니, 눈은 움푹 들어갔고, 입은 뾰족해 보이는데, 코 아래 수염은 위로 꼬부라진 것이 꾀가 많고 속통은 잔인해 보였다. 그런데 이 사람이 누구냐 하면, 원래 채태사의 공관에서 일보던 장간판(張幹辦)으로서, 그전에 태위 진종선이 황제의 칙사로 송강 등을 초안하려고 이곳에 왔을 때 이 사람이 따라서 내려왔다가, 그때 원소칠이 어주 열 병을 모조리 따라 먹고 그 대신 막걸리를 채워놨을 뿐 아니라, 조서에 양산박 호걸들의 마음을 즐겁게 해주는 말이 한 마디도 없었기 때문에 그때 모두들 분개해 소동하는 것을 송강이 간신히 누르고서 무사히 돌아가게 만들었던 바로 그 사람이다.

이런 일이 있었건만 채태사는 이 사람을 대단히 신임했던지, 이부(吏府)에 말해서 그를 제주부 통관에 임명케 하였는데, 그가 도임한 지 3개월도 못 되어 제주의 태수 장숙야가 염방사(廉訪使)로 승진되었기 때문에, 그는 제주부의 인(印)을 제 마음대로 사용할 수 있게 된 데다가 채태사의 배경이 빨랫줄 같은지라, 무서운 것이 없고 못하는 것이 없어서 동료들을 억누르고 백성들을 빨아먹기를 예사로 하기 때문에 제주부내에서는 원성이 자자한 터였다.

그런데 이렇게 출세한 장간판이 하루는 우연히 양산박 생각이 났다.

'송강이 죽어 없어지긴 했지만, 그놈들 일당이 살고 있던 양산박엔 상당히 많은 보물이 땅속에 감춰 있을 거야. 그걸 모두 찾아내기만 하면 좋겠는데…. 혹시 그놈의 잔당이 숨어 있을지도 모르지? 만일 그렇다면 그놈들을 잡아 처치해야지! 그렇게 하면 내 성적이 또 올라갈 거 아닌가.'

그는 이렇게 마음먹고 기회를 살펴다가, 마침 요사이 4월 절기에 농사 일이 바빠서 백성들의 송사도 없고 한가해졌으므로, 이런 때 양산박 엘 가서 한번 순찰해보아야겠다 생각하고서 나왔던 것이다.

그는 원소칠 일행을 보고 큰소리로 호령했다.

"네가 뭐하는 놈이냐? 아무래도 수상하다! 여봐라, 이놈을 당장 결박 지어라!"

장간판이 좌우의 부하들을 보고 이렇게 명령할 때, 이 소리를 들은 원소칠의 눈에서는 불이 났다.

"뭣이 어쩌고 어째? 내가 여기서 술을 몇 잔 잡수셨다. 그런데 네깐 놈이 무슨 참견이냐? 그따위 수작은 하지도 말아라!"

그가 이렇게 대꾸를 하자, 장통판의 수행원 한 사람이 그를 알아보고, 저의 주인한테 알리는 것이었다.

"저 사람이 바로 활염라 원소칠이란 자올시다."

이 말을 듣고 장통판은 기고만장해서 소리를 높여 호령했다.

"저런 죽일 놈! 너 이놈, 벌써 죽어야 할 놈이, 어째서 살아가지고 또 다시 모반하려고 드는 거냐? 나는 지금 한 고을의 성주로서, 네놈들 같은 도둑놈들을 토벌하는 사람인데, 네 어찌 감히 내 앞에서 당돌하게 구느냐?"

원소칠은 눈을 동그랗게 뜨고, 가슴을 풀어헤치면서 한 발자국 다가 들어가 욕을 퍼부었다.

"이 얼간 개새끼야! 내가 국가를 위해서 몸을 바쳐 여러 해 동안 남정북벌해가며 공훈을 세웠고, 개천군 도통제까지 지낸 사람인데, 그걸 모르느냐? 너 따위 백성의 피를 빨아먹는 불한당 놈이 어째서 감히 어른이 가시는 길을 막고 이렇게 버릇없이 구는 거냐?"

그러고서 그는 말 위에 앉아 있는 장통판을 끌어내리려고 바싹 다가서려 했지만, 호위병들이 앞을 가로막기 때문에 도저히 접근할 수가 없었다. 이때 그는,

"에익!"

소리를 버럭 지르면서 호위병이 들고 있는 등나무 몽둥이를 뺏어가지고 앞에 섰는 놈의 대가리를 때려 그놈을 거꾸러뜨리고는 장통판한테로 달려들어 그의 머리를 후려쳤다. 이럴 때 호위병들이 와아 달려들었으나, 원체 소칠의 힘이 세어서 당해내지 못하고, 그들은 몽둥이 한 대씩 얻어맞고서 모두 자빠져버렸다.

형세가 이렇게 불리하게 된 것을 보고 장통판이 급히 말머리를 돌려 내빼버리자, 수행원과 호위병들도 일제히 걸음아 날 살려라 달아나기 시작했다. 이럴 때 호위병 중에서 한 놈이 소칠에게 붙들렸다.

"너 이놈아! 바른대로 말해라! 지금 왔던 도둑놈이 어느 고을에 있는 도둑놈이냐?"

소칠의 주먹이 그놈의 대가리를 연거푸 쥐어박았다.

"에구! 살려줍쇼! 소인은 아무 죄도 없습니다. 저기 내빼는 저 양반은요, 제주의 통판이십니다. 저, 서울 채태사부의 간판으로 계시는 장선생님이신 터인데, 이곳 양산박에 혹시 나쁜 놈이 들어와 있지 않나 해서 순찰 나오셨다가 그만 어른님을 몰라뵙고 잘못했습니다. 용서합쇼!"

원소칠은 이 소리를 듣고 그 병정 놈에게 말했다.

"오냐, 알겠다. 그럼 너는 용서해줄 테니 돌아가서 그 도둑놈한테 말해라! 제가 아무리 담보가 크더라도 나한테 덤볐다가는 뼈도 못 추릴 테니, 그런 줄 알라고 이르란 말이다!"

"네! 제발 소인을 놓아만 주십시오. 소인이 돌아가서 꼭 그렇게 말씀

합죠!"

그제야 원소칠은 그놈의 멱살을 놓고,

"그럼 가봐라!"

하고 놓아주었다.

병정 놈은 땅바닥에서 일어나기가 무섭게 뺑소니친다. 소칠은 그놈의 뒷모양을 바라보면서 혼잣말로 중얼거렸다.

'흥! 그 자식이 채경의 주구(走狗)라니, 그까짓 자식이 무슨 백성의 부모 노릇을 한단 말인가! 세상이 망하려고… 조정에서 한다는 것이 이따위로 너절하니… 에이 분해! 칼을 차고 왔던들 한칼에 그놈의 모가지를 썽둥 베어버릴 것을!'

모처럼 양산박 옛터에 올라와서 먹었던 술이 이제는 깨기 시작하므로 그는 하인들을 돌아다보고 재촉해서 금사탄으로 내려와, 다시 배를 타고 집으로 돌아왔다. 이때는 벌써 해가 넘어가는 황혼 때였다.

그는 집에 돌아와서 자기 어머니한테 지금 당하고 온 사실을 죄다 이야기했다. 그랬더니 모친은 그를 나무라는 것이었다.

"애야, 너도 생각이 있어야지! 네 형은 둘이나 있었지만 모두 죽고, 이제는 너 혼자 외롭게 남아 있잖니? 그러니까 매사에 네가 조심해서 성미를 부리지 말고 세상을 살아가야 하잖느냐 말이다. 내일이라도 그 사람들이 이리로 우르르 닥치는 날이면, 네가 어쩌려고 그랬단 말이냐?"

"염려 마세요! 어머닌 그런 걱정 마세요. 그깟 놈들, 뭐 될 대로 되겠죠!"

"쯔쯔쯧…."

모친은 혀를 차고 더 말하지 아니했다.

그도 더 이야기하지 않고 자기 방으로 건너와서 일찍이 자고, 이튿날은 조반을 먹은 후에 고기를 잡으러 나갔다. 이날은 아무 일도 없었다.

그다음 날 밤 2경 때쯤 되어서 원소칠은 잠결에 굉장히 많은 사람들의 발자국 소리가 자기 집 밖에서 크게 나는 것을 듣고 놀라 깨었다. 자리에서 벌떡 일어나보니 담 밖에서는 불빛이 집안을 환하게 비치는 게 아닌가.

그는 급히 옷을 주워 입은 후, 허리에 칼을 차고, 손에 유엽창을 들고 방에서 나와, 담 밑으로 가서 가만히 바깥을 엿보았다. 병정들 백여 명이 모두 연장을 들고 횃불을 밝히고서 자기 집을 에워싸고 있는데, 어깨에 활을 멘 장통판이 말을 타고 앉아서 지휘하는 것이었다.

"원소칠이란 놈을 놓치지 말고, 빨리 들어가 잡아라!"

장통판의 호령이 떨어지자, 병정들 십여 명이 사립짝문을 무너뜨리고 일제히 침입하는데, 원소칠은 재빠르게 뒤꼍으로 돌아서 옆문으로 빠져나와, 바깥채의 대문 앞까지 와서 숨을 죽이고 동정을 살폈다.

병정들은 모두 안에 들어가서 수색하는 모양이고, 장통판은 밖에서 홀로 기다리고 있다.

원소칠은 소리 없이 대문을 열고 뛰어나가 장통판의 옆구리를 유엽창으로 힘껏 찔렀다. 그와 동시에 외마디 소리를 끼익 지르고 장통판이 말 아래 철벅 떨어지는 것을, 그는 칼을 빼가지고 목을 베어버렸다.

이때 집안을 뒤지고 있던 병정들은 문밖에서 사람이 죽어가는 소리가 들리므로 쫓아나왔으나, 범같이 덤벼드는 원소칠의 칼에 여러 놈이 거꾸러지자, 병정 놈들은 제각기 살길을 찾아 도망쳐버렸다.

원소칠은 다시 자기 집으로 뛰어들어가서,

"어머니! 어머니!"

하고 그의 모친을 불러봤으나 도무지 대답이 없으므로 그는 땅바닥에 떨어진 횃불 하나를 집어들고 하인들과 함께 이쪽저쪽 샅샅이 찾아보니 구석방 세간을 쌓아놓은 상 밑에 모친이 숨어 있는 게 아닌가.

그는 모친을 침상 위에 앉힌 다음에 말했다.

"어머니! 이제 여기서는 못 삽니다! 짐을 싸가지고 떠나셔야겠어요."

"애야! 어딜 가면 살겠니?"

그의 모친은 불안과 공포에 떨리는 목소리였다.

"지난번 노상에서 듣자니까, 추윤이 등주의 등운산 아래 살고 있다더군요. 사람이 퍽 쾌활하고 좋지요. 지금 당장에 우선 찾아갈 곳이 거기밖에 없는데, 잠시 거기 가 피신하면서 도리를 강구해야겠습니다."

"그럼, 그러자."

어머니와 아들은 이렇게 마음을 정하고서 보따리 한 개씩을 쌌다. 그러고 나서 밥을 먹은 다음에 소칠은 어머님을 모시고 나와 바깥에 잠깐 머무르게 한 후, 장통판과 병정 몇 놈의 시체를 끌어다 헛간에 집어넣고서는 그 헛간에다 불을 질러버렸다. 그러자 활활 타오르는 불은 삽시간에 집 전체에 연소되어 불빛이 대낮같이 밝아졌는데, 새까만 하늘엔 이지러진 달이 걸려 있고, 버드나무 아래서 장통판이 타고 왔던 말의 울음소리가 들렸다. 원소칠은 생각했다.

'가만있자, 어머니가 먼 길을 걸어가시지 못할 거야. 저놈의 말을 타고 가시도록 해야겠구나!'

그는 말을 끌고 와서 자기 어머니를 번쩍 들어 안장 위에 앉혔다.

"어머니는 이놈을 타고 가셔야겠어요. 제가 모실 테니까."

그러고서 소칠은 말고삐를 잡고 걷기 시작했다.

그의 어머니는 말 위에 앉아서 한숨을 길게 쉬더니 탄식하는 것이었다.

"세상에 이런 팔자가 어디 있단 말이냐! 내가 너희들 삼형제를 낳아 가지고 키워올 때, 그저 고기나 잡아 팔아가며 안온하게 한평생 살아갈까 했었는데, 양산박에 들어가 소이·소오는 제명에 못 죽고, 겨우 너 하나 남아 이게 무슨 꼴이냐? 곱게 살다가 죽어서 땅속에 묻힐까 했더니, 죽기 전에 이런 변을 또 당하다니!"

소칠은 이 말을 듣고 껄껄 웃었다.

"어머니! 너무 근심 마셔요. 내가 언제 그놈한테 싸움을 걸었나요? 그놈이 나한테 와서 싸움을 걸었기 때문에 이렇게 된 건데… 이번엔 어머니가 편하게 계실 곳으로 가니까, 그리로 가선 어떤 놈이 저를 찾아와서 무어라고 싸움을 걸든지, 저는 상대를 안 할 테니 염려 마셔요!"

"그럭해! 그래야 살지, 싸움만 하다간 못 살아!"

어머니와 아들은 이런 소리를 해가면서 길을 걸어 등주를 향해 가다가, 시장하면 밥을 지어 먹고, 밤이 되면 주막에 들고, 이렇게 하기를 이틀 동안 계속했다. 그랬는데 사흘째 되는 날, 큰길로 가다가 지나가는 사람들이 지껄이는 소리를 들었다.

"그런데 말야, 양산박 원소칠이 제주 통판을 죽였대! 지금 성안에는 방문이 나붙고, 화상을 붙여놓고, 누구든지 그놈을 잡기만 하면 상금을 3천 관 준다는 거야!"

원소칠은 이 소리를 듣고 감히 종주현 성내로 들어가지 못하고, 오솔길로 들어섰다.

길바닥이 험준한 데다가 산등성이를 타고 돌아가는 터라, 큰길로 가기보다 열흘이나 더 걸어야 등주까지 가겠는데, 날씨는 점점 더워져서 삼복 때나 마찬가지로 숨이 콱콱 막히는 형편이었다. 소칠의 모친은 말 등 안장 위에 편안히 앉아 있건만 몸을 가눌 수 없을 만큼 앞뒤로 끄덕끄덕 흔들어대는 바람에 가슴속이 쓰리고 울렁거려 견딜 수가 없어서 이맛살을 찌푸리고 앓는 소리를 했다. 소칠은 놀랐다.

'안 되겠는데… 이걸 어쩌나? 어디 좀 쉬었다 가셔야겠는데….'

이렇게 생각하며 이쪽저쪽을 살펴보니까, 마침 가까운 산모퉁이 움푹 파인 양지쪽에서 낡아빠진 사당이 한 채 보인다.

소칠은 그 앞으로 말을 끌고 가서 사당문을 열어젖히고 어머니를 안아 내린 다음에 안장 위에 깔았던 요를 집어다가 사당 안에 있는 평상에 깔아놓고서 어머니를 그 위에 뉘어드렸다.

"이렇게 누워 계십시오. 반듯하게 누우셔서 좀 진정하셔야겠어요."

그가 이렇게 위로하니까 모친은 바싹 마른 입술을 혀끝으로 축이면서,

"소칠아! 나 물이 먹고 싶구나. 더운 물 좀 먹었으면…."

이렇게 말하는 것이었다.

"어머니, 그럼 잠깐만 여기 누워 계십쇼. 제가 가서 물을 떠오고, 또 불 땔 것을 구해와야겠어요. 저기 냄비도 있고 솥도 있으니까, 얼른 끓여오죠."

소칠은 밖으로 나와서 사방을 휘둘러보았다. 아무 데도 사람의 집이라고는 하나도 없다. 사람 사는 집이 있어야 물이 있고 불도 있을 텐데 이걸 어쩌나 하고 사방을 살펴보노라니, 저쪽 고개 밑으로 보이는 수풀 속에 사람 사는 집의 지붕 끝이 하나 보인다.

소칠은 이제는 됐다 싶어서 달음박질하기 시작했다. 거리로 따지자면 5마장이나 떨어진 곳을 한숨에 달려가서 불씨를 얻어가지고 돌아오노라니 구름 한 점도 없는 하늘에서 이글이글 타는 듯한 햇볕이 사정없이 내리쬐는데, 시각으로 말하자면 오시가 지난 모양이다. 소칠의 얼굴에서는 물론이려니와 등허리와 팔다리 할 것 없이 온몸이 땀으로 목욕한 것같이 흠씬 젖었다.

그는 웃통을 벗어부치고 한 손에 옷을 들고 뛰어나오면서 입속으로 중얼거렸다.

'이런 더위 봤나! 그놈의 생진강을 얻어 황니강에 갔을 때와 꼭 같네!'

사당에 가까이 이르렀을 때 그는 더욱 빨리 달음질쳐 판자문을 밀어 젖히고서 뛰어들어갔다. 그런데 어찌된 일이냐? 평상 위에 누워 있어야 할 어머니가 없어졌다. 머리맡에 있던 보따리도 없어졌다.

눈을 휘둥그렇게 뜨고 평상을 내려다보던 소칠은 곧 생각했다.

'아마 뒤를 보러 가신 모양이군. 보따리를 두고 그냥 갔다간 혹시 도

둑 맞을까봐 가지고 간 모양이다!'

이렇게 생각하고서 그는 불씨와 물그릇을 내려놓고, 뒷문으로 나와서 둘레둘레 살펴보니, 잡초가 우거져 있을 뿐 아무것도 보이는 게 없다.

"어머니! 어—머—니!"

그는 이쪽저쪽을 향해서 소리를 크게 질러보았으나 대답이 없다.

이제는 가슴속에서 방망이질을 하기 시작한다.

'이거 일이 잘못됐나 보다! 그전에 이철우가 모친을 등에 업고 기령을 넘어오다가 모친이 냉수가 먹고 싶대서 철우가 산골짜기에 가서 물을 떠가지고 올라오다 보니까, 바위 위에 호랑이가 먹다 남은 한쪽 다리뼈가 있더라더니, 오늘 내가 그 꼴이 되잖았나!'

그는 이렇게 생각하다가 다시 생각을 바꿨다.

'가만있자. 만일 호랑이가 물어갔다면, 어디든지 피가 흐른 흔적이 있을 게 아닌가?'

이렇게 생각하고서 그는 바깥으로 나와 그 근처 일대의 풀숲을 헤쳐가며 이 잡듯이 샅샅이 찾아봤으나 한 방울의 피 흔적도 보이지 아니했다.

'그거 참! 아무래도 이상한데? 타고 왔던 말도 없어지고, 안장에 매어놨던 보따리도 없어졌으니, 이게 호랑이 짓은 아니지?'

도무지 어떻게 된 일인지 갈피를 잡을 수가 없고 어머니는 간 곳 없이 사라진 고로 그의 마음은 초조해지고, 눈에서는 저절로 눈물이 샘솟듯이 흘러내린다. 대관절 여기가 어느 지방의 땅인지도 모르거니와, 물어볼 사람도 없지 않은가.

'큰길로 나가서 좀 찾아볼까?'

이렇게 생각하다가 또다시 생각하니 그의 모친이 큰길까지 나갔을 이치가 없다.

'어머니께서 속은 쓰리고 목이 말라, 더운 물이 먹고 싶다고 하면서

드러누워 있더랬는데, 어떻게 문 바깥엘 나갈 수나 있나!'

이렇게 생각하니 착잡해지면서 가슴속이 타는 것만 같은데, 이때 맞은편으로부터 굉장히 큰 사나이 하나가 걸어오므로 자세히 보니, 허여멀쑥한 얼굴에 입술은 붉고, 눈이 크고, 눈썹은 새까맣고 키는 8척이나 되어 보이고, 나이는 23세쯤 되어 보이는데, 머리엔 만자두건을 쓰고, 모시진솔 겹옷을 입고, 은장식 달린 허리띠를 띤 것이 한다하는 양반의 집 자식이 분명해 보이건만, 정신이 착란해진 소칠은 불문곡직하고 달려가서 그 사나이의 팔을 붙들고 외쳤다.

"야! 우리 어머니를 내놔!"

그 사나이는 기가 막힌다는 듯이 소칠의 얼굴을 바라보고 나서 점잖게 꾸짖는다.

"네가 지랄병이 있는 게로구나! 내가 지금 너무 더워서 저 사당 그늘에 가서 다리를 쉬어가려고 이리로 오는 길인데, 네가 누구길래, 내가 누군지도 모르면서 너의 모친을 내놓으라는 거냐?"

이 소리를 듣고 소칠은 그 사나이의 팔을 놓았다.

"당신이 지금 어느 쪽 길로 오셨소? 오다가 혹시 보따리를 든 노파를 못 봤소?"

"나는 지금 십리패로부터 큰길로 해서 오는 길인데, 워낙 더워서 그런지, 노상엔 사람의 그림자도 없습디다. 그러니 무슨 노파를 봤겠소! 대관절 당신은 어디 사는 사람인데, 노파를 찾는 건 무슨 까닭이오?"

"잘못했수다! 사실을 말씀하죠. 나는 본시 석계촌 사람으로 어머니를 모시고 일가 집엘 찾아가는 길인데, 어머니께서 속이 쓰리고 현기증이 생겨서, 저 사당 안에 들어가 잠시 쉬시는 사이에 뜨거운 물이 잡숫고 싶대서, 내가 저 아래 내려가서 불 땔 것을 구해가지고 돌아와봤더니, 어머니가 어디로 가셨는지 안 보이고, 말도 보따리도 송두리째 없어졌단 말입니다. 마음이 심란해서 애태우고 있을 때, 당신이 이리로 오기에 그만 실례했습니다."

"석게촌에 사시는 분이구려? 석게촌이라면 제주 관하로 양산박 근처 아닌가요?"

"예, 그렇습니다. 석게촌에 있는 호수로 해서 양산박으로 통하지요."

이 말을 듣더니 그 사나이는 무엇을 생각하는 듯하다가 묻는다.

"양산박 송강의 부하 이규란 사람이 있었는데, 혹시 짐작하시오?"

"알고말구요. 그 사람은 죽었죠."

"그래요? 그럼 또 하나 물어보겠는데, 당초에 송강이 축가장을 들이칠 때, 일장청 호삼랑을 산으로 잡아갔었댔는데, 그 후 어떻게 됐는지 아시오?"

원소칠은 그 사나이의 얼굴을 유심히 바라보면서 대답했다.

"그때 일장청이 임충에게 붙들려왔죠. 그랬는데, 송강 형님이 바로 양산박 산채에 계시는 아버님 송태공한테로 올려보내셨기 때문에, 모두들 송강 형님이 자기 부인으로 삼으려나 보다, 이렇게 생각했었는데, 급기야 회군하더니, 왜각호 왕영이하고 부부가 되게 했답니다. 내외가 사이좋게 지냈죠. 그리고 호삼랑은 지살성을 타고났대서 충의당 당상에 좌정하는 자리가 따로 있었죠. 나중에 조정의 초안을 받고서 우리가 방납을 토벌하러 갔을 때, 오룡령 싸움에서 그놈의 정마군(鄭魔君)의 요술 때문에 부부가 함께 전몰했답니다."

이 소리를 듣더니 그 사나이는 별안간 울상이 돼가지고 눈물을 떨어뜨리는 게 아닌가.

"아니, 왜 그러시우? 호삼랑과 어떻게 되시우?"

소칠이 이렇게 물으니까, 그 사나이는 눈물을 닦고서 대답하는 것이었다.

"나는 바로 독룡강에 살고 있던 호가장의 호성이라는 사람이오. 일장청은 내 누이동생이고, 축표와 약혼을 했었는데, 그때 송강과 싸울 때 축가장을 응원하다가 사로잡혔단 말이오. 그래, 그때 내가 음식을 준비해 송강을 찾아가서 사정을 호소했더니 송강은 허락했었는데도 그 후에 축가장을 들이쳤을 때 흑선풍 이규가 온통 모조리 죽이고 우리 집에다 불까지 질러버렸기 때문에 나 혼자 간신히 도망해 연안부로 아는 친구를 찾아갔다가 만나지 못하고 떠돌아다니는 신세가 됐단 말이오. 그러다가 우연히 한 친구를 만나, 바다로 나가 장사를 하는 게 유리하다 해서, 원양(遠洋)으로 나가 섬라국 근처에 있는 어떤 섬엘 갔더니 그곳의 산천과 풍토가 우리나라와 꼭 마찬가지라, 그때 거기서 3, 4년 살다가 지난달에 마침 큰 배가 들어왔기에 그동안 장만한 물건을 몇 궤짝 챙겨가지고 배를 타고 떠났었는데, 불행히 태풍을 만났구려!

구사일생으로 어선을 만나 몇 개의 짐짝은 물속에 잃어버리고, 간신히 궤짝 한 개만 가지고 목숨이 살아났는데, 이 속에는 서각(犀角)·산호(珊瑚)·남향(南香)·호박(琥珀)만 들어 있는 궤짝이었으니 이야말로 불행중 다행이라 이곳 등주로 들어오는 해안에 배를 대고 육지로 올라와서 짐꾼을 두 사람 사서 궤짝을 지워가지고 오면서, 속으로 작정하기를 이걸 가지고 서울로 올라가서 팔아버린 후 그 돈을 가지고 고향으로 내려가 농사나 지어야겠다 했단 말이오."

여기까지 말하더니, 호성이라는 그 사나이는 별안간 눈을 부릅뜨고, 이를 악물고, 낯빛을 붉으락푸르락 하는 게 아닌가.

원소칠은 이야기를 듣다가 놀랐다.

"왜 이러시우? 더위에 혹시 어떻게 되셨수?"

그러니까 호성은 한숨을 푸우 쉬더니 이야기를 계속했다.

"참, 기가 막혀서! 날은 덥고, 짐은 무겁고, 다리는 아프고 하니까, 짐꾼들이 궤짝을 막대기에 꿰서 앞뒤에서 메고 오다가 어떤 집 문 앞의 버드나무 그늘 밑에 내려놓고 땀을 들이는 판인데, 그 집 대문 안에서 웬 젊은 녀석이 하인을 5, 6명 데리고 나오더니, 나하고 짐꾼을 아래위로 훑어보며 곧 때릴 것같이 굴면서 '여보! 당신이 뭔데 남의 집을 엿본단 말이오?' 하고 덤비는 게 아니겠소."

"그래서, 그놈을 그냥 놔두었소?"

"내 이야기를 들어보시우. 그래, 내가 말하기를, '예, 나는 지나가는 나그넨데 다리가 아파서, 잠깐 그늘에서 쉬고 가려는 거외다.' 이렇게 말했더니, 이 자식이 또 한다는 소리가 '이 궤짝 속엔 뭣이 들었소? 밀수입품 아닌가?' 그러기에 '천만에!' 그랬더니 그 자식이 또 한다는 소리가 '요새 양산박의 잔당이 지방의 관원을 죽였기 때문에 헌사(憲司)의 명령으로 오고가는 사람들의 신원을 조사하는 중이니 그런 줄 알고, 그 궤짝 뚜껑을 열어놓으시오! 내용을 검사해야겠소.' 이렇게 말하고서 하인들을 보고 궤짝을 열라는구려. 그래 짐꾼들이 궤짝을 메고 그냥 달아나려고 하니까, 그 젊은 놈이 따귀를 치고 발길로 넘어뜨리고는 궤짝 뚜껑을 열었단 말이오. 열고 보니까, 호박·남향·산호·서각이 가득 들어 있을 거 아니겠소? 내가 가만있을 수 없어서 '여기가 세관이오? 당신이 왜 남의 물건을 집어내려고 그러시오?' 했더니, 이놈이 큰소리로 날더러 해적이라면서 '자아! 이놈을 잡아 등주 관가로 끌고 가자!' 이런단 말요.

이때 하인 놈들이 나를 잡으려고 달려드는 것을 주먹으로 때리고 발길로 차서 몇 놈을 거꾸러뜨리니까 그 젊은 놈이 몽둥이를 갖고 왈칵 와서 덤벼드는데, 내가 맨주먹으로 그놈을 당할 수 있소? 어쩔 수 없이 뛰기 시작했더니 그놈이 안 쫓아옵디다마는, 짐꾼들도 어디로 내뺐는지 달아났고, 대명천지 밝은 날에 천신만고해서 가지고 오던 재물을 그놈한테 뺏기고 말았단 말이오! 고장난명이라! 그놈을 그냥 놔두고 오면서 관가에 가서 고발을 할까 생각도 했지만, 그놈의 성명도 모르고, 또 내가 가지고 온 물건이 외국 물건이라, 고발하는 것이 내게도 불리할 것 같단 말요. 그래, 내가 이런 궁리를 하면서 오는 길이었는데, 당신이 별안간 달려들면서 날더러 당신 어머니를 내놓으라고 했단 말이오!"

전후 사정 이야기를 다 듣고서 원소칠은 자기도 제 본색을 털어놓았다.

"나두 사실대로 얘기하리다. 난 양산박에 있던 활염라 원소칠이라는 사람이오. 송공명 형님이 간신 놈들 계교로 독약을 먹고 죽은 뒤에, 내가 전일의 정분을 생각해서 양산박엘 올라가 제사를 지내고 내려오다가 뜻밖에 채경의 문하에 있던 장간판을 만났는데, 지금 제주 통판인이 자식이 그곳에 순찰을 나왔다가 내게 올가미를 씌우려고 하기에 내가 그놈의 대가리를 한번 때려줬더니, 그놈이 그다음 날 밤에 병정 놈들을 데리고 와서 우리 집을 포위하고 나를 잡으려 한단 말예요. 그래, 내가 그놈을 죽여버렸죠. 그래놓고 보니 그대로 앉아서 살 수 있습니까? 하는 수 없이 어머니를 모시고 도망해서 여기까지 왔었는데, 별안간 어머니가 괴로워하시기 때문에 좀 드러누워 계시게 하고서, 난 불을 얻어가지고 왔단 말예요…. 이럴 게 아니라, 당신도 나하고 같이 우리 어머니를 찾아보러 나가시는 게 어떻겠소? 그래서 우리 어머니를 찾아놓고 나서 나하고 함께 가 물건을 도로 뺏어옵시다. 안 그러실라요?"

"그럼 그럽시다. 내 누이가 죽어버렸단 소식을 듣고 나니까 속이 텅 빈 거 같소!"

"우리 어머니가 혹시 마을로 갔는지도 모르겠군. 나도 어디 가서 요기를 좀 해야겠는데…."

"여기서 조금만 가면 십리패니까 그리 내려갑시다. 거기 큰 술집이 있고 그 집에 음식이 없는 거 없이 죄다 있습니다."

"그럼, 갑시다!"

원소칠과 호성은 이렇게 사귀어 함께 일어났다. 두 사람이 산 위에서 5리가량 내려오니까 과연 큰길로 들어서는 모퉁이에 큰 술집이 보이는 것이었다.

# 양산박 여당의 쾌거

　원소칠이 호성과 함께 술집 앞에 가까이 와서 그 안을 들여다보니까, 땅속에 묻은 커다란 술독 세 개가 보이는데, 향긋하고 독한 냄새가 바깥에까지 풍겨나와 코를 찌른다. 그리고 커다란 채롱 세 개에는 푹 익은 쇠고기와 돼지고기가 수북하고, 그 옆에 있는 광주리엔 찐 만두가 하나 가득하다.

　두 사람은 안으로 성큼 들어가서 한옆에 자리를 잡고 앉은 후, 술 두 근, 쇠고기 세 근, 만두 스무 개를 주문시켰다. 그랬더니 점원이,

　"이 손님은 조금 전에 잡숫고 가셨는데, 또 오셨네."

　하고 호성을 바라다본다.

　"잔말 말고 어서 가져와!"

　호성이 소리를 꽥 질렀다.

　점원이 얼른 가서 술과 사발을 가져오니까, 소칠은 체면도 안 보고 먼저 한 잔 마시고는 부리나케 고기를 먹는 게 아닌가.

　"난 먹은 지 얼마 안 되니까, 당신이 혼자 다 자시우."

　호성이 그 모양을 보고 이렇게 말해도 소칠은 대답할 겨를도 없는 것처럼, 눈 깜짝할 사이에 죄다 먹어버리고는, 그제야 어머니를 찾아나갈 이야기를 시작했다.

이럴 때 마침 뒷방에서 한 사람이 뛰어나오면서,

"소칠이 아니야? 이거 얼마 만인가!"

하고 술상 앞에 와서 우뚝 선다.

바라다보니 바로 모대충 고대수라, 소칠은 땅바닥에 무릎을 꿇고 넙죽 절을 했다.

고대수도 황망히 답례를 하고 나더니 곧 소칠을 보고 묻는다.

"이분은 누구신가?"

"저, 일장청의 오라버니 호성이라는 분입니다."

고대수는 잠깐 생각하더니,

"남매간이시군요. 저 뒤꼍 수정(水亭)으로 모시고 오라구."

하고 앞서서 나간다. 초록색 모시적삼을 입고, 머리엔 빨간 석류꽃을 꽂았지만, 허리는 기다란 것이, 몸뚱이에선 아직도 살기가 흐른다. 그 뒤를 따라서 두 사람이 후원으로 나오니까, 과연 시냇물이 잔잔히 흐르는 언덕가에 울창한 노목이 서 있어서 그늘이 시원스럽게 덮였는데, 사방으로 들창이 열려 있는 정자가 있다.

고대수를 따라서 정자에 올라가 보니 탁자 하나와 교의 몇 개가 놓였는데, 그 탁자 위의 화병에 창포 잎사귀 한 묶음과 해바라기 몇 송이가 꽂혀 있을 뿐 그 위에는 아무것도 없는 매우 담박한 정취였다.

소칠은 화병을 가리키면서,

"집을 떠난 뒤로 날짜 가는 것도 몰랐네! 단양가절(端陽佳節)인가 보지!"

이렇게 중얼거렸다.

"내일이 단오날이야."

고대수가 이렇게 응대하더니, 곧 술과 안주를 갖다놓고서, 소칠을 보고 묻는 것이었다.

"그런데 소칠이 자네가 어떻게 여길 왔나? 송공명 그 어른 소식은 들었나? 난 워낙 멀리 떨어져 살기 때문에 도무지 소식을 모르니, 이야기 좀 하라구."

그래서 원소칠은 노준의가 물에 빠져서 죽고, 송강은 독약을 탄 어주 때문에 죽고, 흑선풍 이규는 송강이 먹인 술을 속고서 먹었기 때문에 죽어버렸는데, 초주 남문 밖에 송강과 함께 묻혀 있고, 오학구와 화영은 송강과 흑선풍의 무덤을 찾아가서 목을 매달고서 죽었다는 일장설화를 늘어놓은 다음에, 자기는 개천 고을에서 삭탈관직을 당해 집으로 돌아온 후, 양산박엘 올라갔던 일과 장통판을 죽인 일과 모친을 모시고 도망해오다가 자기가 잠깐 자리를 뜬 사이에 모친을 잃어버린 이야기를 세세히 했다.

고대수는 음식을 권하면서 또 묻는 것이었다.

"그런데 저 호씨댁 젊은 양반과는 어떻게 만나셨수?"

"글쎄 어머니를 잃고 사당 앞에 섰노라니까, 재물 한 궤짝을 뺏기고서 피신해오던 저 친구가 내 앞으로 지나가더란 말예요. 그래서 알았지!"

"재물이라니? 어디서 무얼 뺏겼단 말이야?"

이 말을 받아서 호성이 대답했다.

"값이 나가는 외국 물건이 하나 가득 든 궤짝을 가지고 오다가, 어떤 집 문 앞에서 잠깐 땀을 식히고 있노라니까 웬 젊은 녀석이 하인들을 데리고 나와서 밀수품이 아니냐고 시비를 걸고, 물건을 뺏고, 나를 잡으려고 했답니다."

고대수가 눈을 크게 뜨면서 호성을 보고 물었다.

"그놈이 어떻게 생겼죠? 여기서 먼 곳입니까?"

호성이 대답했다.

"아니오, 그다지 멀지 않아요. 여기서 동쪽으로 10리가량 될까요. 꽤 큰 대가집이 하나 있고, 나이는 25, 6세 돼 보이는 젊은이가 얼굴엔 태독을 앓고 난 흉터가 있고, 누런 빛깔의 겹옷을 입고, 흰 신을 신은 것이, 얼른 보기엔 어느 관가에 다니는 공인 같더군요."

고대수는 한참 생각하더니, 고개를 한번 끄덕이고서 또 묻는다.

"짐작이 가는데… 그 집 문 앞에 큰 버드나무가 있죠? 그리고 그 버드나무 아래 조그만 신당(神堂)이 없습디까?"

"예, 바로 맞았습니다!"

고대수는 이 말을 듣고 소칠을 바라보면서 말했다.

"소칠이! 자네는 그게 누군지 알겠는가? 왜 그때 해진·해보 형제가 호랑이를 쏴서 모태공의 집 울안으로 떨어지니까, 그 호랑이를 찾으려고 들어갔다가 도리어 도둑놈으로 몰려가지고, 이 고을 아전으로 있는 모태공의 사위 왕정이란 놈 때문에 옥에 갇힌 것을 내가 우리 집 영감하고 둘이서 구해내고 모태공의 집을 쑥밭을 만들어버린 뒤에 양산박으로 달아났던 거 아닌가? 그때 모태공의 아들녀석 모홀(毛笏)이라는 어린애가 있었는데, 이것이 커서 지금은 왕정이 대신 등주의 아전이 됐단 말이야. 이놈이 요새 우리를 찾아내 복수를 하려고 벼르고 있다는데… 지금 호씨 이야기를 들으니까, 재물을 뺏은 놈이 바로 이놈인 모양이야! 이놈한테서 물건을 도로 찾기는 매우 힘들겠는데, 좌우간 우리집 영감쟁이가 돌아오거든 의논해보자구!"

"참, 물어볼 걸 잊었네! 형님은 어디 가셨수?"

"응, 성내에 있는 형님이 불러서 들어갔는데, 곧 돌아올 거라구."

이렇게 이야기하고 있을 때, 소울지 손신이 땀을 뻘뻘 흘리면서 뛰어들어오다가 소칠을 보더니 깜짝 놀란다.

"아니, 이거 소칠이 아닌가! 무슨 바람이 불어서 여길 오게 됐나?"

그러고서 호성의 얼굴을 보더니 묻는 것이었다.

"이분은 누구인지 모르겠는데…."

고대수가 대답했다.

"호삼랑의 오라버니시라우."

"응, 그래? 잘 만났군!"

"그런데 성내에선 왜 당신을 불러갔었수?"

"형님이 날더러 추윤이하고 왕래하지 말라고… 이번에 새로 도임한 지부(知府)의 양감은 양전의 동생으로 도통제 난(欒)가가 무예에 출중한 것을 믿고, 더구나 으스대는데, 모홀이란 자식이 그 앞에서 연신 굽실대면서 나를 해치려고 음모를 한다는 거야. 그래 날더러 모홀이란 자식을 잘 사귀어두라는 이야긴데, 난 그따위 이야긴 하지도 말라구 그랬지."

원소칠이 그 말을 듣고 물었다.

"왜, 추윤이 그 형님허구 왕래하지 말라는 겁니까? 대관절 그 형님이 지금 어디 계십니까? 제가 지금 그 형님을 찾아가는 길인데."

"그 사람은 벼슬은 하기 싫고 노름만 즐기다가, 석 달 전에 어떤 부자 놈허구 노름을 하던 중 싸움이 돼가지고, 그만 그 집 식구들을 죄다 죽여버리고는 등운산으로 올라가버렸지. 그래 지금은 부하를 2백 명가량 모아서는 여기저기 부잣집을 털어먹고 지낸다네!"

소칠은 한숨을 한번 쉬고,

"나허구 사정이 비슷하군! 이걸 어쩌면 좋단 말인가!"

이렇게 탄식한 후, 그는 자기가 고향에서 도망해 나온 내력을 이야기했다.

손신은 그 이야기를 듣고 나더니 소칠을 안심시키는 것이었다.

"안심하게! 자당은 편안히 계실 테니, 걱정 말게!"

소칠의 얼굴에는 생기가 났다.

"아니, 어디 계신 걸 아세요?"

"내가 아까 성내에 들어갔다가 등운산의 작은 두령을 만났더니, 추 형이 나를 만나고 싶어 한다면서, 또 묻지 않는 이야기를 하더구면. 데리고 있는 졸개들이 등운산에서 내려오다가 산신묘 안에 노파가 드러누워 있고, 말이 있고, 보따리도 있는 것을 보고는 그것을 뺏어서 노파를 억지로 산 채로 끌고 왔다는 거야. 지금 자네 이야기를 듣고 보니, 그 노파가 분명히 자네 자당일세!"

소칠은 눈을 둥그렇게 떴다.

"아이구, 저 졸개들이 우리 어머니를 해쳤으면 어떡하나!"

"걱정 마! 추윤이 양산박에서 좋은 점을 죄다 배운 사람이야. 결코 졸개들이 제 맘대로 살인은 못 할 거니까!"

그러나 소칠은 벌떡 일어나서 조른다.

"형님! 나를 데리고 같이 가서 우리 어머니가 살아 계신가 봅시다."

"글쎄, 이렇게 조바심하지 말라니까, 추윤이가 왜 자네 자당을 함부로 하겠나? 어디 사는 누구냐고 물었을 때, 자당께서 자네 이름을 대셨을 게고, 그 말을 듣고는 추윤이 깍듯이 위해드릴 건데, 왜 이렇게 서둘러? 날도 저물었으니 조금만 더 있으면 선선해질 거고, 하늘에 별도 총총할 테니까 그때쯤 천천히 올라가게. 여기서 멀지 않아! 5리 남짓하다니까."

이렇게 말하고서 계속해 술을 권했지만, 본래 성미가 급한 소칠은 술잔을 받지 아니하므로, 손신은 정색하고 그를 바라보았다.

"그래, 곧 가세! 그런데 내가 자네한테 한마디 묻겠네. 자네는 제주 통판을 죽였지? 그런데 어디로 가면 자네가 편안히 살 수 있겠다고 생각하는가?"

소칠은 한풀이 꺾였다.

"제가 성미가 급해서 그만 저질렀죠. 아무리 생각해도 가까운 곳에는 피신할 만한 곳이 없고 해서 등운산 아래 추윤 형님이 사신다기에, 석게촌과는 멀리 떨어진 곳이라, 그리로 찾아가야겠다고 나섰던 것입니다. 그러나 그 형님이 여전히 도둑질하고 계실 줄은 몰랐었죠! 오늘 이렇게 형님 내외분을 만나뵈었으니, 형님께서 저를 위해서 좋은 꾀를 내주십시오."

"내 말을 듣게! 본주(本州)에서 상부에 보고하는 글이 추밀원에 갔을 거 아닌가? 각 지방에서 자네의 행방을 엄중히 찾을 거 아닌가? 자네는 숨어 있을 곳이 없단 말이야. 그러니 등운산에 올라가 있게. 만일 변고가 생기는 때엔 우리 내외가 쫓아 올라갈 테니까!"

이 말을 듣고 원소칠은 기뻐했다.

"고맙습니다! 두 분께서 제발 도와주셔야겠습니다."

그러자 이때까지 아무 말 않고 있던 고대수가 한마디 했다.

"아니, 모가(毛哥)네 젊은 자식은 그냥 놔둡니까? 호성 아재의 물건을 백주에 뺏어간 그놈을 그대로 놔뒀다가 나중에 사위 삼겠어요? 그런 건 아예 뿌리를 뽑아버려야 합니다. 우선 그놈이 뺏어간 호성씨의 물건을 도로 찾아드려야지, 그래야 삼랑(三娘)과 정답게 지내던 의리가 서지 않아요?"

"물론 그래야지. 다만 성내에 계신 형님한테 나중에 누가 미칠까봐 그게 걱정이지만, 상관없어. 당신과 내가 등운산으로 올라갈 테니까!"

"형님께서도 미구에 산으로 올라오실 건데, 뭘!"

호성은 손신 부부가 이와 같이 서로 손으로 주고받는 말을 듣고 감심했다.

"두 분께서 그렇게까지 저한테 마음을 써주시니, 가슴속이 후련해집니다. 모흘이란 놈한테 뺏긴 물건이 아까운 생각도 없어지는군요."

손신은 다시 술을 한 잔 호성에게 권하면서 말했다.

"폐일언하고, 오늘밤에 등운산엘 가서 추윤을 만납시다. 내일이 단오 날이라, 그놈이 필시 집에 있을 테니까, 저녁에 우리가 그놈을 없애버리면 그만 아니오?"

이 말 한마디로 의논은 정해졌다.

원소칠은 사발로 술을 몇 잔 들이마셨다.

서쪽 하늘에 붉은 칠을 뿌리면서 해가 산 너머로 숨어버린 뒤에 별빛이 찬란해지자, 세 사람은 각기 연장을 들고 문밖으로 나왔다.

손신은 문간에서 걸음을 멈추더니, 아내를 돌아다보고 부탁한다.

"내일 저녁엔 술상을 잘 차려놓으라구. 난 창포주(菖蒲酒)를 먹을 테야."

"그럭하시우."

고대수가 이렇게 대답하는 소리를 듣고 손신은 앞장서서 원소칠과 호성을 데리고 등운산으로 향했다.

미구에 세 사람이 산 밑에 당도하자, 수풀 속에 숨어 있던 졸개들이 사람의 발소리를 듣고 창을 꼬나쥐고 우르르 뛰어나오더니 손신을 알아보고 황급히 산 위로 내빼버리는 게 아닌가.

세 사람이 산상에 거의 다 올라왔을 때 졸개들로부터 선통을 받은 추윤이 산문까지 나와서 그들을 영접해 취의청으로 들어와서는 먼저 원소칠에게 사과를 하는 것이었다.

"원형! 자당께서는 먼저 이리로 오셔서 편안히 계시니 염려 마시오. 다만, 미리 알지 못했기에 실례를 했으니 용서하시구려."

"아 글쎄, 어머님이 안 보이시기에 퍽 걱정했는데, 손형의 말이, 반드시 여기 계실 거라고 그러기에 겨우 마음을 놓았답니다."

하고 소칠이 대답하자, 추윤은 졸개를 불러 노파를 모시고 나오도록 했다.

그래서 노파는 졸개를 따라서 나와 손신과 호성의 인사를 받고 나더니, 자기 아들을 보고 말하는 것이었다.

"네가 불씨를 구하러 나간 뒤에 웬 사람 둘이 와서 내 보따리를 뺏기에 내가 안 뺏기려고 애를 쓰니까 나를 끌고 이리로 오더구나. 그랬는데, 이 추두령이 네 이름을 듣더니 나를 아주 공대한단 말이야! 그래, 지금은 가슴이 아픈 것도 다 나았다. 그리고 밥도 먹었단다."

"참, 다행입니다. 추형 덕택입니다."

소칠이 이렇게 추윤에게 치사를 할 때, 손신은 호성을 손으로 가리키면서 추윤에게 말했다.

"이 친구는 호삼랑의 오라버니 되는 호성이라는 분인데, 값진 물자를 가지고 오다가, 모홀이란 놈한테 그 짐짝을 강탈당했다는 거야! 그래, 우리가 그 재물을 호형한테 찾아주자고, 그 의논을 하러 올라온 걸세."

"그놈허구 무슨 이야길 해? 죽여버리고서 찾아야지!"

추윤이 이렇게 간단명료하게 말하니까 세 사람은 모두 좋아했다. 그때 졸개가 술상을 들고 나오는 것을 보고 원소칠이 자기 모친에게,

"어머닐랑 그만 들어가 주무시죠."

하니까, 그의 모친은,

"난 아까 종치는 소리를 듣고 자리에 누웠댔는데, 네가 와서 부른다기에 나왔단다. 들어갈란다."

하고 일어나서 안으로 들어가버렸다.

노파가 들어간 뒤에 네 사람은 마음을 털어놓고 이야기해가면서 유쾌하게 술을 마시다가 밤이 깊어진 후에 각각 자리에 들어갔다.

이튿날 아침에는 양을 잡고, 과일을 장만해서 단오날의 놀이를 차렸다.

눈앞에 가로거치는 것이 없는 탁 트인 자리를 택해 그곳에다 멍석을 깔고 술자리를 벌였다. 사방을 둘러보니 양산박에 있는 산같이 웅장하게 크게 생기지는 못했지만 험준하기는 더 험준하게 생긴 봉우리가 병풍처럼 둘러 있고, 눈앞에 보이는 전망은 탁 트였는데, 아래로 내려가는 큰길 입구엔 석축을 높이 쌓고서 채문을 닫아 걸어놓은 품이 여간해서는 관군이 토벌하러 온댔자 끄떡없이 되어 있다. 그리고 위로 올라와서 중앙에 평평한 공지가 있는데, 그 넓이가 어찌나 넓은지 4, 5천 명은 넉

넉히 수용할 만하다. 그들은 이같이 사면의 경치를 둘러보고 나서 술을 마시기 시작했다.

점심때가 훨씬 지나서 손신이 일동을 보고 말했다.

"너무들 취하질랑 말라구. 마누라한테 부탁해놨으니까, 우리 집에 가서도 모두 한잔 해야 할 거 아냐? 그러고 나서 일을 해치워야지!"

"그래, 그럼 술은 그만하고 이야기나 하지."

이렇게 되어 그들은 술 마시기를 멈추고 이야기를 시작했다. 호성이 섬라국 근처의 바다와 섬의 풍경을 자랑하면서 그곳에서 장사하던 이야기를 하니까 그들은 모두 흥미 있게 들었다.

그러다가 어느덧 해가 서산에 기울자, 손신이 벌떡 일어났다.

"그만 내려들 갑시다. 꼭 알맞은 때로구먼!"

추윤도 따라 일어나면서 졸개들을 불러서 그중 열 명한테만 무기와 화약을 준비하라고 이른 후,

"너희들은 저녁때쯤 해서 모두 손형 댁으로 집합해야 한다!"

이렇게 명령했다. 그러고 나서 그들 네 사람이 산을 떠나 십리패에 오니까, 고대수가 문밖에 나와 있다가 그들을 맞아들여 수정(水亭)으로 안내하는 것이었다.

일동이 자리에 좌정하고서 보니, 상 위에는 여러 가지 술안주 외에도 닭고기와 오리고기와 볶음밥이 한 사람 앞에 한 그릇씩 놓여 있고, 화병에는 창포와 석류꽃이 꽂혀 있다.

손신이 그 화병을 상의 복판에다 옮겨놓으면서 한마디 했다.

"이래뵈도 오늘 이 좌석이 양산박 호걸들의 모임이시다! 자아, 술을 사발로 듭시다!"

그러자 곁에 섰던 고대수가 손신더러,

"그런데요, 당신 형님께서 조기를 네 마리나 보내주셨군요."

이렇게 말하더니, 양념간장에 마늘 다진 것을 더 넣어가지고 한 사람

앞에 한 보시기씩 갖다놓는다. 네 사람은 단오날 조기 맛이라, 순식간에 다 먹었다.

"그런데 말예요, 그놈의 새끼 모홀이란 놈이 우리가 저의 집을 들이칠 줄은 까맣게 모르고 있겠지만, 그래도 매사는 불여튼튼이라, 사람을 시켜서 미리 조사를 해야 하잖아요? 괜스레 독사를 섣불리 치다가 아주 죽여버리지 못하고 놓쳐버리면 안 된단 말예요!"

그때 고대수가 자기 남편 손신에게 이렇게 말했다.

마누라의 말을 듣더니 손신이 얼른 대답하는 것이었다.

"걱정 말아요! 졸개들이 오면 그 애들보고 모가놈의 집엘 가서 앞뒤 문을 아무도 못 들어가게 단단히 지키도록 하고, 우리는 담을 넘어서 들어간단 말이야. 그러면 걱정 없어요!"

"그렇습니다!"

다른 사람들도 손신과 맞장구를 쳤다.

이때 바깥에서 문을 똑똑 두드리는 소리가 들렸다.

고대수가 나가서 보니까 추윤의 부하들이므로 그들에게도 술과 고기를 갖다주고는 빨리 먹고서 모홀의 집으로 가서 그놈의 집에 아무도 출입을 못 하도록 파수를 보고 있으라고 일렀다. 그러고서 고대수는 다시 수정으로 돌아왔다.

수정 안에 앉아 네 사람은 또다시 술을 몇 사발씩 먹은 다음에 몸단속을 단단히 하고, 칼을 차고서 문밖으로 나와 동쪽을 향해 빨리 걸었다. 사면이 괴괴한 것이 아마 2경 때쯤 된 모양이다. 캄캄한 하늘에 별빛이 반짝일 뿐이다.

미구에 그들은 모홀의 집 문 앞에 당도했다.

버드나무 아래 신당 뒤에 사람의 형국이 은은히 보인다.

손신이 휘파람을 휘익 휘익 불었다. 저쪽에서도 휘파람 소리가 가늘게 휘익 휘익 들려왔다.

모흘의 집 대문은 단단히 걸려 있다.

다시 뒷문으로 돌아가 봤다. 불빛이 은은히 비치는 방이 있다.

손신은 담 바깥에 있는 나무 위로 올라가서 담을 넘어서는, 담 안에 서 있는 오동나무 위로 올라갔다. 나뭇가지 사이에 두 다리를 걸치고 앉아서, 침을 삼키고, 숨을 죽이면서 불빛이 환한 방 안을 내려다보니 까, 젊은 부인이 갓난아기한테 젖을 먹이고 앉아 있는데, 그 곁에 있는 침상 앞에서 모흘이란 놈이 머리에서 망건을 끌러놓더니 또 윗저고리를 벗어버린다. 그러더니 촛불을 또 하나 켜놓고, 죽롱(竹籠) 속에서 서각(犀角)을 꺼내놓고, 가죽 궤짝 하나를 덜컹 열어젖히더니 그 속에서 진주 같은 구슬 꾸러미를 꺼내가지고 그것을 갓난아기의 목에 걸쳐놓고는 기쁜 듯이 깔깔 웃는다.

"여보! 얼마나 좋소. 오늘이 이 애의 백일 아니오? 어제 뺏은 물건이 모두 합치면 2천 냥어치는 되거든. 내일엘랑 이 중에서 값나가는 물건을 몇 개만 양태수님한테 선물로 바칩시다. 상관한테는 코아래 진상이 제일이니까."

사내가 말하는 양태수는 이 고을에 새로 부임한 지부양감(知府楊戩)을 가리키는 말이다.

그러니까 계집이 한마디 한다.

"남의 것을 뺏어가지고 그러면 쓰나요? 죄로 가려고!"

"죄는 무슨 죄야! 옛날부터 말이 있잖아. '치부하려거든 착한 맘을 뽑아내버리라구!' 내가 내일 태수님께 가서 손립·손신·고대수 이 연놈들은 양산박에 있던 강도들로서 금은주보(金銀珠寶)를 많이 가졌을 뿐 아니라, 등운산에 있는 추윤이란 놈허구 밀통하면서 다시 조정을 모반하려고 움직이는 중이니 속히 체포하자구 그럴 테야. 그래서 이놈들을 잡아치우기만 하면 또 큰 재물이 생긴단 말이지! 이렇게 해서 횡재를 얻어 잔치를 크게 열고, 일가친척을 죄다 청해놓고서, 이놈의 백일잔치를 겸해서 한번 뽐내봅시다그려."

"아이, 그만 이야기하고 주무세요. 밤이 깊었어요."

"좀 기다려! 이 궤짝 뚜껑을 닫아놓고 이불 속에 들어갈게. 그런데 임자하고 그래본 게 벌써 한 달도 더 지났지? 오늘 창포주를 먹었는데, 생각이 간절하구려!"

이 소리를 듣더니 부인은 어린애를 한 손으로 안은 채, 한 손으로 치마를 벗으면서, 빙그레 웃는 낯으로 눈을 흘기고 한마디 던졌다.

"에구… 뻔뻔스럽게!"

이때 창문 밖 오동나무 가지 위에서 이 모양을 엿보고 있던 손신은 땅바닥으로 사뿐 뛰어내려 번개같이 샛문으로 들어가서 부엌을 지나 행랑채 앞으로 갔건만, 하인들은 모두 취해 곤드라져서 아무것도 모른다.

손신은 곧장 달려가서 대문을 활짝 열어젖히고 졸개들을 불렀다.

"빨리들 들어오너라!"

졸개들은 부싯돌을 꺼내가지고 화승(火繩)에다 불을 붙인 다음에 칼을 빼들고 일제히 뛰어들어왔다.

이때, 모홀은 옷을 벗고 이불 속으로 들어가려고 침상 위에 한 발을 올려놨을 때였는데, 별안간 방문이 덜컥 열리는 소리에 깜짝 놀라 몸을 휙 돌이키면서 돌아다보려 했으나, 그 순간 추윤이 내리치는 칼을 맞고 그 자리에 거꾸러졌다.

부인은 기절할 만큼 놀라 빨가벗은 몸을 숨기려고 이불 속에서 빠져나와 침상 아래로 들어가는 것을 고대수가 보고 달려가서 한 발로 가슴을 꽉 밟고, 모가지를 칼로 쳐서 죽여버렸다.

바깥에서는 하인 놈들이 잠에서 깨어 몽둥이를 하나씩 들고 달려오는 것을 원소칠과 호성이 맡아 한 칼에 한 놈씩을 죽여버리니까, 남은 놈은 뒷문으로 달아나버렸다.

방 안에서 손신과 고대수는 장롱을 열고 그 속에서 금주머니와 은주머니를 찾아내고, 또 침상 밑에서 가죽 궤짝을 끌어낸 후, 그것을 모두 가지고 나가려고 했다. 그럴 때 이불 속에서 갓난애의 울음소리가 시끄럽게 일어났다.

"우리가 10년 전에 뿌리째 없애버리지 못했던 게 한이다. 악종 놈의 씨는 뭐할라고!"

고대수가 이렇게 한마디 내뱉더니, 몽둥이로 한 번 치니까, 갓난애는 울다가 터져서 메줏덩이같이 납작해지고 말았다.

"얘들아! 이리 와서 이 궤짝을 들어내고, 이 집에다 불을 질러라!"

졸개들을 보고 이렇게 말하자, 그들은 즉시 궤짝을 들어내고서 방 안에다 불을 지른 후 밖으로 나왔다.

이때 이 집에서 불이 나는 것을 보고 이웃 주민들이 쫓아나왔다.

"왜 모두들 몰려오는 거요? 당신네들이 상관할 일이 아뇨! 내가 원수를 갚을 일이 있어서 왔다 가는 것이니까 참견 말아!"

추윤이 이렇게 소리를 꽥 지르는 바람에 주민들은 아무도 감히 앞으로 나오지를 못한다. 그러는 동안에 불은 활활 타서 모홀의 집은 깨끗이 불덩어리가 돼버렸고, 졸개들은 황소 한 마리를 끌고 나왔다.

이렇게 해서 일을 끝낸 후 그들이 십리패에 돌아오니까 하늘은 아직도 캄캄했다.

"이제 속이 시원하다!"

손신이 이렇게 말하니까, 고대수가,

"그놈의 악종을 이제는 안 남겼으니까 뭣보담 좋군!"

하고 히죽 웃어 보인다.

"그런데 말요. 우리가 구악(舊惡)을 제거하는데, 작은 거부터 뿌리째 뽑아버리고 나아가서 채(蔡)가· 고(高)가· 양(楊)가 동(董)가 이 네 놈마저 없애야 하는데, 내일이면 관가에서 알고 우리를 잡으러 올 거 아닌가 말이야? 그러니까 추형은 모두 데리고서 빨리 산 위로 올라가시오! 난 성내에 들어가서 동정을 살핀 다음에 우리 형님과 이야기하고, 나중에 같이 올라갈 테니."

"그럼 그럭하지!"

추윤·원소칠·호성, 이렇게 세 사람은 열 명의 졸개와 함께 산으로 올라가고, 손신은 다시 술과 밥을 먹은 다음에 동정을 알아보려고 성내로 들어갔다.

날이 밝자 모홀의 집 불탄 자리에 동리 주민들이 모여들었다.

"어떤 불한당 놈들이 쳐들어왔었기에 재물만 가져가잖고 이 모양을 만들었소?"

한 사나이가 이렇게 말하니까, 어젯밤에 모홀의 집에서 뒷문으로 도망했던 그 집 하인이 말하는 것이었다.

"내가 봤지요. 두 놈은 똑똑히 봤는데, 한 놈은 등운산 괴수 추윤이고, 한 놈은 십리패 술집의 손신이란 놈입디다. 원래 이놈들은 양산박 여당(餘黨)이랍니다."

그러자 어떤 노인 하나가 입을 열었다.

"이런 일은 어서 속히 관가에 신고해야 할 걸!"

그러니까 또 한 사나이가 말했다.

"신고를 더디 하면 동리 전체가 야단을 당할 텐데, 어떡하면 좋은가?"

곁에서 젊은 사람이 대꾸했다.

"그거야 어렵잖지. 저 사람이 증인인데!"

그러자 또 한 사람이 지껄였다.

"남의 집 조상이 될 사람들은 적선을 해야 자손이 잘되는 법이야. 모태공 일가족이 학살당하더니만, 이제 와서는 그 후손까지 이 모양이 되니, 세상이란 묘한 거야!"

이 소리를 듣고 모흘의 집 하인은,

"그런 말씀 그만두시고, 여러분께설랑 관가에 갖다드릴 글이나 한 장 적어주십시오. 제가 관가에 갖다올 게요."

하고 여러 사람을 둘러보는 것이었다.

이래서 관가에 신고할 글을 얻어가진 하인은 성내로 들어가 태수에게 상신문을 바쳤다.

태수는 그것을 읽어보더니,

"어젯밤에 그래 몇 놈이 들어왔더란 말이냐?"

이같이 묻는 것이었다.

"예, 한 20명 왔사와요. 횃불을 가지고 문을 열고 들어와서 주인 나으리 내외분을 죽이고, 재물을 훔쳐낸 뒤에 집에다 불을 지르고 달아났는 뎁쇼. 그놈들 중에 손신·추윤 두 놈이 있는 것을 소인이 눈으로 봤습니다."

"응, 알겠다. 나가 있거라. 그리고 공연히 떠들고 다니지는 말아라!"

"예!"

모흘의 집 하인은 물러갔다.

태수는 곧 난통제(欒統制)를 청해오도록 분부를 내렸다. 그런데 이 난통제란 사람이 누구냐 하면 10여 년 전에 축가장에 교사로 있던 난정옥이니, 그때 축가장이 송강의 손에 결딴이 나자 그는 몸을 둘 곳이 없어서 양산박 졸개들의 포위망을 뚫고 달아나 생명을 보전했다가 양전의 문하에 들어가 있었는데, 양전의 동생 양감이 등주 태수로 부임하게 되자, 이곳은 바다에 가까운 지방이라 치안을 확보하는 데는 난정옥 같은 무예가 출중한 인물이 필요하다면서 그를 도통제로 임명해 데리고 온 사람이다.

통인의 안내를 받고 난정옥이 들어오므로 태수는 그를 후당으로 들어오게 한 후 마주앉아서 입을 열었다.

"어젯밤에 등운산 반도들이 손신이란 놈과 함께 모홀 아전의 집식구를 몰살하고, 재물을 훔쳐가고, 집에다 불을 질러버렸다니, 한시를 머물지 말고 나가서 이 적도를 토벌하시오!"

태수가 이렇게 말하니까 난정옥은 조금도 서두르지 않고 침착하게 대답하는 것이었다.

"그까짓 좀도둑 놈들을 없애는 것은 급한 일이 아니올시다. 저 손신이란 놈의 형 되는 병울지 손립이란 놈이 있죠. 이놈이 그전에 옥에 갇혔던 해진과 해보를 구해서는 양산박으로 들어갔다가, 나중에 초안되어 국가에 공을 세웠대서 벼슬까지 하다가 지금은 성내에서 그냥 살고 있는 터인데, 이놈을 그냥 놔두었다가는 내외 호응할 염려가 있으니까 안 됩니다. 먼저 이놈을 잡아 후환을 없앤 연후에 토벌을 나가야 하겠습니다."

"그렇겠소! 그럼 속히 착수합시다!"

양태수와 난통제는 의논을 이같이 정하고서 손립을 체포하고자 출동할 준비를 차렸다.

한편, 이때 손신은 성내 형님의 집에 도착해서 안으로 들어가 인사를 하니까, 형 손립이 먼저 묻는 것이었다.

"어제 너의 집에 조기를 몇 마리 보내줬더니 너는 집에 없더라더구나. 설마 또 추윤을 만나러 나갔던 것은 아니겠지? 진정으로 부탁이야. 요전 날 내가 이르던 말을 부디 잊어버리지 말아다오!"

이 말을 듣고서 손신은 자기가 이미 모홀이란 놈을 죽였으니 형님도 저와 함께 피신하자는 말을 하려는 판인데, 갑자기 하인 하나가 뛰어들어오더니,

"태수님하고 통제님이 지금 찾아오셨습니다."

이같이 보고하는 게 아닌가. 그러니까 손립은 그 하인을 보고,

"응, 그래? 그럼 빨리 내 공복(公服)을 내오너라!"

하고 자리에서 일어나는 것이었다.

손신은 형에게 이야기도 못 하고 급히 그 자리를 피해서 밖으로 나왔다.

손립은 양태수와 난통제가 무슨 일로 갑자기 자기 집엘 찾아오는 건지 영문을 알지 못해 궁금히 생각하며 옷을 갈아입고서 문밖에 나가 두 사람을 모시고 중당(中堂)으로 들어왔다.

양태수와 난통제는 자리에 좌정하더니 좌우를 둘러보고,

"저놈을 묶어라!"

불문곡직하고 이같이 호령해서 손립을 꽁꽁 묶어 즉시 주아(州衙)로 돌아왔다.

주청(州廳)에 들어와 정면에 좌정하고 곁에 난통제를 앉히더니, 양태수가 자기 앞에 꿇어앉은 손립을 내려다보며 호령을 하는 것이었다.

"손립아! 넌 어째서 등운산 반도들과 한패가 돼서, 네 동생 손신을 데리고 모(毛) 아전의 집을 전멸시키고, 또 모반을 일으켰느냐, 응?"

손립이 이 소리를 듣고 벌떡 일어서서 발명했다.

"그게 무슨 말씀이오? 제가 방납이란 놈을 토벌할 때 공을 세웠대서 조정에서 벼슬을 주신 덕분에 이 고을 도통제로 있다가, 원체 전장에서 상한 몸인지라 신체가 허약해졌기로 벼슬을 하직하고 집에 들어앉아 있는 터인데, 문밖에도 안 나가는 사람이 어떻게 모 아전을 죽였단 말씀예요? 제 동생과 함께 그런 짓을 했다니, 무슨 증거가 있습니까? 또, 설사 동생 놈이 그랬다 할지라도, 우리 송나라의 법으로 말씀하면, 형제가 따로따로 별거하는 경우엔 연루자로 다루지 못합니다! 더구나 저의 집에는 황제 폐하께서 내리신 고칙(誥勅)이 있는 터이니까, 이렇게 함부로 저를 체포하지는 못하는 겁니다!"

"잔소리 마라! 너는 그전에 옥을 부수고서 도적놈을 놔주고, 지금 와서는 도적과 한패가 된 나쁜 놈이다!"

태수가 이렇게 꾸짖으니까 이번엔 곁에 앉았던 난통제가 꾸짖는다.

"손통제! 네가 그전엔 축가장엘 찾아와서 나를 속여 내외 호응해서 축가장을 전멸시키고 나한테 골탕을 먹이더니, 이번에 또 큰일을 꾸미고서 무슨 잔소리냐!"

손립은 이 소리를 듣고서 난정옥을 흘겨보며 소리를 질렀다.

"난통제! 그리고 보니까 당신은 나한테 원한을 품고서 지금 나를 해치려는 거 아니오? 그렇다면 추밀원에 호소해서 흑백을 가립시다!"

그러나 이때 양태수는 입 가장자리에 싸늘한 미소를 띠면서 호령하는 것이었다.

"뭣이 어쩌고 어째? 폐하의 고칙이 내린 집이니까 저를 함부로 체포할 수 없다구? 어디 두고 보자. 등운산 반도들을 잡아오거든 대질을 시켜 그 증거를 보여줄 테니까!"

그러고서 태수는 병정들한테 손립을 옥으로 끌고 가게 한 후 난통제를 보고 말했다.

"자아, 손립을 잡아 가뒀으니까 성내는 걱정 말고 빨리 나가서 반도들을 잡으시오!"

난정옥은 명령을 듣고 즉시 일어나 군사 2천 명을 거느리고 등운산으로 떠났다.

한편, 손신은 자기 형님한테 자세한 이야기도 못 하고 도망하다시피 나와 멀찌감치 구경꾼들 틈에 숨어서 형님이 붙들려가는 광경을 목격하고는 부리나케 자기 집으로 돌아와 마누라와 고대수한테 죄다 이야기한 후 돈과 중요한 것만 보따리에 싼 다음 마누라와 함께 등운산으로 올라갔다.

원소칠과 호성과 추윤이 반겨 맞으면서 물었다.

"어떻게 두 분만 오시는가? 손립 형님은?"

손신은 보따리를 쿵 내려놓고 한숨을 푸우 쉬었다.

"일 잡쳤는걸! 우리 형님은 태수한테 붙들려갔단 말이오. 난정옥이가 군사를 거느리고 나올 테니까, 빨리 싸울 준비를 해야겠어!"

호성이 묻는 것이었다.

"난정옥이가 누군데요?"

"그전 축가장에 교사로 있던 사람인데, 지금 등주의 도통제란 말요."

"오오! 그럼 그전 내 스승이시구먼!"

호성은 이렇게 말하고 나서 잠깐 생각하더니,

"괜찮습니다! 내가 계책을 하나 생각했습니다. 우선 저 채문이나 단단히 막아놓고, 그리고 그것들이 오더라도 상대하지 맙시다."

추윤은 그의 말대로 졸개들을 시켜서 통나무·바윗덩어리·빈 병 따위를 집어다가 채문 앞에다 산더미같이 쌓아놓게 했다.

잠깐 동안에 이 같은 작업을 끝내고서 그들은 삥 둘러앉아 술을 마셨다.

술을 서너 잔 마시더니 손신은 아무래도 걱정이 되는 모양이었다.

"그런데 말이오, 우리는 연장이나 피복도 형편없고, 또 졸개가 2백 명은 되지만 이것들은 오합지중(烏合之衆)이고, 곡식도 준비해둔 것이 얼마 없으니, 어떻게 저놈들을 방비하겠소? 아무래도 걱정인데… 호형의 계책이란 어떤 거요?"

"절대 비밀로 해야 합니다. 저것들이 공격하게 내버려두고 사흘 동안만 기다려봅시다. 그리고 내 성명을 사흘 동안은 절대 알려서는 안 됩니다."

호성은 이렇게 말하고서 다시 작은 목소리로 이렇게 이렇게 하면 반드시 승리할 것이라고 이야기했다. 그러니까 모두들 좋다고 대단히 기뻐하며 또 술을 마시다가 일어났다. 그럴 때 손신은 또 한마디 했다.

"아무리 계책은 그렇더라도, 우리가 꼭 승리한다고 맘을 놓고 있으면 안 되니까, 모두들 정신을 바짝 차리고 있어야 한다!"

그러니까 졸개들은 일제히,

"예! 염려 맙쇼!"

하고 모두들 허리끈을 졸라매고 채문 입구로 뿔뿔이 흩어졌다.

한편, 난정옥은 갑옷을 입고 철창을 꼬나쥐고 말을 타고서 2천 명의 토병을 휘몰고 와서 보니, 좌우의 산세는 삐죽삐죽한 봉우리가 중중첩첩하고 산 위로 올라가는 길은 하나밖에 없는데, 들어가는 입구에다 나무토막·바윗돌·빈 병 따위를 산더미같이 쌓아놓았기 때문에 도저히 더 나아갈 수가 없다.

그는 한참 동안 주위를 둘러보며 궁리하다가, 길을 막고 있는 장애물을 걷어치울 수밖에 없다 생각하고서, 병정들로 하여금 길을 여는 작업을 하라고 명령했다.

그랬더니 좌우의 산봉우리에서 별안간 돌멩이가 빗발치듯 날아오는 바람에 여러 놈의 부상자가 생겨났다. 그리고 벌써 해가 넘어가서 땅바닥이 어두워진 까닭으로 작업을 더 할 수도 없고 해서 부득이 진을 치고 그 밤을 쉬었다.

이튿날 난정옥은 싸움을 걸어보려고 또 작업을 시켜봤으나, 역시 어제나 마찬가지로 빗발치듯 날아오는 돌멩이 때문에 작업은 할 수 없고, 높은 산봉우리 위에서는 졸개들이 아래를 내려다보면서 가지가지 시늉을 해가며 욕을 퍼붓는 게 아닌가. 이놈들을 올려다보면서도 어찌할 도리가 없는 것이, 산이 워낙 험해서 쫓아올라갈 수도 없고, 화살이나 포를 쏜댔자 거리가 멀어서 아무 효과가 없다. 난정옥은 어찌해볼 방법이 없어서 하루 종일 애를 태우다가 해를 지웠다.

사흘째 되는 날 밤에 난정옥은 진중에 앉아서 홀로 고민하고 있는 중인데, 원문(轅門) 밖에서 북소리가 나더니, 병정 놈이 들어와서 아뢴다.

"바깥에 지금 성이 호(扈)가라는 사람이 찾아와서 만나뵙겠다고 합니다."

난정옥은 잠깐 생각해보고 나서 말했다.

"어떤 놈인지는 모르겠지만, 아마 간첩일 게다! 이놈을 내가 톡톡히 검문할 테니까 데리고 오너라!"

조금 있다가 병정을 따라서 들어온 사나이가 장막 앞에 오더니, 땅바닥에 넙죽 엎드린다.

"사부님! 그간 안녕하셨습니까? 제가 뵈오러 왔습니다."

이 소리를 듣고 난정옥이가 그를 일으켜 자세히 보니, 그제야 생각이 나는 것이었다.

"아니, 자네는 독룡강에 살던 호성이 아닌가? 어떻게 여길 왔는가?"

"일구난설(一口難說)이옵니다. 저희 집 식구가 흑선풍 이규란 놈한테 몰살당했을 때 저는 연안부로 도망갔었지만, 거기서 여러 해 동안 방랑하다가 우연히 친구하고 함께 원양해도(遠洋海島)로 가서 장사를 했습니다. 그래서 적지 아니 재물을 벌어가지고 있다가 마침 양선(洋船)이 오는 게 있기에 그 배를 타고 본국에 돌아왔더니, 여기 일기가 어찌나 더운지 걸음을 빨리 걷지 못하고, 같이 오던 친구는 짐을 지고 앞서서 갔기 때문에, 저 혼자만 등운산 강도패한테 붙들렸습니다. 그런데 이놈들이 절더러 강도단에 들라는군요. 될 뻔이나 한 이야깁니까? 더군다나 이놈들은 양산박의 잔당들이고, 저하고는 불구대천의 원수 간인데, 어째서 제가 그놈들 패에 가담하겠어요? 그런데도 이놈들이 저를 놔주지 않는군요.

어젯밤에 다행히 사부님께서 군사를 거느리고 오셨다는 소식을 듣고서 저는 어찌나 기뻤는지 모릅니다. 이놈들 강도들도 사부님이 대단한 영웅인 줄 알고 모두들 겁을 집어먹고, 출입구를 지키던 놈도 오늘 저녁엔 없어졌기에 제가 이렇게 찾아와 뵙는 겝니다. 하늘이 저를 구해주시는 모양입니다. 그런데 저의 소원은 물건을 찾아 고향에 돌아가 농사나 짓고 싶은 것뿐인데 내일이라도 성내로 들어가려면 성문에서 조사를 엄중히 할 테니 그대로야 어디 통과할 수 있겠습니까? 그러니까 저한테 성문을 통과시키라는 영전(令箭)을 한 개만 내려주시기를 바랍니다."

난정옥은 호성의 이야기를 듣더니 의심하는 빛이 없이 말한다.

"영전은 어려운 문제가 아냐! 그런데 내가 자네한테 묻고 싶은 것은, 저놈들 산채의 허실(虛實)이란 말일세. 내가 여기 온 지가 벌써 사흘인데, 저놈들은 한 놈도 나와서 싸우려 하지 않고 또 어디 길이라는 게 있어야 쳐들어갈 텐데, 길이 있어야지. 그래서 내가 지금 번민하는 중일세!"

"그까짓 것들 문제가 안 됩니다! 산채에 있는 졸개라야 불과 2백 명가량인데, 그나마 한 번도 진을 치고 싸워본 일이 없는 풋내기들이고, 두령은 추윤이란 놈인데 최근에 제주 통판을 죽이고서 도망해온 원소칠이란 놈하고 손신이란 놈하고 그 계집 고대수라는 게 와 있습니다만, 무기가 있나요? 갑옷이 있나요? 양식이 있나요? 말도 원소칠이 타고 온 말 하나밖에 없다니까요!"

"그렇게 허술하단 말인가?"

"그렇습니다! 그래서 추윤이란 놈은 날마다 졸개를 시켜 양식을 털어오게 하죠! 그러니까 사부님께서 저놈들을 때려잡으시려면 어렵지 않습니다. 제가 어제 낮에 산 뒤로 돌아갔다가 거기서 오솔길 하나를 발견했습니다. 저놈들이 지금 모두 채문 앞에만 나와 있고, 후면은 아주 공허하니까, 산 뒤로 돌아가서 오솔길로 쳐들어가기만 하면, 아주 쉽습니다!"

난정옥은 이 소리를 듣고 대단히 기뻐서 곧 술과 안주를 내놓고 호성에게 권하면서 말했다.

"그렇다면 말일세, 자네가 앞장서서 나를 도와 이곳을 소탕하도록 하는 게 좋지 않은가?"

그러니까 호성이 고개를 기우뚱하고 한번 생각하는 듯하더니 말하는 것이다.

"그런데요, 제가 가지고 오던 짐짝에 든 것이 만금(萬金)에 해당하는 화물이거든요! 친구가 가지고 앞서서 갔지만, 사람의 마음을 어디 꼭 믿을 수 있어야죠? 제가 안 보이면 그 친구가 아주 가져갈 거 아닙니까! 게다가 이게 모두 양화(洋貨)이고 보니, 어떻게 관가에 고소도 하기가 어렵죠!"

이 말을 듣고 난정옥은 한참 생각하더니 다시 묻는다.

"그런데 그 오솔길이 퍽 먼가?"

호성이 대답했다.

"아니오! 산 뒤의 서남쪽으로 있는 길인데, 아마 한 5리쯤 될 겁니다. 산마루에 굉장히 큰 단풍나무 두 그루가 있기 때문에 그곳을 단풍령이라 하죠. 그리고 채문이 있기는 하지만, 파수 보는 놈은 불과 열 명밖에 없습니다."

"도둑놈들의 내막이 그런 정도라면 걱정되지 않는군! 다만 손신의 형 손립이란 놈은 전일 나하고 같이 한 스승을 모시고 무예를 배운 놈이라, 수단이 상당히 높지! 이놈이 전일 축가장을 파멸시킨 놈인 까닭에 내가 태수님께 말해서 잡아 가두고 나오기는 했지만, 이놈이 옥에서 탈출하지나 않을까 그것이 염려가 되어 마음이 놓이지 않는단 말이야. 성내에다 군사를 좀 남겨두고 나왔더라면 걱정이 덜 되겠지만, 병정 놈들을 죄다 거느리고 나왔기 때문에…."

난정옥은 이같이 말하다가 무엇을 생각하더니 또 말을 계속했다.

"그런데 자네가 내 말을 좀 들어줘야겠네. 내가 내일 병정 3백 명을 떼어줄 테니까 이놈들을 인솔하고 영전을 가지고 성내에 들어가서 태수님께 품첩(稟帖)을 올린 다음에 성내 요소를 단단히 수비하고 있으란 말이야. 내가 여기서 도둑놈 떼를 소탕해버리고 돌아가 자네의 공적을 조정에 보고하면 조상님들한테도 영광스럽지 않겠는가?"

호성은 아주 감사하다는 듯이 말했다.

"사부님께서 그렇게까지 저를 생각해주시니 감사합니다. 고향엘랑 조금 천천히 돌아갈 셈치고 성내를 수비만 하고 있다가, 사부님이 개선 하시면 더 머무르지 않고 떠나겠습니다."

"글쎄, 그건 나중에 또 의논해서 하기로 하고, 우선 그렇게 하게!"

오래간만에 만난 스승과 제자 사이의 의논은 이같이 결정되었다.

이튿날 아침, 난정옥은 호성에게 갑옷과 영전과 품첩을 주고서 3백 명의 토병을 떼어주었다.

"그럼 어서 떠나게! 나는 2, 3일 내로 돌아가겠네."

"아무쪼록 속히 개선하시기 바랍니다."

호성은 난정옥에게 인사를 드린 후 즉시 3백 명의 토병을 거느리고 성내를 향해 달렸다.

점심때가 훨씬 지나서 성내에 도착한 호성이 주아에 들어가니까 태수는 아직 퇴청하지 아니했으므로 그는 서슴지 않고 뜰 위에 올라가서 품첩을 바쳤다.

양태수가 품첩을 받아 펼쳐보니까 다음과 같이 적혀 있다.

삼가 아뢰옵니다. 본인이 등운산에 도착하여 도적들의 내막을 이미 조사하였으므로 도적들을 소탕하는 일은 수일 중에 끝날 것이오나, 오직 염려되는 것은 성내의 방비가 허술하여 혹시 손립이 탈옥해 소동을 일으키면 큰일이므로, 본인의 문하에 있던 호성에게 3백 명의 병력을 주어 보내는 터이오니 이 사람으로 하여금 성내를 수비하도록 하시옵소서. 호성은 문무겸전한 사람이오니 능히 그 소임을 완수하리라 믿사옵니다. 영전(令箭)을 대조해보시옵기 바라나이다.

양태수가 품첩을 읽은 후에 호성의 인물을 훑어보니까, 의젓하게 잘생겼는지라, 마음에 흡족했다.

"난통제가 그대로 하여금 성지를 수비하도록 하라 했으니, 그 책임이 비상함을 알고, 특별 조심하여 임무를 다하면 후일 그 공을 상줄 터이오!"

"예, 황공하옵니다."

이래서 호성은 그 자리에서 성내 경비를 책임 맡고 영내에 들어와서 병정들을 세워놓고 명령을 내렸다.

"모두들 똑똑히 들거라. 내가 이르는 대로 각 문을 파수하되, 진시에 열었다가 유시(酉時)가 되거든 문을 닫아야 한다. 그리고 출입하는 사람은 엄중히 신체검사를 해야 한다. 알아들었느냐?"

병정들은 일제히 '예!' 하고 대답했다.

호성은 그들을 4대로 나누어 각각 4대문을 파수 보도록 내보낸 뒤에 영내엔 20명만 남겨두었다. 그러고서 저녁때쯤 되었을 때 그는 20명을 데리고 성내를 한 바퀴 순찰했다.

양태수는 호성이 이같이 치안을 확보하는 고로 안심하고 내아로 돌아가 편히 쉬었다.

그날 밤에 호성은 병정 놈에게 돈을 주고 술과 고기를 사다가 20명 모두를 데리고 술을 먹었다.

"이렇게 술을 잡수셔도 괜찮습니까? 처음 오셨는데, 혹시 실수하시면 어쩌옵니까?"

병정 한 놈이 이렇게 말하는 것을 듣고서 호성은 태평하게 대꾸했다.

"내야 뭐 잠시 일을 맡아가지고 왔을 뿐이다. 너희들이 다 잘 알아서 할 거 아니냐. 난통제가 오실 때까지 무사하면 그만이니까, 마음놓고 실컷 먹자!"

병정 놈들은 오래간만에 푸짐하게 많은 고기와 술을 보았는지라, 호성의 말을 듣고는 안심하고 술을 양껏 마시고서 취해버렸다.

이날 밤 3경 때쯤 되어서 호포 소리가 탕 탕 울렸다.

호성은 즉각 등운산에서 동지들이 왔다는 것을 알고 병정 놈을 불러 일으킨 다음 명령했다.

"여봐라! 당장 나가서 문을 열고 적을 맞아 싸우자!"

병정 놈들은 술이 덜 깨어서 정신이 얼떨떨한 판이라, 그가 시키는 대로 성문을 열었다.

이때 원소칠과 손신이 쏜살같이 먼저 뛰어들어오고, 뒤미처 횃불이 땅바닥을 온통 덮어버리고 조수같이 들어오는 바람에 파수 보던 병정 놈들은 쥐구멍을 찾느라고 바빴다.

손신과 고대수는 곧장 감옥으로 가서 손립을 꺼내고, 집으로 가서 가재(家財)를 꾸렸다. 손립은 그전같이 철복두(鐵樸頭)를 쓰고, 오유갑(烏油甲)을 입고, 강편(鋼鞭)을 들고, 말을 타고서 달렸다.

원소칠과 추윤은 내아(內衙)로 들어갔다. 이때 양태수는 허둥지둥 도망가려던 판이었으나 원소칠의 칼에 맞아 죽고, 추윤은 태수의 집안 식구들을 모조리 죽였다. 성중 백성들은 도망가느라고 야단법석이었는데, 어느덧 날이 밝자 등운산의 동지들은 창고문을 열고 전량(錢糧)을 끌어내어 수레에 실어가지고 손립의 집안 식구와 함께 고대수가 먼저 등운산으로 호송했다. 그리고 다른 사람들은 말과 갑옷과 무기를 모조리 거둬 돌아갔다.

한편, 난정옥은 호성에게 3백 명을 주어 성내로 파견해놓고서, 자기의 심복이 갔으니까 이제는 근심 없다고 마음이 놓일 뿐 아니라, 등운산 도적들의 내막도 샅샅이 알았으니까 성공할 것은 틀림없다고 기뻐했다.

'그러나 미리 그 오솔길을 알아둬야만 하겠다.'

그는 이렇게 생각하고 사람을 시켜 산 뒤로 돌아서 형편을 알아오게 했더니 과연 서남쪽에 단풍령이 있더라는 보고였다.

난정옥은 날이 어둡기 전에 군사들을 배불리 먹게 한 후, 5백 명을 진중에 남겨두고 1천 명을 거느리고 단풍령을 향해 올라가는데, 병정들은 입에다 나뭇조각을 하나씩 물고, 말은 방울을 떼어버리고 소리 없이 올라갔다.

채문이 하나 있기는 한데 아무도 지키는 놈은 없다. 그들은 일제히 고함을 지르면서 뛰어들어갔다.

그런데 어떻게 된 영문인지, 도적들의 산채는 텅텅 비어 있고 사람이라곤 그림자도 없는 게 아닌가.

"아뿔싸! 이놈한테 속았나 보다!"

이런 소리가 난정옥의 입에서 새어나갔다. 그와 동시에 성내의 일이 걱정스러웠다.

난정옥은 급히 군사를 성내로 돌리려고 앞에 있는 채문의 장애물을 치우고 내려가려 했더니, 진영을 지키고 있던 5백 명의 군사는 그들을 산에 있던 도적들이 내려오는 것으로 잘못 알고, 총을 쏘고, 돌멩이를 던지고 하는 바람에 숱한 병정들이 부상을 당했다.

"얘들아, 쏘지 마라! 우리들이다! 우리란 말이야!"

그들은 이같이 부르짖었다.

난정옥이 겨우 군사를 합쳐가지고 성내로 회군하려 할 때, 산속의 하늘은 성내와 달라서 갑자기 천기가 변하여 뇌성벽력이 일면서 광풍이 일며 소나기가 퍼붓는다.

난정옥은 마음이 초조해서 한시가 급하건만, 골짜구니의 좁은 길은 금시에 도랑물로 변해버리고, 길바닥이 논바닥 같아서 한 발자국도 걸을 수 없다.

이렇게 쏟아지던 비가 날이 샐 무렵에 그치더니 하늘이 맑아졌다. 난정옥은 다시 행군을 명령했다. 그러나 길바닥이 아직 진수렁 같아서 빨

리 가지를 못하는 판인데, 맞은편에서 행인이 오다가 전하는 소리를 들으니까,

"등운산 도적떼가 등주성을 깨뜨리고, 양태수 일가를 몰살하고, 각처에다 불을 질러놔서, 온통 성중은 폐허같이 돼버렸다."

이같이 이야기하는 것이다.

난정옥은 이 소리를 듣고 혼이 빠져버리고, 병정들도 제 집안 걱정에 애를 태우니, 걸음인들 잘 걸을 수 있으랴.

뒤죽박죽 엉클어진 대오로 행진하다가 한 모퉁이의 수풀을 지나노라니까, 별안간 탕 탕 연속해서 포 터지는 소리가 났다. 난정옥은 즉각 군사를 멈추는 호령을 내렸다. 그랬더니, 난정옥의 군사가 미처 대오도 정돈하기 전에 손립이 강편을 휘두르며 달려오는 게 아닌가.

난정옥은 손립을 씹어 삼켜도 시원치 않을 것 같아서 창을 꼬나쥐고 이를 갈면서 달려들었다. 두 사람은 20여 합을 싸웠다. 그래도 승부가 나지 않는다.

이때 원소칠이 삼고차(三股叉)를 비껴들고 달려들었다.

세 마리의 말이 주마등처럼 뺑뺑 돌며 세 사람의 싸움이 계속되는데, 또 손신과 추윤이 졸개들을 거느리고 떼 지어 오는 게 아닌가. 이것을 보고 등주성의 관병들은 완전히 싸울 마음을 잃었다. 밤새도록 고생을 했는 데다 뱃속에 들어간 것이 아무것도 없으니 어떻게 견딜 수 있으랴. 그래서 병정 놈들은 무거운 전투복을 벗어던지고 뿔뿔이 모두 달아나버렸다.

난정옥은 도저히 지탱할 수가 없어서 창으로 상대방을 찌르는 체하고는 그냥 내빼기 시작하면서 뒤를 돌아다보니, 자기를 따라오는 병정은 10여 명밖에 안 된다.

한참 동안 달아나다가 수풀이 우거진 한 모퉁이를 돌아서니까 뒤에서 추격하는 소리가 안 들리므로 그제야 난정옥은 마음이 조금 놓이면

서 한숨이 절로 나왔다.

'이 노릇을 어쩌노! 등주로 돌아갈 수도 없고, 서울로 간대도 양제독(楊提督)을 무슨 낯으로 뵙는단 말인가! 어디로 간단 말인가?'

그가 입속으로 혼잣말을 하면서 여전히 달리노라니까, 어디서 나왔는지 호성이 뛰어오면서,

"사부님! 제 죄를 용서하십시오!"

이같이 큰소리로 외치는 게 아닌가.

난정옥은 눈을 부릅뜨고 이를 갈았다.

"이 짐승 같은 놈아! 내가 너를 심복으로 알고 믿었는데, 네가 나를 이렇게 망쳐놓느냐? 이 새끼야! 언제 도둑놈 패에 들어갔느냐?"

"지금 와서 그렇게 화를 내시면 무슨 소용 있습니까? 저는 도둑놈 패엔 안 들었습니다."

"뭣이 어쩌고 어째? 도둑놈 패와 일당이 안 됐으면, 무슨 까닭으로 목숨을 내놓고 저놈들을 위해서 등주성을 함락시키고, 양태수를 죽이고, 하늘을 찌르는 죄를 범했느냐 말이다?"

"천천히 제 이야기를 들어주십시오. 제가 해도(海島)에서 서각(犀角)과 향박(香珀) 등 귀중한 물건을 가지고 왔는데, 짐꾼을 데리고 오다가 일기가 너무 더워서 모홀이란 놈 집 앞에서 땀을 들이고 있노라니까, 모홀이란 놈이 나와서 하는 말이, 양화(洋貨)를 밀수하는 놈이라 하고는 불문곡직하고 물건을 뺏고서 나를 관가로 잡아간다는 겁니다. 그때 저는 혼자서 당해낼 도리가 없기 때문에 분한 걸 참고 달아나 십리패 주점에 와서 술을 사먹으며 분을 참고 있었습니다. 그때 우연히 그 술집에서 원소칠을 만났습니다. 이 사람한테서 제 누이 일장청의 이야기와 양산박의 이야기를 들었습니다. 그럴 때 술집 주인 고대수가 쫓아나와서 두 사람을 끌고 수정으로 들어가 술대접을 하는데, 제가 근심 있는 얼굴인 것을 보더니, 왜 그러느냐고 묻기에, 모홀이란 놈한테 귀중한 짐

짝을 뺏겼다는 이야기를 했죠. 그랬더니 손신과 고대수는 모홀과 원수 간이라 추윤이하고 같이 가서 모홀을 죽이고 제 물건을 도로 찾아줬답니다. 그러자 그 이튿날 성내에선 손립을 잡아 가뒀거든요. 저는 그때까지 사부님이 등주서 벼슬을 하고 계시는 줄은 전혀 몰랐습니다. 물건을 찾아준 게 고맙고, 또 추윤이와 손신이가 딱해서 동정하는 마음으로 이번에 그 사람들한테 협력을 했을 뿐인데, 공교롭게 사부님께 누를 끼쳐서 죄송합니다."

호성이 여기까지 말하니까 난정옥은 한숨을 길게 쉬더니 말한다.

"너를 지금 죽여버린들 내 속이 시원하겠냐! 내가 양제독한테 가서 무척 우대를 받고 지냈는데, 그 아우 양감이 등주 태수가 되니까, 바다와 가까운 지방이라 치안이 어렵겠다고 나를 도통제를 시켜서는 끌고 왔단 말이다. 이를테면 양제독이 그 아우의 목숨을 내게다 부탁한 셈인데, 오늘날 이 모양을 당했으니, 이제 내가 얼굴을 들고 갈 곳이 없구나!"

난정옥이가 탄식조로 이같이 말하는 것을 듣고 호성은 한 발자국 가까이 다가서면서 말하는 것이다.

"사부님께서는 훌륭한 수완을 가지셨지만, 양감의 수하에 계셔가지고는 도저히 큰일을 못 하십니다. 첫째, 그 사람한테서 구속을 받지 않습니까? 지금 황제 폐하는 사람을 볼 줄 모르고, 조정에서는 간당들이 농간을 부리는 터이라, 천하는 미구에 뒤집히고 말 겝니다! 그러니까 사부님께서는 잠시 피신해 계시다가, 시기가 오거든 큰 공을 세우시고, 이름을 역사에 남기시는 게 좋지 않습니까?"

"그게 어떻게 하라는 말인가?"

"제가 말씀을 더 드리겠습니다. 저는 그전에 사부님한테서 무예를 배워서 입신출세하려고 생각했었지만, 시운이 비색해서 일가노소가 비명에 횡사하고, 그 후 여러 해 동안 저는 세상풍파를 무수히 겪어가며 약간의 재물을 모았기에, 고향에 돌아가 장가나 들어 조상의 제사나 받들려고 했습니다마는, 뜻밖에도 몸이 의적들 도당에 빠지고 말았습니다. 그렇지만 알고 보면 양산박의 반도(叛徒)들이란 하나하나가 모두 떳떳하고 훌륭한 호걸남자들입니다! 재물을 천하게 여기고, 의리를 중하게 여기고, 길을 지나가다가도 옳지 못한 일을 보면 참지 못하고, 친구를 위해서는 물불을 가리지 않는 사람들입니다. 송공명이 이랬기 때문에 국가를 위해서 공을 세웠지만, 간신 놈들이 독약을 술에 타서 그를 죽여버렸습니다. 그런 사실을 지금은 세상 사람들이 모두 알고서, 송공명의 원수를 갚으려고 벼르고 있답니다. 사부님! 그러니까 사부님께서도 하늘을 대신해서 도를 행하시는 게 좋지 않습니까?"

"안 될 말이지! 내가 비록 활 하나, 창 하나만 가지고 출세한 사람이지만, 오늘날까지 깨끗하게 지조를 지켜온 사람인데, 어찌 내 이름을 더럽힐 수 있겠나?"

"사부님! 사부님께서는 출세하셨다고 생각하십니다만, 그것은 간신한테 따라다니는 개나 매 같은 것이 아닙니까? 서울에 있는 양제독이 그 동생의 신병을 사부님한테 부탁했는데, 벌써 양태수는 일가족이 몰살당하지 않았습니까? 그러니 양제독이 얼마나 사부님을 원망하겠습니까! 그리고 등주성이 함락됐으니 사부님께선 군법의 재판을 받아야 하십니다. 더구나 제가 양태수한테 갖다가 바친 품첩을 저한테 책임을 맡겼었는데, 제가 성문을 열어주고 도둑을 끌어들였으니, 저한테 품첩을 주신 사부님은 도둑과 내통했다는 혐의를 벗어날 수 없을 겝니다! 생각해보십시오. 미구에 불똥이 떨어질 텐데 그걸 모르십니까?"

호성이 이렇게 말하니까 난정옥은 그제야 정신이 새로 나는 것처럼 고개를 쳐들고 입을 다물더니, 한참 만에 입을 열었다.

"이것 봐! 자네들 일당이 죄다 같이 와서 나한테 청한다면, 그땐 다시 생각해봄세!"

"예! 그럼 그렇게 하기로 하겠습니다."

호성은 더 말하지 않고 그 자리를 떠나 어디론지 사라져버린다. 대체 자기들과 싸움을 하다가 지고서 달아나는 난정옥을 사로잡지 않고 호성이 그냥 돌아가는 것은 무슨 까닭인가? 두말할 것 없이 벌써 그들은 난정옥을 항복시켜 자기들의 당에 가입시킬 계책이 마련되어 있는 까닭이다.

호성은 손립과 추윤 등이 모여 앉은 곳으로 와서 여러 사람들을 보고 지금 난정옥과 이야기하던 말을 했다.

모두들 일이 잘됐다고 기뻐했다. 그러고서 그들은 졸개 놈들에게 술과 고기를 지워가지고, 손립·손신·원소칠·추윤 등이 앞장서서 난정옥이 쉬고 있는 숲속으로 가서 일제히 그 앞에 꿇어앉았다.

"저희들이 장군께 죄를 지었습니다. 용서해주시기만 바랍니다."

그들이 이같이 말하는 것을 보고 난정옥은 그때까지 말 위에 앉아 있다가 얼른 뛰어내리더니, 손립 등을 붙들어 일으키면서,

"자네들이 내 전정을 망쳐놓고서, 지금 무슨 수작을 하려고 또 왔나?"

이렇게 말하는 것이었다.

손립은 졸개를 시켜 사발에 술을 하나 가득 붓게 한 다음, 무릎을 꿇고 그것을 난정옥에게 바쳤다.

"형님! 한 잔 드십쇼. 술을 드신 다음에 말씀드리겠습니다."

난정옥은 조금 어색한 태도로 한 발자국 뒤로 물러서더니 풀밭에 털썩 주저앉는다. 그러자 일동은 그의 좌우로 삥 둘러앉아 술과 고기를 권하기 시작했다.

난정옥이 술을 한 잔 받아서 한숨에 마시는 것을 보더니 손립이 입을 열었다.

"형님! 저하고 형님하고 두 사람은 본래 한 사부님한테서 가르침을

받았고, 똑같이 벼슬자리에 나가지 않았습니까? 전년에 축가장을 들이쳤을 적엔 제가 과연 잘못했습니다마는 근자엔 이곳에 와서 봉직하다가 집에 은거하기 시작한 이후론, 제가 스스로 몸조심을 지극히 하는 터이고, 사흘 전만 해도 아우 놈을 보고 전날 사귀던 친구들과 내왕하다가는 의심을 받기 쉬우니까 아주 발을 끊으라고까지 일렀습니다. 그랬는데도 아우 놈이 듣지 않고 그만 일을 저질렀기 때문에 형님이 양태수와 함께 저를 잡아간 것입니다만, 사실 저는 아무것도 몰랐습니다. 그러나 어떡합니까? 의심을 받을 수밖에 도리가 없게 됐죠! 그런데 형님! 지난 일은 그만두고, 좌우간 일이 이렇게 된 이상, 형님이 어디로 가시겠습니까? 우리하고 같이 등운산으로 올라가서 피신하고 계시다가 다시 전도를 개척해보실 수밖에 없지 않습니까? 제가 이렇게 말씀드리는 것은, 조정의 간신들 때문에 충심(忠心)이 있어도 쓸 곳이 없는 까닭입니다. 깊이 생각해보십시오."

손립이 충정을 다해 말하는 소리를 듣고, 난정옥은 크게 결심한 듯 한숨을 쉬었다.

"그거 참! 내야말로 진퇴양난일세! 그러나 어쩔 도리가 없으니까 자네 말대로 해야겠네. 다행히 나한테는 딸린 식구가 없으니 같이 가겠는데, 다만 후일 바른길로 나갈 때가 오거든, 우리가 다 조정을 위해서 합심 협력해야 되겠네."

"그거야 물론이죠!"

이때 원소칠은 가슴을 풀어헤치고 주먹으로 제 가슴을 두드리면서 말했다.

"저는 말입니다. 저는 일생을 충직하게 살아가는 사람입니다. 그런데 말예요, 지난번에 파면당해 집에 돌아와서 고기잡이나 하고 노모를 봉양할 뿐, 딴 생각이라곤 조금도 없었는데 말입니다. 그런데 간신 놈이 나를 때려잡으려고 하니, 어떻게 가만히 있겠습니까!"

"자아, 그만 가시지요."

원소칠이 더 말하려고 하는 것을 손립이 이렇게 막아버리고, 난정옥을 말에 오르게 한 후, 일동은 등운산으로 올라왔다.

산채에 가까이 이르렀을 때 고대수가 알고 쫓아나와 그들을 영접해서 일동은 취의청에 올라가 향로에 향을 피우고서 하늘을 우러러 절을 하고, 사생(死生)을 같이하기로 서로 맹세했다. 그러고서 손립 이하 여러 사람이 난정옥을 채주(寨主) 두령으로 모시기로 추천했다.

"원, 천만의 말이지! 나는 지금 갓 들어온 사람이고 게다가 무재무덕(無才無德)한 사람인데, 내가 어찌 그 자리에 앉겠소!"

난정옥은 사양했다. 그러나 일동은 그 말에 반대했다.

"아니올시다! 통제님의 영명(英名)을 사모한 지가 오랩니다. 송공명께서도 그전에 축가장 때 함께 단합하지 못하신 일을 못내 애석히 여기셨습니다. 지금 우리들과 함께 계시기로 된 바에야 물론 우리를 이끌어 주셔야 합니다. 그럴 뿐만 아니라, 연령으로도 제일 나이 많으신 터이니까, 사양하셔도 안 됩니다."

일동이 이렇게 주장하는 바람에 난정옥은 몇 번 사양하다가 하는 수 없이 첫째 교의에 가서 제1위에 앉았다.

그다음에 손립이 말했다.

"양산박에 있을 때 소칠형이 천강성(天罡星)이었으니까, 두 번째 자리엔 소칠형이 앉아야겠네!"

"천만에! 난 이리로 도망 온 사람 아니오? 당신네 형제분한테 얹혀 있는 사람일 뿐 아니라, 내 성미가 지랄 같아서 싸움이나 잘하지, 아무 짝에도 못 쓰오! 그러니까 두 번째 자리는 손립 형님이 앉으시오."

이렇게 말하고서 원소칠은 손립을 끌어다 두 번째 교의에 앉히고는,

"세 번째는 호도령이다!"

하고 소리쳤다. 그러니까 난정옥이가 손을 내저었다.

"아니야! 내가 제1위에 앉는 것도 잘못된 일이지만, 이렇게 자꾸 비켜나지 말고, 그 세 번째 자리에 앉으시오!"

이 말에 원소칠은 복종했다. 그래서 세 번째 교의에 앉았다. 그런 다음에 손신이 말했다.

"그런데 이번에 만일 호씨의 계책이 아니었다면 우리가 산채를 보전하지 못할 뻔했소! 난통제님이 이렇게 우리한테 오신 것도 그 까닭 아니오? 그러니까 제4위에는 호씨가 앉아야 하오!"

이 말을 듣고서 호성은 몇 번 사양했지만 하는 수 없이 네 번째 교의에 앉았다. 그러고서 제5위엔 손신, 제6위엔 고대수, 제7위엔 추윤… 이렇게 석차를 정했다.

이같이 순서가 정해진 뒤에 추윤은 졸개들을 시켜서 소와 말을 잡아 크게 잔치를 열고 부하들에게 상급을 내렸는데, 한참 일동이 즐겁게 술을 마시고 있을 때, 난정옥이 문득 생각난 것처럼 여러 사람을 둘러보면서 말했다.

"여러분! 내 말을 좀 들어주시오. 지금 우리가 등주성을 깨뜨리고 태수를 죽이고 했으니, 어찌 조정에서 우리를 토벌하려고 하지 않겠소? 그런데 우리는 모두 해서 2백 명밖에 없으니 어떡하겠소? 그러니까 지금부터 우리는 이러고 있을 게 아니라, 관군이 오면 막을 준비를 해놓고 일치단결해서 용감히 싸워야겠소."

손립이 즉각 찬동했다.

"형님 말씀이 옳습니다!"

이래서 그들은 그날로 삼관(三關)을 설치하고, 방을 짓고, 담장을 수리하고, 목책을 두르는 등 큰 공사를 시작하고, 그전의 양산박같이 행황기를 세우고서 '체천행도(替天行道)'라는 글자를 커다랗게 써서 달았다. 그리고 피복과 무기를 장만하고, 졸개를 더 모집하고, 말을 사들이고 하니, 이 같은 소문을 듣고 사방에서 의(義)를 사모해 모여든 장정이 불과

3개월 만에 2천 명이 넘었다. 그들은 날마다 규율 엄정하게 군대 훈련을 실행하고 탐관오리의 재물은 빼앗고, 외롭고 가난한 사람들한테는 동정해주니, 이런 까닭으로 인근 지방민들은 모두 그들에게 복종하고, 관군은 감히 이들을 토벌할 생각을 못 하는 형편이었다.

하루는 산 아래 수풀 속에서 망을 보고 있던 졸개가 올라와서, 지금 저 아래 큰길에 짐짝을 다섯 개나 수레에 싣고서 지나가는 사람이 있다고 보고하는 것이었다. 이 소리를 듣고 원소칠이 좋아서 껑충 뛰었다.

"됐다! 요새 전량이 얄팍하더니, 마침 잘됐구나! 내가 내려가서 빼앗아오겠다!"

그러자 난정옥이가 주의시키는 것이다.

"손형하고 같이 가시오. 같이 가서 그 사람의 내력을 알아보고, 심상한 나그네거든 그냥 보내주라고!"

원소칠은 손신과 함께 50명의 졸개를 거느리고 산에서 급히 내려갔다.

# 죽음을 부른 여색

'어떤 놈이 큰길로 그렇게 많은 화물을 운반해간단 말인가? 이놈을 당장 때려뉘고 물건을 뺏어야지!'

이렇게 생각하고 쫓아내려와 보니, 키가 매우 큰 사나이 하나가 푸른 빛 겉옷을 입고, 범양대모(范陽大帽)를 쓰고, 허리에 칼을 차고, 한 손에 초봉(梢棒)을 쥐고, 머리를 수그리고 짐짝을 실은 수레를 밀면서 걸어가고 있으므로 원소칠과 손신은 그 뒤에서 소리를 냅다 질렀다.

"이놈! 거기 섰거라!"

그러자 그 사나이는,

"어떤 개새끼냐? 눈깔이 삔 놈이 아니고서야 어떤 놈이 감히 나한테 덤벼드느냐!"

하고, 막대기를 쳐들고 휙 돌아서며 때리려 든다.

이때 원소칠은 강차(鋼叉)를 들고 덤벼들다가 그 사나이의 얼굴을 보더니,

"아아!"

소리를 치고 무기를 던지고는 땅바닥에 엎디어 절을 하는 것이었으니, 그가 다른 사람이 아니라 바로 양산박의 지살성(地煞星)으로서 귀검아(鬼臉兒)라는 별명을 가진 두흥이었던 까닭이다.

"형님, 오래간만이올시다!"

"이거, 원소칠 형이 아닌가!"

두 사람은 반가워서 어쩔 줄을 몰라 서로 껴안았다.

손신도 반가워서 두흥의 손을 잡고 흔들면서 물었다.

"두주관(杜主管)이 웬일이시오? 어째 이런 곳엘 오셨소?"

두흥을 주관이라 부르는 까닭은 전일 나라에서 논공행상할 시, 박천조 이응이 중산부(中山府)의 도통제로 임명되었을 때 두흥이 그 밑에서 주관의 일을 보았기 때문이다.

"어째서 이곳엘 왔느냐고? 응, 내가 모시고 있는 상관 이응 형님이 벼슬을 내놓고서 자기 고향 독룡강으로 돌아가 가업을 다시 부흥시키고 아주 부자가 됐단 말이지. 전에는 축가장·호가장이 버티고 있었지만, 지금은 두 집이 없어졌으니까 이응 형님이 독차지하고 있는 셈이야. 그래, 그 형님의 돈을 이 근처 해변가에 변을 났기 때문에 이문을 받아오라 해서 돈을 받은 후 화물을 사가지고 돌아가는 길이로구먼. 그런데 두 분 아우님은 벼슬을 받았었는데, 어째 그만뒀소? 이런 데 와 있는 걸 보니 수상하구려."

원소칠과 손신은 숨기지 않고 각각 자기들의 내력을 털어놓고 이야기한 뒤에 그를 데리고 산으로 올라갔다. 두흥은 옛정을 생각해서 뿌리치지 못했던 것이다.

산채에 들어와서 서로 안부를 물어보고 한 뒤에 두흥이 난정옥과 호성을 유심히 보니까, 호성이 말하는 것이었다.

"두주관! 당신은 나를 몰라보시는 모양인데, 난 당신의 주인과 이웃해서 살고 있던 사람이외다."

두흥은 이 소리를 듣고 그제야 생각이 났다.

"옳지! 이제야 생각납니다! 호가장의 주인이시고, 이분은 난교사(欒教師)시로군! 날마다 뵈었지만 벌써 10여 년 못 뵈었으니까 몰라볼 수밖에! 그런데 어쩌면 저렇게 벌써 늙었을까? 옛날 그 풍채가 없어졌구려!"

"그럴 수밖에… 객지로 떠돌아다니자니까, 자연 바스라질 수밖에!"

호성은 한숨을 쉬고서 다시 계속해 물었다.

"그런데 난 고향을 떠난 지 오랜데, 우리 집 전답은 못쓰게 황무지가 되지 아니했습니까?"

"성하게 남아 있을 이치가 있습니까? 소출은 적지… 세금은 많지, 작인들은 견디다 못해서 모두 도망가버리고, 지금은 우리 집 주인어른이 모두 차지하고 계십니다."

두흥의 말을 듣고 호성은 감개무량한 듯 한숨을 쉬었다. 그러자 원소칠이 술을 내다가 권하면서 말했다.

"우리가 애당초 조정에서 부를 때 귀순하지 말고 그냥 양산박에 있었다면 얼마나 좋았을까? 괜스레 조정의 간당(奸黨) 놈들한테 속아넘어가 오늘날 이 모양 이 꼴이 됐으니, 분통이 터진단 말이야! 두형! 이왕에 우리가 잘 만났으니, 이응 형님을 모시고 와서 우리하고 같이 지냅시다."

"글쎄, 돌아가서 기회를 봐가지고 할 수밖에!"

"제기랄! 기회를 보기는 무얼 봐? 나같이 그냥 내빼지 않고서는 어려워요!"

원소칠의 말이 떨어지자, 손립이 또 한마디 했다.

"두형이 이번에 돌아간다면, 좀처럼 만나기 어렵지!"

두흥은 원소칠과 손립이 자기를 붙드는 심정은 충분히 알면서도 사정을 하듯이 말했다.

"워낙 내가 떠나온 지 오래됐기 때문에 안 가볼 수 없어요. 이응 형님이 눈이 빠지게 기다리고 있을 테니까 이번에 가지고 가는 물건을 서울로 갖다주고 장기(帳記)를 만들어가지고 돌아가야 한단 말이오. 형들의 심정을 모르는 바 아니나, 어쩔 수 없어 내일 아침엔 떠나야겠어!"

이 말을 듣고 두 사람은 묵묵히 말이 없다가, 먼저 손립이 말문을 열었다.

"서울까지 가거들랑 내 편지 좀 전해주겠소? 심부름 같아서 안됐지만."

"별소리 다 하는군! 누구한테 가는 편진데?"

"악화한테 가는 편지야. 그 사람을 오래 못 보았기 때문에 좀 할 말이 있어서 그러는 거야."

"그렇게 해요! 악화가 지금은 왕부마(王駙馬)의 공관에 있으니까, 찾아가서 만나기가 힘들겠지만… 하여간 오늘밤에 편지를 써놓으라구. 내 가지고 갈 테니!"

"고마워! 그럼 내가 편지를 써놓지!"

그들은 술을 마시고 이야기하다가 늦게 잠들었다.

이튿날 아침에 출발하려 할 때, 손립은 그를 붙들지 않고, 어젯밤에 써놨던 편지를 주고, 또 돈을 30냥이나 주면서 말했다.

"악화더러 내가 속히 이리 와달라고 하더라고 이야기해줘요. 그리고 이런 이야기는 남이 알면 안 되니까 가만히 일러줘요. 잘못하다간 도망해 나오지 못할 거니까!"

"염려 마슈! 서울은 이목(耳目)이 번다하니까, 가만히 만나서 얘기하죠."

두흥은 편지와 돈을 받아 주머니 속에 넣고서 친구들과 작별한 후 짐꾼들을 데리고 산을 내려갔다. 손립은 산 아래까지 내려와서 그를 전송했다.

이때는 가을이라 춥지도 아니해서 길을 걷기에 좋은 때였으므로 두흥은 낮에는 걷고 밤에는 쉬고 해가면서 며칠 후 서울에 도착했다. 그는 봉구문(封邱門) 안으로 들어가 왕소산(王小山)의 객줏집에 짐을 부려

놓고 하인이 안내하는 방으로 들어갔다.

이때 객줏집 주인 왕소산은 안에 있다가 두흥이 온 것을 알고 달려나와 반기며 술을 내다가 대접했다. 여러 해 동안 왕소산과 두흥은 거래를 해오는 사이였던 것이다.

다음날 왕소산은 두흥이 가지고 온 상품을 모두 끌러서 헤아려보고 장부책에 기입하고 나서, 열흘 동안 기다려주면 모두 깨끗이 청산해주겠노라고 말하므로 두흥은 그리하마고 허락했다. 이렇게 되고 보니 이제부터는 한가한 몸이라, 손립의 편지를 몸속에 넣고서 바깥으로 나가려다가 도로 꺼내서 전대 속에 감추어 넣고 나갔다.

길을 물어 왕도위부(王都尉府) 앞에 이르러 보니, 문이 닫혀 있고, 출입하는 사람도 안 보이고, 감히 가까이 문 앞으로 갈 용기도 안 생긴다. 그래서 두흥이 멀찌감치 떨어져 바라보고 섰노라니까 맞은편 다방으로부터 우후(虞侯)가 나오더니, 친구들과 작별하고 공관으로 들어가려고 대문 앞으로 걸어가는 것이었다.

두흥은 그 사람의 뒤를 바싹 따라가면서 물었다.

"잠깐 말씀 좀 여쭙겠습니다. 부중(府中)에 아는 친구가 하나 있는데, 그 사람이 지금 있나요?"

공관으로 들어가려던 직원은 이 말을 듣더니, 휙 돌아서서 두흥을 보고 묻는 것이었다.

"부중의 누구를 만나려고 그러우?"

"저, 다른 사람이 아니고 별당에 있는 악화라는 사람을 좀 만나려고 그럽니다."

우후는 두흥의 모습을 아래위로 한번 훑어보더니 묻는 것이었다.

"당신 어디서 왔소? 악화하고는 어떻게 아시오?"

"예, 저는 산동 사람입니다. 악화하고는 어려서부터 친한 사이죠."

"그렇다면 나를 따라오시오. 아마 지금쯤 후당에서 도위님하고 바둑을 두고 있을 게니까, 내가 가서 당신이 왔다는 얘기를 하리다."

두홍은 안심하고 그의 뒤를 따라 들어갔다. 넓은 정원 안에 집이 여러 채 있는데, 이리 꺾이고 저리 돌아서 한쪽 구석에 있는 방으로 가더니, 그 사나이는 두홍을 그 방으로 인도한다.

"이 방에 앉아서 기다리시오. 내가 가봐서 바둑이 끝났으면 곧 나오도록 할 테니."

"예, 감사합니다."

두홍이 이같이 감사하다는 말을 마치기도 전에 벌써 우후는 나가버렸다.

두홍은 가만히 앉아서 기다렸다.

그런데 한식경이 지나가도록 아무 소식이 없다.

'웬일일까? 아직도 바둑이 안 끝났단 말인가?'

두홍은 답답해서 일어섰다.

문을 열고 바깥을 조금 내다보려 했더니, 이게 웬일인가? 문이 바깥으로 잠겨 있는 게 아닌가.

의심이 덜컥 났다.

'나를 여기다 가둘 작정인가? 무슨 까닭이 있어야지?'

또 얼마 동안 기다렸는데, 바깥에서 두런두런 말소리가 나더니 5, 6명의 직원이 문을 덜커덩 열면서 아까 두홍을 데리고 들어온 직원이 손가락으로 가리키면서 말하는 것이었다.

"이자가 악화의 일가인 모양이다. 이자를 두들겨 패면 악화가 어디로 내뺐는지 알 거야!"

이 말이 떨어지기 무섭게 두 놈의 직원이 끄나풀로 두홍을 꽁꽁 묶어가지고 끌고 나가는 게 아닌가.

두홍은 애걸을 했다.

"여보시오! 난 죄가 없는 사람입니다. 나를 끌고 어디로 가시는 겁니까? 제발 나를 놔주십시오!"

"이놈아, 잔말 마라! 할 말이 있거든 개봉부에 가서 부윤(府尹)님께 말해!"

불문곡직하고 직원들은 두홍을 끌고 개봉부로 왔다.

마당에 놓인 당고(堂鼓) 소리가 땅 하고 한 번 울리자, 부윤이 당상에 나와 앉더니, 뜰아래 꿇어앉은 두홍을 보고 호령을 한다.

"듣거라! 네가 악화하구 어떻게 되는 일가간이냐? 악화를 어디다 감춰뒀느냐? 바른대로 말하면 형벌을 면하렷다!"

두홍은 아뢰었다.

"소인은 제주(濟州) 사는 사람이옵고, 이름은 두홍으로서 악화하고는 아무런 친척 관계가 없습니다. 소인이 서울로 오다가 노상에서 우연히 악화의 친척을 만났더니, 그 사람이 악화한테 편지를 좀 전해달라고 해서, 그래서 찾았을 뿐이옵니다."

"악화의 친척을 네가 만났다면, 그 사람의 이름은 무어라는 사람이란 말이냐?"

두홍이 이때 손립의 이름을 대는 것이 아무래도 좋지 않을 것같이 생각되므로 딴전을 썼다.

"소인이 그 사람의 이름을 그만 잊어먹었습니다!"

두홍이 이같이 아뢰니 부윤은 더 한층 소리를 높여 호령하는 것이었다.

"이놈아! 네가 그 사람의 편지를 맡아가지고 왔다면서 그 사람의 이름을 모른다는 것이 그게 말이 되느냐? 대관절 그 편지를 어디다 뒀느냐?"

두홍은 또 딴전을 썼다.

"예, 그 편지라는 게 서신이 아니옵고, 구신(口信)이었사옵니다."

"저런 죽일 놈!"

부윤은 화가 상투 끝까지 올라갔다. 그래서 사령들로 하여금 두흥의 의복을 벗기게 해서 신체 수색을 해보았으나 편지 같은 것은 나오지 아니했다. 그도 그럴 것이, 두흥이 객줏집에서 나올 때 처음엔 편지를 가지고 나오려 하다가 도로 집어넣고 나온 까닭이다.

부윤은 두흥을 엎어놓고 볼기를 치라고 호령했다.

옥졸들이 달려들어서 무섭게 매질을 했다. 그러나 두흥은 이를 깨물고 끝까지 자백을 아니했다.

아무리 때려도 '모른다'고만 하는 고로 부윤은 두흥을 사수로(死囚牢)에 가두라 하고 퇴청해버렸다.

그런데 두흥이 이렇게 된 까닭이 무엇인가? 원소칠이 장통판을 죽였다는 제주부의 상신문이 추밀원에 올라온 지 얼마 지나지 아니해서, 등주에서는 손립·손신·고대수·추윤 등이 통제로 있는 난정옥과 연결해 양태수를 죽이고 창고를 털어갔는데, 이것들이 등운산에서 반란을 일으킨다는 까닭에 태사 채경과 제독 양전은 대경실색했다. 그래서 두 사람은 천자께 아뢰고서 전국 각 지방에, '이왕에 양산박에 있었던 자는 현재 관직에 있거나 관직에서 물러났거나 막론하고 모조리 체포 구금하라'는 공문을 발송했었다. 이때 어떤 사람이 악화는 손립의 처삼촌으로서 왕도위 공관에 있으니 이런 놈을 그대로 둘 수 있느냐고 관가에 고발했는데, 악화도 본래 영리한 사람인지라 진작 이런 소문을 듣고 왕도위의 공관에서 빠져나와 행방을 감춰버렸던 것이다. 그런 줄도 모르고 개봉부에서는 왕도위가 당대 황실의 부마인 까닭에 부윤이 친히 교자를 타고 공관으로 가서,

"악화는 이번에 내리신 조칙에 따라 체포해야 할 인물이오니 도위님께서 내주십시오."

하고 청했었다. 그때 왕도위는,

"악화가 최근까지 부중에 있었건만 언제 내뺐는지 근자에는 종적을

알지 못하오. 만일 있기만 하다면 그따위 인물을 무엇이 아까워서 안 내놓겠소. 그놈이 도망간 것이라면 아마 벌써 수천 리는 내뺐을 것이고, 그놈이 사정을 모르고 나갔다 친다면 미구에 돌아올 것이니까 그때 잡아 보내리다."

이렇게 대답하는 고로 개봉부 부윤은 그냥 돌아오고 말았던 것이다. 그런데 두흥은 이런 일이 있는 줄은 전혀 모르고 악화를 만나려고 왕도위 공관을 찾아갔던 것이니, 말하자면 물고기가 스스로 구멍에다 모가지를 들이민 격이다.

감방 안에서 두흥은 한숨을 쉬기도 하고, 이를 깨물기도 했다.

'어쩌면 좋은고! 이 노릇을 어쩌노!'

아무리 궁리해보아도 몸이 풀려나갈 뾰족한 수가 없었다.

이럴 때 두흥이 짐을 풀어놓은 객줏집 주인 왕소산이 두흥의 소식을 듣고 급히 독룡강에 있는 이응에게 기별하는 동시에, 빨리 서울로 올라와서 석방운동을 하라고 권고하고, 자기가 먼저 돈을 풀어서 옥졸들을 매수하고 인심을 쓰기 시작했다.

그랬더니 며칠 후에 이응으로부터는 서울에 오기 어렵다는 회답이 왔다.

'추밀원의 공문이 이곳 제주에도 왔는데 무릇 지난날 양산박에 있었던 사람들은 누구를 물론하고 잡아 가두라 하였기로 감히 출입을 못 하는 터이니, 그런 줄 아시고 하루 속히 돈을 써서 옥졸들과 아전들을 매수하여 두흥의 죄목이 경미하도록 만들게 하시오. 대단히 미안하나 부디 힘써주시기만 바라오.'

이 같은 회답을 받은 왕소산은 그날부터 개봉부의 관리들한테 뇌물을 바치고 맹렬히 운동을 했다.

그랬더니 과연 돈의 힘은 신통했다.

개봉부에서는 추밀원에다 무어라고 보고했느냐 하면 '악화가 도망간 것은 먼저였고, 두홍이 찾아온 것은 나중이었으므로, 사실인즉 저희끼리 연락한 행동이 아님은 분명하나, 다만 양산박의 잔당인 고로 이자를 귀양 보내야겠습니다.' 이렇게 보고했다. 추밀원에서는 그대로 좋다고 서류를 결재했다.

이같이 되자 개봉부 부윤은 두홍을 끌어내다 엎어놓고 곤장을 때린 후, 일곱 근 반이나 되는 무거운 칼을 목에 씌우고 봉인을 하고서, 장천(張千)과 이만(李萬)이라는 두 놈의 방송공인으로 하여금 창덕부(彰德府)로 압송하게 했다.

그래서 두 놈의 방송공인이 두홍을 끌고 부청문 밖으로 나와서 잠깐 술집에 앉았노라니까, 왕소산이 부청 앞에서 기다리고 있다가 들어오더니 두홍에게 돈을 한 주머니나 주고, 장천과 이만에게도 돈을 20냥이나 주고, 그리고 술에 밥에 대접을 해서 전송하는 것이었다.

왕소산과 작별하고 두홍은 무거운 칼을 쓰고 앞에서 걷고, 두 놈의 방송공인은 수화곤(水火棍)을 들고 뒤에서 감시하며 길 걷기를 여러 날, 마침내 그들은 창덕부에 도착하여 문서를 바치고 태수로부터 회답을 받아가지고 공인 두 놈은 바로 개봉부로 돌아갔다.

두홍은 성내에 있는 감옥의 독방에 갇히었다. 그는 감방에 들어가면서 아무 소리 않고 돈 열 냥을 옥졸한테 쥐어준 후에 다시 20냥의 은자를 주면서, 이것을 관영(管營) 어른께 전해달라고 부탁했다.

그랬더니 조금 있다가 옥졸이 와서 그를 끌고 관영 앞으로 데리고 가니 관영은 그를 보고 다음과 같이 말하는 것이었다.

"태조 황제께서 정해놓으신 법대로 하자면, 무릇 어떤 죄수든지 이곳에 들어올 적엔 살위봉 1백 대를 맞아야 하는 법이다마는, 네가 눈꺼풀이 누렇고 얼굴빛이 좋지 않은 것을 보니, 아무래도 여기 오는 도중에 병이 난 모양이다. 그래, 살위봉은 안 때려도, 천왕당(天王堂) 간수직을 맡길 테니 그 일이나 잘해라. 일이라야 별거 없고, 소향(燒香)하고, 소지(掃地)하고, 청결하게 하는 것뿐이다."

이렇게 너그러운 처분을 받고 두흥은 마음이 흡족해서 관영에게 감사를 드리고 물러나와 술을 사다가 옥졸들한테 한턱을 냈다. 그랬더니 옥졸들은 모두 좋아하는 것이었다. 돈을 쓴 까닭이었다.

그런데 이곳 관영은 이환(李換)이라는 서울 사람으로, 올해 나이 60이나 되고 위인이 성실하고 후덕한 인물인데, 슬하에 자식이 하나도 없고 또한 친척도 없는 처지여서, 두흥이 이곳에 온 뒤부터는 그에게 집안 아이처럼 곧잘 심부름을 시켰다. 그리고 두흥은 또 두흥대로 저잣거리에 나갔다가 새로운 물건이 눈에 띄면 그것을 사다가 드리는 등 아주 효성스럽게 섬기는 까닭으로 관영은 더욱 그를 신임했다. 그래서 그는 관영의 집안 식구처럼 아주 무관하게 내아(內衙)에 출입하게 됐다.

그런데 이관영(李管營)의 본부인은 작고한 지가 벌써 오래고, 내아에는 단지 조옥아(趙玉娥)라 부르는 기생 출신의 소실이 있을 뿐이었는데, 조옥아는 나이 불과 24, 5세밖에 안 되는 묘령의 여성으로 예쁘장하고, 두 볼은 토실토실 언제나 불그스레하고, 두 눈의 속눈썹은 언제나 촉촉하게 윤기가 흐르는 애교덩어리였다. 이렇게 젊고 아리따운 조옥아한테 육순 노인 이관영이 어찌 만족을 줄 수 있으랴. 그 때문에 조옥아의 몸은 어떤 때는 활활 달기까지 하는 것이건만, 영내(營內)에 있는 것은 모두 죄수들뿐이라, 귀신꼴 같은 그것들한테는 눈도 가지 아니했다. 그러던 것이 이번에 관영이 신임하고 심부름 시키는 두흥을 보니, 외양은 비록 조잡하게 생겼지만 육체가 건강해 보이고 의복도 깨끗이 입은 게 과히 보기 싫지 않았다.

배가 고픈 사람은 음식을 가리어 먹지 않는다는 말과 같이, 조옥아는 몸이 달기 시작했다. 그는 반금련이 무송을 보았을 때를 상상하고 입속으로 혼잣말했다.

'사내는 힘이 세야 해!'

이렇게 생각이 들자 조옥아는 두흥의 얼굴이야 못생겼지만, 몸이 건장한 것이 탐이 나서, 걸핏하면 그를 불러 무엇을 사오라고 심부름을 시킨 뒤엔 으레 음식을 대접했다.

그러나 워낙 성미가 곧기만 한 두흥은 조옥아의 심중을 알 까닭이 없었다. 더구나 그는 여태까지 치마 속의 재미라는 건 모르고 지내온 사람이다.

그런데 하루는 조옥아가 두흥을 부르더니 돈을 주면서,

"무명실을 사가지고 오라구."

이렇게 부탁하므로,

"네."

대답하고서 두흥은 밖으로 나갔다.

그가 영문을 나와서 술집 앞을 지나가자니까, 어떤 사람이 술집 안에서 큰소리로,

"여보 두형! 나 좀 보시오!"

하고 외치는 것이었다.

두흥이 돌아다보니, 이 사람은 다른 사람 아니라 금표자 양림이었다.

"아이구 이거, 양형! 오래간만이오."

두흥도 이렇게 소리 치고 들어가서 피차에 지나간 일을 이야기하기 시작했다. 두흥이 먼저 등운산에서 손립을 만나 편지를 부탁받아 가지고 왔다가 개봉부에 붙들려서 귀양을 오게 된 내력을 털어놓은 다음에 물어봤다.

"나는 이렇게 됐거니와 양형은 그래 음마천에서 어떻게 지내시우?"

그러니까 양림은 크게 한숨을 쉬더니 이야기한다.

"말이 아니야! 내 성미가 워낙 눅눅하기만 하기 때문에 조정의 간당들한테 정나미가 떨어져 벼슬을 주는 걸 팽개치고 있었는데, 원소칠이나 손립이가 그런 일을 저지를 줄 누가 알았나? 그래 우리 시골 관리란

것들이 나를 내버려두려고 하지 않기 때문에 그냥 앉아 있을 수 없어서 뛰쳐나왔지. 음마천 윗동네에 그전부터 친한 사람이 있기에 찾아갔더니, 그 사람이 이곳 영내에 있다는 거야. 그래 사실인가 알아보러 왔다가, 마침 술집이 있기에 한잔 하는 길이었는데, 참 잘 만났소."

두홍은 점원을 불러 안주와 술을 다시 청해다놓고 한 잔을 마신 다음에 또 말했다.

"참 잘 만났쇠다. 난 억울하게도 귀양살이를 하는데 말요, 여기 누구 아는 사람이 하나나 있어야. 그러니 나하고 같이 영내에 들어가 며칠 동안만이라도 같이 지냅시다. 피차에 이야기나 하자구!"

그러고서 돈을 꺼내 상 위에 놓고 나서 점원을 보고 소리쳤다.

"여기 돈 났다. 셈하라!"

두홍은 양림의 손을 붙들고 술집을 나와 포목점에 들러 무명실을 사 가지고, 양림을 데리고 자기 방으로 돌아온 다음에,

"잠깐만 앉아서 기다려요. 내가 실을 갖다주고 올 테니."

하고 내아로 달려갔다.

그가 내아에 들어가니 관영의 소실은 아주 성이 난 것처럼 뾰로통해 있다가 톡 쏘는 게 아닌가.

"사람이 기다리는 줄 몰라? 반나절도 더 걸리게!"

두홍은 황송해서 두 손을 비비며 사죄했다.

"주점 앞을 지나다가 우연히 아는 사람을 만났기 때문에 이야기가 조금 길어지고, 또 그 친구한테 한잔 대접하느라고 이렇게 늦어졌으니 용서해주십시오, 마님!"

두홍이 이렇게 지공스럽게 말하니까, 옥아(玉娥)는 금시 부드러운 태도가 되는 것이다.

"늦게 왔다고 야단친 게 아니야. 이렇게 의젓하게 생긴 사내가 왜 세상일을 그렇게도 모르느냐고 그래서 야단친 거지! 내가 달리 보는 데가

있으니까 앞으론 그러지 말고, 내 말을 잘 들으라구!"

옥아는 잠시 말을 멈추더니 눈을 게슴츠레 뜨고서 두흥을 바라본다.

"이거 봐. 관영님이 안 계실 때 들어와서 나하고 술이나 한잔 해!"

두흥은 이 소리를 듣고는,

"소인이 어찌 감히… 천만의 말씀이십니다."

하고 질겁을 해서 밖으로 달려나왔다.

그가 자기 방으로 돌아오니까, 양림은 기다리고 있다가 그를 붙들고 말하는 것이었다.

"여보 두형! 두형의 죄라는 건 달아난 사람을 찾아갔다가 애매하게 뒤집어쓴 것이 아니오? 그따위 죄명으로 여기 갇혀 있을 게 아니라, 나하고 같이 음마천으로 가서 앞으로 살길을 의논해봅시다. 뭣하러 여기서 사환 노릇을 한단 말이오!"

"글쎄, 내가 내빼버려도 좋겠지만, 그렇게 했다간 독룡강에 있는 이응 형님한테 불똥이 튈까봐 그것이 걱정이지. 꾹 참고 있다가 만기가 되거들랑 나갈 수밖에. 그리고 관영님이 나를 심복처럼 대우해주기 때문에 차마 달아나기도 어렵고… 그런데 내아(內衙)의 작은마님이라는 게 꼬리를 치는 통에 그건 못 보겠는데!"

"괜스레 핑계대지 말고, 정신 차려야 해! 우리들은 본래 양산박 호걸들이 아닌가? 부정한 짓과 불의의 짓을 했다간 이름을 더럽히기 쉬우니 말이야!"

두 사람이 이렇게 이야기하는 중인데, 영문의 문지기 한 사람이 명함을 한 장 들고 들어와서, 문밖에 풍사인(馮舍人)이라는 사람이 관영님을 뵈러 왔다고 전하는 것이었다. 두흥이 명함을 받을 때 양림이 그것을 흘낏 보니, 바로 이 사람이 자기가 알아보고 싶어 하던 사람이다.

두흥이 명함을 갖다가 관영에게 드리고 이런 분이 지금 찾아왔습니다 하고 전하니까, 관영은 명함을 들고 보더니,

"이거, 내 외조카가 왔구나. 빨리 들어오라고 해라."

하고 반겨한다.

두홍이 나와서 관영의 조카라는 사람을 보니, 살빛이 희고, 눈동자는 유난히 새까맣고, 입 가장자리에 웃음을 머금고 싱글벙글하는 얼굴이다.

"어서 들어오십시오."

하고 그는 손님을 안내했다.

풍사인은 관영 앞에 와서 넙죽 절하고 인사를 드렸다.

"그간 안녕하셨습니까? 오랫동안 인사를 드리지 못했다고 하시면서 아버님께서 절더러 아저씨를 가 뵙고 오라고 하셔서 문안을 드리러 왔습니다."

관영은 인사를 받고 대단히 기뻐했다.

"어서 일어나거라. 그동안 오래 적조해서 궁금했는데, 모두들 무고하시다니 기쁘다. 그리고 너를 오래간만에 보니 반갑구나."

풍사인은 일어나서 그가 하인한테 들려가지고 온 예물을 관영 앞에 드렸다.

"아버님께서 아저씨께 드리라고 하셔서 가지고 왔습니다. 받아주십시오."

"무얼 그런 걸 일부러 보내주신다데? 이렇게 생각해주시니 고맙다."

관영은 이렇게 말하고 두홍을 불렀다.

"여봐라, 이걸 내아에 들여가고, 마님한테 가서 서울서 풍사인이 왔다고, 가까운 친척이니 나와서 인사하라고 그렇게 여쭤라."

"예."

두홍은 대답하고서 예물을 들고 내아에 들어가 조옥아를 보고 관영의 말씀을 전했다.

"마님! 서울서 풍사인이라는 젊은 양반이 오셨는데, 가까운 친척이

시래요. 영감마님께서 속히 음식을 내오라 하시면서 마님더러 후당으로 나와서 그 양반과 인사하시라고 하십니다."

관영의 소실은 이 소리를 듣더니 비위에 거슬리는 것처럼 입을 삐쭉하고서,

"풍사인이란 게 뭐야? 그런 일가가 있었나? 또 어떤 게 뜯어가려고 왔는 게지!"

이렇게 천천히 내뱉듯이 말하고 나서, 거울을 들여다보고 머리를 매만지고 나더니, 내아에서 나와 관영이 앉아 있는 대청으로 가서, 병풍 너머로 살며시 넘겨다봤다.

한번 보니, 근래에 처음 보는 풍류남아다. 허여멀쑥한 얼굴에 빈 구석이 없이 꼭 짜인 이목구비와 정력이 넘쳐흐르는 것 같은 건장한 모습… 조옥아는 그만 첫눈에 반해버렸다. 그래서 한손으로 치맛자락을 여미면서 사뿐사뿐 걸어나왔다.

이때 풍사인은 황망히 일어나면서 부인의 얼굴을 흘낏 곁눈질했다.

한 송이 꽃과 같다고 할까, 얼굴이 어여쁘기도 하려니와 어쩌면 그 태도가 이렇게도 아름다운지… 풍사인은 그만 혼이 나간 사람처럼 넙죽 엎드려서 절을 했다.

그것을 보고 관영은 말했다.

"무얼 그렇게 어렵게 절을 하느냐. 그냥 인사를 드리지…."

조옥아는 빙그레 웃는 얼굴로 반절을 하여 답례하고서, 관영의 곁에 있는 교의에 앉았다.

이때 풍사인도 일어나 교의에 앉아서 아주머니라는 사람을 건너다보니, 조옥아의 시선과 서로 마주쳤다. 이렇게 시선이 서로 만났을 때 벌써 두 사람은 상대방의 심중을 짐작했다.

조금 있노라니까 안에서 계집아이가 술상을 들고 나왔다. 조옥아는 얼굴이 온통 무르익은 봄날같이 꽃다워지면서, 잔에 술을 따라서 풍사

인에게 권한다.

풍사인은 그 잔을 받아 마신 다음 이번에는 제가 관영과 조옥아에게 술을 따라 권했다.

그러는 사이에 조옥아와 풍사인의 눈이 서로 오고 가고 하는데, 말로는 못하는 뜻이 서로 얽히는 게 아닌가.

관영은 그래도 이걸 몰랐다. 가까운 친척간이라 도대체 마음을 턱 놓고 있었던 것이다.

술이 한 순배 돌았다.

조금 있다가 풍사인이,

"저는 이제 더 못하겠습니다."

하고 음식을 사양했다.

그러니까 관영은,

"그래! 먼 길에 오느라고 피곤했을 게다. 며칠 동안 푸욱 쉬고, 이 근처 구경이나 하고서 가거라."

이렇게 말하고서 풍사인더러 동쪽 사랑방에 들어가 쉬라고 이르는 것이었다.

그런데 이 풍사인의 부친은 이름이 풍표(馮彪)로서 추밀원 동관의 배하의 모사일 뿐 아니라, 뇌물을 받아들이고 이권(利權)을 주무르는 유일한 동추밀의 심복이었다. 그리고 이 풍표한테 아들이라고는 이 자식 하나밖에 없고, 어렸을 때 아명(兒名)을 백화(百花)라 부르면서 어떻게 응석으로 길러냈던지, 풍사인의 성품은 백령백리(百伶百悧)하면서도 경조부박(經佻浮薄)한 데다가 얼굴이 조금만 반지르르하게 생긴 여자라면 나중 일이야 어찌됐든 간에 기어이 집어삼키고야 마는 인간이었다. 이런 사람이 지금 예쁘게 생긴 옥아를 봤으니, 어찌 불같은 욕심이 생기지 아니할 것이랴.

그런데 한편 옥아로 말하면, 이 역시 화류계에서 놀아먹던 계집이라

젊은 기운이 다 빠진 영감님한테 부족을 느끼다가 요사이 와서는 두흥의 멋대가리 없는 꼴에 더욱 짜증이 나는 판이었는데 뜻밖에도 지금 눈앞에 씻은 배추 줄거리와 같이 싱싱하게 잘생긴 청년을 보았으니, 어찌 침이 흐르지 아니할까 보냐. 말하자면 연놈은 지금 당장에 부둥켜안고서 한 덩어리가 되고 싶지만, 관영이 눈앞에 앉아 있는 게 한이 될 뿐이다.

이럴 때 두흥은 바깥채로 나와서 양림을 보고 투덜거렸다.

"제기랄! 풍사인인지 뭔지 그 자식 때문에 반나절을 허송했네!"

그러자 양림이 두흥의 귀에다 입을 대고 가만히 말하는 것이다.

"그 자식이 내가 좀 알아보려고 맘먹고 있는 자식이야!"

이 말을 듣더니, 두흥은 머리를 저었다.

"내버려둬요, 그 자식이 바로 관영의 조카야! 그런 데다가 그자가 또 내아에서 묵고 있기로 했으니까, 양형은 불일간 떠나야겠소."

"그렇잖아도 배선 형이 기다릴 테니까 그만 내버려두고 갈까?"

두흥은 돈 30냥을 꺼내서 양림에게 주면서 말했다.

"이걸 가지고 가서 배선 형님과 함께 어서 떠나시오."

"아니, 두형이 어려울 텐데, 이 돈을 내가 뭣하러 받아간단 말이오?"

"아니오! 내야 돈이 떨어지면 이응 형님이 또 보내준다니까."

"그럼 받아가지고 가지! 잘 있소!"

양림은 두흥과 작별하고 떠나버렸다.

그러고서 사흘이 지났다.

이때, 마침 상사로부터 명령이 내려와 이관영이 산서(山西) 지방에 공무 출장을 가게 됐기 때문에 그는 두흥을 불러 모든 일을 조심성 있게 잘 살피라고 분부하는 동시에, 젊은 마누라한테도 부탁을 했다.

"내가 돌아올 때까지 집안을 보살피고 저 조카한테도 관대를 해요. 곧 돌아올 테니."

조옥아도 두흥도 공손히 대답을 하자, 관영은 문밖으로 나갔다.

옥아는 영감님이 떠난 뒤 날이 채 저물기도 전에 세수를 다시 하고, 분을 바르고, 모양을 낸 뒤에 술상을 차려놓고서 풍사인을 제 방으로 청해 들였다.

"어서 거기 앉으세요. 그동안 내가 게으른 데다가 괜히 바쁘기만 해서 술을 한 잔도 권해올리지 못했지. 오늘은 마침 한가하기에 술이나 한잔 잡수라고 이렇게 청했으니, 어서 드세요."

그러고서 옥아는 술을 따르고, 안주를 풍사인 앞으로 가까이 놓는다.

풍사인 역시 이렇게 생겨먹은 여자들을 다루는 데는 익히 배운 솜씨가 있는 터이라, 연방 치사를 했다.

"이렇게도 저를 위해서 큰맘을 쓰실 줄은 참 몰랐습니다. 감사합니다. 그런데 아주머니께서 혹시 아저씨께 못 하시는 말씀이 있으시면 저한테 이야기해주십시오. 그러면 제가 대신 말씀을 드리죠."

이런 말은 당치 않은 수작이건만 뜻이 있는 말이라, 옥아는 눈을 내리깔고 술잔을 집어 한 잔 마셨다.

조옥아는 아무 말도 않고 술을 서너 잔 연거푸 마시더니, 눈 가장자리가 복숭아꽃같이 빨개져서는, 그 눈을 게슴츠레 뜨고서,

"아이 참, 해도 길지… 아직도 어둡지 않네."

이렇게 한마디 하고, 한쪽 발을 들어서 탁자 밑바닥 나무 위에 올려놓는데, 보니까 새파란 우단 헝겊에 금실로 수놓은 조그만 신발이, 끝이 뾰족하고 바닥은 흰 비단으로 받친 것이, 아주 맵시 있게 보인다. 옥아는 다시 그 여여쁜 신발을 벗어서 놓고, 한쪽 다리를 무릎 위에 얹어놓는다.

이때, 사인(舍人)은 탁자 밑으로 팔을 뻗어 옥아의 발끝을 꼭 쥐면서,

"아주머니! 제가 아주머니를 처음 뵈었을 때부터 제 정신은 그만 나가버렸습니다. 지금 아주머니의 이 조그만 발을 보니까 더욱 정신이 빠

져, 이제는 아무래도 죽을 것만 같습니다. 제발 저를 살려주십시오!"

이렇게 말하고는 견딜 수 없다는 듯이 일어나 탁자를 한 옆으로 치워 놓더니, 달려들어 끌어안는 게 아닌가.

옥아는 짐짓 떠다미는 체하는 것이다.

그러나 사인은 아무 소리 않고 옥아를 꼭 끌어안고 침대 위로 올라가 일을 치러버렸다.

얼마 후, 의복을 다시 입고서 연놈은 어깨를 나란히 하고 붙어앉아 재미나게 이야기하다가 밤도 깊기 전에 한 이불 속으로 들어가버렸다.

이렇게 된 뒤부터 옥아와 사인은 아교풀로 붙인 것처럼 한시 반시를 떨어질 줄을 모른다. 그래서 내아에 있는 계집아이가 보는 데서도 껴안고 놓지 않는 형편이다.

이런 해괴망측한 꼴을 본 계집아이는 두홍에게 사실을 이야기했다. 이야기를 듣고 두홍은 분해서 주먹으로 내아를 가리키면서 욕을 했다.

"개 같은 잡년! 어디 두고 봐라. 관영님이 돌아오시면 그냥 안 놔둔다!"

그런데 옥아로 말하면 처음엔 두홍에게 마음이 있어 추파를 보냈었는데 이번에 우연히 이렇게도 절묘한 청년을 만났는지라, 이제는 두홍에게 의심이 생겼다. 제가 풍사인과 정을 통하고 지내는 것을 만일 두홍이가 알고 심술을 내면 어떡하나? 이렇게 의심을 일으킨 옥아는 두홍이가 눈엣가시처럼 밉기만 했다. 그래서 두홍이를 보기만 하면 꾸짖고 욕을 했다. 그러니 두홍인들 가만히 듣고만 있을 수 없어서,

"왜 나를 가지고 못살게 구시우? 정 그러신다면 나도 생각이 있어요!"

이렇게 들이대기까지 했던 것이다. 이 말 한마디가 옥아의 마음에 찔렸다.

그래서 옥아는 사인을 보고 의논했다.

"이거 봐요. 내가 당신과 인연이 있어서 관계를 맺고… 이제는 죽어도 떨어질 수 없게 되고 말았는데, 어쩌면 좋지? 집의 늙은이가 돌아오면 내야 감쪽같이 늙은 것을 속여놓겠지만 두흥이란 놈이 주둥이를 놀릴까봐 그게 걱정인데, 이걸 어떡하지?"

옥아가 이렇게 걱정하는 것을 풍사인은 아주 쉽게 대답하는 것이었다.

"그까짓 것 죽여 없애도 좋은 죄수 놈을 가지고 무슨 걱정이오? 종이 한 장이면 없어질 목숨을!"

사형을 집행하라는 쪽지 한 장이면 그만이라는 말이니, 풍사인은 아주 제가 관영의 실권을 쥐고 있는 성싶은 태도였다.

그랬는데, 이틀 만에 관영은 산서지방 출장에서 돌아왔다. 그는 내아에 들어와서도 전혀 아무것도 알지 못했는데, 옥아가 그에게 와서 애교를 떨면서 속삭이는 것이었다.

"영감께서 떠나신 뒤에 두흥이란 놈이 어쩌면 그렇게도 나쁠 수 있어요. 글쎄 상하가 분명한데, 제가 나한테 함부로 구는군요! 그러기에 죄수 놈을 그렇게 중용하는 게 아니라니까요. 어떻게 두흥이란 놈을 처치해버리셔야 해요!"

관영은 그 소리를 듣고 믿지 아니하는 것처럼,

"설마 두흥이가 부인한테 불경스럽게 굴었을라구! 그럴 위인이 못 되는데…."

하고 입맛만 다시니까 옥아는,

"영감두! 그럼 내가 없는 말을 지어서 여쭙겠어요? 아이 참, 분해라! 그 흉물을 어떻게 집에다 두고 봐요!"

이렇게 응석어린 음성으로 푸념을 하더니, 옥아는 얼굴을 관영의 가슴에다 들이대고 훌쩍훌쩍 우는 게 아닌가.

관영은 옥아의 어깨에 손을 대고,

"너무 염려 마아! 그만 일을 가지고 걱정할 게 뭐 있나. 어려운 일 아니니까 어서 들어가라구!"

이렇게 달래서 안으로 들어가게 한 뒤에 두홍을 불렀다.

"내가 영내를 떠난 뒤에 네가 마님한테 법도에 어긋나는 행동을 한 일은 없느냐? 바른대로 말해라!"

그러니까 두홍이 아뢰는 것이었다.

"영감님께서 묻지 않으셔도 소인이 말씀 올리려고 했었습니다. 저 풍사인이라는 것이 안에서 온종일 마님허구 술을 같이 먹고 행락을 같이합디다. 심부름하는 계집아이가 보는 데서도 거리낌 없이 행동을 한답니다. 그러고는 소인을 미워하면서 욕을 함부로 하고 소인을 죽여버리려고 든답니다. 풍사인이라는 게 그러드래요… 쪽지 한 장이면 소인의 목숨은 없어질 거라고! 소인이 영감마님께 얼마나 은혜를 입었는지 알 수 없는데, 어찌 감히 소인이 마님께 불경한 짓을 하겠습니까? 영감마님께서 풍사인의 얼굴과 소인의 얼굴을 비교해보시면 아실 것 아니겠어요? 작은마님이 어느 쪽을 더 좋아하실 것 같아요?"

"그만 입을 닥쳐라! 알았다!"

관영은 두홍이가 길게 설명하려고 하는 것을 못 하게 하고서 바깥채로 내보냈다.

그런 지 이틀이 지났다.

조옥아는 이틀이 지나도록 관영이 두홍을 처치해버리지 않으니까 쫓아나와서 또 한 번 영감님을 충동질하는 것이다.

"여보시오. 당신은 직품(職品)은 얕지만 그렇더라도 관(官)이 아니시오? 그래, 죄수녀석이 나한테 대들어 욕을 뵈려 했는데도, 그까짓 쪽지 한 장 쓰기가 그렇게 어렵단 말이오? 가만히 두고만 보실 작정이로군!"

이렇게 지껄이는 소리를 듣고 관영은 '쪽지 한 장이면 그만이라'고 했다는 말이 사실인 것을 깨달았지만, 일부러 내색을 보이지 않고 점잖게 말했다.

"글쎄, 드러난 증거가 있어야 어떻게 하지, 증거도 없이… 좀 곤란해."

그러니까 옥아는 발끈 성을 내면서,

"증거요? 증거를 그렇게 보고 싶거든, 그 개새끼를 내게 끌어다 붙여놓구려! 에그, 지긋지긋해!"

이렇게 쏘아붙이고서도 무어라고 울부짖는 소리를 해가면서 안으로 들어가버린다.

관영은 혼자 앉아서 생각했다.

'아무래도 두흥이를 딴 곳으로 보내둬야겠다… 그런데 어디로 보내야 좋을까?'

한참 생각하다가 관영은 옥리(獄吏)를 불러서 지시한다.

"두흥이가 여기 들어온 뒤로 매우 조심하고, 일도 잘 봤는데, 온 지도 오래되고 하니까, 서문 밖에 있는 초료장(草料場)에 간수로 내보내는 게 좋겠네. 그렇게 조처하게!"

그러자 옥리는 반대 의견을 내놓는다.

"그건 좀 어렵겠는데요. 궂은 일, 마른일 가리지 않고, 두흥이같이 힘을 다해서 일하는 사람이 있어야죠? 다른 놈은 심부름시킬 사환이 없습니다."

"잔말 말고 어서 가서 두흥이를 불러와!"

옥리는 감히 두 번 말을 못 하고 밖으로 나가 두흥을 데리고 왔다.

관영은 두흥이를 내려다보면서 말했다.

"네가 여기 있는 것이 편안치 못할 것 같아서 너를 다른 데로 보내기로 했다. 그런 줄 알고, 싫단 말 말고서 떠나가거라!"

두흥은 속으로 의심이 생겼다.

'작은마누라가 이불 속에서 꾀송거린 모양이구나!'

그는 이렇게 짐작하고서 말했다.

"영감마님께서 소인을 어디로 보내시려고 그러십니까?"

관영은 이때 이미 두흥이를 다른 데로 보내놓고 풍사인을 서울로 돌려보낸 뒤에 집안일을 무사히 만들 속셈이었던 터라, 두흥을 보고 말했다.

"서문 밖에 초료장이 있다. 거기 가서 그곳을 간수해라. 풀을 깎아서 전에 하던 법대로 1년에 한 번 바치기만 하면 그만이다. 지금 옥리를 따라서 같이 가서 먼저 있던 간수와 교대해라!"

두흥은 이 말을 듣고 속으로,

'흥! 그전에 임충이 당하던 그대로구나!'

이렇게 생각하고서 공손히 아뢰었다.

"그럼 소인이 그리로 가겠습니다마는, 영감마님께서 노령이신데, 신변에 믿고 심부름시키는 사람이 없사오니 조심하시기 바라옵니다."

관영은 다만 고개를 끄덕끄덕했다. 그리고 두흥은 옥리와 함께 밖으로 나가버렸다.

이렇게 두흥을 내보낸 다음, 관영은 안으로 들어가서 작은마누라와 사인을 보고 말했다.

"두흥이란 놈을 서문 밖에 있는 초료장의 간수로 내쫓았소. 그런데 사인이도 여기 온 지 여러 날 됐으니까 집에서 기다리실 게다. 그러니 너도 얼른 돌아가봐야겠다."

옥아는 관영의 이 말이 한편으론 좋기도 하고 한편으론 나쁘기도 했다.

두흥이를 눈앞에서 없어지게 했다는 것은 좋은 일이지만, 풍사인을 서울로 돌려보낸다는 것은 서운하기 짝이 없는 일인 때문이다.

그래서 옥아가 무어라고 말을 못 하고 있으려니까, 풍사인이 먼저 관영에게 말씀을 드리는 것이다.

"아저씨! 제가 집으로 돌아가고 싶기는 한데요, 아무래도 며칠은 더 있다가 떠나야겠어요. 제가 허리를 다쳐서 요새 걸음을 잘 못 걷습니다."

관영은 입을 다물고 사인의 얼굴을 바라보기만 했다. 그러고서 그날부터 관영은 냉정한 눈으로 두 사람을 관찰했다. 그랬더니 과연 옥아와 사인은 보통 사이가 아닌 것 같았다.

하루는 관영이 사무청에 앉아서 새로 압송되어온 죄수를 처리하고 급히 안으로 들어오려니까 방문 밖에까지 해해…호호… 웃는 소리가 들리는 고로 관영은 걸음을 멈추고 문틈으로 가만히 엿보았다. 그랬더니 옥아가 사인의 무릎 위에 올라앉았고, 사인은 옥아의 어깨에다 입술을 부비면서,

"그 늙은 것이 나를 이렇게 정이 든 사람한테서 떼어보내려고 하니 이 노릇을 어쩌노!"

이렇게 말하니까, 옥아가 하는 말이,

"염려 마아! 당신은 그저 아직도 요통이 낫지 아니했다고 엄살만 해요. 그래도 영감쟁이가 기어코 당신을 떠나보내려고 한다면 그땐 당신과 내가 그놈 영감쟁이를 먼저 하늘로 보내버리면 그만이지!"

이렇게 종알거리는 게 아닌가.

관영이 이 같은 수작을 듣고 어떻게 참을 수 있으랴. 그는 가슴에서 불덩어리가 치미는 것 같아서, 와락 문을 열고 들어가며 호령을 했다.

"네 이년! 더러운 잡년! 네가 나를 어디로 보내?"

연놈은 깜짝 놀라, 옥아는 사인의 무릎 위에서 뛰어내려오고, 사인은 일어나 황망히 내빼려고 하는 것을, 관영이 한 손으로 그놈의 팔을 붙들고,

"이 개 같은 자식아!"

이렇게 호령을 하고 주먹으로 대가리를 한 번 쥐어박자, 사인은 관영

을 힘껏 떠다밀며 몸을 빼쳐 달아났다. 그런데 관영은 워낙 노인이라, 상반신은 무겁고 아랫동아리엔 기운이 없기 때문에, 맥없이 나가떨어지면서 마룻장에다 두골을 쾅 부딪치고는 사지를 쭉 뻗어버리는 게 아닌가. 눈을 홉뜨고 자빠진 것이 벌써 죽은 사람 한가지라, 옥아는 겁이 나서 얼른 꿇어앉아 영감의 몸을 일으켜보려고 했다. 그러나 벌써 노인의 몸은 참나무 장작처럼 뻣뻣하고 무거웠다. 그도 그럴 것이 60 넘은 노인으로 옥아 때문에 평소에 정력을 무리하게 낭비했고, 게다가 지금 기막힌 꼴을 목도하고서 염통이 터질 만큼 흥분했던 판이었으니, 숨이 끊어질 만도 했다.

"아이고! 아이고!"

옥아는 저도 모르게 아이고 소리를 하다가 발딱 일어나 급히 옥리를 불러 자기 영감이 중풍으로 갑자기 숨이 끊어져버렸으니 상사에 보고를 올리라 하고, 돈을 꺼내주고서 관곽을 들여다가 장례를 준비하도록 일렀다.

한편, 두홍은 초료장에 간수로 나온 지 이틀이 지났는데, 이곳으로 나오기 전에 벗어놨던 의복을 내아에서 심부름하는 계집아이한테 세탁을 해달라고 부탁했던 터이라, 그 의복을 찾으러 영내로 들어가려는 판인데, 마침 사냥꾼이 노루를 한 마리 잡아가지고 그놈을 찢어서 파는 고로, 그 노루 다리 두 개를 사가지고 관영님께 드리려고 부리나케 시내로 들어왔다.

그가 막 영문 앞에 왔을 때 양림과 마주쳤다.

"마침 잘 만났소. 난 두형을 찾아왔더니, 뭐 초료장으로 나가 있다고 그런단 말야. 그래, 지금 길을 물어보려던 참인데… 잘 만났어!"

"흥! 관영님의 작은마누란지 개 같은 잡년 때문에 서문 밖으로 쫓겨 갔지! 오늘은 세탁을 해달라고 부탁했던 의복을 찾을 겸, 이 노루 고기를 관영님 잡수십사고 드리러 온 길이야."

"뭘? 관영은 죽었다는데 모르고 왔소?"

두흥은 눈이 둥그레지며 놀랐다.

"뭘? 무슨 병으로 그렇게 빨리 죽어! 내가 떠날 적에도 싱싱하셨는데! 가만있자, 그럼 양형일랑 저 주점에 들어가 한잔 하면서 기다려줘요. 내 들어가서 좀 알아보고 나올 테니."

두흥은 이렇게 말하고 주점에다가 노루고기를 맡겨놓고서 바로 영내로 들어가 옥리를 보고 물어봤다.

"관영님이 돌아가셨다니, 무슨 병환으로 갑자기 돌아가셨나요?"

"나도 모르겠다. 그저께 새로 압송되어온 죄수를 처리하시고 내아로 들어가셨는데… 마나님의 말을 들으면 중풍으로 돌아가셨다 하고… 계집아이 말을 들으면, 마나님이 풍사인과 희롱하는 판에 관영님이 들어가시다가 풍사인이 떠다밀어서 마룻장에 머리를 부딪고 넘어진 까닭에 숨이 끊어지셨다고 그런단 말이다. 그러나 너는 상관할 일이 아니다!"

두흥은 더 묻지 않고 내아에 들어와 후당으로 가보니, 관영의 시체가 칠성관 위에 덩그러니 놓여 있는 게 아닌가.

그는 그만 소리를 내어 엉엉 울었다.

이렇게 울다가 그는 옥아를 바라다보고 물었다.

"영감님이 갑자기 무슨 병환으로 돌아가셨어요?"

그러니까 옥아는 냉정하게 대답하는 게 아닌가.

"하늘의 천기를 모르는 것처럼 사람의 화복(禍福)도 모르는 거야! 너는 초료장을 지키지 않고 왜 왔느냐?"

그 말에 두흥이 대답했다.

"예, 세탁해달라고 부탁했던 옷가지를 찾으러 왔다가 영감마님께서 작고하셨다는 말씀을 듣고, 너무도 은혜를 많이 입었기에, 제가 염습(殮襲)을 모시려고 들어왔죠."

이 말을 듣더니 옥아는 낯빛이 싹 변해지면서 핀잔을 하는 게 아닌가.

"누가 널더러 그런 일 청하더냐!"

그러자 옆에서 풍사인이 또 꾸짖는 것이다.

"넌 이놈아! 귀양살이 와 있는 죄수 놈 아니냐? 일가친척도 아니고, 또 아무 인연도 없는 놈이 어쨌다고 참견하는 거냐? 빨리 나가거라!"

두홍은 이 소리를 듣고 배알이 틀렸다.

"그래, 넌 일가친척이 돼서 관영님을 세상을 떠나게 했느냐?"

풍사인은 발끈 노해서,

"저런, 때려죽일 놈!"

소리를 버럭 지르고, 즉시 하인을 불러 두홍을 붙들라고 야단을 친다.

두홍은 요전부터 음탕한 계집과 간부녀석을 죽여버리고 싶었지만, 영내에서 그럴 수도 없고 해서 이번에도 꿀꺽 참고, 그냥 내아로부터 헐레벌떡 달음질해 주점으로 돌아와서 양림을 보고 말했다.

"이거 봐요. 관영님이 죽게 된 까닭이 아무래도 수상하단 말야. 이놈의 음부(淫婦)·간부(姦夫)를 죽여버리고, 관영님의 원수를 갚아야겠소!"

양림은 두홍으로부터 이야기를 듣고는 고개를 좌우로 저으며,

"그렇게 서둘러서는 안 돼! 잘못하다간 우리가 붙들리기 쉽단 말이야."

이렇게 말하고, 다시 두홍의 귀에다 입을 대고 소곤소곤했다.

"이렇게… 이렇게… 내가 하자는 대로 해요. 그렇게 해야 일이 깨끗하게 된단 말일세."

두홍은 고개를 끄덕거리고, 다시 술을 두 근이나 주문해다가 먹고 셈을 치른 뒤에, 노루고기를 도로 찾아가지고 양림과 함께 초료장으로 돌아갔다.

한편, 옥아와 풍사인은 옥졸과 하인을 시켜 관영의 장례를 모셨다. 그리고 옥아는 소복을 입고 화장을 엷게 하니까 더욱 그 자태가 요염했

다. 그래서 풍사인과 옥아는 전보다 한층 더 환락에 빠져 날이 가는 줄도 모르고 즐긴다.

며칠 동안 연놈이 이렇게 지내다가 하루는 사인이 말했다.

"여보, 하늘이 우리 소원대로 들어줬는데… 여기는 우리가 그냥 눌러 있을 곳이 아니지 않소? 미구에 새로 관영이 도임할 것이고, 내아도 내놓고 우리가 물러가야 할 테니까, 속히 서울로 같이 갑시다. 우리 아버지가 지금 한창 세도를 하시는 판인데, 누가 감히 우리를 가지고 시비를 하겠소. 그러니, 우리 영원히 부부가 되어 즐겁게 삽시다."

옥아는 너무도 기꺼워서 사인의 목을 끌어안고 아양을 떤 다음에 행장을 수습하기 시작했다.

허섭스레기 세간은 죄다 내버리고 알짜 재산만 수습한 다음에 양딸 계집아이만 데리고 옥아는 사인을 따라서 내아를 출발했다. 사인은 말을 타고, 옥아와 양딸은 가마를 탔다.

그들이 창덕부를 떠나서 이틀 동안 걸어오니 거기가 자금산이라는 곳으로서 흉악한 강도가 출몰한다는 곳이다. 일망무제, 끝없이 넓은 벌판에 풀만 깔렸고 길가는 행인도 어쩌다가 한두 사람 보일 뿐 호젓하기 짝이 없는데 벌써 날은 저물기 시작했다.

그럴 때, 뒤에서 말발굽 소리가 들리므로 돌아다보니까, 두 사람의 장사가 각각 한 손엔 활을 들고, 어깨엔 활통을 메고, 허리엔 칼을 차고, 기세등등하게 말을 타고 풍사인 곁으로 달려가면서 채찍으로 말을 한 번 채쳐 비호같이 앞길을 달려가버리는 게 아닌가.

이때, 교군꾼이 가마 속에 있는 옥아한테 소리쳤다.

"마님! 지금 무척 수상한 사람 둘이서 앞질러갔는데요, 아무래도 돌아가시는 게 좋겠는뎁쇼!"

이 소리를 듣고 풍사인도 겁이 났다. 그래 얼른 말고삐를 잡아당겨 걸음을 멈춘 다음, 가마 앞으로 가서 교군꾼을 보고 말했다.

"글쎄, 퍽 수상하다마는, 우리가 오기를 멀리 왔으니 어떻게 돌아가겠니?"

그러니까 마부가 아주 장담하는 게 아닌가.

"염려 맙쇼! 소인이 대적해 싸울 테니까!"

그러나 마부의 이 말이 채 끝나기도 전에, 아까 앞질러갔던 두 사람의 괴한이 말머리를 돌이켜오면서 활을 한 대 탕 쏘자, 풍사인은 목에 화살을 맞고 말 아래 뒹굴어버리는 게 아닌가.

이때 괴한 두 사람이 다가와서 얼른 말에서 뛰어내리니까, 조금 전에 장담을 하던 마부는 교군꾼과 함께 뺑소니쳤다. 괴한 두 사람은 가마 문을 열고 옥아를 붙들어 내세웠다.

"착하신 양반들! 재물이나 가져가시고 제발 목숨만 살려줍시오!"

옥아는 부들부들 떨면서 두 손을 합장하고 이렇게 애걸하는 것이었다.

그러자 한 사람이 칼을 쑥 빼들더니,

"네 이년! 관영의 목숨이 네년 때문에 없어졌지?"

하고 옥아의 목을 쳐버렸다. 요염하게 아리땁던 얼굴도 이제는 간 곳이 없다. 양딸 계집아이는 기절을 해 자빠져버렸다.

괴한 두 사람은 가마 속에 있는 보따리와 풍사인이 타고 왔던 말에서 짐을 풀어놓고 그 두 개의 보따리 속에서 이관영이 평생 긁어모은 돈 3천 냥을 털어내어 전대에다 넣어 말에다 싣고서, 다시 말을 타고는 북쪽을 향해서 달려가는 것이었다.

이같이 괴한들이 멀리 간 뒤에야 마부와 교군꾼은 숨어 있다가 도로 그 자리에 돌아왔다. 그들은 서로 핼쑥해진 얼굴로 바라보았다.

"한 사람은 요전에 영내에서 두홍이하고 이야기하는 것을 보았는데, 그놈의 이름은 모르겠는걸!"

마부가 이렇게 말하니까, 교군꾼 하나가,

"우리가 어서 돌아가 빨리 관가에 알리고, 이 두 분 시체를 장사지내고, 두흥의 뒤를 쫓아봐야 하잖겠나!"

이렇게 말하는 것이었다. 그러자 모두들 그 말이 옳다 하고서 그들은 창덕부로 돌아갔다.

그런데 아까 말을 타고 나타났던 괴한 두 명은 양림과 배선이었다. 두 사람은 옥아와 사인을 죽이고 재물을 뺏은 후 그곳에서 10리나 떨어진 곳에서 기다리고 있는 두흥이한테로 가서 그와 함께 세 사람이 음마천 마을에 있는 양림의 처소로 와서 의논을 했다.

"우리가 이러고 가만히 앉아 있을 게 아니란 말야. 채책(寨柵)을 다시 세우고 장정들을 모집하여 그전같이 다시 사업을 해봅시다!"

배선이가 먼저 이 같은 의견을 주장하니까, 두흥은 반대하는 것이었다.

"안 돼! 난 아직 귀양살이 기한이 남아 있단 말이야. 그러니까 나 때문에 이응 형님한테 불이 떨어질 판이야! 배형! 나하고 양형하고 둘이서 독룡강엘 가서 나한텐 주인 되는 이응 형님을 모시고 올 테니까, 그때까지 배형이 여기서 기다려줄 수 없겠소?"

"그럼, 난 여기 있을 테니 두 분은 갔다 오구려!"

배선이 쾌히 승낙하므로 의논은 쉽게 끝났다. 그러고서 두흥과 양림은 그 이튿날 하루를 더 쉰 다음에, 제주부 독룡강을 향해 길을 떠났다.

# 음마천 중흥

양림과 두홍이 음마천으로부터 떠난 지 이틀 만에 어떤 조그만 장터를 지나노라니, 길거리에서 한 사내가 누구를 붙들고 무어라고 떠드는데, 그것을 구경하느라고 여러 사람이 둘러서 있으므로 양림과 두홍도 호기심으로 가까이 가서 구경꾼들의 어깨너머로 넘겨다봤다. 보니까, 가운데 서 있는 사람은 다른 사람이 아니라, 일지화(一枝花) 채경이다.

양림은 사람들을 헤치고 쑥 들어서면서 물어봤다.

"대관절 이런 데서 왜들 떠드는 거요?"

채경은 뜻밖에 나타난 양림과 두홍의 얼굴을 바라보더니 반긴다.

"마침 두 분 잘 오셨소! 글쎄, 내가 어젯밤에 이 집에서 이 손님과 만나 하룻밤을 쉬고 오늘 아침 내가 먼저 바깥으로 나왔는데, 이 친구가 자기 보따리가 없어졌다고 그것을 날더러 내놓으라고 떼를 쓰는구려!"

이 말을 듣고 양림은 그 사나이한테 소리를 질렀다.

"이 분은 나허구 형제간이란 말이야! 어림도 없이 누군 줄 알고 떼를 쓰는 거냔 말이다."

이렇게 주먹으로 때리려 하니까 그 사나이는 비실비실 물러서면서 발뺌을 하는 것이다.

"아녜요! 떼를 쓰지 않았어요. 머리맡에 놓였던 보따리를 혹시 못 봤느냐고 한마디 물어봤을 뿐예요. 그러자 저 손님이 성을 내면서 나를 때리시려고 했답니다!"

"눈깔을 똑똑히 뜨고 다녀! 이 양반은 그런 분이 아니야."

양림이 또 이렇게 호령하자 구경꾼들이 모두 양쪽의 시비를 뜯어말리는 바람에 그 사나이는 그 자리를 떠나버리고 구경꾼들도 헤어졌다.

이렇게 된 뒤에 양림이 채경을 보고,

"그런데 자넨 지금 어디로 가는 길인가? 그동안 어디 있었나?"

이렇게 물으니까, 채경은 말한다.

"형님께 오늘 처음 하는 이야깁니다만, 제가 벼슬도 싫고, 북경에 살기도 싫고 해서, 처삼촌 어른이 능주에 계시는데 지내시기가 괜찮고 하니까… 그리로 찾아가는 길입니다."

"그거 잘됐네. 그럼 우리허구 동행하세."

"그런데 두 분 형님은 어디서 같이 만나셨습니까? 이곳 제주까진 무슨 일 땜에 오셨습니까?"

이 말에 두홍이가 지나온 이야기를 자세히 했다. 처음에 손립을 만나 편지를 부탁 맡아가지고 서울에 갔다가 붙들려 창덕부에 와서 귀양살이 하던 일과 옥아와 사인을 죽이던 이야기를 죄다 털어놓았다.

그러고서 그들은 같이 길을 떠났다.

길에서 하룻밤을 지내고 이튿날 그들은 산동으로 들어가는 갈림길에 다다랐다. 여기서 양림과 두홍은 독룡강으로 향해야 하고, 채경은 능주로 가야 한다.

"그럼 여기서 작별해야겠네. 우리는 독룡강으로 가 있을 테니까, 자네는 능주에 가서 얼마나 지체하려나? 만일 북경으로 돌아가게 되거든 꼭 음마천에 들렀다가 가게! 우리가 모두 기다리고 있을 테니까."

두홍과 양림은 채경에게 이렇게 부탁하고 작별했다.

한편, 자금산에서 끔찍한 일을 당하고 창덕부로 돌아온 풍사인의 하인은 사실을 관가에 고발하고, 서문 밖의 초료장에 사람을 보내봤으나 두홍은 이미 도망가고 없었다. 하인녀석은 밤을 새워 서울로 급히 돌아 갔다.

풍표는 저의 아들이 참혹하게 살해당했다는 말을 듣더니 치를 떨면서 그렇게 된 원인을 캐고 물었다. 그러니까 하인녀석은, 두홍이가 괴한들과 한패가 되어 범행한 것이라고, 제가 아는 대로 경과를 아뢰는 것이었다.

풍표는 하인녀석의 이야기를 다 듣고 나서,

"응, 알겠다. 두홍이란 놈의 짓이로구나. 당장 이놈들을 잡아버리겠다!"

이렇게 말하고 즉시 동추밀한테 사실을 보고하는 한편, 창덕부로는 범인들의 행방을 엄중히 탐색하라는 공문을 띄우는 동시에, 제주부로는 두홍의 주인 되는 이응을 잡아 가두고서 두홍을 찾아내도록 족치라는 공문을 보냈다.

이렇게 되어 추밀원의 공문을 받은 제주부의 지부(知府)는 이응을 체포하려고 포교(捕校)를 불러 상의했다. 그랬더니 포교는 매우 난처한 듯이 아뢰는 것이었다.

"대단히 죄송한 말씀입니다만, 이응이란 자는 힘이 굉장히 센 놈인데다가 도통제라는 벼슬까지 한 일이 있기 때문에, 소인이 가서 붙들어오기가 퍽 어렵습니다. 아무래도 영감마님께서 친히 나가셔서 데리고오셔야 할 것 같습니다."

지부는 그의 말을 듣고 즉시 1백 명의 병정을 거느리고 독룡강을 향해서 출발했다.

이때는 가을도 깊어져서 엄동설한이 가까운 때였는데, 독룡강의 이응은 창덕부로 귀양 간 두홍이로부터 거의 3개월 동안이나 소식이 없는 것을 걱정하면서 추수한 볏섬을 일꾼들이 창고에 쌓는 것을 감독하고 있다가, 뜻밖에 본부에서 사또님이 나오셨다는 바람에 황망히 밖으로 나가서 영접해들인 후 막 인사를 드리려 하니까, 지부가 하는 말이,

"나하고 함께 지금 곧 본부로 가십시다. 추밀원으로부터 공문이 왔는데 조금 요긴한 의논이 생겨서 그러니, 자세한 것은 본부에 가서 이야기합시다."

하므로 이응은 창졸간에 어쩔 도리가 없어서 꼼짝 못 하고 지부를 따라 제주부로 갔다.

성내에 도착한 지부는 이응을 데리고 당상에 오르더니, 대뜸 죄인 취급을 하는 게 아닌가.

"두홍이란 자는 너의 집 차인 아니냐? 그런데 어째서 그놈을 꼬드겨 풍사인을 죽였느냐! 동추밀께서 너를 잡아놓고 두홍이를 찾아놓으라시니 그런 줄 알아라!"

이응은 깜짝 놀라면서 항변했다.

"그게 무슨 말씀입니까? 두홍이는 창덕부로 귀양 가 있지 않습니까? 여기서 2천 리나 떨어진 곳입니다. 그리고 귀양 간 뒤로 소식이 끊겼는데, 어떻게 그 사람을 내가 찾을 수 있습니까?"

사또는 발끈 성을 내면서 호령을 하는 것이다.

"잔말 마! 네놈들은 다 같이 양산박 잔당이야! 어디다 숨겨뒀는지 알게 뭐냐? 어서 옥에 들어가 있어라. 내가 너를 데리고 추밀원으로 갈 테니, 거기 가서 네가 바른대로 고백해!"

그러자 이응이 무어라고 말할 사이도 없이 아전·통인들이 달려들어 이응을 끌어내어, 그는 마침내 옥 속에 갇혔다.

그는 독방에 앉아서 골똘히 생각해보았으나 까닭을 전혀 알 수 없었다.

'무슨 일인지는 알 수 없다만, 연루자가 된 모양이니까 옥졸들이나 매수해둬야겠다!'

이렇게 작정하고서, 그는 가지고 있던 돈을 감옥 안에 있는 놈들한테 골고루 나누어줬다. 옥졸들은 이응이 본래 이름난 부자이니까 대우가 아주 극진했다.

그런데 이때 능주에 도착한 채경은, 자기 처삼촌이 그동안 승진해서 다른 지방으로 떠난 줄 모르고 찾아왔기 때문에 허행을 한 데다가 노잣돈도 떨어져서 북경으로 돌아갈 수도 없고 해서, 음마천에 있는 양림과 두흥을 만나보려고 제주길로 돌아섰다.

며칠 후에 음마천에 도착한 채경은 양림을 보고 경과를 말했다.

"난 글쎄, 처삼촌이 승진한 줄도 모르고 갔었지! 노자는 떨어지고…… 그래서 양형한테로 바로 온 거야."

"잘 왔어! 그동안 제주 태수가 이응 형님을 잡아 가뒀단 말이야. 그래 두흥이가 독룡강엘 가서 이형의 집안 식구들을 모두 음마천으로 모셔왔지. 난 제주성 안으로 들어가서 이응 형님을 옥에서 구해낼 작정을 하고 누구를 데리고 갈까 걱정 중이었는데, 마침 잘 와주었구면."

"대관절 어떻게 구해낼 방책이 섰는가요?"

채경이 물으니까, 양림은 입을 채경의 귀에다 대고 뭐라고 소곤소곤 말했다.

그 말을 다 듣고서 채경은,

"됐어!"

하고 한마디로 찬성했다.

이튿날 하오에 두 사람은 감옥문 앞으로 와서 옥졸을 보고 말했다.

"우리 두 사람은 서울서 내려왔는데, 추밀원의 공무를 마치고 돌아가려다가 이응이가 옥에 있단 말을 듣고, 그 친구와는 전부터 아는 터이라, 잠깐 얼굴이나 보고 가려고 왔으니 문을 좀 열어주구려."

옥졸은 평소에 이응으로부터 돈을 받아먹은 일이 있는 터이라, 두말하지 않고 문을 열어줬다. 양림과 채경은 거침없이 안으로 들어갔다.

이때, 이응은 감방에 앉아서 가슴을 졸이고 있는 판이었는데, 뜻밖에 양림과 채경이 찾아온 것을 보고 깜짝 놀랐다.

양림은 손을 저으면서 이응의 귀에다 대고 가만히 말했다.

"내가 배선이허구 둘이서 풍(馮)가놈하고 그 계집년을 죽였는데, 그만 이형이 연루자가 돼서 미안하오! 하여간 두홍이가 이형 댁 식구들을 모두 음마천으로 모셔다났으니 안심하시오. 그리고 이형이 추밀원으로 압송되기만 했다간 살아나기 어려울 테니까, 우리 두 사람이 구해내러 들어온 거요. 빨리 나갑시다!"

이응은 이 말을 듣고 금시에 희색이 만면해서 옥리를 불러 돈을 주면서 부탁하는 것이었다.

"난 미구에 서울로 압송될 사람인데, 자네들에게 수고를 시켜 미안하네. 그런데 오늘 마침 추밀원의 공무를 가지고 오신 친구가 찾아오셨기로 자네들하고 우리 다 같이 한잔 먹고 싶으니, 좀 음식을 갖다주게나그려."

"예, 알았습니다."

옥리는 대답하고 나가더니, 미구에 한상 그들먹하게 차려가지고 옥졸 몇 놈과 함께 들어왔다.

이응은, 우리만 이렇게 먹을 수 있겠느냐 하고서, 옥 안에 있는 일반 죄수들한테도 술과 고기를 나누어주도록 했다. 그러고는 옥리·옥졸들과 함께 둘러앉아서 마셨다.

이렇게 한참 이야기하면서 마시다가 이응은 일어나서 옥리와 옥졸들에게 각각 큰 잔에 하나 가득 부어가지고 술을 권했다.

그랬는데, 그 술을 받아 마신 옥리와 옥졸들은 술잔을 놓기가 무섭게 입과 귀로 침을 지르르 흘리면서 눈을 허옇게 뜬 채 쓰러져버리는 게 아닌가.

이때, 영내 누상에서는 3경을 알리는 북소리가 둥 둥 둥 울렸다.

이응·양림·채경 세 사람은 바깥으로 나와 담장 위로 올라가서 담장 위에 올려 쌓인 가시덤불을 밀어젖히고, 숨을 죽이면서 조심조심 발을 옮기는 판인데, 때마침 한 손엔 초롱을 들고, 한 손엔 곤봉을 든 두 놈의 간수가 순찰을 돌다가 담장 위의 그들을 보고, 한 놈이 소리를 지르는 것이었다.

"저놈! 탈옥수 봐라!"

이 순간, 이응은 소리치는 그놈의 아래턱 밑에다 칼을 대고 쓱 그어 버렸다. 그 순간, 그놈의 대가리는 땅바닥에 뒹굴었다.

이때 또 한 놈이 소리를 지르려 했지만, 번개같이 내리치는 양림의 칼끝에 모가지를 찔려 그놈도 끽 소리 못 해보고 땅바닥에 쓰러졌다.

세 사람은 담장 위에서 땅바닥으로 뛰어내렸다.

채경이 초롱을 들었다.

이응과 양림은 곤봉을 들고, 세 사람은 순찰 또는 간수처럼 버젓이 옥문 밖으로 나와, 큰길로 한참 오다가 옆 골목으로 들어섰다.

그랬더니 앞에 걸어가는 사람의 그림자가 보이고, 소곤소곤 지껄이는 소리가 들리는 게 아닌가.

"아직 성문이 안 열렸을 텐데, 혹시 집에서 알고 쫓아나오면 큰일이지?"

이런 소리가 들리므로 채경은 빨리 가까이 가서 초롱을 높이 들고 불빛에 비춰보니까, 하나는 나이가 젊은 부인이고, 하나는 보따리 한 개를 짊어진 사내놈이다. 이것을 보고 채경이 소리쳤다.

"간부허구 도망치는구나!"

이 소리를 들은 사내놈은 보따리를 벗어던지고 그만 줄행랑을 친다.

양림은 그 여자를 붙들었다.

그랬더니 그 여자는 땅바닥에 꿇어앉아서 싹싹 빈다.

"그저 잘못했습니다. 저 사내가 저를 꾀어냈답니다. 그저 용서해줍쇼!"

"사내놈의 이름이 뭐야?"

"예, 저 사람의 성은 시가(施哥)여요. 저의 외사촌 오빠여요. 제 남편이 집을 나간 지 1년이 지났는데도 돌아오지 않고, 시어머님은 저를 달달 볶기만 하는 까닭에, 저 사람이 저를 외갓집으로 데려다주겠다 해서 같이 가는 길입니다. 지금 도망가는 게 아녜요!"

"잔말 마아! 외사촌 오라비하고 간통하고서 도망질치다가 들키고서 무슨 변명이야!"

"나으리! 제발 용서해줍쇼!"

"그래라! 용서해줄 테니, 빨리 집으로 돌아가!"

그 여자는 고맙다고 몇 번이나 허리를 굽신거리고서 일어나더니 급히 가버린다.

양림은 보따리를 집어들고 껄껄 웃었다.

"어때? 순찰을 잘 봤지? 간부 연놈을 잡아 처리도 잘했단 말야!"

양림이 유쾌하게 웃으면서 이렇게 지껄이니까 이응은 그를 보고,

"성문이 열렸나, 안 열렸나, 그거나 어서 가봅시다!"

하고 재촉하는 것이었다.

그래서 세 사람이 성 밑에 와서 보니, 문은 아직 열리지 아니했으므로, 그들은 그 근처에 숨어 앉아서 닭의 우는 소리를 한참 동안 흉내 냈다. 그랬더니 조금 있다가 문이 열리므로 그들은 요행히 빠져나와서 줄달음질치다시피 50리나 내빼오다가 나지막한 산모퉁이에 오니까, 그제야 동녘 하늘이 훤히 밝아온다.

양림이 이때 땅바닥에 털썩 주저앉으면서,

"이놈의 보따리가 꽤 무겁단 말이야. 대관절 뭐가 들었는지 좀 풀어볼까?"

하고 보따리를 풀었다. 그랬더니 그 속에서 나오는 것은 여자의 의복

몇 벌과 동전 꾸러미 세 개와 비녀·뒤꽂이·목걸이 따위의 금붙이·은붙이였다.

"허허… 잘됐군! 이 동전 가지고 가다가 술이나 사먹자구!"

양림은 보따리를 다시 묶어가지고 일어섰다. 그러고서 그들은 곤봉과 초롱을 내버리고 이런 이야기, 저런 이야기 지껄이고 즐겁게 웃어가면서 10리가량 더 오다가 보니까 큰 길거리에 술집이 하나 보인다.

세 사람은 급히 술집으로 달려들어가 한쪽 구석에 자리를 잡고, 술을 다섯 근, 고기를 큰 쟁반 하나 가득 주문해놓고 정신없이 마구 마시고 먹었다. 그도 그럴 것이 그들은 반나절 동안이나 아무것도 안 먹고 걷기만 했기 때문에 몹시 시장했던 까닭이다.

이렇게 세 사람이 정신없이 한참 먹다가 좌우를 둘러보니까, 술청의 윗자리에 아까 들어올 때는 못 보았던 군관 한 사람이 큰 좌석을 혼자 점령하고 앉아 있는데, 얼굴이 잘생긴 데다가 수염을 기다랗게 길렀고, 몸집도 아주 웅장하게 보인다.

이때, 이쪽의 시선이 그의 시선과 마주치자, 그 군관은 아주 공손하게 묻는 것이었다.

"말씀 좀 물어보겠습니다. 제주에서 오시는 길이 아니신지요? 여기서 제주까지는 아직도 멉니까?"

이 말을 듣고 채경이 얼른 대답했다.

"여기서 60리는 더 가셔야 합니다."

그러니까 그 군관은 혼잣말처럼,

"허, 참! 빨리 가야만 범인을 잡겠는데!"

이렇게 중얼거리는 게 아닌가.

이 소리를 듣고 채경이 물어봤다.

"장군님은 어느 지방에 계십니까? 범인은 무슨 범인인가요?"

이렇게 물었건만 그 군관은 입을 다물고 있는데, 상 아래에 그를 모시고 섰던 하인녀석이 대신 말을 하는 것이었다.

"우리 댁 영감마님은 동추밀 대감을 모시고 계시는 풍장군(馮將軍)이
신데, 이번에 아드님 풍사인께서 창덕부에 가셨다가 살해당하셨답니
다. 소문에는 양산박 잔당인 박천조·이응이가 꾸민 흉행이라는데, 추밀
원에서 공문을 보내놓고서도 답답하셔서, 장군님이 친히 나오신 거죠.
제주부로 가서서 관원들을 데리고 범인을 잡고, 아드님의 원수를 갚으
실 겝니다."

이 소리를 듣고 이응과 양림·채경 등은 몇 마디 허튼 수작을 하고서
는 부랴부랴 음식값을 치르고 술집에서 나와 뺑소니치려고 할 때, 맞은
편에서 병정 놈 하나가 누른 빛 보자기에 싼 공문 보퉁이를 어깨에 울
러매고 달려오다가 이응의 얼굴을 힐끗 한번 쳐다보더니, 술청을 향해
큰소리로 외치는 것이었다.

"여보! 빨리 술 한 사발 주시오! 얼른 한 사발 먹어야 속히 가서 공문
을 전하겠소. 어젯밤에 이응이란 놈이 탈옥을 했소! 순찰 돌던 간수를
두 명이나 죽이고 달아났단 말요. 난 지금 추밀원으로 공문을 가져가야
하니까 빨리 술을 내놔요!"

술청 안에 있던 군관이 이 소리를 듣고 뛰어나왔다.

"뭐라고? 이응이란 놈이 탈옥했다고?"

"예! 방금 이 집에서 바깥으로 나온 그놈이 이응이란 놈과 꼭 같이
생겼군요. 그놈을 잡기만 하면 3천 관의 상금을 탄답니다!"

그러자 군관의 하인 놈이 말한다.

"그래요! 아까 그 세 놈이 나를 보고서 허둥지둥 내뺐어요. 그 중에서
도 이마빡이 널따란 녀석이 아드님을 죽인 바로 그놈예요! 소인이 아까
소리를 지르려다가 혹시 아니라면 어쩌나 싶어서, 그래서 소리를 못 질
렀답니다!"

풍표는 그만 칼을 빼들고 그 병정 놈을 데리고 달려가기 시작했다.

그러니까 하인녀석도 칼을 빼들고 달려가면서 고함을 쳤다.

"네 이놈! 살인범 놈아!"

이때 도망가던 이응과 양림·채경이 뒤를 돌아다보니, 군관과 병정이 벌써 가까이 쫓아오고 있는 게 아닌가. 품속에 칼은 있으나 이럴 때 쓰일 무기는 못 된다. 세 사람은 급히 길 옆 수풀 속으로 들어갔다. 그러자 병정 놈이 앞장서 달려오면서,

"이놈이 바로 이응입니다!"

하고 외친다.

이 소리를 듣고 풍표와 하인녀석도 수풀 속으로 뛰어들면서 기다란 칼을 휘저으며 세 사람을 추격한다.

사태가 매우 위태롭게 되었을 때 이응은 급한 대로 땅바닥에 넘어져 있는 기다란 소나무 한 개를 집어들고 한 번 내저었다. 그랬더니 풍표의 하인녀석이 그 나무 끝에 손목을 몹시 얻어맞고 칼을 땅바닥에 떨어뜨리는 것을 양림이 얼른 그 칼을 집어들고 맞섰다. 이럴 때 이응은 또 소나무를 한 번 앞으로 콱 내밀었는데, 이번엔 풍표가 나무 끝에 옆구리를 몹시 찔려가지고 땅바닥에 무릎을 꿇는 것을, 이 기회를 놓칠세라 양림이 달려들어 칼로 머리를 내리쳐 죽여버렸다. 이렇게 되니까 하인녀석은 돌아서서 내빼버리는데, 병정녀석은 그만 도망치는 게 늦었기 때문에 양림의 칼 아래 귀신이 돼버렸다.

이렇게 위급을 면하고 난 뒤에 이응은 한숨을 내쉬었다.

"이 소나무가 없었다면, 우리 세 사람이 모두 죽을 뻔하잖았나!"

이렇게 한마디 하고서 그들은 또 시골 관속들이 알고서 추격할는지도 모르니까 지체할 겨를도 없이 급히 달아났다.

그런데 풍표를 모시고 서울서 내려왔던 하인녀석은 아까 들렀던 주점으로 꽁무니가 빠지게 돌아와서, 풍장군과 병정이 죽었다는 이야기를 했다. 주점의 주인은 그 말을 듣고 질겁을 했다.

해는 저물고, 제주부로 갈 수도 없고 해서, 하인녀석은 그 주점에서 하룻밤을 쉰 후 이틀날 서울로 되돌아갔다. 물론 동추밀한테 보고하러 올라간 것이다.

한편, 이응과 양림·채경 등 세 사람은 그날 종일 쉬지 않고 길을 걸어 마침내 음마천에 무사히 도착했는데, 배선과 두흥은 너무도 반가워서 어쩔 줄을 몰라 했다. 세 사람은 방 안에 들어가서, 자기들이 주점에 들었다가 풍표를 만나 도망했었는데, 이놈이 추격해오는 까닭에 기어코 죽여버렸다는 이야기를 신이 나서 털어놓았다. 배선과 두흥은 시원스럽게 잘 해치웠다고 손뼉을 치며 기뻐했다.

그리고 나서 이응은 자기 집 가족들이 와 있는 것을 보고 동지들한테 말했다.

"그런데 이왕 일이 이렇게 됐으니 여러분한테 내 소견을 말해야겠소. 나는 이제 내친걸음이니, 우리가 이대로 여기다 산채를 묻고, 양산박에 있을 때와 같이 사업을 일으킬 수밖에 없다고 생각하오. 형들의 의향은 어떠신지?"

그러니까 배선이가 바로 대찬성이다.

"그럽시다. 난 벌써부터 장정을 2백 명가량 여기서 5리쯤 떨어진 용각산(龍角山)이란 곳에 모아놓고 있답니다. 산 위 우성관(佑聖觀)이라는 암자가 하나 있어서 전에는 꽤 번창했었지만, 근자에 필풍(畢豊)이라는 강도놈이 나타나서 도사(道士)를 죽이고 우성관을 점령하고는 졸개를 5백 명이나 모집해놓고 있는데, 전량이 상당히 많답니다. 내가 그전에 데리고 있던 소두목(小頭目) 웅승(熊勝)이가 지금 그놈 수하에 있는데, 그자가 일전에 나를 찾아와서 하는 말이 '필풍이란 자가 누군고 했더니, 그전에 태안주의 가회전(嘉會殿)에서 씨름 시합이 있었을 때 연청이 집어던졌던 임원(任原)이의 제자랍니다. 그러니까 양산박과는 아주 원수 지간인 놈입니다.' 이렇게 말하더군요. 우리가 여기서 영(營)을 꾸미고 일어나보십시오. 반드시 저놈이 우리를 치러 올 겁니다. 그렇게 되기 전에 우리가 선수를 써서, 먼저 그놈을 없애버리고 그놈의 부하들을 데려오는 것이 상책일 겁니다."

이 말을 듣고 이응은 머리를 좌우로 흔들었다.

"글쎄, 그건 천천히 기회를 보아서 하는 게 좋을 것 같은데… 우리가 아직 디디고 설 땅을 정해놓지도 못하고서 그럴 수 있나!"

이 말 한마디에 결국 모두들 찬동하고서 그날부터 그들은 연일 목재를 다듬고, 방을 세우고, 채문을 설비하고, 마필·의갑·무기를 서서히 준비하기 시작했다.

그러던 중 하루는 용각산의 웅승이가 찾아와서 저의 두목 놈의 험담을 털어놓고 통사정을 하는 것이었다.

"필풍이란 자는 힘은 세지만, 지혜는 아주 없는 녀석입니다. 게다가 주색(酒色)밖에는 아무것도 모르고, 아랫사람한테 인심을 쓸 줄 모르는 까닭에, 부하 졸개들이 모두 반심(反心)을 품고 있죠. 그런데 요전 날 산 밑에 사는 부잣집 색시 왕미랑(王媚娘)이를 뺏어다놓고, 요새는 거기 홀딱 빠져 정신을 못 차리는 형편이랍니다. 그래, 저는 그전 일을 생각하고 두령님을 다시 모시고 싶은데, 어떻습니까? 오늘밤에 가만히 우리들 있는 곳을 들이치신다면, 제가 안에 있다가 내응해드릴 텐데요. 그러면 반드시 이기실 것입니다."

"좋아! 그렇게 해!"

이응과 배선은 기뻐하면서 웅승에게 오늘밤 3경에 그곳을 칠 테니 꼭 내응을 하라고 부탁해 돌려보냈다.

이날 밤, 이응과 배선·양림은 채경과 두흥을 음마천에 남겨두고, 졸개 2백 명을 데리고 2경쯤 되었을 때 용각산에 다다랐다.

12월 하순께라 서리가 두껍게 내렸는데, 차디찬 달빛 아래 보이는 것은 오직 앙상하게 뼈만 남은 나무들뿐이다.

험악하기 짝이 없는 산길을 타고 넘어 산문(山門) 앞에 이르니까, 그곳에 벌써 웅승이가 저의 심복 20여 명을 데리고 나와 있다가 반겨 맞는다.

"길이 험하니 조심하십쇼. 지금 저 작자가 왕미랑이를 데리고 술을 처먹고 있어요. 제가 앞서서 길을 인도해드릴 테니, 가만가만 오십쇼!"

이응·배선·양림 등은 각각 칼을 빼들고 그의 뒤를 따라 우성관의 대전(大殿) 뒤로 돌아 찬하헌(餐霞軒) 앞으로 가서 마루문 틈으로 안을 엿보니까, 필풍이란 놈이 왕미랑이라는 부잣집 색시를 품안에 끼고 앉아서 술을 마시며 노닥거리고 있는 판이다.

그때 방안에서 색시의 말소리가 새어나온다.

"사흘만 지내고서 나를 집으로 보내준다더니 이게 뭐예요? 벌써 내일이면 열흘이나 되는데, 그래 정말 안 보내줄래요?"

필풍이는 아주 점잖게 대답한다.

"잔소리 마! 그건 일부러 한 소리지. 여기서 내 마누라가 돼서 영원히 같이 살면 어때? 내겐 커다란 진주가 백 개나 있단 말야. 그걸 다 줄 텐데, 뭘 그래!"

"어머니 아버지가 집에서 걱정하고 계시니까, 얼른 가야 해요!"

"그럼 내일이라도 부모를 이리로 모셔다가 같이 지내면 그만이지!"

필풍이는 이렇게 대답하고는 또 술을 입에 하나 가득 물고, 그것을 색시더러 입으로 받아 마시라고 색시의 얼굴을 끌어당긴다. 그러니까 색시가 톡 쏜다.

"싫어요!"

필풍이는 술을 꿀꺽 삼키고는 꾸짖는다.

"어째서 내 말을 안 듣니? 괘씸한 년!"

문틈으로 이 모양을 엿보다가, 이응은 그만 호령을 했다.

"저런 죽일 놈!"

그리고 문을 와락 열어젖히고 일제히 뛰어들었다.

별안간 이 모양을 당한 필풍은 왕미랑을 밀어젖히고, 뒤 창문을 열고서 밖으로 뛰어내리더니, 그냥 산꼭대기로 달음질쳤다.

이때 배선도 창문으로 뛰어내려 그 뒤를 쫓았으나, 어느새 어디로 내뺐는지 행방을 알 수가 없었다.

방 안에서는 왕미랑이 무릎을 꿇고 앉아서 오들오들 떨고 있으므로 이응은,

"너는 겁내지 말아라! 너의 집으로 보내주마!"

이렇게 한마디 했다.

이럴 때 웅승이가 졸개들을 이끌고 대청 앞에 와서 일제히 절을 하면서 인사를 드리는 것이었다.

이응은 졸개들의 인사를 받고서 명령을 내렸다.

"필풍이란 놈이 도망쳤는데, 이놈을 그냥 내버려뒀다간 후환거리니까, 쫓아가 잡아와야겠다!"

그러고서 그는 배선·양림·웅승 등 세 사람과 함께 졸개들에게 횃불을 들려가지고 뒷산으로 올라가 사방으로 한참 동안 수색을 해보았으나 그림자도 안 보인다.

'그거 참 조화로구나!'

이응은 입속으로 탄식하고는 우뚝 서서 졸개들을 향해,

"너희들, 나를 따라서 음마천으로 가고 싶으냐?"

하고 물어보는 것이었다.

그러자 졸개들은 이구동성으로 대답했다.

"저희들은 벌써부터 필풍이 같은 인정 없는 사람 밑에서 떠나려고 했었습니다. 웅승이한테서 두령님의 말씀을 많이 듣고 저희들이 사모했었으니, 제발 저희들을 데리고 가십시오."

이 말을 듣고 이응은 승낙했다.

"그래라! 그럼 모두 행장을 수습해가지고 같이 가자!"

이렇게 결정하고서 이응은 졸개들과 함께 내려와서 필풍이가 감춰두었던 돈을 이 구석 저 구석으로부터 5천 냥이나 찾아내고, 두 개의 창고 속에 저장해놓은 쌀을 모조리 꺼내고, 말 30필과 무기·갑옷 같은 것을 몽땅 싣고서 음마천으로 돌아가기로 했다. 이리하여 이응과 배선이 졸개들을 거느리고 먼저 떠나자마자, 양림은 우성관에다 불을 질러버리고, 웅승이를 불러 그가 데리고 다니는 소두목 두 놈으로 하여금 왕미랑이를 저의 집까지 데려다주라고 명령하는 것이었다. 왕미랑은 너무도 고마워서 눈물을 흘리며 사례하고 갔다.

그들이 용각산의 우성관을 없애버리고서 음마천에 돌아왔을 때는 해가 불끈 솟은 아침때였으므로 부리나케 밥을 짓는 동시에, 한편으론 양과 돼지를 잡아 천지신명에게 치성을 올리고, 졸개들에게도 나누어준 뒤에, 둘러앉아서 의논을 했다.

"우리가 이제 여기다 뿌리를 박고 일어서야겠는데, 이곳 음마천은 본시 배형이 예전에 지반을 굳게 다져놓고 있던 곳이니까, 배형이 우두머리가 돼주어야겠소."

먼저 이응이가 이렇게 말하니까, 배선은 손을 휘휘 내저었다.

"천만에! 형님을 제쳐놓고 그게 될 말입니까? 형님은 영특하실 뿐만 아니라, 양산박에 있을 때부터 윗자리에 계셨는데, 지금 와서 새삼스럽게 따질 것이 없습니다! 우리는 형님이 시키시는 대로 명령을 듣겠습니다!"

"아니, 그럴 수가 없소!"

"글쎄, 더 길게 말씀 마세요!"

이응은 사양하다가 하는 수 없이 제1위에 좌정하고, 제2위엔 배선이 앉고, 채경을 제3위에 앉히려고 했다. 그랬더니 채경이 갑자기 꿇어앉더니 공손히 말하는 것이다.

"제가 잠깐 소회를 말씀드리겠습니다. 저희 형제가 본시 북경 감옥에서 죄수한테 행형(行刑)하는 미천한 인간이었는데, 노원외님을 구원해드렸대서 송공명 어른이 저희들을 데리고 양산박으로 가신 후 불행하게도 방납이를 토벌하던 때, 형님은 전사하고 저만 혼자 남았습니다. 집에는 늙은 어머니가 계십니다. 이번에 노상에서 우연히 두형(杜兄)과 양형을 만나 협력해서 제주 감옥에서 형님을 구해냈을 뿐입니다. 그리고 저 같은 건 여기 있어야 아무 짝에 쓸모없습니다. 저를 집으로 돌아가게 해주십시오."

이 말을 듣고 이응은 허락했다.

"그래, 그렇다면 억지로 붙들지는 않을 테니, 며칠 더 있다가 천천히 떠나구려."

그러고서 이응은 채경이 대신 양림을 제3위에 앉히고, 두흥을 제4위로 정하고서, 음마천의 진용을 정비했다.

이와 같이 그들의 진용 정비가 끝난 후 채경은 그들과 작별하고서 보따리 하나만 둘러메고 북경을 향해 길을 떠나 이틀 후엔 호욕채(壺峪寨) 지방에 당도했다. 그런데 이곳은 부자들이 많이 살고 있는 큰 장거리로서, 그가 장터 앞에 이르러 보니, 넓은 마당에다 두 개의 무대를 높다랗게 만들어놓고, 무대 앞에다 초롱과 색종이를 매단 줄을 치렁치렁 걸어놓은 것이 흡사 무슨 치성을 드리는 것처럼 호화로운 판인데, 넓은 마당에는 남녀노소 구경꾼이 무려 천여 명이나 모여서 무대를 바라보고 있는 것이었다.

채경이 그대로 지나갈 수가 없어서 사람들 틈을 비집고 무대 앞으로 가까이 들어가 바라보니, 동쪽 무대 위에 도인 한 사람이 앉아 있는데, 그 좌우에는 네 명의 시자(侍者)가 보검(寶劍)을 짚고 서 있다. 그리고 도인의 모양을 보니, 머리엔 흰 옥을 박은 어미관(魚尾冠)을 썼으며, 몸에는 금실로 수놓은 도복을 입고 손에는 보검과 법령(法鈴)을 들고 앉았는데, 시커먼 눈썹 밑에서 좌우를 흘겨보는 눈동자에서는 싸늘한 기운이 번쩍인다.

채경이 눈을 돌이켜 서쪽을 바라보니, 무대 위에 시종 없이 도사 한 사람이 앉아 있을 뿐인데, 머리엔 관을 쓰지 않은 채 도포만 입고 행전을 쳤을 뿐, 그리고 얼굴에 너그러운 빛이 보이기는 하나 아직도 약간 살기가 남아 있어 보인다.

이때 자세히 보니, 이 사람은 다른 사람 아니라, 바로 혼세마왕(混世魔王) 번서였다.

'저 사람이 어쩌자고 이런 델 와서 재주를 피울까. 아직도 깨치지 못했군! 어쩌나 좀 구경해볼까.'

이렇게 생각하고 다시 중앙에 위치한 높다란 연단을 바라보니, 이 연단 위에는 수염이 기다랗고 풍채가 좋은 부잣집 양반이 두 손을 모으고 서서 공손히 말을 시작하는 것이었다.

"저희들이 두 분 선장(仙長)님을 모시게 되어 참으로 영광스럽습니다. 지금 이렇게 많은 사람들이 모여서 두 분 선장님의 오묘한 법술을 구경하고자 하오니, 도가 높으시고 덕이 무거우신 두 분 선장님께서는 한번 술법을 겨루어 보여주십시오. 이기신 어른께는 선원(仙院)을 지어드리겠고, 선생님으로 모시고서 평생을 공양해올리겠습니다."

이 말이 끝나자 동쪽 무대의 도인이 입을 열었다.

"이 사람은 지금 성상 폐하께옵서 통진달령(通眞達靈)한 선생님으로 모시는 임진인(林眞人)으로부터 술법을 전수받았기 때문에 이 방면의 인사들로부터 극진한 대우를 받는 터인데, 지금 되지도 못한 과객이 이 사람한테 시합을 하자고 덤비는 고로 마주 나와서 한번 상대를 해주는 것이오. 내가 이기고 난 다음에 저 사람을 붙들어가지고 관가로 보내어 처치하게 할 터이니까, 결코 도망가지 못하게 감시해주시오."

도인의 말이 끝나니까 이번엔 번서가 한마디 하는 것이었다.

"이 사람은 정처 없이 천지간에 소요하는 사람으로 우연히 이곳을 지나다가 선장님의 도법을 듣고 특히 가르치심을 받고자 했을 뿐입니다. 지금 천여 명의 관중이 보는 이 자리에서 이 사람이 이긴다 할지라도 이 사람은 잠시 유희한 것으로 알고 표연히 떠나가겠습니다. 조금도 다투고 싶은 생각은 없으니까 그런 줄 아시고, 먼저 신통한 술법이나 보여주십시오. 길게 연설하실 건 없습니다."

번서가 이렇게 말하니까 동쪽 무대의 도인은 칼을 공중으로 쳐들고 입속으로 무어라 중얼중얼 주문을 외는 것이었다. 그러자 별안간 천지가 캄캄해지고 광풍이 일면서 구름 속으로부터 한 마리의 이마빡은 희고 몸뚱이엔 얼룩무늬가 있는 맹호가 뛰어나오더니 대뜸 서쪽 무대 앞에 가서 금시에 번서를 잡아먹을 것처럼 어흥 소리를 치고 달려드는 게 아닌가.

이때 번서는 한 손가락으로 호랑이를 가리키며,

"얼간 짐승! 빨리 본색을 보여라!"

하고 꾸짖었다. 그러니까 그렇게도 무섭게 보이던 호랑이가 픽 쓰러지는데, 보니까 이것은 한 조각의 노랑 종이였다. 번서가 입으로 훅 부니까 노랑 종이는 후르르 날아가버린다.

이 광경을 보고 동쪽 무대의 도인은 법령(法鈴)을 딸랑딸랑 흔들면서,

"빨리!"

소리를 질렀다. 그러자 이번에는 길이가 30척이나 되고, 두 눈깔이 불덩어리 같은 시커먼 구렁이가 독기를 뿜으면서 공중으로부터 번서의 머리 위로 쏜살같이 내려오며 혓바닥을 날름거리는 모양이 징그럽고 무섭다.

구경꾼들은 모두,

"이제는 저 사람 죽었다!"

이렇게 탄식하는 사람뿐이고, 채경은 온몸에서 식은땀이 쭉 흘렀다.

이때 번서는 얼굴빛도 변함없이 까딱 않고 앉았다가, 혓바닥을 날름거리며 입을 들이미는 구렁이의 모가지를 한 손으로 움켜쥐더니, 입김을 한 번 세게 훅 불었다. 그러니까 구경꾼들이 이때까지 구렁인 줄 알았던 것이 그 순간 기다란 지푸라기로 변해버리는 게 아닌가. 번서는 지푸라기를 무대 아래에다 내던졌다. 구경꾼들은 박수갈채를 했다.

동쪽 무대에 있던 도인은 자기가 만들어낸 호랑이와 구렁이가 실패로 돌아가자, 이번엔 최후의 수단을 써야겠다고 생각했다.

'오냐, 이번엔 네깐 놈이 꼼짝 못 할 게다!'

그러고서 그는 두 손으로 공중을 한 번 휘휘 젓고서 방울을 흔드는 것이었다. 그러자 별안간 앵앵 하는 소리가 요란하게 들리면서 수만 마리의 참벌떼가 하늘을 덮고 날아오더니 번서한테로 엉겨붙는 게 아닌가. 그러나 번서는 까딱 않고 가만히 앉아 있다가 소매 속으로부터 조그만 돌멩이 한 개를 꺼내더니 그것을 북쪽에다 팽개치고, 파리채를 집어들고는 한 번 휘젓는다. 그러니까 그와 동시에 갑자기 벼락 치는 소리가 나더니 하늘에서 소나기가 쏟아지면서 그렇게 많던 벌떼는 모두 땅바닥에 떨어지는데, 보니까 이것들은 모두 벼껍질 왕겨였다. 그리고 비가 그렇게 쏟아졌건만 구경꾼들은 하나도 옷을 적신 사람 없이 말짱한 게 아닌가. 너무도 신기해서 구경꾼들은 모두 입을 딱 벌렸다.

이때 동쪽 무대의 도인은 더 해볼 수단이 없는지라, 부리나케 무대 위에서 내려갔다.

이 모양을 보고 번서가 큰소리로 외치는 것이었다.

"여보시오, 선장(仙長)! 또 한 번 다른 기술을 보여주십시오. 저도 조금 할 줄은 압니다마는, 어떨까요? 당돌합니다만, 이왕 선장의 기술을 보았으니까 저도 한두 가지 기술을 여러분 앞에 심심풀이로 해보일까요, 말까요?"

그러자 무대 아래서 구경하던 사람들이 일제히 소리를 지르는 것이었다.

"두 분이 서로 누가 잘하나 내기를 하시지 않았소? 한쪽 기술만 보고 자기는 안 한다면 그건 무례한 게 아니오? 어서 한번 기술을 보이시오! 그래야 우리가 어느 쪽이 더 잘했다고 판정을 낼 거 아니겠소?"

군중들이 이렇게 떠드니까 번서는 지체하지 않고 소쿠리 속에서 복숭아 씨 한 개를 꺼내더니 그것을 구경꾼들이 잘 볼 수 있는 무대 옆의 땅을 조금 파헤친 다음에 거기다 묻고 흙으로 덮어버리고 물을 한 보시기 뿌리고는 입속으로 무어라 주문을 외는 것이었다. 그러자 금시에 땅속으로부터 복숭아나무 한 주가 삐죽이 나오면서 우쭐우쭐 키가 커지고, 가지를 뻗고, 꽃이 만발하더니, 사발만큼씩한 새빨간 복숭아 세 개가 열리는 게 아닌가.

이때 번서가 한 손을 쳐들고 손짓을 하니까 공중으로부터 어여쁜 선녀가 새하얀 도복을 입고 사뿐 내려오더니, 섬섬옥수로 복숭아를 따서 백옥으로 만든 쟁반에 담아서는 맵시 있는 걸음으로 동쪽 무대에 있는 도인 앞으로 가더니, 앵두 같은 입을 열고 꾀꼬리 같은 음성으로 도인에게 말하는 것이었다.

"소녀는 서왕모 낭랑전(西王母 娘娘殿)에 있는 사향옥녀(司香玉女)이온데, 선장님이 이곳에 오시어 법술을 베푸시기에 수고가 많으시다고 복사 세 개를 갖다드리라는 분부가 계셔서 가지고 왔사옵니다. 이것을 잡수시면, 장생불로(長生不老)하시옵니다."

세상에 나왔다가 처음 보는 미인으로부터 이런 말을 들은 그 도인은 정신이 황홀해서 복숭아를 받으려고 손을 내밀었는데, 이때 얼굴은 시퍼렇고, 키는 열 자나 되고, 머리엔 속발관(束髮冠)을 쓰고, 허리엔 호피(虎皮)치마 같은 것을 둘러매고, 손엔 낭아곤을 든 천신이 공중으로부터 뛰어내리더니, 도인의 허리춤을 번쩍 집어들어 무대 아래에다 냅다 던져버리는 게 아닌가. 그러고서 천신과 옥녀는 그 자리에서 연기처럼 사라져버렸다.

그럴 때, 도인을 모시고 섰던 시종들이 무대 아래로 뛰어내려가 도인을 안아 일으켰으나, 도인은 까무러쳐서 정신이 없는 고로 시종들은 그를 안고서 무대 뒤로 돌아갔다.

번서는 이때 서쪽 무대 위에서 내려왔다.

구경꾼들은 박수갈채를 하면서,

"참, 훌륭하십니다! 정말 신통하신데요!"

하고 칭찬이 대단하다.

그러자 중앙의 단상에 있던 양반이 내려와서 번서 앞에 꿇어앉아 절을 드리면서 말하는 것이다.

"제가 그저 용렬해서 저 곽도인(郭道人)만 믿고 여태까지 신선처럼 생각했었습니다. 선생님께서 높으신 도술을 가지신 줄 몰랐으니, 참으로 죄송합니다. 부탁합니다만, 제 집으로 가셔서 좀 가르쳐주십시오."

번서는 웃으면서 사양했다.

"무어 대단한 기술도 아닙니다. 아까 그 사람이 자기가 조금 아는 것이 있대서 교만하게 굴기에 잠시 희롱을 했을 뿐이죠. 이 사람은 그저 사방으로 한가하게 돌아다니는 길이니까, 여기서 작별하겠습니다."

이렇게 말하고 있을 때 기회가 좋다 싶어서, 채경이 얼른 번서 곁으로 가서 그의 손을 잡고 인사를 했다.

그랬더니 번서는 좌우 사람들이 보는 자리인지라, 채경을 보고 어디서 오는 길이냐고 묻는 것이 재미없는 일이라 생각하고서, 얼른 그 양반에게 작별을 고했다.

"우연히 지금 여기서 친지를 만났습니다. 같이 가서 이야기를 해야겠으니 용서하십시오."

이렇게 말하고 번서가 돌아서려 했으나, 그 양반은 번서를 붙든다.

"제가 눈앞에 신선님을 뵙고서 어찌 그냥 가시게 하겠습니까! 친구 어른과 함께 제 집으로 가셔서 조용한 방 안에서 이야기를 하시지요."

이렇게 말하고서 그 양반은 번서와 채경을 자기 집으로 모시고 가더니 다시 예를 하고 번서를 상좌에 모신 뒤 진리(眞理)를 수양하는 방법에 대해서 묻기 시작했다.

이러고 있을 때 마침 그 집 하인이 방문 앞에 와서,

"지금 동추밀께서 차관(差官)을 보내시고 좀 오시라고 기별이 왔습니다."

이렇게 보고한다.

주인양반이 이 소리를 듣더니 얼른 일어나면서,

"자, 그럼 오늘은 날도 저물었으니 저 후원의 별당으로 가셔서 편히 쉬십시오. 저는 잠깐 나가봐야 하겠습니다. 내일 다시 모시고 말씀을 듣겠습니다."

하고, 청지기를 불러 손님 두 분을 별당으로 안내해드리라고 이른 다음에 바깥으로 나갔다.

주인양반이 나간 뒤에 번서와 채경은 청지기의 안내로 별당으로 왔다.

채경은 먼저 자기가 이때까지 겪어온 지나간 이야기를 털어놓은 후에 번서를 보고 물었다.

"그런데 나는 집으로 돌아가는 길에 이곳을 지나다가 형장을 우연히 발견하고, 그리고 반나절이나 기술을 구경했지만, 대관절 무슨 곡절이 있어서 그 사람하고 싸우셨소?"

그러니까 번서가,

"나는 조정에서 벼슬을 하라는 것도 싫고 하기에 사방으로 떠돌아다니면서 도를 닦다가, 지금은 일청도인(一淸道人)을 찾아가는 길에 이곳에 잠깐 들른 거라오. 그런데 이 댁 주인양반의 이름은 이양사(李良嗣)

인데, 굉장한 부자인 데다가 성질이 호협(豪俠)하고, 권세 있는 귀인들과 사귀기를 좋아하고, 말하자면 공명심(功名心)이 풍부한 사람이지. 그 위에 법술(法術)을 가장 좋아한단 말이야. 그리고 나하고 다투던 그 도인이란 자는 성이 곽(郭)씨고, 이름이 경(京)인데, 이자는 파락호라, 임진인(林眞人)이라는 임영소(林靈素)의 문하에서 도술을 조금 배운 것을 가지고 세상을 속여먹고 다니는 작자라오. 그래, 이양사도 이자한테 속아가지고 이자를 칙사 대접한다기에 내가 소문을 듣고 찾아온 거요. 그런데 곽경이가 시각에 늦게 왔기에 내가 먼저 내기를 걸고서 아까 한번 망신을 시킨 거랍니다. 하여간 이곳은 오래 머물 수 없는 지방이니까, 내일 될 수 있는 대로 일찌감치 여기서 떠납시다."

라고 대답했다.

두 사람이 이런 이야기를 하고 있을 때 이양사는 동추밀의 차관을 찾아갔더니, 차관은 술을 가져오라 하여 술상을 놓고 마주 앉아서 이양사를 보고 말하는 것이었다.

"동추밀 대감께서 이번에 성지를 받들어 대병을 거느리고 북경을 진수(鎭守)하시게 되시었습니다. 요국(遼國)이 국경을 자주 침범하는 까닭이지요. 서울서 떠나올 때 임영소 선생이 말씀하기를, '자기 문하에 곽경이라는 사람이 있으니 그 사람을 추밀원에 등용해 쓰기를 바란다.' 하시더군요. 그런데 그 사람이 지금 이곳에 와 있다기에 영감께 특청을 하러 온 길입니다."

"아, 그러십니까? 그럼 사람을 곧 보내서 불러오겠습니다."

이양사는 즉시 자기가 데리고 왔던 자기 집 하인을 곽경에게로 보냈다.

이때 곽경은 아까 장터 무대에서 땅바닥에 나가떨어진 까닭에 온몸이 결리고 아파서 침상에 드러누워 끙끙 앓고 있다가, 추밀원에서 나온 차관이 만나자고 한다는 기별을 듣고 허둥지둥 일어나서 하인을 따라 차관한테로 왔다.

"동추밀 대감께서 저를 알아주시고, 또 영감께서 이렇게 찾아오신 것을, 제가 먼저 찾아뵀어야 옳은 일이건만 나쁜 놈한테 걸려서 몸을 다쳤기 때문에 지금 몸을 잘 쓰지 못합니다. 2, 3일 후에 다시 찾아뵙겠습니다."

"왜, 무슨 일로 그런 봉변을 당하셨나요?"

곽경의 말을 듣고 차관은 이렇게 묻는 것이었다.

"예, 이양사 어른은 지금 우리나라에서 제일가는 호걸이시고, 병법(兵法)에 능통하실 뿐 아니라 무예에도 출중하신 터인데, 저를 극진히 대우해주십니다. 저뿐만 아니라 누구든지 찾아오는 사람이면 관대하시는 터인데, 아 그놈이 그런 나쁜 놈인 줄 모르고 나하고 법술을 시험하자 하기에 한번 겨루어봤더니, 그놈이 '장안법(獐眼法)'을 써서, 눈 깜짝하는 사이에 나를 땅바닥에다 집어던졌기 때문에 허리하고 무릎을 몹시 다쳤습니다. 아주 큰 봉변을 당했습니다."

"아, 그랬습니까? 그런데 선생이 그 사람과 기술을 겨루면서 왜 그 사람보다 먼저 '장안법'을 써서 그 사람을 메다꽂지 못하고, 도리어 당하셨나요?"

차관이 싱글싱글 웃으면서 이렇게 묻는 데는 곽경이 아무 말도 대답을 못 하고 얼굴빛이 뻘게졌다.

그것을 보고 이양사가 말했다.

"곽선생이 먼저 맹호·독사·황봉(黃蜂)·열화(烈火)를 모조리 보내서 들이치셨건만 그 사람은 꿈쩍도 않고 모두 막아내더니, 복숭아씨 한 개를 땅바닥에 심어놓고 금시에 그 복숭아나무에 복숭아를 세 개나 열리게 해서 어여쁜 옥녀를 시켜 그것을 따다가 곽선생한테 드리게 하는 게 아녜요. 그저 호의로만 알았더니, 뜻밖에도 하늘에서 흉악하게 생긴 장신(將神)이 튀어나와서 저 곽선생을 냅다 집어던졌답니다. 그랬으니 얼마나 아프시겠습니까!"

"그 도인이 지금 어디 있습니까? 내가 내일은 그분을 찾아가 뵈어야겠습니다."

차관이 매우 긴장한 어조로 이같이 물으니까 이양사가 자랑스러운 듯이 대답하는 것이었다.

"예, 제가 그분을 우리 집 별당에 모셔다놨습니다. 이제 내가 그 법술을 좀 배우기로 했습니다."

그런데 이때 차관의 하인녀석이 방문 바깥에서 이런 말을 듣고는 그 도인이 어떻게 생긴 사람인가 궁금해서 급히 이양사의 집 별당으로 가서 문틈으로 방안을 가만히 엿보았다. 등잔불을 켜놓고 도인과 채경이 마주 앉아서 이야기하고 있는 모양을 자세히 보다가 하인녀석은 질겁을 해 돌아와서 이양사를 보고 말하는 것이었다.

"영감님! 그 도인이란 사람은 좋은 사람이 아녜요!"

"왜?"

이양사가 별안간 그게 무슨 소리냐는 눈으로 바라다보니까, 하인녀석이 자신 있게 말하는 것이었다.

"제가요, 지금 댁의 별당엘 가서 보고 왔어요. 도인은 모를 사람이지만 그 사람하고 같이 앉아서 이야기하고 있는 사람은 지난번에 우리 풍장군을 살해한 악한이거든요! 도인이 좋은 양반이라면, 그따위 악한하고 친할 이치가 있습니까?"

차관이 이 소리를 듣고 놀랐다.

"그게 어떻게 된 이야기냐? 자세히 말해보아라!"

"예, 지난번에 풍사인이 창덕부에 가셨다가 양림·두흥 이 두 놈 때문에 참혹하게 돌아가셨죠! 그 후에 풍장군께서 제주로 가시다가 주점에서 이응이란 놈을 보시고, 토병과 함께 그놈을 쫓아가시다가 수풀 속에서 칼에 맞아 돌아가셨죠. 그놈의 성명은 제가 모릅니다만, 지금 도인하고 이야기하고 있는 놈이 바로 그때 풍장군을 살해하던 세 놈 중의 한 놈이에요. 추밀대감께서 그놈들을 모두 체포하라고 하시는데, 지금 별당에 있는 놈만 잡으면 이응·양림·두흥 이 세 놈이 지금 어디 가 있는지 단박 알 수 있을 거 아녜요? 그럼 당장 그놈들을 잡지요!"

곁에서 이 말을 듣고 있던 곽경은 이때 기회가 좋다고 저의 의견을 털어놓는 것이었다.

"저는 이렇게 생각합니다. 이응과 양림은 양산박의 잔당이 아닙니까? 원소칠과 손립이 등주에서 양태수 일가족을 몰살시키고, 그 일로 양태위가 천자께 아뢰어서 그놈들을 토벌하게 되었는데, 이번에 또 이응이란 놈이 풍장군 부자(父子)를 살해했으니 그런 놈들은 국가의 적이올시다. 오늘 그 도사란 놈도 요법(妖法)을 써서 나를 망신시켰는데, 이놈이 필시 양산박의 공손승일 겝니다. 그런데 이대관인(李大官人)께서는 평소에 큰 뜻을 품으시고 공명을 이루려 하시면서 어째서 이런 기회에 그 도사란 놈과 함께 별당에 있다는 악한을 잡아서 추밀원으로 보내시지 않으십니까? 만일 두 놈을 그대로 내버려두신다면, 후일에 큰 화근이 생길 겝니다. 속히 댁에 있는 그 두 놈을 붙들어내야만 일이 깨끗하게 될 줄로 압니다."

차관도 역시 공을 세우고 싶어서 이 말에 찬성했다.

"곽선생의 말씀이 옳습니다!"

이양사도 이때 공명심이 끓어올랐다.

"암, 그렇지요! 양산박의 잔당인 바에야 두 놈을 잡아버리는 것이 조정을 위해서 당연하고말고요! 그런데 다만 저놈의 법술이 대단하니까 혹시나 잘못될까, 그게 걱정이죠. '화호불성(畵虎不成)' 될까 그것이 염려이니, 이를 어쩝니까?"

그러니까 곽경이 장담했다.

"염려 마십쇼! 내가 법술을 쓸 테니까, 내 법술은 개피[狗血]하고 사람의 오줌이 더욱 효력을 내니까, 사람들을 시켜서 저 두 놈이 잠들고 있는 동안에 그것을 두 놈의 몸에다 끼얹도록 하십쇼. 그렇게만 해주신다면 그 놈들을 독 속에 든 쥐새끼같이 손으로 집어냅니다!"

"그럼 됐습니다!"

그들은 이렇게 계획을 세웠다.

3경쯤 되어 그들은 문객들과 하인들을 불러모아 모두들 칼과 몽둥이와 오줌을 들려가지고 이양사의 집 별당으로 가만가만 다가갔다.

그런데 이보다 먼저 번서는 방문 밖에서 어떤 놈이 방 안의 동정을 살피고 가는 것을 알았는지라, 채경이 자리에 눕기도 전에 주의를 시켰다.

"오늘밤에 어떤 놈들이 우리를 해칠 거요. 그러니까 의복을 벗지 말고 그대로 앉아 있어요!"

이렇게 말하고 그는 바깥으로 나가더니, 진흙을 두 덩어리 뭉쳐가지고 들어와서 채경에게 한 덩어리를 주면서 그것을 사람 모양으로 뭉치라고 이르는 것이었다.

"만일 이상스러운 일이 있으면 내가 바깥으로 나갈 테니까, 따라서 나와요! 이게 '토둔지법(土遁之法)'이라는 거야."

채경은 번서가 시키는 대로 했다.

그랬더니 과연 3경쯤 되어서, 곽경이 선두에 서서 이양사의 집 문객들과 하인들한테 횃불을 들려 별당으로 가까이 오는 게 아닌가.

번서와 채경은 인기척을 듣고 얼른 일어나서 바깥으로 나왔다. 이때 여러 놈이 두 사람과 대면했건만, 그들의 눈에는 두 사람이 안 보이는 것이었다.

그런데 번서가 곽경의 얼굴에다 대고 입김을 한 번 후우 부니까, 곽경은 그만 정신을 잃고 침상에 나가떨어졌다.

번서는 얼른 채경의 손을 이끌고 대문 밖으로 나왔다.

"그런데 말야, 차관이 아까 하는 말을 들으니까, 동관이 북경을 진수 (鎭守)한다는구먼. 그리고 자네하고 이응이하고 둘이서 풍표를 죽였다는 것을 하인 놈이 알고 있단 말이야. 그러니까 자네가 집에 돌아간대도 편안히 있을 수는 없을 것이니, 내가 집에까지 데려다줄 테니 식구들을 데리고 음마천으로 가구려! 나는 공손승한테로 갔다가 얼마 동안 산에 있을라오."

"알아들었어! 그럭하지!"

채경도 그와 동감인지라 이렇게 말하고, 두 사람은 캄캄한 밤길을 같이 걸었다.

한편, 곽경이가 정신을 잃고 침상에 자빠져 있을 때 여러 놈이 방 안에 들어와 보니, 그들의 눈에는 도사란 사람이 침상에 누워서 코를 골고 있으므로 놈들은 먼저 오줌을 끼얹고 달려들어 밧줄로 도사를 꽁꽁 묶었다. 그리고 나서 도사와 같이 있던 친구를 찾아봤으나 보이지 않으므로 결박해놓은 도사만 떠메고서 큰사랑으로 나와 마루 위에 내려놨더니, 그제야 도사라는 사람이 잠이 깨어 소리를 지르는 게 아닌가.

"이게 뭐야? 왜 나를 결박지었느냐?"

여러 사람이 모두 깜짝 놀라 그를 들여다보니 이건 도사가 아니고 곽경인데, 온몸에 똥오줌을 뒤집어썼기 때문에 더러운 냄새가 코를 찌른다.

"에구머니! 분명히 도사가 자빠져 있는 것을 묶어가지고 왔는데 곽선생으로 변해버렸네! 이런 기괴한 일이 있담!"

곽경이를 도사로 보고 결박해온 놈들의 놀라움이야말로 컸다.

이양사는 급히 하인들을 시켜서 곽경의 결박을 풀어놓고 옷을 벗기고서 몸을 씻게 한 후 새 옷을 입혔다. 이렇게 곽경은 두 번씩이나 법술이 부족한 탓으로 망신을 당했기 때문에 아무 소리 못 하고 벙어리가 되었다.

"도사는 달아난 것이니까 할 수 없지! 하여간 내일 추밀부로 가서 다시 의논합시다."

서울서 온 차관은 입맛을 쩝쩝 다시면서 이렇게 말하는 것이었다.

다음날, 이양사는 금·구슬·비단 등속의 예물을 말에 싣고서 곽경과 함께 북경으로 갔다.

북경에 도착하여 먼저 차관이 들어가서 아뢴 뒤에, 조금 있다가 북소리가 한번 덩 울리더니, 원문(轅門)이 열리면서 군사들이 엄숙하게 경비하고 있는 길로 차관이 나와 두 사람을 인도해 들인다. 이양사와 곽경은 뒤따라 들어가서 절을 하고 예물을 바쳤다.

동관은 두 사람의 인사를 받은 후 이양사의 얼굴을 자세히 보니 아주 의젓한 인물이라, 마음에 흡족했다.

"조정에서는 본래 요국(遼國)과 싸우지 않고 의좋게 지내려 했었으나, 송강이 요국을 정벌한 이후 요국 왕은 요사이 대병을 동원시켜 원수를 갚으려고 북쪽 경계를 자주 침범하는 고로, 조정에서는 본관으로 하여금 이곳을 지키고 있도록 하였소. 그리하여 내가 조칙을 받들고서 어진 선비를 널리 구하는 중이오. 기모이책(奇謀異策)이 있어서 능히 폐하의 진념하시는 뜻에 보답한다면 마땅히 중용할 터이오. 일찍이 들으니 그대는 영특한 재주와 지략이 있는 특출한 선비라 하니, 무슨 좋은 계책이 있거든 말해보시오."

동추밀이 이렇게 묻는 고로 이양사가 대답했다.

"초야에 묻혀 있는 고루한 소생이 무엇을 알겠습니까마는, 은상께서 물으시니 우견(愚見)이나마 솔직히 아뢰겠습니다. 북쪽 땅 연운(燕雲) 16주는 본래 중화(中華)의 강토입니다. 진나라 때 글안[契丹]한테 구원을 청하느라고 강토를 떼어준 것을 아태조(我太祖) 때에 다시 회복했었는데, 반인미(潘仁美)가 잘못해서 소한(蕭翰)이한테 패해 또다시 뺏겼던 것을, 진종조(眞宗朝) 때 독연지역(瀆淵之役)에서 구구준(寇寇準)이가 어가친정(御駕親征)을 역권(力勸)해서 간신히 강화를 한 것이었습니다. 그런데 연전에 송강이 경솔하게 군사행동을 했기 때문에, 그래서 지금 요국은 그때의 복수를 하려 드는 것입니다. 그러니까 은상께서는 이곳서 군사를 조금도 움직이지 마시고 국경만 지키고 계십시오. 제가 한 꾀를 써서 연운 16주를 도로 찾고, 요국을 파해서 우리 강토를 만 리나 넓혀, 은상께서 더욱 높은 지위에 앉으시게 하겠습니다. 폐하께 이 뜻을 아뢰어주시기 바랍니다."

동관은 이 말을 듣고 대단히 기뻐서 그를 즉시 밀실로 들어오게 한 후 은근히 그 계책을 물었다.

이양사는 자기의 소신을 털어놓았다.

"지금 금(金)나라의 국왕이 세력이 커져서 10만의 병력을 갖고 동방에 웅거해 있는 터이니, 사신을 한 사람 보내시어, 금국으로 하여금 압록강을 건너가 동맹 관계를 맺게 해서 요국을 양면에서 협공하면 요국은 멸망할 것이요, 연운 16주는 중화의 땅이 될 거 아닙니까? 이렇게 된 후, 전에 요국을 대하던 것과 같이 금국을 대접해주면, 금나라의 국왕도 그것으로써 만족할 것입니다. 그리고 저 요국 평주(平州) 지방의 수장(守將) 장각(張殼), 탁주(涿州)의 유수(留守) 곽약사(郭樂師)로 말씀하면, 저와는 평소에 굳은 맹약을 맺고 있는 동지이므로 그 두 사람을 설득하여 귀순시키면 요국의 울타리가 없어지는 셈이 되고 맙니다. 이렇게 요국의 울타리를 걷어치우고 동서에서 협공하면, 요국은 당장에 멸망하고 말 것 아닙니까!"

동관은 손으로 이마를 짚으면서 탄복했다.

"하늘이 우리나라를 보호하사 이 같은 인물을 내리셨도다! 금쪽같은 귀한 말을 들으니 가슴속이 후련하오!"

그러고서 동관은 즉시 천자께 상소를 올리어 우선 이양사를 추밀원 참군(參軍)으로 임명하여 군무에 참획케 하고, 곽경은 임영소의 부탁도 있고 해서 이 사람도 역시 군중에 있게 한 후 같이 의논을 했다.

하루는 군무에 관해서 세 사람이 의논을 하다가 이양사가 마침 기회가 있는지라 말을 꺼냈다.

"그런데 말씀입니다. 요국을 없애버릴 성산은 이미 섰으니까 염려하실 건 없고, 오직 국내에 걱정거리가 남아 있습니다. 다른 게 아니라, 송강의 잔당이 다시 산속에 떼를 지어 집합해 화를 돋우고 있으니, 이게 큰 걱정입니다. 전일 곽경이 저의 집에 있을 때, 어떤 도사가 찾아와서 법술을 한번 겨루어보자고 해서, 곽경과 시합을 해본 일이 있었습니다. 그런데 그때 그 도사가 동반하고 있던 사람은 이응과 함께 추밀원의 풍장군을 살해한 악한 중의 한 놈이랍니다. 그래서 하인녀석한테서 이 말을 듣고, 이놈을 붙잡아 추부(樞府)로 오려고 했더니 아 이놈이 요술을 부려 내빼버리지 않았겠습니까! 이놈이 아마 양산박의 공손승인 것 같습니다. 이놈은 얼마 전부터 이선산(二仙山)의 자허궁(紫虛宮)에 있다는 것을 제가 알고 있습니다. 이놈을 일찌감치 없애버리지 않았다가는, 일후에 요국과 교전할 때 이놈이 그 기회에 반심을 품고 일어난다면 이야말로 큰 걱정거립니다."

동관이 이 말을 듣더니 고개를 끄덕인다.

"그래! 내가 깜빡 잊고 있었군! 원소칠이 손립이하고 양태위 일가족을 죽이고서 등운산에 들어가 있고, 이응이가 또 내 심복 풍표를 죽이고, 이젠 공손승이 요술을 부려 세상을 어지럽게 한다니, 이것들을 속히 체포해버려야겠소!"

동관은 이렇게 말하고 즉시 배하에 데리고 있는 통제 장웅(張雄)으로 하여금 군사 5백 명을 거느리고 곽경을 앞세우고서 이선산으로 가서, 먼저 공손승을 잡은 뒤에 그길로 등운산으로 가서 원소칠 일당을 없애버리고, 음마천으로 가서 이응의 일당을 없애버리라고 명령했다. 이렇게 되어서 장웅이 군사를 이끌고 출발하려 할 때, 이양사는 곽경에게 단단히 부탁을 했다.

"이번엔 당신이 절대로 그놈의 요술에 지면 안 돼요! 정말 정신을 바짝 차리시오!"

"예, 염려 마십시오."

곽경은 제법 자신 있게 대답하고 떠나갔다.

한편, 왕경의 난을 소탕한 뒤 서울로 돌아왔을 때 송공명과 작별하고 이선산으로 돌아온 공손승은 주무와 함께 도를 닦으며 여러 해를 같이 지냈는데, 그동안에 그의 모친은 작고하고, 나진인(羅眞人)도 이 세상을 하직했기 때문에, 그는 이선산의 자허궁 뒤켠에다 조그만 암자를 하나 짓고서 주무와 함께 그곳에 거처하고 있었다. 산 위에는 반송이 뒤덮여 있고, 골짜구니에는 대나무가 우거졌는데 졸졸 흐르는 시냇물 위에는 다리 하나가 아담스럽게 보이는 선경 같은 곳이었다. 공손승과 주무는 여기서 하루 종일 마음을 깨끗하게, 영혼을 맑게, 뜻을 높게, 몸을 반듯하게 가지면서 심신을 단련하는 터이라, 공손승의 도는 더욱 높아졌다.

이때는 마침 중양가절(重陽佳節)이라 온 산이 단풍으로 수를 놓았는데, 햇볕은 따뜻하고 바람은 가벼워 사람의 마음이 저절로 상쾌했다. 그래서 두 사람은 박자주(柏子酒)에 송화반(松花飯)과 순포가소(荀脯嘉疏)를 놓고 마주앉아 뜰아래 황국(黃菊)을 보면서 술을 마시며 즐겼다.

"그런데 말씀예요. 나는 본래 세상 밖에 빠져나온 사람으로, 오직 하늘의 천강성(天罡星)의 운수를 타고났기 때문에 한번 사업을 해보다가 속세로부터 뛰쳐나와, 오늘날 선생과 함께 이렇게 천지간에 거리낌이 없이 자유자재로 놀고 있으니 이 얼마나 좋습니까! 송공명 형님의 그 지극하던 충의지심(忠義之心)도 일장춘몽(一場春夢)이지 뭡니까!"

공손승은 문득 송강을 생각하고 이런 말을 하더니 또 술을 두어 잔 마시고서는 흥이 나는 듯 어고판(魚鼓板)을 손바닥으로 장단 치면서 노래를 부르는 것이었다.

입속에 가시를 물지 마오
품속에 유환을 감추지 마오
광활한 대지가 시원도 하이
이 세상 만사가 노름판 같으니
부운(浮雲) 부귀(富貴)가 심상하구나.

노래를 마치고서 공손승은 손뼉을 치며 껄껄 웃었다. 주무도 그와 함께 유쾌히 웃고 있을 때 심부름하는 동자가 급히 달려오더니, 숨이 턱에 닿게 고하는 것이다.

"사부님! 큰일 났어요. 지금 군사들이 와서 자허궁을 에워싸고 있어요. 동추밀 대감의 분부로 장군님 두 분이 사부님을 잡으러 나왔대요. 주지님이 여기 계시다고 말했더니 지금 군사들을 데리고 이리로 오고 있어요!"

공손승과 주무는 얼른 자리에서 일어나, 은신법을 써서 소나무 곁에 가 서서 구경했다.

이때, 장웅은 곽경과 함께 주지를 앞세우고 암자로 들어오더니, 사람이라곤 아무도 없으므로 앞산과 뒷산을 뒤져보고는, 그래도 사람의 그림자라곤 하나도 보이지 않으니까 이상스럽다는 표정으로 사방을 둘러보는 것이다. 그럴 때 주지가 변명 비슷하게 말했다.

"공손승 선생은 처음부터 이 암자에 거처하고, 자허궁엔 안 계셨습니다. 몇 해 동안 소승도 뵙지를 못했으니까, 아마 잘못 오셨나 봅니다."

그러니까 곽경이 호령을 했다.

"무슨 개소리야! 내가 그놈허구 호욕채(壺峪寨)에서 법술 시합을 했단 말이다. 그놈하고 이응이란 놈이 풍장군을 죽이고 했기 때문에 내가 성지를 받들고서 잡으러 나온 거란 말야! 봐라! 여기 술상을 놓고 앉아서 국화를 보고 있는 것을 네놈이 먼저 선동해서 그놈들을 도망시킨 것이 분명하니까, 네놈을 추밀원으로 잡아다가 군법으로 다스리겠다!"

이렇게 호령하고 곽경과 장응은 군사들로 하여금 주지를 꽁꽁 묶어 놓게 한 다음, 자허궁의 곳간에 있는 전량(錢糧)과 의류를 몽땅 꺼내서 싣고 돌아가는 것이었다.

공손승은 이 꼴을 죄다 보고서 머리를 흔들었다.

"괴상한 이야기로다! 내가 종적을 감춘 지가 10년, 한 번도 산에서 내려가본 일이 없는데, 호욕채에서 시합을 하다니? 풍장군을 죽이다 니? 정말 별소리 다 듣겠군! 그러나저러나, 주지가 억울하게 됐는데!"

그러자 주무가 곁에서 말했다.

"내가 전일 향을 좀 사려고 산을 내려갔다가 소문을 들으니까, 요사이 음마천에 호걸들이 많이 모여서 대단히 흥왕한다더군요. 혹시 이응이가 그곳에 웅거하고 있는지도 알 수 없는 일이죠. 하여간 여기 그냥 있다간 선생의 신상에 어떤 일이 생길지 불안하니까, 우선 음마천으로 가서 우리가 사실을 알아본 후 명산동부(名山洞府)를 두루 찾아보고 적당한 곳에 몸을 감추는 게 좋지 않을까요?"

"그거 좋은 말이외다."

공손승은 즉시 찬성하고, 암자로 들어가 행장을 수습한 후 주무와 함께 산의 뒷길로 내려가서 큰길로 나와 음마천을 향하여 길을 걸었다.

이틀 동안을 걸어서 음마천의 산 밑에 이르렀을 때 바라보니, 과연 산 위엔 관문이 세워져 있고, 칼과 창이 빈틈없이 서 있는데, 깃발이 펄펄 날린다.

두 사람은 관문 앞으로 가서 성명을 통했다.

졸개가 뛰어들어가 보고하니까 번서와 채경이 달려나오고, 잇달아서 모든 사람이 나와 영접해 들인 후, 취의청에 들어가서 피차의 인사를 새로 했다.

이응이 먼저 웃는 낮으로 말했다.

"두 분 선생은 세상 밖에 나가 계신 신선이시라, 우리같이 항시 환란 속에 있는 사람으로서는 만나뵙고 싶은 생각이 간절해도 만날 수가 도저히 없었는데, 오늘은 이 무슨 좋은 바람이 불어서 이렇게 하늘로부터 내려오셨는지요?"

공손승이 천연스럽게 말했다.

"우리 두 사람이 진세(塵世)를 떠나 백운상(白雲上)에 있었는데, 지난 중양일(重陽日)에 국화를 보며 한잔 하던 중 뜻밖에 동관이 군사를 보내 자허궁 주지를 잡아갔단 말씀예요. 내가 호욕채 지방에서 요술을 부리고 동관의 부하 풍장군을 죽인 사람과 동행했다는 혐의랍니다. 그런데 나는 이런 사실에 대해서 털끝만큼도 아는 것이 없으니 대관절 여러분 가운데 아시는 분이 있거든 이야기나 해주시오. 그리고 여러분은 여기 무슨 까닭으로 이렇게 모여 계십니까?"

이렇게 물으니까, 이응이 자세히 이야기하기 시작했다. 등운산의 손립이 부탁하는 편지 때문에 두홍이가 서울에서 붙들려 귀양 갔었던 이야기, 제주에서 자기가 탈옥하던 이야기, 숲속에서 풍표를 죽여버리던 이야기를 죄다 하니까, 공손승이 듣고 나서 묻는다.

"그건 모두 나하고는 상관없는 일들입니다. 그런데 호욕채 지방에서 내가 어쨌다는 이야기는 그게 뭐지요?"

그러자 번서가 웃으면서 입을 열었다.

"그건 제 얘깁니다. 제가 선생을 찾아뵈려고 나섰다가 호욕채 이양사의 집에 갔더니, 곽경이란 자가 있기에 법술을 한번 희롱했었죠. 그때 우연히 채형을 만나서 같이 있었더니, 하인녀석 하나가 풍표를 죽이던 사람이라고 알아보고, 우리를 잡으려 하기에 둔법(遁法)을 써서 내빼 나왔죠. 저것들이 그때 나를 양산박 공손승 선생으로 잘못 짐작했던 거 같습니다."

이 말을 듣고서 공손승은 비로소 모든 것을 짐작할 수 있었다.

"오오, 그래서 이선산으로 나를 붙들러 왔던 장교 놈이 나하고 법술 시합을 했었다고 그랬구려. 그리고 그자가 곽경이고… 그런데 그런 자가 어떻게 장교가 됐을까?"

그가 이렇게 물으니까 번서가 대답했다.

"동관이 지금 북경을 지키고 있는데, 곽경이는 임영소의 문하생이라, 임영소가 동관이한테 천거한 거 아니겠습니까. 그날 저녁 차관이 왔던 것도, 아마 동관이의 부탁으로 이양사한테 왔던 거 같습니다."

번서가 이렇게 설명하니까, 잇대서 이응이가 말했다.

"일청(一淸) 선생! 조정이 어두워서 걱정인데, 게다가 간신 놈들이 권력을 쥐고 우리 형제들을 해치려고 여간 서두르지 않습니다그려. 이번에 번형(樊兄)이 한 짓을 저것들이 선생의 짓으로 오인하고 있는 모양인데, 이건 하늘이 도우신 일인 줄로 저는 압니다. 이왕 선생이 여기까지 오셨으니 그전 양산박에서 지내시던 대로 우리들의 윗자리에 앉아주십시오."

공손승은 이 말에 냉정했다.

"나야 벌써부터 세상을 아주 등진 사람이라 마음이 식은 재같이 돼버려서 이제는 아주 불기가 없습니다! 그리고 이번 일이 사체가 모호하고 또 내력도 내가 알지 못하니 내가 무얼 어떻게 하겠습니까? 이번에 여기 온 것은 소문 들은 것이 사실인가 아닌가 알고 싶어서 왔을 뿐입니다. 이제 사실을 알았으니까 곧 여러분과 작별하고 떠나겠습니다. 아무 데나 산수(山水) 좋은 곳을 찾아가서 몸을 은신하고 지내겠습니다."

이응이 다시 말했다.

"선생의 뜻을 모르는 바 아닙니다마는, 이미 선생이 일을 저지른 사람으로 오인을 받고 계시니, 선생이 어디로 가시면 안전한 곳이 있을 거 같습니까? 제 말씀대로 하시면, 선생께도 좋겠고 저희들한테도 좋을 것 같은데, 제 말씀을 들어주시겠습니까?"

"그럼 말씀해보십시오."

"말씀을 할 터이니 꼭 들어주십시오. 선생은 깨끗하고 한가한 것을 좋아하시지 않습니까? 이곳 음마천의 경치가 정말 비상히 좋습니다. 산 뒤에는 높은 봉(峰)이 있고, 그 앞에는 백운파(白雲坡)가 있는데, 지면은 평탄하고 두 개의 폭포가 흘러내리다가 백운파 앞에서 합류되어서 맑은 물이 흘러갑니다. 백운파 주위에는 수천 주의 낙락장송이 푸른 하늘을 가렸는데, 여기다 조그맣게 소원(小院)을 하나 짓고, 선생은 여기서 수양하고 계십시오. 음식·의복 같은 것은 공급해드리겠습니다. 그리고 일이 있으면 선생께 가서 지도를 받을 것이고 일이 없으면 문을 닫아두시고 조용히 궁리나 하고 계십시오. 그러면 선생께도 좋으실 게고, 우리들한테도 좋겠습니다!"

이응의 말이 끝나니까 모두들 그 말이 좋다고 찬성한다.

"그럼 어디 가봅시다."

공손승도 이렇게 말하고 일어나서 이응을 따라 백운파 언덕 위에 와서 보니 과연 이선산에 못지않은 훌륭한 경치인지라 공손승은 더 생각할 것도 없다는 듯이 승낙하고 말았다.

이렇게 되어 그날부터 공사는 시작되어 먼저 죽교(竹橋)가 걸쳐지고, 그다음에 조그만 집채가 세워지니 앞에는 맑은 물이 흐르고 좌우와 후면에는 창송(蒼松)이 둘러 있어 선경(仙境)이나 다름없다.

공손승과 주무는 이 집으로 들면서, 심부름시킬 아이 하나만 데리고 자기들이 자취를 할 터이니 산채에서 식사까지 공급할 건 없다고 사절한 후, 날마다 하루 두 끼씩 밥 한 그릇에 나물 한 접시로 만족했다. 푸른 하늘, 맑은 바람이 두 사람의 마음을 편안하게 하기 때문이다.

# 큰 공 세우는 조양사

공손승과 주무가 이렇게 5, 6일을 지냈는데, 다음날 점심때쯤 해서 산 밑에 있던 염탐꾼 졸개가 급히 취의청에 올라오더니 중대한 사실을 알린다.

"큰일 났습니다. 지금 추밀원 기호(旗號)를 앞세우고 2천 명가량의 군사가 우리를 치러 옵니다. 두령님! 속히 싸울 준비를 하십쇼."

이응은 곧 양림과 두흥을 불러 채책을 견고히 하여 수비만 하고 절대로 나가 싸우지는 말라고 부탁했다.

그런데 이보다 앞서 지난번 이선산으로 공손승을 잡으로 갔던 곽경과 장웅은 자허궁 주지만 붙들어 돌아가서 동관에게 이렇게 보고했었다.

"공손승이 암자에서 술을 먹고 있었던 모양인데, 자허궁 주지가 선통을 해서 그만 그놈을 놓쳐버렸습니다. 그래 주지 놈을 잡아가지고 왔습니다."

"그렇다면, 그놈이 어디로 달아났을 것 같으냐?"

동관이 성난 목소리로 이같이 묻자, 잡혀온 주지가 아뢰었다.

"소문을 듣사옵건대, 이응이란 자가 음마천에서 도당을 모으고 있다 하옵니다. 공손승도 본래 그들과 일당이었으니까, 혹시 그곳으로 가지나 아니했나 싶사옵니다."

이 말을 듣고 동관은 즉시 명령을 내렸다.

"그렇잖아도 이응의 일당을 없애버리려 하던 중이니까, 도통제 마준 (馬俊)은 장웅·곽경과 함께 2천 명 군사를 거느리고 나가 이응을 잡아오 고 산채를 불살라버리고 오라!"

그러고서 붙들어온 주지는 돌려보냈다.

이렇게 되어 명령을 받은 마준·장웅·곽경이 군사를 거느리고 음마 천까지 온 것인데, 이것을 졸개가 취의청에 보고한 것이다.

그런데 마준 등이 산 밑에 와서 바라보니 대단히 험준한 산세(山勢) 라 감히 쳐올라가지 못하고, 산 밑에서 깃발을 흔들면서 고함만 지르고 있었다.

산 위에서는 이때 아무런 반응이 없었다.

그랬는데, 점심때가 훨씬 지나서 별안간 포 소리가 탕 터지더니, 온 몸에 무장을 단단히 하고 등에다 다섯 자루 비도(飛刀)를 꽂고 손에는 강창(鋼鎗)을 쥔 이응이 왼편에 번서, 오른편엔 양림과 함께 말을 달려 관군의 진 앞으로 다가오는 게 아닌가.

이때 곽경이 번서를 보고 손가락질하면서 꾸짖었다.

"너 이놈, 공손승아! 네가 두 번이나 나한테 요술을 부렸겠다! 이젠 천병(天兵)이 왔으니 속히 말에서 내려 결박을 받아라!"

번서는 씩 웃었다.

"이놈아! 그때 천장(天將)이 너를 죽인 줄 알았는데, 너 귀신 아니냐? 나를 공손승이라고? 네가 만일 공손승을 만났다간 그땐 넌 없어진다!"

곽경이 성이 나서 달려나가려는 것을 곁에서 장웅이 붙들고 못 나가 게 한 다음, 자기가 칼을 휘두르며 달려나가 이응과 마주 붙어 싸우기 시작했다.

이렇게 싸움이 10여 합에 이르렀을 때, 이응이 창을 끌면서 달아나므로 장웅은 이것이 계책인 줄 모르고 말을 채쳐 그 뒤를 쫓았다. 그러자 이응은 등에서 비도를 뽑아 휙 던져 장웅을 맞혔다. 장웅은 어깨에 칼을 맞고 혼이 나서 내빼버리므로 번서와 양림은 졸개들을 휘몰아 관군을 들이쳤다.

마준은 도저히 당해낼 방법이 없어서 10리나 후퇴했는데 관군은 이 통에 3백 명이나 전사자를 냈다.

"도둑놈들이 흉측하고 용맹하니 싸움을 좀 쉬고, 내일 구원병을 청하는 공문을 올려야겠소."

마준 등 세 명은 10리나 후퇴한 진영에 앉아서 이렇게 방침을 정했다.

한편, 이응 등 세 사람이 관군을 물리치고 산채에 돌아와 앉으니까, 암자에 있던 공손승과 주무가 알고서 취의청으로 나왔다.

"수고들 하셨소이다!"

주무가 이렇게 위로의 말을 하니까, 이응이 아주 자신만만해서 큰소리를 하는 것이었다.

"그까짓 것들 문제도 안 되는 조무래기들쯤이야 상대도 안 되더군요. 동관이란 놈이 왔으면 박살을 낼 텐데!"

"적을 깔보아선 안 되지요. 병(兵)은 신속을 제일로 합니다. 그러니까 저것들이 오늘 기운이 꺾여 있을 때, 밤중에 들이쳐서 꼼짝 못 하고 전멸당하도록 해놔야 동관이가 겁을 집어먹고, 다시는 군사를 못 보내게 될 겁니다."

"참 좋은 말씀입니다. 그럭하지요."

이응은 주무의 말에 찬성하고 즉시 양림·두흥·번서·채경 등 네 사람으로 하여금 관군의 진영에 가까이 가서 사면에 매복해 있으라 하고, 자기는 밤중에 군사를 몰고 관군의 진 정면을 들이쳤다. 이때 아무런 준비도 없이 야습을 당한 장웅과 마준은 꿈속에 있다가 깨어나 말을 타고 도망할 겨를도 없어서, 마준은 이응의 칼에 맞아 죽어버렸고, 장웅만은 간신히 빠져나와 도망했다.

사방에서 고함 소리는 일어나고, 양림·번서·두흥·채경이 들이치는 바람에 관군은 갈팡질팡 도망가는 놈은 도망하고 죽는 놈은 죽고 추풍낙엽처럼 돼버렸는데, 오직 곽경만은 어떻게 되었는지 눈에 띄지 아니했다.

이응 등 다섯 사람은 관군이 버리고 달아난 갑옷·무기·말·양초 같은 것을 모조리 싣고 산채로 돌아가 개가를 올렸다.

이때, 장웅은 패잔병을 이끌고 북경으로 돌아갔더니, 동관은 크게 노해서 친히 대군을 거느리고 나와서 음마천을 토벌하려 했다. 그랬는데 마침 변경(邊境)에서 급한 보고가 올라왔다.

"요국의 대군이 지금 변경을 침범하오나, 이곳 병력이 부족하와 당할 수 없사오니 곧 구원병을 파견해주십시오."

동관은 이 같은 보고를 받고 음마천 토벌을 중지했는데 또 중서성(中書省)에서 공문이 내려오기를, 일전에 이양사가 요국을 정벌할 훌륭한 계책이 있다 했으니 그 사람을 곧 서울로 올려보내어 폐하께 알현시키라는 공문이었다.

동관은 즉시 이양사를 위해 송별연을 베풀고서 그에게 격려의 말을 했다.

"아국의 강토를 넓히고 세상을 경탄케 할 큰 공을 세울 기회가 이번 길에 달렸소. 부디 조심해서 폐하께 말씀을 잘 사뢰시오. 그리고 국가의 크고 작은 일을 모두 채태사가 결정하는 터이니까 내가 채태사께 밀서를 올릴 터이오. 그런 줄 알고 채태사께도 잘 보여야 합니다."

"네, 분부대로 시행하렵니다."

이양사는 동관에게 하직을 고하고 서울로 향해 떠났다.

그 이튿날, 이양사가 서울에 도착하자마자 먼저 태사부로 가서 동관의 밀서를 올렸더니, 채경이 받아보고서 칭찬을 하는 것이었다.

"귀관의 이런 계책은 진실로 전무후무한 기이한 계책이오! 성공하는 날에는 반드시 고관대작이 될 것이오. 뿐만 아니라, 동추밀이나 나한테도 영예가 돌아올 것이니 얼마나 좋겠소. 그러나 다만 조정에 몇몇 낡아빠진 생각을 가진 벼슬아치들이 있어 그 사람들이 반대하는 상소를 올릴 것이니까, 폐하께 이해득실을 명백하게 상주해야 할 줄 아오."

"황공하옵니다. 대감께서 가르치시는 대로 견마(犬馬)의 힘을 다하겠습니다."

채경은 이 말 한마디에 만족해서 기쁜 얼굴로 이양사를 돌려보냈다.

다음날 아침 일찍이 도군 황제가 이영전(爾英殿)에 나와 앉을 때 이양사가 각문대사(閣門大使)의 인도로 궐내에 들어가 배무의 예를 드리니까, 황제는 그를 보고 묻는 것이었다.

"짐이 동추밀의 상소를 보았는데, 경이 요국을 깨칠 계책이 있다 했으니 과연 성산(成算)이 있는 이야긴가?"

이양사는 머리를 조아리면서 아뢰었다.

"연운 16주가 국토에서 떨어져나가 백성들이 밝은 빛을 못 본 지가 어언 2백 년이 지났습니다. 지금 요국의 임금은 약하고, 장수는 교만하고 병졸은 게으르고… 바야흐로 망할 징조가 농후한 터이온데, 하물며 금국이 발랄한 기운으로 일어나고 있으니 어찌 지탱하겠사옵니까. 근자에 요국과 금국의 사이가 좋지 못하온 터이오니, 아국에서 금국에 사신을 보내어 그 나라와 제휴해서 요국을 양면으로 협공하면, 요국을 멸망시키는 일은 아주 쉬운 일이옵니다. 폐하께서 한 장의 글월을 써주시기만 하면 되는 일이오니, 이는 한무제나 진시황에 비길 만한 위대한 성업인 줄로 아뢰옵니다."

황제는 이 말이 매우 기뻤다.

"과연 기재(奇材)로다! 경은 짐을 도우라. 공을 이룬 뒤에 마땅히 작

(爵)에 봉할 것이로다. 그런데 경에게 성(姓)을 내리노니, 이제부터는 조(趙)씨로 행세하오!"

"황송하옵니다."

이양사가 조양사로 되면서 황공해서 머리를 땅바닥에 대고 절을 할 때, 왼쪽 열(列)에서 대신 한 사람이 나와서 황제에게,

"불가한 줄로 아뢰옵니다."

이같이 반대 의견을 올리는 게 아닌가. 모든 신하들이 놀라서 바라보니, 다른 사람이 아니라 참지정사(參知政事) 여대방(呂大防)이다.

도군 황제가 물었다.

"무슨 연유로 불가하다 하는 거요?"

여대방은 정색하고서 아뢰는 것이었다.

"요국은 본조(本朝)와 형제지국(兄弟之國)으로 화평하게 지내오기를 백년이나 지내왔습니다. 이제 과거에 가까이 지내던 요국을 떼어버리고 호랑(虎狼)과 같은 금국을 가까이 했다가는 화를 면치 못할 것입니다. 조양사는 초야에 있던 사람이라, 조정의 대체를 모르고서 경솔히 말씀을 사뢴 모양이온데, 만일 일시 이로움을 택했다가는 반드시 일후에 후회막급일 줄로 아룁니다."

이때 조양사가 지지 않고 입을 열었다.

"요국이 먼저 맹약을 어기고 10만의 군사로 국경을 침범했으니 우리가 가만히 앉아서 저것들한테 지고, 그러고서 해마다 세폐(歲幣)를 보내야 옳겠습니까? 만일 그렇다면 도적놈을 기르는 것과 무엇이 다릅니까? 그러지 마시고 우리의 옛 땅 연운지방을 수복하고, 요주(遼主)로 하여금 세폐를 금국에 바치도록 하는 것이 원교근정(遠交近政)의 계책인가 하옵니다. 기회를 놓쳐버리면 안 되는 것이오니, 바라옵건대 성단(聖斷)을 내리시옵소서!"

이때 채경이 두 사람의 의견을 절충해서 한마디 아뢰는 것이었다.

"두 사람의 의견이 서로 고르지 못하옵니다. 요국을 멸한 뒤에 금국과 서로 사이좋게 지내면 아무것도 후회할 것이 없으리라 믿사옵니다."

그러자 도군 황제는 기운을 내서 큰소리로 꾸짖는다.

"여대방은 보필하는 신하로서 어찌 앞일을 멀리 내다보지 못하고 말을 하는가? 제환공(齊桓公)은 조그만 나라의 임금이었으면서도 능히 구세(九世)에 걸치는 원수를 갚았으므로 춘추(春秋) 때의 패자(霸者)가 되지 아니했던가! 다시 또 짐에게 간하는 자가 있으면 극형을 가할 것이니 그리 알고, 그대는 속히 물러가라!"

여대방은 이렇게 되어 그 자리에서 쫓겨나갔다.

여대방이 나간 뒤에 채경이 다시 아뢰었다.

"조양사가 이미 신통한 계책을 바쳤사오니, 금국에 보내시는 사신으로는 조양사를 쓰심이 좋은 줄로 생각하옵니다. 바라옵건대 성지(聖旨)를 내리시어 속히 길일을 택하여 떠나도록 당해부처(當該部處)에 분부하옵소서."

"그리하오."

황제는 허락했다. 조양사는 황제에게 사례하고 반열에서 물러나와 채태사에게 또 사례했으며, 각 부처에서는 성지를 받들어 사무를 신속히 처리했다.

이렇게 되어서 조양사는 선화(宣和) 6년 2월 길일에 조정에 들어가 하직을 고하고, 채태사에게도 하직을 고하고, 차인(差人)을 동관에게도 보내어 자세한 보고를 하도록 한 후, 의기양양하게 수행원을 거느리고 금국으로 찾아가 국경의 경계선 문제와, 해마다 보내는 세폐의 문제와, 군사를 출동시켜 요국을 협공하는 문제를 토의 결정짓고서, 금국의 보문사(報問使) 패근(孛菫)과 함께 서울로 돌아와 황제에게 복명한 후, 금국 보문사 패근에게는 선사품을 값진 것으로 골라주어 한 수레 가득 실어가지고 본국으로 돌아가게 했다.

이 같은 공로로 조양사는 시어사(侍御史)의 직함을 제수받아 동관과 함께 대군을 통솔하고서 국경을 지키는 고관(高官)이 되었으니, 부(富)와 귀(貴)가 한꺼번에 닥쳐 그 지위는 흔한 것이 아니었다.

이렇게 되어 그는 다시 북경에 있는 동관에게로 가게 되었는데, 그의 행차가 황하의 나루터 황하역관에 도착하여 언덕에 배를 빨리 갖다대라고 재촉하면서 역문(驛門)으로 들어가노라니까, 문 앞에 거렁뱅이 하나가 쭈그리고 앉았다가 역졸들한테 쫓겨서 저쪽으로 비틀비틀 걸어가는데, 이것이 다른 사람이 아니라 바로 곽경인 것을 그는 알아보았다.

머리엔 때 묻은 수건을 동여맸고, 옷은 발기발기 찢어졌으며, 얼굴은 열흘도 더 세수를 안 한 것같이 더러운데, 손엔 바가지를 들고, 한 손엔 국자를 쥐고 있는 꼴이란 눈으로 차마 볼 수가 없다.

조양사는 역관(驛館)에 들어가서 좌정한 뒤에 역관(驛官)을 불렀다.

"아까 내가 들어올 때 역문 앞에 쭈그리고 앉았던 그 사람을 이리로 불러오너라."

역관은 겁이 나서 머리를 조아리면서 사죄하는 것이다.

"문간에 그런 거렁뱅이가 앉아 있는 줄도 모르고… 그저 소인의 잘못이오니 용서해주십쇼."

"아니다. 내가 너희들을 꾸짖는 것이 아니다. 그 사람을 불러오기만 하라는 거다!"

"예!"

역관이 바깥으로 나와서 찾아봤으나 그 거렁뱅이는 어디로 갔는지 보이지 아니했다. 역관은 또 꾸중 들을 일이 걱정돼서 이쪽저쪽으로 땀을 뻘뻘 흘리며 달음박질해 돌아다니다가, 역관 위에 있는 언덕 아래 움막 안에서 옷을 벗어 이를 잡고 있는 그 사람을 찾아냈다.

역관은 댓바람에 그 앞으로 뛰어가서 호령을 쳤다.

"이 죽일 놈의 새끼야! 높으신 양반이 오시거든 빨랑 없어져야지, 그냥 쭈그리고 앉았다가 어째서 나까지 꾸중을 듣게 했냐? 빨리 나오란 말이다. 너를 붙들어 오라시니 같이 가자!"

곽경은 부들부들 떨면서 옷을 다시 입고 역관을 따라갔다.

조양사는 이때 대청에 앉았다가 곽경이 들어오는 모양을 내려다보고는 급히 뜰아래로 내려와서 기막히는 듯이 물어보는 것이었다.

"곽선생! 어쩌다가 이 모양이 되셨소?"

곽경이 그제야 얼굴을 쳐들고 바라다보니 이양사라, 너무도 부끄러워서 어쩔 줄을 모르는 표정으로 겨우 한마디 하는 것이었다.

"일구난설(一口難說)입니다!"

조양사는 급히 수행원을 불러 새 옷 한 벌을 가져오게 한 후, 곽경을 대청으로 데리고 올라가 읍하고 나서 자리를 권했다. 그리고 역관으로 하여금 음식을 들여오게 하여 같이 먹으면서 대관절 어쩌다가 이 모양이 되었느냐고 또 물어봤다. 그랬더니 곽경이 지나간 이야기를 하는 것이었다.

"그때 장웅·마준 두 분 통제님과 함께 음마천을 치러 갔다가 첫 번싸움에 지고, 밤에는 또 야습을 당해 장병들이 모두 함몰되고 나 혼자만 요행 살아나지 않았겠어요! 그렇지만 군법(軍法)에 회부되었다간 살아날 수 없겠다 싶어서 감히 추밀원엘 못 가고, 임영소 선생님한테로나 가볼까 했었는데, 그만 도중에서 염병에 걸려 죽도록 앓고 일어나니, 노잣돈이 한 푼이나 있습니까, 기운이 있습니까! 하릴없이 죽지 못해 거렁뱅이 신세가 되었답니다. 그러나 천행으로 이렇게 만나뵈오니 감개무량합니다."

"그거 참, 큰 고생 하시는구려!"

조양사는 자기가 그동안 출세해서 금국에 사신으로 가서 의정(議定)한 일과, 돌아와서 시어사에 임명된 일과, 그전에 황제로부터 조(趙)씨의 성을 하사받았으며, 지금은 북경으로 동관과 함께 군무를 다스리러

가는 길이라는 이야기를 대충 했다. 그러고서는 곽경의 얼굴을 측은하게 바라보았다. 이 사람을 데리고 가고 싶지만, 전쟁을 하다가 실패하는 수는 흔히 있는 일이라 두려울 건 없으나, 오랫동안 행방을 감추고 지내왔다는 이유로 의심을 받을 염려가 짙으므로 일이 딱해서 그는 곽경에게 물었다.

"그래, 앞으로 어떻게 처신을 할 예정이오?"

곽경은 고개를 떨어뜨리고 대답하는 것이었다.

"글쎄요… 북경으로 저를 데리고 가신대도 동추밀 대감이 당장 죄를 주실 것이고, 임선사(林仙師)께는 찾아가 뵐 면목도 없고… 어쩌면 좋을지 생각이 안 나는군요!"

조양사는 한참 생각하다가 좋은 수가 있다고 깨달았다.

"이제 생각하니, 좋은 데가 있소! 당신이 가서 편안히 지낼 수도 있고, 또 자연히 큰일을 맡아서 보게 되는지도 모르지!"

그는 이렇게 말하고 즉시 수행원더러 지필묵을 가져오라 하여 편지 한 장을 쓴 후, 돈 30냥을 꺼내서 보자기에 싸주면서 말하는 것이었다.

"이 편지를 가지고 강남 건강부(建康府)의 왕선위(王宣慰)에게로 가시오. 이 사람은 지금 조정에서 유능한 재상 왕보(王黼) 대감의 자제인데, 이름을 조은(朝恩)이라고 하지. 나이는 젊고, 풍류를 좋아하고, 흥 있게 놀기를 좋아하는 사람인데, 지금 건강부를 수비하고 있으니까 내 편지를 가지고 가면 아마 다정하게 대해줄 게로구먼. 아무쪼록 겸손하고 성실하게 행동해야지, 망자존대(忘自尊大)해서는 안 돼요. 그런 줄 알고 나는 떠나가겠소."

곽경은 편지와 돈을 받고 감격했다. 그러고서 조양사가 황하를 건너가는 데까지 따라가서 배웅했다.

그런데 곽경은 본시 후레자식으로 되어먹은 인간이라 배불리 먹었겠다, 좋은 의복을 입었겠다, 그리고 품속에 돈이 30냥이나 있는지라,

별안간 일조일석에 큰 부자나 된 것처럼 기운이 나서 허리를 펴고 가슴을 젖히고서 거만한 태도로 뚜벅뚜벅 걸어서 역관으로 다시 들어와서는 아까 조양사가 앉았던 교의에 떡 버티고 앉아서 큰소리로 호령을 하는 게 아닌가.

이때 역관의 책임자가 바깥에서 부리나케 들어와 보니까, 이 거렁뱅이가 조어사의 옛날 친구일 뿐 아니라, 조어사가 떠나간 지 불과 얼마 지나지도 아니했기 때문에 두 무릎을 꿇고서 공손히 사죄를 했다.

"영감님께서 조어사님의 죽마고우이신 줄 모르고 그동안 정말 잘못한 죄가 많습니다. 용서해주십시오."

곽경은 이렇게 말하는 역관을 거들떠보지도 않고, 교의에 비스듬히 자빠져서 교만스럽게 말하는 것이었다.

"내 말을 듣거라! 지금 내가 지나간 일을 따지는 게 아니다. 지금 여기 다녀가신 그 양반으로 말하면 내 친구일 뿐 아니라, 어려서부터 내가 많이 도와준 사람이란 말이다. 그런데 그 사람이 갑자기 부귀영화를 누리게 된 고로 내가 그 사람을 시험해보려고 일부러 거지복색을 하고 여기 와서 기다렸던 거란 말이다! 그런데 내가 이젠 건강부엘 가봐야겠는데, 너희들이 어떡할 테냐?"

"예! 잘 알았습니다. 건강부까지 가시려면 여기 놀고 있는 놈이 수두룩하니까, 몇 놈이든지 데리고 가십시오."

역관은 황송해서 이렇게 말하고 곽경을 바라보았다.

그러나 곽경은 알몸뚱이나 다름없는 신세이니 데리고 가야만 할 구종이 별로 필요가 없지 않은가. 그래 그는 씩 웃으면서 말했다.

"나는 열 명씩 데리고 갈 필요가 없다. 한 놈만 데리고 가겠다."

"예, 그럭하십쇼."

역관은 즉시 죄수 한 명을 데리고 와서,

"너, 이 어른을 잘 모시고 가야 한다. 이 어른은 조어사님의 친구 되시는 분이시란 말야! 길에서 조심해! 그래야 상을 주신다!"

이렇게 신신당부하니까 죄수는 연방 허리를 굽신거리는 것이었다.

이렇게 되어 곽경은 죄수에게 조그만 고리짝 하나를 들려가지고 산동 길로 건강부를 향해 떠났다.

며칠 동안 아무 일 없이 가다가, 하루는 날이 저물었는데 주막집도 길거리에 없고 오직 고래등같이 큰 부잣집 한 채가 보일 뿐이므로, 곽경은 그 집 앞으로 가서 대문을 두드리고 주인을 찾았다. 그랬더니 헬쑥한 얼굴에 수염이 텁수룩한 생원님 한 분이 나와서,

"무슨 일로 찾으시오?"

하고 묻는데, 그 얼굴엔 수심이 가득해 보였다.

"예, 이 사람으로 말씀하면, 현재 황제 폐하께옵서 스승으로 모시는 임진인(林眞人) 문하에 있는 법사입니다. 지금 강남의 선위(宣慰)로 계신 왕공자의 초빙으로 그곳에 가는 길인데, 마침 지나다 보니 객줏집은 없고 날은 저물었고 해서 불가불 귀댁에서 하룻밤 쉬어가야 하겠기에 문을 두드린 것입니다. 내일 아침 일찍이 떠날 터이니 염려 마시고 방 하나만 주십시오. 방세는 드리겠습니다."

주인 생원님은 속으론 거절하고 싶었지만, 이 손님의 입으로 끄집어내는 사람이 모두 어마어마하게 높으신 양반의 이름들인지라, 아무 소리 못 하고 곽경을 초당으로 인도해 모시고서 조용히 말했다.

"오시기는 잘 오셨습니다만, 때가 좀 늦으셨습니다."

그러자 곽경이 묻는 것이었다.

"그런데 여기가 무어라고 하는 지방입니까? 그리고 생원님은 뉘댁이신가요?"

"예, 여기는 임청주(臨淸州) 관하의 풍락보(豊樂堡)라는 지방입니다. 저의 성은 전(錢)가고요, 조상 때부터 대대로 이 고장에 살고 있습죠. 나이는 올해 육십입니다마는, 사내자식은 없고 딸년이 하나 있을 뿐입니

다."

"그럼 매우 고적하시겠습니다."

"예, 그런데 딸년이 그다지 밉지 않게 생긴 데다가 영리해서 여자들이 하는 일은 죄다 배웠지요. 나이도 열여덟이나 되고 해서 사윗감을 고르지만, 어디 알맞은 배필이 있어야죠! 그래 아직도 혼처를 정하지 못했는데 요사이 뜻밖에도 이 아이가 괴상한 병에 걸렸기 때문에 그래서 제가 걱정이 태산 같습니다."

"괴상한 병이라니, 증세가 어떠한데 그러십니까?"

"이 아이가 하루 온종일 물 한 모금, 밥 한 숟갈 들지 않고, 눈을 뜨지도 않고, 멍하니 누웠다가는 저녁때가 되면 일어나서 세수하고, 분바르고 방문을 닫고 앉아서, 누구하고 얘기를 합니다그려. 그래, 저희 내외가 너무도 괴상스러워서 가만히 창문 밖에 가서 엿봤더니 목소리만 들리지 사람의 형상이라곤 방 안에 안 보입니다그려! 석 달 전부터 이러고 있는데 이것이 사람인지 귀신인지 도무지 알 수가 없고, 어쩌면 좋을지 결판을 낼 수가 없어서 정말 답답합니다."

주인이 걱정스러운 얼굴로 이렇게 말하는 것을 듣고, 곽경은 태연하게 한마디 했다.

"요귀(妖鬼)한테 걸렸군그래. 왜, 법사(法師)를 청해다 뵈지 않구?"

"왜요! 이 근처에 자미관(紫微觀) 섭법사(葉法師)라구 아주 용한 분이 계셔서 그분을 모셔다가 부적을 붙이고 주문을 외고 귀신을 쫓아버리는 일을 했더니, 누가 그럴 줄 알았어요? 요귀를 내쫓기는커녕, 도리어 법사가 공중에 나가떨어져 허리를 다쳐가지고 지금까지 일어나지 못하고 계시답니다."

"그야 그 법사가 진짜로 법을 배우지 못했던 거겠지! 법술이 모자라서 요귀한테 진 거란 말야. 만일 오뢰정법(五雷正法)을 썼었다면 제까짓 요귀가 어떻게 이긴단 말이요? 천장(天將)이 내려와서 당장 집어냈을 텐데!"

생원님이 이 말을 듣더니 두 손을 모으고서 공손히 청을 하는 게 아닌가.

"선장(仙長)님! 아까 말씀을 들으니까 선장님이 임진인 문하에 계셨다 하니 필시 도법이 고강(高强)하실 줄 압니다. 제가 이렇게 애원하는 터이오니, 부디 저를 불쌍히 보시고 한 번만 수고해주십쇼! 사례는 제가 넉넉히 올리겠습니다."

"요귀를 쫓아버리는 일은 내가 당연히 해야 하는 일이니까, 당신이 나한테 사례할 것도 없소. 아예 그런 말 하지도 마시오!"

생원님은 이 말을 듣고는 너무도 기뻐서 절을 넙죽 하는 것이었다.

"감사합니다! 그럼 삼생복물(三牲福物)은 무엇 무엇으로 쓸까요?"

'삼생복물'이란 신령님에게 바치는 세 가지 짐승을 가리키는 말인데, 곽경은 그 말에 얼른 대답을 않고 속으로 생각했다.

'이 사람의 딸자식이 어떻게 생겼기에 요귀가 붙었을까? 먼저 한번 실물을 보고 나서 도술을 써야겠다!'

그는 이렇게 마음을 정한 다음에 대답했다.

"향촉이나 복물(福物)은 그만두고, 우선 먼저 영애(令愛)를 이리로 데려오시구려. 어떤 요귀가 붙었는지 보고 나서 방침을 세워야겠소이다."

"그럼 잠깐만 앉아 계십시오. 제가 나가서 복물도 차려오고, 딸년도 데리고 나오겠습니다."

생원님이 일어나 나가더니, 얼마 안 지나서 자기 부인과 함께 17, 8세 되어 보이는 소녀를 하나 데리고 들어오는데, 이야말로 물 위에 떠 있는 한 떨기 연꽃이라 할까, 하늘에서 꺾어온 월계화(月桂花)라 할까, 머리에서 발끝까지 그 아리따운 자태를 한번 훑어보고서, 곽경은 그만 넋을 잃고 입을 벌린 채 말을 못 했다.

한참 만에야 그는 스스로 기운을 돋우면서 입을 열었다.

"이제 자세히 기색을 살펴보니까, 이것은 구미호(九尾狐)의 장난이 분명하오. 속히 이 잡귀를 몰아내지 않았다가는 영애가 뼈만 앙상하게 남아 말라죽을 겝니다. 그런 줄 아시고 영애를 어서 이리로 앉으라 하시오. 내가 지금 하늘로부터 천장(天將)을 청해올 테니까! 그렇게 되면 저 따위 구미호는 자연 떨어져 나옵니다."

"감사합니다! 감사합니다!"

생원님과 그 마나님은 연방 감사를 하는데, 곽경은 두 눈을 똑바로 뜨고서 소녀를 보고 있다. 소녀는 부끄러운 듯 얼굴을 수그린 채 곽경의 앞에 앉았다.

이때 그 집 하인들이 소·양·돼지의 삼생복물을 들여다가 상 위에 놓고 등촉을 휘황하게 밝혀놓았다.

그러자 곽경은 일어나 서서 한 손으로 동쪽을 가리키고, 한 손으로는 서쪽을 한 번 가리킨 다음에 주문을 외고는, 영패(令牌)가 없어서 그 대신 기왓장 한 개를 가져오게 하여 딱 딱 딱 세 번 때리는 것이었다. 그러니까 별안간 쏴아 하고 바람이 일어나며 등촉의 불빛이 가물가물해지면서 곽경의 손에 있던 기왓장이 툭 튀어나오더니 그의 이마빡을 함부로 콩콩콩 찍는 바람에 살가죽이 벗겨져서 피가 철철 흐르고 입으로는 허연 거품을 흘리면서 그 자리에 거꾸러져버린다.

주인 생원님은 너무도 당황해서 곽경을 얼른 안아 일으키려고 했다. 그랬더니 넘어졌던 곽경이 저절로 일어나 앉으면서, 한쪽 발로 생원님을 걸어차 나가떨어지게 한 후, 추상같이 호령을 하는 게 아닌가.

"네 이놈! 늙은 것이 이 세상 고저(高低)도 모르고! 나는 북유왕태자(北幽王太子)로서 너의 딸과는 하늘이 정해주신 연분이 있어 그런 까닭으로 만나러 온 것인데, 어째서 되지못한 놈을 데려다가 내 마누라를 못살게 구는 거냐? 나쁜 놈! 되지못한 놈은 없애버리겠다마는, 그냥 두고 아내만 데리고서 궁중으로 돌아간다!"

곽경은 이런 소리를 하고는 다시 고꾸라지더니 아주 기절해버린다.

주인 생원님은 그제야 일어나서 자기 딸을 보려 했지만 그의 딸은 연기같이 사라져버리고 방 안에서 없어졌다.

생원님과 그의 마나님은 엉엉 울었다.

"아이고! 이 일을 어쩌면 좋은고. 아이고, 내 딸이 앓더라도 그냥 집에 있기나 했으면 좋을 것을… 누가 이렇게 될 줄 알았어야지… 요귀를 집어낸다더니, 이게 웬일이야! 아이구, 우리가 장차 어떻게 사노!"

이렇게 넋두리를 하며 울다가 생원님 내외가 곽경을 보니까, 이건 아주 죽어 자빠진 것 같으므로 또 겁이 나서, 하인들을 불러 생강차를 끓여오게 해서 그것을 입에다 흘려 넣고, 또 그 찬물로 수건을 적시어 그것으로 가슴과 수족을 닦아주고 팔다리를 주무르게 하느라고 법석을 피웠다. 그랬더니 날이 밝을 무렵이나 되어서 곽경은 깨어났는데, 얼굴은 피투성이가 되어 있다.

곽경은 이렇게 깨어난 뒤에 남이 부끄러워 앉아 있을 수 없으니까, 날이 채 밝기도 전에 데리고 왔던 죄수와 함께 짐을 가지고 몰래 대문 밖으로 나와 개천가에 가서 세수부터 먼저 했다. 이마빡에 혹이 생겼고, 퍼렇게 멍이 들었고, 쑤시고 아파서 견딜 수가 없다. 이를 악물고 아픈 것을 참으려니, 데리고 온 죄수 놈이 한마디 하는 게 아닌가.

"나으리께서 가만있었다면 좋았을 텐데, 괜스레 요귀를 잡아주신다고 그래가지고… 일부러 고생을 사셨지 뭐예요? 하룻저녁 굶고!"

"그거 참, 알 수 없는 노릇이다! 내 법술이 평소엔 그렇지 않았는데, 아주 나쁜 거한테 걸렸던 모양이다. 그러고저러고 간에, 그렇게 예쁜 처녀를 그따위 괴물이 데려갔으니, 저 노릇을 어쩌면 좋단 말이냐!"

"괜스레 그런 생각 마십쇼! 나으리가 그 처녀를 가지고 어쩌는가 싶어서 북유태자가 화를 내고는 나으리를 혼내준 거 아닙니까? 또 무슨 일을 당하시려고!"

"내가 그전만 같았으면 그까짓 요귀는 문제가 안 되는 거지만, 이젠 나도 기운이 줄어들어서 그렇지! 그런데 배가 고프구나. 어디 가서 주반(酒飯)을 좀 먹어야겠다. 그런데 참, 내가 이때까지 네 이름을 물어보지 못했구나. 네 이름이 뭐냐? 어느 곳 사람이냐? 그리고 무슨 죄로 황화역(皇華驛)에 귀양살이를 하고 있는 거냐?"

"저요? 제 이름은 왕오구(汪五狗)입니다. 태생은 진주(陳州) 땅인데요, 아버님이 하북 지방에 가셔서 장사를 하시는 데 따라다니다가, 아버님께서 본전을 몽땅 잃어버리신 다음에 신병으로 돌아가셨기 때문에 저는 떠돌아다니는 신세가 됐더랬습니다. 그러다가 길을 잘못 들어 소매치기 노릇을 하다가 관가에 붙들려서 귀양살이를 하게 된 거랍니다. 그렇지만 거의 만기(滿期)가 다 됐어요. 그리고 제가 일을 성실하게 하였더니 황화역 관원들이 저를 신용해주시고, 그 바람에 이번에 나으리님을 모시고 오게 된 거죠."

죄수의 내력을 듣고 나서 곽경이 아주 큰소리를 했다.

"그렇다면 네가 내 말을 잘 듣고, 조심해서 심부름을 잘해라. 그러면 내가 왕선위(王宣慰) 부중에까지 데리고 가마. 내가 천거하면 너를 거기서 써줄는지도 모른단 말야."

"나으리께서 그렇게만 해주신다면, 소인은 정말 살아날 것 같습니다."

"염려 마아!"

곽경은 일어나서 또 길을 걷기 시작했다.

이렇게 4, 5일 동안 걸어가다가 천장현(天長縣) 경계에 이르러 보니 강물이 흐르고 있는데, 이 강만 건너가면 건강부이건만 벌써 날이 저물었으므로 객줏집을 찾아야겠는데, 3, 40호 인가가 있기는 하되 거지반 농사꾼의 집들이요, 객줏집이라고는 없다. 그런데 다행히 한쪽 구석에 조그만 가겟방이 하나 보이므로 곽경은 그 가게로 달려가서,

"여보 주인! 술 좀 주시오. 고기허구 얼른 빨리 갖다줘요!"

이렇게 소리를 지르고 한동안 기다리니까, 안에서 노인이 바람벽을 더듬어가며 비실비실 급히 나오더니, 사정을 하는 것이었다.

"우리 집은 푸성귀 가겝니다. 고기는 안 팝니다. 술은 두 근 남은 게 있죠. 쌀을 드릴 테니 밥은 손수 지어 잡수시오. 내가 몸이 성치 않아서 움직이질 못해서 그럽니다. 그리고 심부름하는 아이도 나가버리고 없어서 그럽니다."

이렇게 말하고 나서 노인은 술 두 근과 쌀 두 되와 나물 한 접시를 갖다가 상 위에 놓고서,

"난 지금 오한이 나서, 들어가 누워야겠으니 그런 줄 아시오."

하고 들어가려 한다.

"여보! 어떻게 나물 한 접시만 갖구 음식을 먹겠소?"

"여러 말 마슈! 먼저 오신 손님도 지금 저 안에서 나물만 가지고 잡숫고 있답니다."

노인은 기침을 쿨룩쿨룩 하면서 안으로 들어가버렸다.

"나으리! 제가 밥을 지을 테니 잠깐 기다리십쇼. 반찬이야 어떻게 되겠죠!"

왕오구가 이렇게 말하는 고로 곽경은 앉아서 기다렸다.

한참 있다가 왕오구는 방에 들어와서 불을 켜놓더니, 커다란 그릇에 닭을 한 마리 삶아가지고 들어와서 상 위에 놓는 게 아닌가.

"아니, 닭이 어디서 났어?"

곽경이 눈을 둥그렇게 뜨고 물으니까, 왕오구가 손으로 입을 막고 웃으면서 말하는 것이었다.

"나으리께서 어디 맨밥을 잡수시겠어요? 그래 소인이 하나 잡아왔죠."

곽경은 좌우를 한번 둘러보고는,

"아무도 없다! 너도 이리 와서 같이 먹자!"

하고 먼저 술을 들었다. 왕오구는 밥을 사발에 퍼놓았다.

두 사람이 이렇게 한참 맛있게 먹는 판인데, 어떤 사람들이 문을 열어젖히고 들어와서 그들의 먹는 모양을 한번 보더니, 다짜고짜 시비를 거는 게 아닌가.

"흥! 잘한다! 어째서 남의 집 닭을 훔쳐다가 잡아먹는 거냐?"

이 소리를 듣고 왕오구가 받아넘겼다.

"개소리 치지 마라! 저 앞에 가서 사온 거란 말야! 누가 훔쳐왔다구 그러데?"

그러니까 옆에 있던 또 한 놈이 호령을 하는 것이었다.

"이놈아! 지금 처먹고 있으면서 무슨 잔소리냐? 내가 아까 우리 집 울타리 밖에서 너를 봤는데, 그다음에 닭 한 마리가 없어졌단 말이다. 그랬으니, 그 닭이 어디 갔겠니?"

그러자 아까 호령하던 놈이 아주 큰소리를 한다.

"더 길게 말할 거 없어! 이마빡에 자청(刺靑)을 한 걸 보니까 이놈이 도둑놈이야! 이놈을 붙들어뒀다가 내일 일찌감치 관가로 끌고 가면 그만이야!"

이 소리를 듣고 곽경이 그냥 있을 수 없었다.

"함부로 지껄이지 마라! 나로 말하면 현재 황제 폐하께서 스승으로 모시는 임진인 문하에 있는 사람이다. 일을 만들면 도리어 너희들한테 좋지 않을 테니, 그런 줄 알아!"

"흥! 임진인이란 게 다 뭐 말라빠진 거냐? 개진인은 아니고 임진인이냐! 황제가 그래, 남의 집 닭을 훔쳐먹으라고 했단 말이냐!"

한 놈이 이렇게 말하고 달려들더니 왕오구의 멱살을 잡아 일으켜 밖으로 끌고 나가려 하는데, 이때 마침 뒤켠 방에서 손님 하나가 쫓아나오더니 그 사람을 붙들고 말린다.

"여보시오. 이렇게 왁자지껄할 게 아니오. 이분이 닭을 사서 잡수시려 하다가, 닭 임자가 안 보이니까 먼저 닭부텀 잡으신 걸 가지고 그럴 거 뭐 있소? 당신은 닭을 팔고 돈만 받으면 될 거 아니오. 어서 그분한테서 손을 떼시오. 내게 돈이 한 전(錢) 있으니, 이걸 받아가지고 가시면 그만 아니겠소!"

"그럴 수 없소. 난 새벽에 닭이 우는 것을 들으려고 닭을 길렀지, 팔아먹으려고 기른 게 아니란 말이오. 더군다나 도둑을 맞고 나서 닭값을 받다니! 어디까지든지 법으로 따져야지!"

한 놈이 이렇게 버티는 것을 다른 놈이 말린다.

"그만두세! 저 손님의 체면을 세워드리기로 하고, 돈이나 받아가지고 그냥 돌아가세."

그러자 왕오구의 멱살을 잡았던 놈은 손을 놓고서 돈을 받아가지고 나가버렸다.

두 사람이 나간 뒤에 곽경은 그 손님을 쳐다보면서 인사를 청하는 것이었다.

"분쟁을 무마시켜주셔서 감사합니다. 존함이 누구신지요?"

그러자 그 손님은 서슴지 않고 대답하는 것이었다.

"예, 이 사람은 윤문화(尹文和)라는 사람입니다. 건강부로 친구를 찾아가는 길입니다."

이렇게 말하는 손님의 모양이 단정해 보이고, 나이도 자기보다 아래인 것을 짐작하고서, 곽경은 한결 더 친숙한 음성으로 인사의 말을 늘어놓는 것이었다.

"그렇습니까? 저도 건강부로 가는 길인데 마침 잘됐습니다. 내일 같이 동행하십시다. 제 성명은 곽경입니다. 동소궁(洞宵宮)에 계시는 임진인 문하의 법사(法士)입니다. 왕(王)대감의 아드님 왕선위가 건강부에서 사람을 보내고서, 와달라고 청했기 때문에 찾아가는 길입니다. 아까 그

닭은 이 녀석이 아무 말도 않고 가져왔던 것이 돼서, 잘못했더라면 내일 관가에 갈 뻔했고, 그랬더라면 공연히 날짜만 2, 3일 늦어질 뻔했었는데, 손님께서 화해를 시켜주셔서 매우 고맙습니다."

"대인(大人)은 소인(小人)과 다투지 않는 법이지요. 일찍 쉬십시오. 내일 같이 떠나십시다."

"예, 감사합니다. 그리고 돈은 내일 드리겠습니다."

"무얼 그런 작은 돈을 가지고 이야기하십니까. 염두에도 두지 마십시오."

이렇게 말하고 그 손님은 다시 뒷방으로 들어가버렸다.

윤문화라는 손님이 뒷방으로 들어간 후 곽경과 왕오구는 다시 닭의 뼈를 모조리 빨아먹은 다음에 그 국물에다 밥을 말아서 게눈 감추듯 먹어치웠다. 그러고서 얼마 후에 잠들었다.

이튿날 새벽에 방값을 치른 다음에 세 사람은 같이 그 집에서 나왔다. 웃고 이야기하면서 걸어오다가 한나절이 훨씬 지났을 때 곽경은 왕오구한테 지워오던 술과 나물을 꺼내놓고서 윤문화를 보고 같이 먹자고 했다.

이렇게 세 사람은 흉허물 없이 친해져서 같이 양자강을 건너서 건강부에 들어가니, 이곳은 육조(六朝) 때에 도읍으로 정해졌던 지방인지라, 산천이 수려하고 건물이 번화했다.

곽경은 신락관(神樂觀)이라는 도사들이 있는 도관(道館)으로 윤문화와 왕오구를 데리고 들어가서, 자기는 용호산(龍虎山) 천사부(天師府)로부터 각처에 있는 도관과 도사들을 사찰하라는 책임을 맡고서 내려온 사람이라고 속여서 음식 한 상을 잘 얻어먹은 후, 하룻밤을 거기서 지내고, 이튿날 아침에 왕오구만 데리고 나와서 저잣거리로 가서 의복 한 벌을 사 입혀 데리고 온 하인처럼 꾸민 다음, 왕선위의 공관으로 찾아가 조양사의 편지를 먼저 들여보냈다. 윤문화는 따로 자기 친구를 찾아갔었다.

곽경이 편지를 들여보내놓고 공관문 밖에서 한참 기다리고 있는데 안에서 사람이 나오더니 들어오라는 것이었다.

그 사람을 따라서 공청으로 들어가니까 왕선위가 뜰아래까지 내려와서 그를 맞아들인 후, 방으로 들어가서 공손히 인사를 하는 것이었다.

"고명은 익히 모시고서도 만나뵈올 기회가 없더니, 이렇게 왕림해주시니 참으로 영광스럽습니다."

곽경도 허리를 굽히고 두 손을 모으고서 공손하게 말하는 것이었다.

"명문세가(名門勢家)의 신선도골(神仙道骨)을 이렇게 찾아뵈옵게 되니 평생에 한(恨)이 없습니다."

이 모양으로 서로 인사를 하는 품이 피차에 호흡이 맞아 보였다. 왕조은(王朝恩, 왕선위의 이름)이란 아직 세상물정 모르는 위인이고, 곽경이란 아첨만 잘하는 소인이었던 까닭으로 두 사람은 이렇게 인사를 주고받은 것으로 벌써 수십 년 전부터 사귀어온 절친한 친구처럼 시시한 이야기를 재미있게 하다가 점심을 같이 먹은 다음에 왕선위는 청지기를 불러 곽선사(郭仙師)님을 모시고 신락관에 가서 고리짝을 찾아다가 후원 별당에 갖다놓고, 선사님을 그곳에 거처하시도록 마련해드리라고 분부를 내리는 것이었다.

이렇게 되어 곽경이 청지기를 데리고 신락관에 돌아오니까, 마당에서 윤문화가 서성거리고 있는데, 그의 표정이 매우 쓸쓸해 보였다.

"친구분한테 안 가셨습니까? 난 왕선위님을 만나서 아주 관대를 받았소. 날더러 자꾸만 후원 별당에 와서 거처하라는 바람에, 그래 노형한테 작별 인사를 하러 온 길이외다."

"친구를 아직 못 만났습니다. 일부러 작별하러 오셨다니, 황송합니다."

윤문화가 이렇게 말하는 소릴 듣고, 곽경은 생각했다.

'이 사람은 영리하고 또 부드럽고 해서, 데리고 있으면 쓸모가 있을 사람이야.'

이렇게 생각하고서 그는 윤문화에게 말했다.

"왕선위로 말하면 현세에 드문 명사입니다. 내가 노형과 우연히 노상에서 사귀기는 했소이다마는, 막상 작별하려고 하니까 대단히 섭섭합니다그려. 오늘 친구분을 찾아가셨다가 못 만나신 모양이니 객지에 혼자서 오죽 쓸쓸하시겠소? 내가 아마도 여러 날 내아에 거처하고 있을 거 같으니, 나하고 같이 가십시다. 친구분은 천천히 찾아가 보시구려. 내 생각엔 그랬으면 좋겠는데, 어떻게 생각하시는지?"

그런데 이 윤문화라는 사람은 다른 사람이 아니라 바로 양산박에 있던 악화(樂化)다. 악화는 그의 매부 되는 손립이가 등주에서 일을 일으켰다는 소문을 듣고 자기한테 불똥이 떨어질 것을 미리 짐작하고서, 몇 해 전에 처자도 죽어버려 이제는 몸이 홀가분한 고로, 어느 날 몰래 왕도위 공관을 빠져나왔었다. 그는 그때 손립이가 등운산에서 당을 모으고 있는 줄 몰랐을 뿐 아니라, 두흥이가 편지를 맡아서 자기한테 전하려고 왕도위 공관까지 찾아왔다가 귀양살이를 하게 된 것도 짐작하지 못한 채 그냥 서울을 떠났었다.

'어디로 가면 몸을 숨기고 좀 편안히 있을 수 있을까?'

길을 걸으면서 머릿속으로 이 사람 저 사람을 찾아보다가 그는 자기와 함께 왕도위 공관에 악인(樂人)으로 있다가 지금으로부터 반년 전에 건강부 남문 밖에 있는 자기 집으로 돌아간 유씨라는 친구를 생각해냈었다.

그래서 이번에 여기까지 온 것이었는데, 그 유씨와 그렇게 친하게 지냈으면서도 그의 집이 무슨 동네 몇 가(街)인 것을 똑똑히 알아두지 못했던 까닭으로 덮어놓고 남문 밖으로 가서 유명하지도 못한 유씨라는 사람을 찾았었다. 그러나 넓고 넓은 남문 밖에서 어떻게 찾아낼 도리가 없어서 하는 수 없이 신락관으로 돌아와 마당을 거닐면서 장차 어찌할까… 궁리를 하던 중이었는데, 지금 뜻밖에 곽경으로부터 자기하고 같이 왕선위 공관으로 가자는 소리를 들었는지라 그는 속으로 생각해보는 것이었다.

'내가 손립 사건으로 연루자 혐의를 걸머진 몸이니 어디 간들 편히 있을 곳이 있나… 왕선위 공관 깊숙한 후당에 잠시 있는다면, 이름도 성도 개명했으니까 은신하긴 용이하렷다!'

이렇게 생각하다가, 다시 자신을 주의시키기도 했다.

'이 곽경이란 자는 간사하게 웃음을 짓는 소인녀석이고, 왕선위란 벼슬아치도 간사한 놈들의 일당이니까, 이놈들한테 꼬리를 잡혔다가는 큰일 나지! 그러니까 잠시 이용하는 셈치고 같이 가 있다가 기회를 보아 얼른 빠져나와야 한다!'

그는 이렇게 주의를 정하고서 마침내 승낙을 했다.

"형장께서 저 같은 사람을 그처럼 생각해주시고 같이 가자 하시니 저는 영광스럽습니다. 재주도 없는 사람이니 앞으로 문하에 두시고 잘 지도해주시면 다행이겠습니다."

곽경은 대답을 듣고 매우 만족했다.

"그럼 됐소이다. 어서 같이 나가십시다."

곽경은 왕오구를 불러 윤문화의 고리짝과 자기의 짐을 데리고 온 청지기와 함께 둘러메게 한 후, 악화와 함께 왕선위 공관으로 갔다.

그는 왕선위 앞으로 윤문화를 데리고 들어가서 소개의 말을 이렇게 했다.

"이 사람이 저의 문인(門人) 윤문화라는 사람이올시다. 제가 다년간 데리고 있습니다마는, 사람이 총명하고 재간이 많아서 음악 풍류에 모르는 것이 없는 사람입니다."

악화는 절을 했다.

왕선위는 인사를 받고 즉시 통인으로 하여금 두 사람을 후원으로 안내하게 했다.

이렇게 되어 두 사람은 그날부터 후원에 편안히 거처하게 되었는데, 곽경은 심심하면 법술을 시험해보기도 하고, 악화는 곽경이가 한가하게 앉았을 때엔 악기를 가지고 청아한 곡조로 마음을 깨끗하게 해주면서 그날그날을 지냈다. 왕선위는 이럴 때마다 후원에 와서 두 사람의 법술과 음악 소리를 듣고 대단히 만족했다. 그러고서 곽경에게는 공사(公事)에 관한 일도 의논을 하는 까닭에 곽경은 차차 세력을 갖게 되었지만, 악화는 대문 밖에를 나가지 않고 얌전하게 처신하는 까닭에 공관 안의 모든 사람이 그를 칭찬하게 되었다.

(9권 계속)

**곽경**

임영소의 문하에서 도술을 조금 배운 것을 가지고 세상을 속여먹고 다니는 파락호다.

**난정옥**

10여 년 전 축가장에 교사로 있던 인물. 양전의 문하에 들어가, 양전의 동생 양감이 등주 태수로 부임한 후 도통제로 임명됐다. 양산박 잔당과 싸우다 잔당의 새로운 우두머리가 된다.

**뇌형·계직**

방만춘의 부장(副將)들. 무게가 7백 근이나 되는 경노를 사용하며, 한 자루의 곤봉을 잘 쓰기로 유명한 사람들이다.

**두미**

본시 흡주 성내에서 무기를 만들던 대장장이로서, 특히 칼날이 여섯 개 달린 비도(飛刀)를 잘 쓰는 인물이다.

**모홀**

손신과 고대수 등이 죽여버린 모태공의 아들. 장성해서 등주의 아전이 되어 양산박 일당에 대한 복수를 벼르던 인물이다.

**방걸**

방납의 친조카로서 흡주에 있던 황숙 방후의 장손. 방천화극을 잘 쓰는 명수로서 장정 만 명을 당해낼 만한 용기가 있다는 인물이다.

**방납의 신하들**

우승상 조사원·좌승상 누민중·참정 심수·첨서 환일·원수 담고

**방납의 장수들**

보광국사 등원각·원수 석보·왕적·조중·온극양

**방만춘**

방납의 나라 안에서는 첫째가는 활의 명수로서, 옛날 춘추시대 때 활쏘기로 천하 제일가던 양유기를 닮은 사람이다.

**방후**

황숙대왕(皇叔大王)으로 불리는 방납의 숙부.

**백흠·경덕**

방납의 친군지휘사로서 만부부당의 용맹한 장수들이다.

**왕인·고옥**

방후 휘하에서 흡주의 성곽을 지키고 있는 장수들이다.

**웅승**

배선이 데리고 있던 소두목(小頭目)으로, 필풍의 휘하에 있으면서 필풍을 배반한다.

**윤문화**

악화가 피신 생활 중에 개명한 이름이다.

**이관영**

두흥이 귀양 간 창덕부의 관영. 이름은 이환이고, 나이 60에 성실하고 후덕한 인물로서, 슬하에 자식이 없어 두흥을 신임한다.

**이양사**

성질이 호협하고 권세 있는 귀인들과 사귀기를 좋아하는, 공명심이 풍부한 부자다. 황제로부터 조씨 성을 하사받고 조양사가 되어 금국에 사신으로 간다.

**절강의 사룡**

성귀·적원·교정·사복. 본시 전당강의 뱃사공이었으나, 지금은 방납에게 붙어서 삼품(三品)의 벼슬자리에 있는 사람들이다.

**정표**

창봉을 잘 써서 방납이 전수태위로 삼은 사람. 전장에만 나가면 요술을 부리며 날뛰는 까닭에 정마군(鄭魔君)이라고도 불린다.

**조옥아**

기생 출신의 이관영의 소실. 이관영의 조카와 정을 통한다.

**포도을**

어릴 적 출가해서 사도(邪道)의 요술을 배우고 익히다가, 방납을 따라 모반을 일으킨 후 못된 짓만 해왔기 때문에 영웅천사라는 존칭을 얻은 인물이다.

**풍사인**

동추밀의 심복인 풍표의 아들. 경조부박한 인물로서, 조옥아와 정을 통한다.

**필풍**

태안주 가회전에서 한판 벌어진 씨름 시합에서 연청이 집어던졌던 임원의 제자이다.

**하종룡**

방납 휘하 어림군의 호가도교사다.

**하후성**

강차를 잘 쓰는 것으로 유명해서 우승상 조사원의 눈에 들어 방납 아래서 목주를 지키고 있는 사람이다.

**호성**

독룡강에 살고 있던 호가장 사람으로, 일장청 호삼랑의 오라버니. 원양에 나아가 장만한 물건을 도둑맞고 우연히 산속에서 원소칠을 만나 의기투합한다.